L'ÚLTIMA MELODIA DE CHOPIN

BLUE JEANS

L'ÚLTIMA MELODIA DE CHOPIN

Traducció de Núria Parés Sellarès

Columna

COL·LECCIÓ CLÀSSICA
TÍTOL ORIGINAL: *LA ÚLTIMA MELODÍA DE CHOPIN*
PRIMERA EDICIÓ: MAIG DEL 2023

AV. DIAGONAL, 662-664 - 08034 BARCELONA
ISBN: 978-84-664-3056-2
DIPÒSIT LEGAL: B. 6.061-2023
FOTOCOMPOSICIÓ: GRUP62
IMPRÈS A CATALUNYA - *PRINTED IN CATALONIA*

www.columnaedicions.cat

PEFC
PEFC/14-38-00305
Certificat PEFC
Aquest llibre procedeix de boscos gestionats de forma sostenible i fonts controlades
www.pefc.es

Per als que encara no ho han aconseguit,
però no deixen d'intentar-ho.

No hi ha res més odiós
que la música sense significat ocult.

FRÉDÉRIC CHOPIN

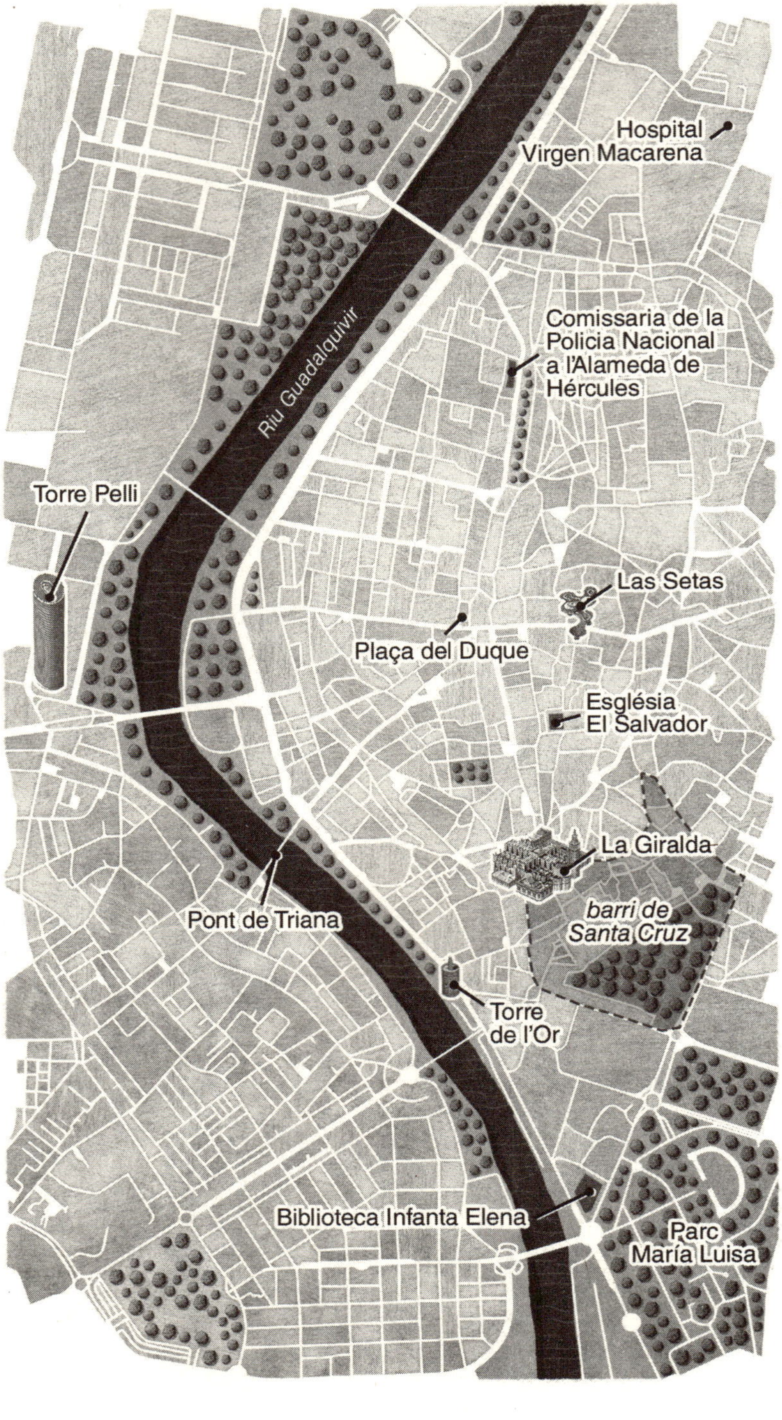

Hospital Virgen Macarena
Comissaria de la Policia Nacional a l'Alameda de Hércules
Riu Guadalquivir
Torre Pelli
Las Setas
Plaça del Duque
Església El Salvador
La Giralda
barri de Santa Cruz
Pont de Triana
Torre de l'Or
Biblioteca Infanta Elena
Parc María Luisa

Llista de personatges

Ana Benítez: dona del pilot Francisco Carvajal.
Arturo Gaviria: comissari de la Policia Nacional.
Blanca Sanz: periodista del diari *El Guadalquivir*.
Brenda Osuna: amiga de la Triana.
Carlos Flores: net d'en Juan Luis Flores.
Carmen Moyano: mare de la Blanca i en Sergio.
Cayetano Aguilar: exnòvio de la Triana.
Celia Mayo: detectiu privada i escriptora, mare de la Triana.
Daniela Montilla: aspirant a cantant.
Dariusz Olejnik: avi d'en Niko.
Enrique Mesa: propietari d'una botiga de mobles a Sevilla.
Federico Sanz: pare de la Blanca i en Sergio.
Francisco Carvajal: pilot d'helicòpter mort.
Gabriel Rosado: periodista d'El Guadalquivir TV.
García: policia nacional del qual es desconeix el nom de pila.
Gerardo Muriel: subinspector de la Policia Nacional.

GERVASIO LOMBÁN: neuropsicòleg.

JAREK MICHALSKI: delinqüent polonès.

JAVIER MONTESORÍN: inspector en cap de la Policia Nacional.

JUAN LUIS FLORES: conegut delinqüent sevillà.

JUANCHO ARRIETA: psicòleg.

LUNA GONZÁLEZ: periodista d'El Guadalquivir TV.

MANUEL «LOLO» VELÁZQUEZ: policia nacional mort, pare de la Triana.

MARCO GALIANO: director d'informatius d'El Guadalquivir TV.

MARÍA SANTANA: septuagenària sevillana, defensora de les energies.

MERCEDES REINOSO: directora del diari *El Guadalquivir.*

NIKOLAI «NIKO» OLEJNIK: protagonista d'aquesta història.

REBECA SOLÍS: nova directora del diari *El Guadalquivir.*

SALVADOR DÍAZ: capellà de l'església El Salvador.

SANTIAGO DE GOMAR: alcalde de Sevilla (ficció).

SERGIO SANZ: germà de la Blanca.

TEODOMIRO SOLÍS: amo del grup de comunicació El Guadalquivir.

TRIANA VELÁZQUEZ: protagonista d'aquesta història.

VICTORIA GARCÉS: policia de la Brigada d'Estupefaents.

Pròleg

—Ja has acabat la feina?

—Sí. Tot a punt. D'aquí pocs minuts tindrem el resultat.

—Bé. Espero que no l'hagis espifiat.

—Per qui m'has pres? Soc un professional.

Que potser dubten d'ell? El dia que es cansi de tanta merda, començarà a deixar-ho anar tot. Molta gent en sortiria esquitxada; quants peixos grossos que caurien. Demana pocs diners per les feines que li encarreguen. La missió d'aquell matí, sens dubte, ha sigut de les més importants de la seva carrera com a assassí a sou.

—Bé. Quan passi, ves al lloc acordat per cobrar la teva part.

—Allà em tindreu. No em feu esperar gaire. Me'n vull anar a dormir.

—Tranquil, serà ràpid. Adeu.

Al Pinxo, tal com li diuen els seus amics, se li escapa un badall mentre guarda el mòbil a la butxaca. No ha aclucat l'ull en tota la nit. Sembla mentida, però encara es posa nerviós a les hores prèvies. Ni que fos el seu primer assassinat!

Treu una petita llibreta i arrenca la pàgina on ha apuntat el nom d'aquell pobre infeliç. Després de fer-ne una bola, la llença a la paperera més propera. Aquell paio encara no és mort, però no trigarà gaire.

—Em sap greu, Francisco —murmura mentre es persigna. Després resa un parenostre i es torna a persignar. «Que Déu l'hagi perdonat», pensa.

No li havia tocat mai desfer-se d'un pilot. Tot i que aquell home no era l'objectiu principal de l'encàrrec. Pel que es veu, viatja gent important dins de l'helicòpter que el seu objectiu està pilotant ara mateix i que sobrevola el cel de Sevilla. El contacte no ha volgut revelar-li la identitat dels passatgers. I ell ha après a no fer preguntes; com menys coses sàpiga, millor.

—Mira! —crida un nen a la seva mare, molt a prop d'ell—. Està caient!

El Pinxo alça la vista cap on assenyala el nen i veu que un helicòpter ha perdut el control. L'aparell vola sense rumb i acaba estavellant-se contra el campanar de la Giralda. Un fort estrèpit sacseja la torre i un núvol gegantí de fum gris no triga a cobrir la zona d'impacte.

—Collons. Merda —es diu a si mateix. Es palpa el front i comprova que està suant. S'ha posat molt nerviós.

Com pot ser que l'helicòpter del pilot a qui ha enverinat hagi acabat xocant contra l'edifici més emblemàtic de la ciutat? Maleït sigui. No havia previst res semblant.

Al seu voltant tothom s'ha posat a cridar. Tot i que

es troba a una certa distància del lloc del sinistre, pot veure que el caos és absolut. Alguns parlen d'un atemptat terrorista; altres simplement corren. Volen fugir al més lluny possible.

El Pinxo, en canvi, està completament quiet, en estat de xoc. Sap que, tal com s'ha produït, la repercussió d'aquell accident serà sonada. Li tremolen les mans, però s'obliga a reaccionar. Anirà a cobrar els diners que li deuen i després cap a casa, d'on no sortirà en uns quants dies. Almenys fins que es calmi el previsible terratrèmol mediàtic.

Ha quedat en un soterrani a prop del riu. Camina de pressa. No es pot treure del cap la imatge de l'helicòpter impactant contra la Giralda. Prega a Déu que l'edifici no es desplomi. Té molt present el que va passar l'11-S amb els avions que van destruir les Torres Bessones.

—És que no pot ser. Hòstia santa!

Maleeix la desafortunada trajectòria de l'helicòpter i a qui el va convèncer perquè acceptés aquella feina. Li havien assegurat que el recorregut que faria el pilot seria pels afores de Sevilla, per zones despoblades. Què hi feia aquest puto aparell sobrevolant el centre de la ciutat?

El so del mòbil interromp els seus pensaments. Algú li truca, però el Pinxo decideix no contestar. No està per a rotllos. Sigui qui sigui, insisteix un parell de vegades més. Al final es treu el telèfon de la butxaca i observa a la pantalla que és la seva mare. Ara no està en condicions de parlar amb ella. Tot seguit rep un missatge d'àudio. La veu trencada d'una dona septuagenària li fa posar la pell de gallina.

La mare del Pinxo
Fill meu, on ets? He sentit una forta explosió. Es veu molt de fum des de casa. Estàs bé? Digue'ns alguna cosa, sisplau.

L'home esbufega. Els seus pares viuen encara no a un quilòmetre de la zona zero de l'accident. Si sabessin que el responsable d'aquella catàstrofe és el seu propi fill... Però ells ignoren que és un assassí a sou. Ni ho sospiten. Es pensen que treballa fent feinetes que cobra en negre. Aquest és l'únic pecat que els seus progenitors li podrien atribuir i que passen per alt. L'estimarien si sabessin que és un sicari i que carrega amb una dotzena de cadàvers a l'esquena?

S'atura un instant i els envia un breu whatsapp perquè es tranquil·litzin. D'aquí a una estona, quan ho hagi solucionat tot, els trucarà.

Tot i que és plena tardor a Sevilla, continua fent calor. Però si el Pinxo no para de suar mentre camina, no és només per la temperatura. El seu estómac sembla una centrifugadora i té ganes de vomitar. Finalment, arriba a un edifici vell. Allà l'esperen. Baixa les escales fins al soterrani i intenta obrir la porta metàl·lica. Està tancada. Truca i de seguida sent uns passos que s'acosten i, tot seguit, el soroll d'un forrellat poc greixat en moviment. Davant seu apareix per fi un paio enorme a qui no havia vist mai. Porta un barret fosc, una jaqueta massa estreta i tirants per sobre d'una camisa grisosa. Sembla tret d'una pel·lícula dolenta de mafiosos.

—Qui ets?

—Vinc a cobrar la feina.

—Ets el Pinxo?

—Sí. Necessites alguna mena d'identificació?

El paio dels tirants somriu i nega amb el cap. Li demana que entri i tanqui la porta. El Pinxo obeeix. Tots dos van cap a una petita sala. El silenci d'aquell lloc l'intimida. No hi ha ni un sol objecte decoratiu i les parets estan escrostonades. Se sent pudor de canonades i fa la impressió que ningú ha fregat el terra des de fa anys.

—L'has fet ben grossa.

—He fet la meva feina. On són els diners?

L'homenàs es fica la mà a la butxaca del darrere dels pantalons i hi busca alguna cosa. Però en comptes de diners, en treu una pistola. Sense intercanviar ni una paraula més amb ell, apunta al front del Pinxo i prem el gatell.

Ningú no sabrà mai res de l'home que va provocar l'accident de l'helicòpter que es va estavellar contra la Giralda.

Capítol 1

Triana

Sevilla, dissabte 14 de desembre del 2019

Fa dos mesos que la Celia Mayo va desaparèixer. Aquell dilluns, 14 d'octubre, va ser l'última vegada que es va saber alguna cosa de la detectiu privada. Des d'aquell instant, la policia ha estat investigant cada petit indici que pogués conduir-los a alguna pista fiable sobre el lloc on podria ser.

—Per què no dorms una estona? Fas cara de cansada.

La Triana mira en Niko amb posat desafiador i nega amb el cap. No cal que l'hi recordi. Esclar que està cansada i fa mala cara! Fa molts dies que no dorm tres hores seguides. Des que la seva mare va desaparèixer, amb prou feines ha aclucat l'ull.

—Estic bé. No pateixis.

—No estàs bé.

—Em sembla que me'n vaig a casa.

—No hauries d'agafar la moto en aquest estat.

—Estic bé, hòstia! —exclama la Triana posant-se dreta—. No m'atabalis, sisplau. No cal que estiguis pendent de tot el que faig. Entesos?

La noia deixa anar un esbufec i surt de l'habitació. Va de pressa fins a la cuina i obre l'aixeta de l'aigüera. S'inclina i beu aigua freda. No pot més. Aquella situació és superior a les seves forces. Les setmanes han anat passant i tot continua igual des d'aquell maleït dilluns d'octubre. Ningú no sap res de la seva mare, ni tan sols després de la trucada telefònica en què va sentir la seva veu.

CELIA
Hola reina. Com estàs? Comença a sopar, que jo arribaré una mica tard. He passat a veure la Gertrudis, que ha posat les meves novel·les a l'aparador de la papereria. Tant de bo en venguem alguna. Després ens veiem. T'estimo.

Era un àudio de l'abril. La mare estava contenta perquè la seva amiga havia col·locat els seus llibres a l'aparador de l'establiment que regenta. Per què li havien enviat aquell missatge antic? Qui havia fet aquella trucada? La policia no va tenir respostes per a aquestes preguntes malgrat que, gràcies al fet que algú havia connectat el telèfon de la Celia, havien aconseguit geolocalitzar-lo.

—No hem trobat res rellevant en aquell descampat entre Carmona i El Viso —va reconèixer el comissari

Gaviria després que la policia anés al lloc on havien connectat el mòbil de la mare—. Hem examinat tota la zona, però no hi ha hagut sort. Ho sento.

—Creu que la meva mare és qui ha fet aquesta trucada? És una prova que està viva?

—No ho sé, Triana. No ho sé.

El mòbil de la detectiu es va apagar al cap de cinc minuts d'haver-se connectat i no es va tornar a engegar. Malgrat que van rastrejar unes quantes vegades aquella ubicació i els voltants, la policia no va descobrir cap pista relacionada amb la desaparició de la Celia Mayo.

—No t'enfadis amb mi —li diu en Niko, que s'hi acosta per darrere per fer-li una abraçada.

La Triana s'eixuga els llavis amb la màniga de la samarreta i es gira. El té just davant seu. A pocs centímetres. Tan guapo com sempre. La mira enamorat. També com sempre. Però, què és el que sent ella ara mateix? Tot el que ha passat durant les últimes setmanes li ha obert una ferida difícil de tancar. Es nota més irascible. Menys afectuosa. D'alguna manera, el culpa del que ha passat. Els seus sentiments se n'han ressentit. Ha perdut part de la il·lusió que tenia quan van decidir ser parella i emprendre un camí junts.

—Niko, jo...

—Ja ho sé. Estàs aclaparada. És normal. Però segueixo sent optimista. La teva mare apareixerà sana i estàlvia.

—Això no ho saps. El més probable és que... que l'hagin...

Les llàgrimes no es fan esperar. La Triana repenja el

cap a l'espatlla del seu nòvio i es posa a plorar. Nota la seva mà sobre el cap. L'acaricia amb delicadesa i li repeteix que tot anirà bé, que el malson s'acabarà. Tanmateix, ella no ho té tan clar. Pensa just el contrari: que no tornarà a veure la mare amb vida.

—No crec que aguanti aquesta situació gaire temps més —comenta la noia mentre s'aparta d'ell i surt de la cuina—. Estic al límit.

—Potser si tornessis a classe i seguissis una rutina aconseguiries distreure't una mica.

—És impossible. Soc incapaç d'anar a la universitat. Em sentiria molt incòmoda. Tothom em miraria.

—Ja ho feien abans —diu ell mentre s'hi torna a acostar—. Ets la noia més guapa de Belles Arts.

La Triana dibuixa un tímid somriure i li fa un petó a la galta. S'ha acostumat al seu peculiar sentit de l'humor. Però tot i que l'ha cuidat i ha estat al seu costat en aquests dos mesos tan complicats, nota que alguna cosa s'ha trencat entre ells dos. Potser les coses amb en Niko millorarien si la mare aparegués. Però no és només aquesta preocupació la que li ronda pel cap, n'hi ha una altra que tampoc deixa de turmentar-la: que al seu pare, segons el comissari Gaviria, el van assassinar fa cinc anys. El va matar l'Enrique Mesa, que va actuar per ordre d'en Javier Montesorín, que en aquella època era company d'en Manuel a la Policia Nacional i, a més, presumia de ser el seu millor amic.

—Estem segurs que qui va ordenar i va pagar en Mesa perquè assassinés el teu pare va ser en Javier Montesorín... Tot i que no va ser només ell —li va confessar en Gaviria a la seva oficina—. En els documents que hem trobat amagats a casa de l'Enrique hi apareixen els noms de dues persones més.

—Qui són aquestes dues persones?

—No ho sabem. Els noms estan en clau. Feien servir pseudònims.

—I no els han identificat?

—No. Estem intentant esbrinar qui són. Però no serà fàcil.

—I en Montesorín? El seu nom no estava ocult?

—Sí. Però utilitzava amb en Mesa el sobrenom que feia servir amb nosaltres: Orangutan Roig. No va ser gaire intel·ligent. Els altres dos pseudònims no sabem a qui pertanyen. Ho estem investigant.

—Quins són els altres dos sobrenoms?

—Em sap greu, però això no t'ho puc revelar. És confidencial, Triana.

—Ho comprenc.

—De moment, hem d'anar amb molta cautela amb aquestes informacions.

—Sabeu per què van pagar a en Mesa per matar el meu pare?

—També ho estem investigant —va respondre en Gaviria molt seriós—. El procés pot ser llarg. Però no tinguis cap dubte que farem tots els possibles per esbrinar qui va assassinar el nostre estimat Lolo Velázquez. Confia en nosaltres.

Des d'aquella conversa a mitjans d'octubre, el comissari truca cada setmana a la Triana per informar-la sobre les dues investigacions: la desaparició de la mare i la mort del pare. Podrien estar relacionades? No ho descartava.

—Vull ensenyar-te una cosa —diu en Niko després de fer-li un afectuós petó als llavis—. Acompanya'm.

—Me n'hauria d'anar cap a casa. He de posar una rentadora urgentment. Gairebé no em queda roba neta.

—Després ja t'ajudaré. Vine amb mi un moment.

—On? Em fas por.

—No t'espantis, és per una cosa bona. O això espero.

El jove l'agafa de la mà per guiar-la fins a l'habitació que hi ha al final del passadís. És el quarto on el seu avi guardava el que robava. En Niko ho va tornar tot quan el van detenir, i ara està pràcticament buit. Només hi ha una catifa, un parell de quadres amb paisatges que decoren les parets i un piano. El polonès va cap a l'instrument i s'asseu a la banqueta. Col·loca els dits sobre les tecles i els peus als pedals abans de mirar fixament la Triana.

—He compost una peça per a tu. A l'orgue de l'església sona d'una altra manera, però espero que t'agradi. M'ha costat una miqueta compondre-la. Volia que fos especial.

La Triana es queda sense paraules. No s'ho esperava. Ella pensant de quina manera li podia dir que ja no sent el mateix que fa unes setmanes, i ell esforçant-se a compondre-li una melodia. Se sent culpable. Les primeres notes li fan venir ganes de plorar. El cor li batega molt de pressa durant els més de tres minuts que dura la música. Quan acaba, tots dos sospiren i somriuen. El noi li dona un mocador de paper.

—Aquesta reacció significa que t'ha agradat, o que ho he fet molt malament?

—M'ha encantat. Moltes gràcies —contesta la Triana mentre ensuma pel nas—. Té títol?

—No. Però es podria dir...

En aquell instant sona el mòbil de la Triana al dormitori. La noia corre a buscar-lo i comprova que la trucada és d'un número ocult. Un calfred li sacseja el cos. En Niko apareix de seguida i li pregunta qui és.

—No surt el número.

—Per què no contestes?

—Em fa por. I si torno a sentir la veu de la mare en un altre àudio?

—Dona-me'l. Contestaré jo.

El noi s'acosta a la Triana, però la jove aparta el telèfon just en el moment que deixa de sonar.

—Hauries d'haver contestat —la renya en Niko.

—Ja ho sé, però m'ha vingut pànic. M'he bloquejat.

—Si tornen a trucar, ja m'hi posaré jo.

La Triana no diu res. Es torna a sentir angoixada. És el seu estat habitual últimament. Surt de l'habitació i va fins a la sala d'estar amb el telèfon a la mà. Agafa el casc de la moto que havia deixat a sobre de la taula i se'l col·loca sota el braç. No li ve de gust estar sola, però té la sensació que qualsevol cosa que li digui en Niko farà que salti i es discuteixin. Ell no s'ho mereix.

—Que te'n vas?

—Sí, però no em repeteixis que em veus cansada, sisplau.

—És el que penso —diu el noi resignat—. No t'ha agradat gaire la melodia...

—Saps que no és això.

—Doncs què és?

—No ho sé, Niko. Potser només vull estar sola una estona.

—Només una estona?

La Triana afirma amb el cap. S'acosta al noi i li fa un petó breu als llavis. Intenta fer un somriure, però no està gaire segura d'haver-ho aconseguit. Quan és a prop de la porta del carrer, el mòbil torna a sonar. De nou és un número ocult.

—Agafa'l —li suplica en Niko.

—No.

—Triana, contesta. O ho faré jo.

La noia fa petar la llengua i finalment decideix contestar. Els genolls li tremolen i amb prou feines li surt la veu quan parla.

—Sí? Qui és?

—La teva mare està viva. Sé on és.

—Què? Qui ets? On és la meva mare? —pregunta la jove molt nerviosa.

—I també sé qui va matar el teu pare. Ens veurem aviat.

Capítol 2

Blanca

El Viso del Alcor, dissabte 14 de desembre del 2019

—Està viva! Està viva!

Els crits d'aquells dos homes vestits d'uniforme van alertar que la Blanca Sanz encara respirava. El pilot i la seva companya de viatge, la Mercedes Reinoso, directora del diari *El Guadalquivir*, no van tenir la mateixa sort. La tragèdia s'havia saldat amb dues persones mortes i una ferida greu.

El rescat es va allargar unes quantes hores i no va ser fàcil evacuar la periodista. L'aparell havia quedat atrapat a la zona on hi ha ubicades les campanes de la Giralda. Miraculosament, no es van haver de lamentar més víctimes perquè l'estructura no es va esfondrar.

La porta de l'habitació s'obre sense que ningú hagi trucat. La Blanca no protesta. No té ganes de discutir, tot i que ha insistit a la família que necessita una certa intimitat mentre s'estigui amb ells. Des que li van donar l'alta a l'hospital, és a casa dels seus pares. Li fa mal tot el cos, especialment les costelles i les cervicals, i necessita crosses per caminar. La rehabilitació no està sent gens fàcil.

—Què vols, Sergio?

—Han vingut a veure't —diu el seu germà amb desgana.

—Qui és?

—La de l'altre dia. La tia bona de la tele. La mare l'està interrogant. Li dic que passi?

La Blanca assenteix des del llit i s'incorpora amb dificultat. Es col·loca el coixí a l'esquena i es pentina una mica amb les mans. No té ganes de rebre visites, però la Luna ha sigut molt amable i s'ha preocupat per ella des del primer moment. A més, ha sigut l'única companya que l'ha anat a veure.

—Com et trobes, maca? —li pregunta la periodista, que entra a l'habitació molt somrient—. Et veig molt més bé que el dimecres! —afegeix mentre s'acosta a la Blanca.

La Luna li planta un petó a la galta abans de deixar una capseta marró de cartró sobre la tauleta de nit.

—Estic igual.

—Fas més bona cara! La teva mare m'ha dit que ja pots anar al lavabo sola.

—La mare sempre tan discreta.

La Luna fa una riallada mentre s'asseu a la cadira que hi ha al costat del llit. Com sempre, va vestida molt elegant, tot i que la Blanca es fixa que té els ulls una mica irritats, com si hagués estat plorant.

—T'he portat unes quantes pastetes. Les he comprat a Ochoa. Per a mi són les millors de Sevilla.

—Gràcies, però no ho havies pas de fer. Total, se les acabarà menjant el meu germà... En Sergio arrasa amb tot el que és comestible en aquesta casa.

—Doncs que te'n deixi alguna! Les he portat per a tu! —exclama la Luna sense parar de fer gestos amb les mans—. Un caprici no et farà cap mal. Ara que se t'ha acabat el sexe durant una temporada, almenys que el sucre t'alegri la vida.

La Blanca riu per l'ocurrència de la seva companya, però immediatament sent una forta punxada al pit. Fa una ganyota de dolor i es posa les mans a les costelles. Li passa cada vegada que riu, estossega o esternuda. Els metges li han dit que s'ho prengui amb calma, que la recuperació serà lenta.

—Et fa mal encara?

—Bastant.

—Em fa pena que estiguis així. No és just.

—Tinc sort d'estar viva, Luna. No em puc queixar, malgrat els dolors que encara pateixo.

De fet, la Blanca se sent afortunada per haver sobreviscut a l'accident. La seva cap i el pilot es van morir després que l'helicòpter impactés contra la Giralda. No s'han fet públics els detalls de la tragèdia, ja que la policia continua investigant els fets. La Luna també ha estat fent preguntes.

—Tens raó, però si algú no hagués planejat l'atemptat, ara estaries bé. I la Mercedes viva.

—Encara penses que va ser un atemptat?

—N'estic segura —diu la Luna convençuda—. Qui havia d'anar dins de l'helicòpter era l'alcalde. En Santiago de Gomar era el veritable objectiu.

—El vam estar esperant, però no va aparèixer. Al pilot li van ordenar que voléssim sense ell —diu la Blanca després de fer una altra ganyota de dolor. Aquesta informació que ja havia compartit amb la Luna setmanes enrere, encara no era de domini públic—. És l'últim que tinc present. Ni tan sols me'n recordo del vol.

—Encara no recordes res?

La Blanca nega amb el cap. La seva ment ha esborrat totes les seqüències de l'accident i dels moments previs. Només li venen al cap flaixos inconnexos, sense gaire sentit. El primer que recorda després de l'accident és la cara del seu pare a l'hospital cridant-la pel nom i reclamant la presència dels metges perquè finalment s'havia despertat. Havien passat quatre dies des del seu ingrés.

—No sé si mai recuperaré la memòria i me'n recordaré del que va passar.

—És probable que la teva ment no ho vulgui fer. Devia ser molt traumàtic.

—Tinc la sensació que vaig estar conscient una estona després de l'impacte —diu la Blanca, mirant al sostre de l'habitació—. No ho sé, Luna, a vegades em sembla que tot és un somni i que, en qualsevol instant, em despertaré.

—Soc aquí amb tu. Això no és cap somni. Per desgràcia, tampoc ho va ser l'atemptat. Hi ha algú darrere de tot això i haurà de pagar pel que us ha fet.

—No n'estic tan segura. Has esbrinat alguna cosa més?

—Dijous vaig estar parlant amb l'alcalde un altre

cop. Continua consternat. És molt conscient que hauria pogut morir-se. Una casualitat el va salvar, a vegades el destí és capritxós —reconeix la Luna. Tot i que no ha sortit a la llum, en Santiago de Gomar es va salvar d'aquell sinistre per un contratemps. Uns quants treballadors de la neteja es van colar a l'ajuntament per demanar millores en les condicions laborals i salarials, i aquella dotzena de persones, fartes que sempre se les ignori, van obligar l'alcalde a cancel·lar l'agenda d'aquell matí per reunir-se amb elles. Entre els plans anul·lats hi havia el viatge en helicòpter, que pretenia ser una nova atracció turística per a Sevilla—. En Santiago m'ha insistit que no ho expliqui.

—No vol que se sàpiga que ell hauria d'haver estat dins de l'helicòpter.

—Exacte. També vaig anar a veure l'encarregat de l'empresa responsable dels viatges aeris per la ciutat —continua la Luna—. Tot està en punt mort. Encara no saben quan començarà l'activitat. L'ajuntament ho ha paralitzat.

—Suposo que pensen que a la gent li farà por pujar a un helicòpter, després del que ha passat.

—Em sembla que té més a veure amb la investigació que estan fent amb absoluta discreció. Mentre no es treguin conclusions definitives, no els donaran llum verda. No ha vingut cap poli a visitar-te?

—No, que jo sàpiga —respon la Blanca, que torna a col·locar-se bé el coixí. Comença a estar incòmoda en aquella posició—. Només van venir un dia a l'hospital. Els vaig dir que no recordava res de l'accident i em van demanar que si se m'acudia alguna cosa que els pogués ajudar, els truqués de seguida. La mare va guardar una targeta amb un nom i un número de contacte.

—Estan molt perduts.

La Luna esbufega i treu el mòbil d'un petit bolso gris. L'examina ràpidament i el guarda. Després mira la Blanca. Sembla que té alguna cosa més per explicar-li.

—Saps què? Encara el trobo a faltar.

—A qui?

—A en Blas, qui vols que sigui! —diu la Luna alçant la veu i amb els ulls plorosos—. No el puc oblidar.

Com és possible que aquesta noia s'enamorés d'un paio com aquell després del que va fer? I que encara se'n recordi d'ell i el trobi a faltar?! La Blanca no ho entén, però s'estima més guardar-se l'opinió i escoltar en silenci la Luna.

—Si en Blas estigués viu, hauria sigut sospitós de l'accident de l'helicòpter. Odiava la Mercedes i m'imagino que et devia odiar a tu després que el rebutgessis. Ara potser estan tots dos junts, on sigui que hagin anat.

Aquesta afirmació deixa la Blanca bocabadada. La Mercedes tampoc li queia gaire bé, però les setmanes anteriors a l'accident s'havia portat molt bé amb ella. Fins i tot li havia concedit uns quants dies de vacances perquè desconnectés del diari i es recuperés de la tensió del cas Chopin. Quan li van dir que s'havia mort, li va saber molt de greu. A vegades se li apareix en somnis molt vívids.

—No et tornaré a dir el que opino d'en Blas.

—Era molt més bon home del que semblava, Blanca. T'ho asseguro.

—Va posar una bomba a la redacció del diari.

—Perquè estava malalt —al·lega la Luna amb llàgrimes als ulls—. Ja no era ell. Hauria hagut de fer alguna cosa per ajudar-lo. Encara ara m'ho recrimino.

—Tu no en tens la culpa que perdés el cap. No era responsabilitat teva.

Ja n'han parlat en altres ocasions. En Blas va perdre el seny. Es va obsessionar amb la Blanca i va enviar un paquet explosiu al diari on tots dos treballaven per atemptar contra la directora d'*El Guadalquivir*, perquè no suportava la seva cap i, a més, volia cridar l'atenció de la seva companya, que també havia patit les humiliacions de la Reinoso. La idea l'hi va donar involuntàriament la Luna, amb qui havia tingut una relació.

—Una mica de culpa en vaig tenir.

—Encara guardes les restes de la fabricació de l'explosiu?

—Veig que te'n recordes d'això —respon la Luna mentre s'aixeca—. No. Ja no són a casa meva.

—Les vas donar a la policia?

—No. Les he amagat en un lloc segur. Ningú no les trobarà. Si les porto a la comissaria podrien acusar-me de còmplice d'intent d'homicidi o una cosa per l'estil. No estic per a jutges ni advocats.

La Blanca discrepa de la seva manera d'actuar, però ja té prou problemes per ficar-se en un tema com aquest. Al capdavall, en Blas es va treure la vida, el paquet no li va arribar a la Mercedes i les dues afectades per l'explosió s'estan recuperant.

—Puc demanar-te un favor? —pregunta la Luna amb posat compungit.

—Esclar. Digues.

—No vull tornar a parlar del tema de l'explosiu. Em fa mal —li suplica molt seriosa mentre va cap a la porta de l'habitació—. D'acord?

—Tranquil·la. No en diré res més —contesta la Blanca, estranyada pel canvi d'actitud de la noia.

—Gràcies. Ara me n'he d'anar. M'alegro de veure't una mica més bé. Aviat vindré a visitar-te.

—No t'amoïnis, no cal.

—Sí que cal —diu la Luna, que continua amb l'expressió taciturna—. Perquè penso trobar el que t'ha fet això. Si la policia inepta no és capaç de fer bé la seva feina, seré jo la que descobrirà la veritat. T'ho prometo, Blanca.

CAPÍTOL 3

Niko

Sevilla, dissabte 14 de desembre del 2019

La trucada anònima al telèfon de la Triana ha sigut molt desconcertant per a la seva nòvia. Algú amb la veu distorsionada li ha dit que sabia on era la seva mare i qui hi ha al darrere de la mort del seu pare. En Niko ha demanat a la Triana que no perdi l'esperança de trobar la seva mare amb vida, malgrat el que semblava una broma, cosa freqüent en els darrers dos mesos.

La noia se n'ha anat a casa a descansar i s'ha quedat sol. En Niko ha insistit a acompanyar-la, però la Triana no ho ha volgut. Si no cedia, corria el risc que es produís una altra discussió entre ells. Últimament són habituals les disputes per qualsevol cosa. Però pensa que, ateses les circumstàncies, aquest ambient enrarit és lògic. Els ànims estan baixos i la tensió es pot tallar amb un ganivet. Per això ha intentat animar-la component i dedicant-li aquella melodia. No sembla que hagi servit de gaire res.

El jove va a l'habitació del fons i s'asseu davant del piano. Torna a tocar la peça instrumental que ha creat per a la Triana. Quan acaba, graponeja amb força les tecles, enfadat amb els revessos que li està donant la vida. No hi ha treva. Després de resoldre l'afer dels crims de Chopin, s'ha trobat amb una situació igual o més complicada. On és la inspectora Mayo? Qui l'ha fet desaparèixer i per què?

Malgrat que en Niko intenta mostrar-se optimista i insisteix a la Triana que trobaran viva la seva mare, gairebé ha perdut del tot l'esperança que la Celia aparegui sana i estàlvia. El temps corre en contra seva i ningú no ha aportat cap pista que hagi sigut útil. La investigació ha entrat en un punt mort. No confia en la policia. Ni tampoc amb el comissari, que és qui els informa de les novetats. I si aquest home és el veritable instigador de les dues trames? Ho ha pensat més d'una vegada, però no ho ha comentat mai a la seva nòvia. En Gaviria té totes les dades a l'abast de la mà i la possibilitat de manipular-les. Coneixia perfectament en Lolo i la Celia. Potser li feien nosa i se'ls ha tret de sobre. Si en Risto estigués viu, l'hi preguntaria, però al seu amic el va assassinar en Montesorín. Encara li dol recordar-ho.

De sobte, li ve al cap algú a qui li podria preguntar pel comissari de la Policia Nacional. Li escriu un whatsapp i espera la resposta assegut al sofà de la sala d'estar. Al cap de cinc minuts, en Niko rep un missatge.

GERARDO MURIEL
Ei, Chopin! Com va tot? Accepto
encantat aquesta cervesa. Avui estic

lliure. Quedem a l'Alameda? Ens podríem trobar d'aquí a una hora a les columnes.

En Niko somriu. Tot i que és veritat que aquell paio ha estat molt present a la seva vida durant els últims dos mesos, potser perquè se sent culpable del que va passar, no s'esperava que volgués quedar amb ell tan ràpid.

El subinspector Gerardo Muriel ha arribat a l'Alameda abans que en Niko. L'home fornit se li acosta i el rep amb una forta abraçada i una palmellada a l'esquena. El noi es ressent de la plantofada, però no protesta.

—La setmana passada vaig estar a punt de trucar-te, Chopin —diu en Gerardo mentre caminen cap a la vorera que està plena de bars i restaurants—. Vaig passar per El Salvador i vaig veure el teu amic capellà. Em va dir que continuaves anant-hi per tocar l'orgue de l'església.

—Sí, de tant en tant el vaig a veure. Es va portar molt bé amb mi quan més ho necessitava.

—És un bon home i et té molt d'afecte —comenta el subinspector abans de propinar-li un altre cop amistós a l'espatlla—. És que et fas estimar, malparit. Tan pocavergonya que has arribat a ser!

En Gerardo fa una riallada i després li assenyala un dels bars de l'Alameda. Hi ha una taula lliure a la terrassa coberta. S'asseuen i demanen un quinto cadascun. El cambrer de seguida els porta dues Cruzcampo fredes.

—Sembla mentida que estiguem al desembre. Nadal amb màniga curta! A quin lloc del món ho poden dir això?

—A la meva terra segur que no —contesta en Niko després de fer un trago de cervesa.

—És normal que no vulguis tornar a Polònia.

—Algun dia hi hauré de tornar. Encara que sigui de visita.

—Vinga, home! Si aquí estàs molt bé. Tens la teva nòvia, la teva casa i t'has convertit en una mena de *celebrity*. Quants autògrafs firmes al dia?

En Niko nega amb el cap. En Gerardo exagera, tot i que és veritat que a vegades el reconeixen pel carrer i li demanen una foto. La seva cara va aparèixer a tots els mitjans. Si ja normalment no és un jove que passi desapercebut, des que va sortir a la televisió la seva popularitat ha augmentat força. A les xarxes hi té fins i tot mems personalitzats i uns quants clubs de fans.

—Escolta, com està la Triana? Fa temps que no passa per la comissaria.

—No gaire bé. Això de la seva mare la té desesperada. Cada dia és una oportunitat perduda.

—Ho entenc perfectament. És molt dur el que està vivint. M'encantaria ajudar-la, però la meva feina al cos és una altra.

—No t'amoïnis. Ja sé a què et dediques: a intimidar els desgraciats que interrogues.

A en Muriel li costa captar la broma d'en Niko, tot i que quan hi cau es passa dos minuts rient sense parar, entre glop i glop del quinto de cervesa.

—Ets un cabró, Chopin. Ho tens aquí ficat fins al fons. No oblides. Et surt la rancúnia per les orelles.

—Encara em fa mal el genoll.

—El tret no te'l vaig disparar jo. Te'n recordes?

—Vas col·laborar perquè en Montesorín disparés.

—Involuntàriament —diu en Gerardo apuntant en Niko amb el dit—. No tenia ni idea del que volia fer aquell fill de puta. En pau descansi.

Per sort, aquella bala no li va tocar cap articulació i la ferida va ser superficial. Tanmateix, hi ha dies que se'n ressent i li fa tant de mal que necessita calmants.

—I el teu superior, què? —pregunta el noi després de demanar dues cerveses més al cambrer.

—Quin superior? Ara mateix hi ha molt rebombori a la comissaria. Encara no hi ha substitut d'en Montesorín ni de l'Ángela.

—En refereixo al comissari.

—L'Arturo? Què passa amb en Gaviria?

—Te'n fies, d'ell?

—No t'entenc, Chopin. Què vols dir?

—Creus que està implicat en la desaparició de la Celia?

En Gerardo es posa les mans al clatell i es tira enrere mentre guarda silenci. En Niko observa amb atenció la reacció del subinspector. Sembla que la pregunta l'ha agafat desprevingut.

—No ho sé. Espero que no —contesta finalment en Muriel, que deixa escapar un esbufec—. Mira, des d'allò d'en Montesorín, jo no poso la mà al foc per ningú. Em sorprendria que el comissari tingués una vida oculta i estigués ficat en algun afer tèrbol? No.

—No?

—No és que no em fiï de l'Arturo, però juga en

una lliga diferent de la dels altres. A aquesta escala hi ha molts interessos polítics, econòmics o socials. També dins la policia.

—Llavors, què? És una possibilitat?

—No em mullaré pas, Niko. Les parets escolten.

—Estem asseguts a l'aire lliure.

—Envoltats de persones que no coneixem i a doscents metres de la comissaria on treballo —comenta en Gerardo, i fa un altre glop del quinto de Cruzcampo—. Hi ha sistemes que detecten les converses de la gent. Són invisibles. Els dones una paraula clau i et proporcionen la informació que busques.

—Això existeix?

—Esclar. Això i altres coses molt més inversemblants. La tecnologia ens ha envaït completament. Però què t'he d'explicar a tu, si ets de la generació de l'iPhone.

—I per què no es fa servir aquesta tecnologia per trobar la detectiu Mayo?

El subinspector arronsa les espatlles i arrufa les celles.

—M'acceptes un consell?

—Depèn del que m'aconsellis.

—No et fiquis en coses de gent gran —diu en Gerardo molt seriós—. És un joc perillós. Si la Celia ha d'aparèixer, apareixerà. T'ho garanteixo.

—No apareixerà si algú no intenta trobar-la de debò.

—Chopin, tu ets un paio llest. M'has entès. En aquesta història ja han mort unes quantes persones. Això vol dir que hi ha molts interessos al darrere. És el comissari qui remena les cireres? Ni idea, noi. Però sens dubte, el que porta les regnes és una persona perillosa. I segurament la Celia va sacsejar el vesper equivocat.

—Alguna cosa relacionada amb el seu marit?

—No ho sé. De debò que no ho sé.

En Niko es queda pensatiu quan s'acomiada d'en Gerardo Muriel. Es prometen que es trucaran aviat per mantenir-se mútuament informats. És curiós on es pot trobar un amic. Ell, que no acostuma a relacionar-se amb ningú, resulta que ha fet amistat amb aquell home de metro noranta a qui va conèixer en un cruel interrogatori quan el van detenir. El subinspector el va anar a veure a l'hospital i va estar molt pendent que no li faltés de res en la convalescència. Fins i tot es va posar a favor seu durant el procés en què es van jutjar els seus robatoris a les cases sevillanes.

No té ganes de tornar a casa encara. La Triana viu bastant a prop, però no la vol molestar. Li ha dit que volia estar sola i ha de respectar els seus desitjos. Des que se n'ha anat no ha tingut notícies seves. Se sent una mica angoixat per la situació. Treu el mòbil i li escriu un whatsapp. Espera que no s'enfadi.

NIKO

Hola, maca. Com estàs? Suposo que no t'han tornat a trucar. No donis més voltes al tema. Segur que era una broma. Vols que ens veiem després o t'estimes més que avui cadascú dormi a casa seva? T'estimo. No ho oblidis.

Envia el missatge i es posa a caminar sense rumb. Passa pel carrer Jesús del Gran Poder i arriba fins a la plaça del Duque. És dissabte i hi ha molta gent en aquesta zona de Sevilla. Un grupet de noies se'l queden mirant. En Niko sent que pronuncien el seu nom i observa de reüll que una d'elles busca alguna cosa al mòbil. Deuen estar comprovant si es tracta de Chopin? De seguida ho descobreix. Una altra de les noies el crida però opta per fer veure que no l'ha sentit. Accelera el pas i té por que les adolescents corrin darrere seu. Però no ho fan i respira tranquil. Fins que rep un whatsapp amb la resposta de la Triana.

TRIANA
Passaré la nit amb la Brenda. Em quedaré a dormir a casa seva i demà estaré amb ella. Necessito... No sé ben bé què necessito, Niko. Dona'm una mica de temps. No t'enfadis, sisplau.

Capítol 4

Triana

Sevilla, dissabte 14 de desembre del 2019

A la sala d'estar sona a tot drap «Mi estrella blanca» de Fondo Flamenco, un dels grups preferits de les dues noies. Són cançons que els fan recordar la infantesa.

—I si sortim de festa? —suggereix la Brenda a la Triana—. Com en els vells temps. Conec un antre on posen música d'aquest estil.

—No en tinc ganes.

—Seria una bona manera d'oblidar-te de tot durant unes hores. Agafem una bon pet i demà ens llevem a tres quarts de quinze, quan tinguem gana.

—Sona esgotador —diu amb desgana la Triana, que està estirada al sofà—. M'estimo més demanar una pizza i quedar-nos aquí tranquil·les mirant qualsevol tonteria a la tele.

—Un gran pla.

La Triana treu el mòbil per comprovar si en Niko li ha escrit. No li ha dit res més des del whatsapp que li ha enviat abans. Què s'esperava? Ella mateixa l'hi ha demanat. Es deu haver enfadat. El seu nòvio no es mereix que es comporti així, però no és capaç de fer les coses d'una altra manera ara mateix.

—Et queden cartells? —li pregunta la Triana a la Brenda, que també està consultant el mòbil.

—No. Els vaig penjar tots a principis de setmana. Vols que n'imprimeixi uns quants i demà anem a penjar-los al centre?

—Deixa-ho estar. No han servit per a res.

Com a resposta, la Brenda deixa anar un renec i, per a sorpresa de la seva amiga, es llança a sobre d'ella. La Triana es queixa quan l'agafa de les mans i nota tot el pes de la Brenda a sobre seu.

—M'estàs... m'estàs asfixiant.

—No n'hi ha per tant.

—Que sí. Que no puc respirar bé.

—Mentida. No et deixaré anar fins que canviïs d'actitud!

—Quina actitud vols que tingui?

—Una de més positiva —diu la Brenda, que com si fos experta en lluita lliure, manté immobilitzada la seva amiga—. Tinc clar que això de la teva mare és la putada més grossa de la història i que no em puc posar al teu lloc, però així no aconseguiràs res.

—No puc més, Bren. No estic bé.

La Brenda sent un gemec de la Triana i, després de fer-li un petó al front, finalment s'aparta per tornar a la butaca on estava asseguda.

—Em sap greu haver sigut tan bèstia. Què puc fer per animar-te?

—Res. Ja fas prou. Gràcies per deixar-me quedar aquesta nit.

—No, de debò: digue'm què necessites de mi. Vull que somriguis una altra vegada. Em mata veure't així.

La Triana s'incorpora i s'asseu sobre les cames. Li està molt agraïda a la seva amiga pel que està fent per ella. Estira el braç i li agafa una mà entre les seves. Totes dues es miren emocionades.

—No sé si tornaré a ser la d'abans, Bren. Tot és molt dur. No només per això de la mare. També hi ha l'assassinat del pare; no me'l puc treure del cap. I ara... això d'en Niko. Em fa la sensació que no m'estic portant bé amb ell.

—En Niko esperarà fins que estiguis més bé. T'estima molt.

—Sí, té molta paciència amb mi. Soc jo la que no sap què sent.

—També l'estimes. Amb tot el que has arribat a fer per estar amb ell! L'amor no s'evapora en dues setmanes. Estàs enamorada d'aquest noi, ho tinc claríssim, però estàs passant una sotragada forta i dubtes de tot.

La Triana assenteix i medita sobre les paraules que li acaba de dir la seva amiga. De debò que estima en Niko com abans?

—Vaig a treure Fondo Flamenco o no pararem de plorar en tota la nit.

—Ens deshidratarem —comenta la Triana mentre s'eixuga els ulls—. Et fa res que em dutxi abans de sopar?

—Ets a casa teva. Tens tovalloles netes a sobre del teu llit.

—Gràcies. No trigaré gens.

La Triana agafa roba neta i la tovallola i entra al lavabo. Sota el raig d'aigua calenta intenta deixar la ment en blanc. No ho aconsegueix. És impossible oblidar-se de la trucada que ha rebut. La veu estava distorsionada. Era un home o una dona? Que sabés que la seva mare ha desaparegut no és estrany, perquè ha sortit a tots els mitjans de comunicació del país. Tanmateix, com ha sabut allò del seu pare? La policia no ha fet públic cap detall nou de la investigació relacionat amb en Mesa i en Montesorín. La versió oficial és que Manuel Velázquez es va morir fa cinc anys de manera accidental. Li tornaran a trucar? Aquesta persona va afirmar que la seva mare era viva. Tant de bo que sigui així i que no estiguem parlant d'una altra broma de mal gust. Però no se'n pot refiar.

El cap li explotarà. Necessita fer un *reset*.

S'està sota l'aigua més de deu minuts. Surt de la dutxa tremolant, i això que no fa fred. Mentre s'eixuga, pensa en el que li ha dit la Brenda. No li aniria malament desconnectar unes quantes hores; prendre's un parell de copes i oblidar-se del món. I si surten a fer un tomb tal com li ha proposat? De totes maneres, segur que li costa agafar el son quan se'n vagi a dormir després de sopar.

No s'ha endut res per sortir de nit. Era l'últim que creia que faria. Podria anar a casa seva a buscar algun conjunt, però no en té ganes. Si hi va, tindrà remordiments i serà complicat que després s'animi a sortir. Potser la Brenda té alguna cosa que li agradi i li vagi bé. S'han intercanviat roba moltes vegades. Es posa un tanga i uns sostenidors i torna a l'habitació de la seva amiga.

—Bren! Ja m'he dutxat! Pots venir? —la crida des del dormitori, davant de l'armari—. Vull que em deixis roba!

—Un moment! Estic parlant per telèfon!

La Triana no espera la Brenda. Les seves converses telefòniques sovint són eternes. Obre l'armari i fa un cop d'ull a l'interior. Descobreix una vintena de penjadors plens de roba de diferents estils. També veu una columna de prestatges on la seva amiga guarda les samarretes, els pantalons curts i els cinturons. Es fixa en una cistelleta plena de joies i n'agafa unes arracades d'argolla molt maques. Se les col·loca sobre les orelles i es mira al mirall de l'armari. Li queden força bé. Potser se les posarà per sortir. Torna a examinar la cistelleta per veure si hi troba alguna cosa que hi faci conjunt. Llavors veu un collaret que li crida l'atenció. Està fet de pedretes d'ambre i és molt semblant a un que va comprar la seva mare fa un parell de mesos.

—Ei! Ja soc aquí! —crida la Brenda darrere seu. L'ensurt li fa fer un bot—. M'estàs robant la roba?

—Què és això?

—Un collaret. Però no és meu.

—No és teu? De qui és?

—De la meva mare. Me'l va deixar un dia i el devia guardar a l'armari sense adonar-me'n. Em passa sovint, ja saps que soc molt despistada —contesta la Brenda, que li pren el collaret de les mans—. Per què vols que et deixi roba? No em diguis que has canviat d'opinió i aquesta nit sortim a cremar Sevilla.

—A cremar Sevilla, no. Però podem sortir a sopar i després a prendre una copa. Així m'airejo una mica.

—Fantàstic! Una decisió molt sàvia! Què ens posem?

Durant l'hora que passen preparant-se, arreglant-se els cabells, vestint-se i maquillant-se, els dubtes persegueixen la Triana. El pla no la convenç del tot, i més d'un cop es vol fer enrere, però al final decideix sortir amb la seva amiga. Tampoc es treu del cap la imatge del collaret d'ambre que ha vist. És exactament com el de la mare, però és impossible que sigui el mateix. Potser la mare de la Brenda també l'ha comprat a les paradetes de la plaça Nueva. Però juraria que està fet de manera artesanal i no n'hi ha dos d'iguals... És molt estrany.

—Que guapa! Aquest vestit negre et queda espectacular. Més bé que a mi —diu la Brenda mentre la mira de dalt a baix—. Estàs a punt?

—No, però marxem.

—Intenta no pensar en res més que no sigui divertir-te.

—Això és impossible.

—Fes el que puguis. Si en algun moment no estàs bé, m'ho dius i tornem.

La Brenda li fa un petó a la galta i després li dona un copet afectuós al cul. Abans d'anar-se'n, es posen una jaqueta que fa conjunt amb el vestit i surten de casa decidides a passar-s'ho el màxim de bé possible.

Sopen en un bar de tapes. Tot i que a la Triana li pugen ràpid al cap les dues cerveses que s'ha pres, no aconsegueix oblidar-se dels problemes. Mira el mòbil constantment per comprovar si en Niko li ha escrit. No ho fa, i té la temptació de tornar-li a enviar un missatge per demanar-li disculpes. La Brenda l'hi impedeix.

—No li escriguis. Deixa-ho estar. Demà en parleu amb tranquil·litat.

—I si deixa d'estimar-me? —pregunta la Triana abans de beure's l'últim glop de la tercera cervesa. Ha començat a arrossegar les paraules quan parla.

—Això no passarà!

—És veritat. Soc jo la que no l'estima.

—Esclar que l'estimes. El que passa és que tens mil coses al cap i ho estàs confonen tot.

—No tinc mil coses al cap. Només puc pensar on deu ser la meva mare i qui va assassinar el meu pare.

—Triana, no.

—No què, Bren? Com vols que no hi pensi en una cosa així?

—No dic que no hi pensis, però no et facis més mal, sisplau. Aquesta nit no. Hem sortit per...

La Triana no vol escoltar la seva amiga. S'aixeca del tamboret on està asseguda i se'n va cap a l'escala que condueix a la part de baix del bar, on hi ha els lavabos. Al costat de la porta del de dones, dues noies teclegen als mòbils. Aixequen el cap i se la queden mirant.

—Està ocupat?

La noia més alta li respon que sí, que s'estan esperant. L'altra, en canvi, no para d'observar-la. Fa que se senti incòmoda. Què vol, aquesta? Li molesta força tanta miradeta... Es coneixen?

—Segur que està ocupat? —insisteix la Triana, que es frega el front nerviosa.

—Sí, hi ha una dona a dins —contesta de nou la noia alta.

La jove més baixa li dona un cop de colze mal dissimulat a la seva amiga abans d'ensenyar-li el mòbil. La noia més alta estossega i deixa anar un petit crit. Després mira la Triana, que pica a terra amb el peu esquerre, molt tensa.

—Escolta, que ets la filla de la detectiu desapareguda? T'hem vist a la tele penjant cartells.

La Triana s'estima més no contestar i ignorar les dues noies. Truca a la porta del lavabo d'homes, i com que no respon ningú, obre i entra a dins. Està tremolant i es nota la respiració molt agitada. Es renta la cara i es mira al mirall: té el rímel corregut, però tant li fa. Sent que entren al lavabo del costat. Les dues noies d'abans estan rient. Les parets deuen ser molt primes, perquè ho sent tot.

—Has vist com va vestida?

—Sí, tia. I maquillada com un pallasso. I la seva mare desapareguda. És increïble.

—Quina poca vergonya. Si haguessin segrestat la meva mare, jo no em podria moure de casa. És que em passaria el dia plorant.

—Potser no tenien bona relació.

—O és ella la que l'ha fet desaparèixer. Hi ha gent per a tot.

—T'imagines? A mi no m'ha fet gaire bona espina.

—A mi tampoc. Has vist com ens mirava? Quins fums. Potser es pensa que és famosa.

La Triana no pot més. Surt del lavabo d'homes i, sense trucar, entra al de dones. Les dues noies la miren atònites. Li veuen la ràbia incrustada als ulls.

—I ara què direu de mi, filles de puta?

Capítol 5

Luna

Sevilla, dissabte 14 de desembre del 2019

Aquesta nit està sola, tal com és habitual els últims mesos. S'ha posat una bata vermella per combatre el fred que fa a la cuina. Prepara un bullit dels que li va ensenyar a fer la seva mare: patates, pastanagues, cigrons i porros. Quan estigui enllestit, hi tirarà els fideus prims. Un caldo calent se li posarà bé. Tot i que fa temps que la Luna no gaudeix de res.

Mentre espera que arrenqui el bull, fa un cop d'ull a l'arxiu d'imatges del mòbil. Va enrere fins a arribar a les de finals del 2018. Conserva un munt de fotos amb en Blas, tot i que ell li va demanar que les esborrés. Si algú les veiés, encara podria tenir problemes per culpa de l'artefacte explosiu que el periodista va enviar a la directora del diari. Li tornen els records de les moltes converses que van mantenir. Ell estava casat i amb dos fills, tot i que sempre li havia dit que ja no estimava la seva dona i que la deixaria perquè el seu veritable amor era ella. Mentides i més mentides.

—Vas ser un imbècil acabat, Blas —murmura plorant. Passa les fotografies cada vegada més de pressa fins que arriba a l'última que es van fer junts. Aquesta sensació de buit no li marxarà mai?

Cada dia intenta superar la seva mort. I malgrat que cada matí, quan es lleva, s'ho proposa, quan el sol es pon sempre acaba enfonsant-se. No entén com pot ser que encara li quedin llàgrimes. Se sent aclaparada per la tristesa i ni tan sols la feina com a periodista a la televisió, amb la qual sempre havia somiat, aconsegueix treure-la d'aquell estat d'ànim. El fet que la considerin una de les millors del grup El Guadalquivir tampoc la consola.

Mentre torna a revisar les fotos amb en Blas, rep un whatsapp. És del director d'informatius del canal. Li pregunta si li ve de gust anar a prendre una copa. Aquest tio l'únic que vol d'ella és sexe. Està molt clar. També té dona i una filla petita maquíssima. La Luna es lamenta de ser un imant per als homes casats. No li interessa. Li respon que se n'anirà a dormir molt d'hora i que potser en una altra ocasió. Dilluns el veurà a la redacció. Esbufega i es planteja bloquejar-lo. No ho fa perquè és un home poderós dins del mitjà, i si s'adona que ella l'ha bloquejat, potser el seu lloc de treball estarà en perill. De moment s'estima més aguantar-se les ganes d'engegar-lo a la merda i no pensar-hi més.

Mentre sopa, se li acumulen els missatges de whatsapp. El grup de periodistes està molt actiu aquesta nit. Alguns han sortit de festa i estan penjant fotos. Són molt pesats, sobretot els de la secció d'esports. No n'hi ha ni un que no li hagi anat al darrere mig de broma o mig seriosament. Però el missatge que li crida l'atenció és l'àudio d'una dona. No és la primera vegada que sent aquella veu.

Ana Benítez
Bona nit, Luna. Soc l'Ana Benítez, la dona d'en Francisco Carvajal, el pilot de l'helicòpter que es va estavellar contra la Giralda. Te'n recordes de mi? Espero que estiguis bé. Perdona que et molesti a aquestes hores. Podem parlar?

La noia fa una última queixalada al plàtan que s'ha menjat de postres i es neteja les mans amb un tovalló de paper. Després agafa la llibreta d'apunts i un bolígraf i truca a l'Ana Benítez, amb qui ja va parlar fa aproximadament un mes. Defensava el seu marit d'alguns comentaris en què se l'acusava de ser el responsable de l'accident i li semblava increïble el que havia passat. No va parar de plorar durant tota la conversa.

—Hola Luna. No m'esperava que truquessis tan ràpid —diu l'Ana, sorpresa.

—M'has agafat sense res a fer i no et volia fer esperar. Com et trobes?

—Vaig fent. Encara no em crec que en Fran ja no hi sigui.

Immediatament, la noia se'n recorda d'en Blas. La comprèn a la perfecció. Són històries molt diferents, però ella tampoc és capaç d'oblidar l'home de qui es va enamorar. Ho ha intentat de totes les maneres, però sense èxit.

—M'imagino el tràngol que estàs passant. Em sap molt greu.

—No hi ha manera d'aixecar el cap. Encara és pitjor quan llegeixo o sento persones dient que en Fran va ser el culpable de la mort de la directora del diari i que ens haurien de fer pagar els desperfectes ocasionats a la Giralda.

—L'estupidesa humana no té límits. No facis cas de la gent. Ni llegeixis les xarxes socials.

—Les he esborrat totes. Les d'ell i les meves. Però sempre hi ha algú que se les enginya per fer-te arribar la seva opinió. Crec que em canviaré de número de telèfon. El van posar en algun lloc i em truquen de tant en tant per insultar-me.

—Hòstia. Has anat a la policia?

—No. Ja s'ho faran —diu l'Ana resignada—. L'últim cop que vaig parlar amb ells va ser horrible. Tenia la sensació que em volien acusar d'alguna cosa.

—A tu?

—Sí. Com si jo fos la còmplice del meu marit i haguéssim planejat l'atemptat tots dos. Em vaig sentir molt pressionada.

A la xerrada de fa un mes, l'Ana sostenia que l'helicòpter no s'havia estavellat accidentalment, que havia sigut un acte homicida. El seu marit era un pilot amb molta experiència i era improbable que cometés un error com aquell. I per descomptat descartava el suïcidi! Un infart durant el vol? Era possible, però en Francisco s'acabava de fer una analítica completa que havia sortit perfecta. Estava completament sa.

—Luna, volia parlar amb tu perquè he trobat una cosa que m'ha fet pensar —diu l'Ana després de fer uns segons de silenci—. El meu marit era dels que encara ho apunten tot a mà. En una de les agendes he descobert un paperet escrit que estava ficat a la pàgina amb la data del dia de l'accident.

—I què hi va escriure al paperet?

—L'hora del vol i que en Santiago de Gomar era un dels passatgers. De fet, només hi havia escrit el nom de l'alcalde i un «+2», que es devia referir a les altres passatgeres.

La Luna no diu res. Ja n'estava al corrent, d'aquesta dada. Ho havia descobert gràcies a la Blanca, però quan ho va voler confirmar oficialment, des de l'ajuntament li havien demanat que no ho fes públic. Hi havia una investigació en curs i els resultats es revelarien quan estigués acabada.

—Si l'alcalde havia d'haver anat a l'helicòpter que pilotava en Fran, no tinc cap dubte que ell era l'objectiu real de l'atemptat. Què n'opines?

—No ho sé, Ana —respon la Luna, que intenta dissimular que estava al cas d'aquella informació—. És possible.

—El meu marit es va morir per culpa d'algú que volia assassinar l'alcalde i la jugada li va sortir malament. Ara n'estic segura. Va ser un atemptat.

—Només és una hipòtesi. No ho podem saber amb seguretat.

—Esclar que sí! És més, si en Fran no va provocar

la col·lisió expressament, i estic segura que és impossible que ho fes, algú devia enverinar el meu marit o va manipular l'helicòpter perquè s'estavellés. Descarto totalment l'accident involuntari.

—Els forenses no van informar pas d'un possible enverinament.

—Ja ho sé. Però potser hi ha una mà negra que ha fet manipular aquests resultats... O, tal com t'he dit, van sabotejar l'helicòpter. Tu has llegit alguna cosa sobre tot això?

—No. La veritat és que no.

—Per a mi, el més probable és que a en Fran el van deixar fora de combat i va quedar inconscient. Estic segura que per això l'helicòpter va volar de manera irregular i es va estavellar contra la Giralda.

El que afirma l'Ana té sentit. De fet, en un vídeo que va gravar una persona anònima que va córrer com la pólvora per les xarxes socials, es veu l'estrany comportament de l'aparell fins al moment de la col·lisió.

—Des que he trobat aquest paper, no paro de donar voltes a això d'en Santiago de Gomar.

La Luna està punt d'explicar-li que ja ho sabia que l'alcalde havia d'anar a l'helicòpter. Però si l'hi diu, pot ser que s'enfadi amb ella per no haver-n'hi dit res abans i li exigeixi que difongui aquesta informació per la televisió.

—Aquest tema cada vegada fa més pudor —continua l'Ana, més enfadada—. Estava previst que l'alcalde viatgés en l'helicòpter i ningú no n'ha dit res. Fins i tot han deixat que culpin en Francisco de voler cometre un acte terrorista. Per què des de l'ajuntament no n'han parlat, d'això? De qui tenen por?

—Deuen voler-ne estar segurs abans de fer pública una informació tan important.

—I els mitjans? Cap mitjà se n'ha assabentat? Però si es filtra tot!

La Luna es comença a veure acorralada. Li explica la veritat? No pot. Va prometre que seria discreta. De moment tot són indicis, no hi ha res segur.

—Algú va voler matar en Santiago de Gomar i ho van pagar uns altres.

—Fem una cosa —diu la periodista, una mica cansada i amb ganes d'acabar aquella conversa—. Investigaré el que m'has dit i et mantindré informada.

—Si t'he explicat això del paperet és perquè confio en tu. Et tinc per una gran periodista.

—T'ho agraeixo, Ana. Comprenc la teva frustració i les ganes de fer justícia. Tard o d'hora sabrem la veritat.

—Això espero.

—Ja ho veuràs.

—Gràcies per ajudar-me. He de netejar com sigui el nom d'en Francisco. Ell no era ni un assassí ni un terrorista. Ni tampoc un mal pilot. Era un home extraordinari! Alguna cosa va passar a l'helicòpter que va provocar l'accident. I la clau és la figura de l'alcalde de Sevilla.

Netejar el nom d'en Francisco és l'únic desig de la seva dona. Aquest propòsit s'assembla molt al que la Luna va voler fer amb en Blas i no li va sortir bé. Perquè, en aquest cas, el periodista sí que era culpable que l'artefacte explosiu hagués esclatat a la redacció d'*El Guadalquivir*, i encara que ella coneixia la seva part més humana, no hi havia defensa possible per a ell.

Després de penjar, la Luna es prepara una infusió i s'asseu al sofà. Posa els peus sobre la tauleta i engega el televisor. Apareix sintonitzat el canal on treballa. De seguida el canvia i posa l'MTV. Fins dilluns no vol saber res d'El Guadalquivir. Tanca els ulls i escolta la veu de Katy Perry a «Dark Horse». Li encanta aquesta cançó, però de seguida desconnecta de la música. Un devessall de preguntes li passen pel cap. Què va passar realment a l'helicòpter? Qui volia posar fi a la vida d'en Santiago de Gomar? I si va ser un accident i tota la resta han sigut estranyes coincidències?

La Luna obre els ulls de cop. A l'MTV ara emeten el videoclip d'«As Long As You Love Me», de Justin Bieber. Queda bocabadada mirant la pantalla. Si la Blanca recordés el que va passar a l'interior de l'helicòpter, tot seria més fàcil. Uns quants dubtes podrien quedar resolts. Hi deu haver alguna manera d'extreure els records de la seva ment?

A El Guadalquivir TV hi col·labora un psicòleg que potser li pot respondre aquesta pregunta. No té el seu número, però segur que algú de producció l'hi podria facilitar.

IRATI
És un contacte directe d'en Marco. Són amics íntims. Jo no tinc el seu mòbil, Luna. Només el de la consulta. No sé si algú de l'equip et pot ajudar.

La resposta de l'Irati no és la que esperava. La Marcela i en Raúl tampoc tenen el contacte del psicòleg. Merda. Podria esperar fins dilluns i trucar a la consulta o escriure a en Marco per demanar-li el telèfon del seu amic. Però no hi ha res en aquell moment que li vingui menys de gust que sentir la veu del director d'informatius a qui aquesta nit ha rebutjat.

Unes quantes hores després de la conversa amb la Luna González, en una casa de Sevilla est, l'Ana Benítez sent un soroll. S'ha quedat adormida a la sala d'estar amb la llar de foc encesa. Estava somiant amb en Fran. Era com si estigués viu, com si res no hagués canviat. Quan es desperta, s'adona que el seu marit no és al seu costat. La tristesa és immensa.

Un altre soroll. Què passa?

La dona s'aixeca del sofà i surt de la sala d'estar per anar a la porta de l'entrada. Què és aquesta llum?

—Hola? Que hi ha algú?

Van ser les últimes paraules de l'Ana abans que casa seva s'abrandés i les flames arrasessin cada racó.

Capítol 6

Triana

Sevilla, dissabte 14 de desembre del 2019

—Us mataré!

L'esgarip de la Triana és colpidor. La noia es llança contra les dues joves que parlaven d'ella. La més alta aconsegueix aturar-la amb les mans i l'empeny per evitar que pegui a la seva amiga.

—Què estàs fent? —pregunta horroritzada la Brenda, que ha baixat als lavabos en veure que la seva amiga no tornava—. Calma't, per l'amor de Déu!

—Està boja! Diu que ens vol matar!

La Triana intenta clavar una coça a les noies, que aconsegueixen amagar-se al lavabo. La Brenda agafa la seva amiga per la cintura, l'estira i finalment se l'emporta mentre li suplica que es tranquil·litzi. Però no li fa cas. Els insults i els crits continuen.

—Quan sortiu us trencaré la cara! —crida la Triana, fora de si, mentre s'allunyen de la zona dels lavabos.

—Vols calmar-te, sisplau? Faràs que ens detinguin!

—Tant me fa. Són unes filles de puta.

—Però, què t'han fet perquè estiguis així?

—S'han burlat de mi i diuen que jo he planejat el segrest de la meva mare i que per això estic tan tranquil·la.

—De debò? Quines cabrones. Però no pots agredir la gent d'aquesta manera.

—S'ho mereixen.

La Triana trontolla i s'ha de repenjar a l'espatlla de la seva amiga per no caure. La Brenda l'ajuda a pujar les escales i surten al carrer. Caminen amb dificultat fins que localitzen un banc buit i s'hi asseuen.

—Tens fred? Estàs tremolant.

—Estic farta de tot.

—Et comprenc.

—On és la meva mare, Bren? On és?

—No ho sé, reina. Tant de bo ho sabés.

—Hauria de ser aquí amb mi. M'ha deixat sola. I jo ja no puc més.

La Brenda l'observa amb tristesa. Li corda la jaqueta i l'abraça. La Triana l'aparta amb les mans a l'instant. No es troba bé. Es posa dreta i vomita en un racó. Les cerveses li estan passant factura. Unes quantes persones se la queden mirant. Algunes l'assenyalen amb el dit i altres riuen. Sent una noia que li diu «borratxa» i una senyora la reconeix. «És la filla de la detectiu desapareguda. Pobreta», li comenta al seu marit. La situació és insuportable. Està esgotada. Mira al seu voltant, confosa. Al carreró del costat hi veu una ampolla de vidre tirada a terra. Sembla un d'aquells whiskys barats que es beuen als botellots. És un senyal. Camina fent tentines fins a l'ampolla i l'agafa. La Brenda li va al darrere, suplicant-li que s'aturi, però no pot evitar que trenqui l'ampolla contra la paret.

—Què fas, Triana? Llença l'ampolla.

—Això s'ha acabat —diu la Triana plorant, amb una part de l'ampolla enganxada al coll—. S'ha acabat, Bren. Me'n vaig amb els meus pares.

—No facis bogeries. T'ho suplico, llença l'ampolla. Tenim moltes coses per viure juntes. Totes dues. Sisplau, bonica, deixa l'ampolla a terra.

—Gràcies per tot. Has sigut la millor amiga del món. Perdona'm per no haver-ho fet tan bé com m'hauria agradat.

—Què dius? No podries haver-ho fet més bé. Sempre has estat aquí per aguantar les meves bogeries i ximpleries. Sisplau, llença-la.

No li fa cas. Està tremolant i no para de plorar. Li sagna la mà dreta amb la qual aguanta el coll de l'ampolla. Ni tan sols s'ha adonat que s'ha tallat quan l'ha trencat.

—Ho he de fer. Perdona'm —balbuceja abans de començar a enfonsar-se el vidre a la pell.

Tanca els ulls i nota que un gran pes li cau a sobre. L'ampolla se li escapa de les mans i va a parar a terra. La Triana cau desplomada. Quan es gira veu en Niko. No s'ha adonat que el seu nòvio ha arribat sigil·losament per darrere per impedir que es tallés el coll. S'asseu i l'observa astorada. D'on ha sortit?

—Gràcies a Déu. Just a temps —diu la Brenda mentre s'ajup al costat de la seva amiga—. Et trobes bé?

La Triana no contesta. No pot deixar de mirar en Niko, que es posa dret i s'espolsa els pantalons abans d'oferir-li una mà per ajudar-la a aixecar-se. Però ella continua sense moure ni un múscul. Una infinitat de sensacions se li acumulen. Està en xoc.

—Sort que la Brenda m'ha trucat fa una estona perquè vingués a parlar amb tu. Per què has intentat...?

Continua sense contestar. Aconsegueix aixecar-se sola i es palpa el coll. Tot i que el tall no és gaire profund, s'ha tacat els dits de sang.

—T'hem de portar a l'hospital perquè et curin —diu en Niko mentre s'acosta per examinar-la. S'ha adonat que també té una ferida a la mà.

La Triana fa un parell de passos enrere per impedir que el seu nòvio la toqui. Continua callada malgrat que la Brenda li pregunta una vegada i una altra com es troba. Comença a caminar pel carreró fosc, seguida de la seva amiga i d'en Niko, que li demanen que s'aturi. No els escolta. No els vol sentir. S'entrebanca unes quantes vegades i no aconsegueix caminar en línia recta. Està força marejada.

—On vas? Hem d'anar al metge perquè et mirin aquestes ferides. Potser necessites punts —insisteix la Brenda.

—Escolta'ns, sisplau. Estem molt amoïnats per tu.

Tanmateix, el seu comportament no varia gens. Està bloquejada. És incapaç de parlar. No es pot treure de sobre aquesta angoixa. Ha estat a punt de degollar-se amb el vidre d'una ampolla. Pensa en el seu pare, un bon home que va perdre la vida perquè el miserable de l'Enrique Mesa va complir un encàrrec. També pensa en la mare, desapareguda. Segurament està morta. Massa dolor, massa patiment.

—A veure, espera't un moment —diu en Niko, que l'ha avançat i es col·loca davant seu per impedir-li el pas—. Què intentes fer?

La Triana el mira fixament als ulls, però continua sense contestar. L'esquiva envoltant-lo per la dreta. El noi repeteix el moviment. El torna a tenir al davant.

—T'està sagnant la mà i t'haurien de mirar el tall del coll. Has d'anar a l'hospital.

—Escolta en Niko, sisplau —suplica la Brenda—. Sabem que no estàs bé. Ha sigut un error sortir. Però no et deixarem sola. T'estimem, Triana.

—T'estimo —diu en Niko somrient—. T'estimo.

—Jo no ho sé si t'estimo a tu.

Quan pronuncia aquestes paraules, nota que deixa de respirar. Es mira el palmell de la mà i contempla com una gota de sang cau a terra. Després es fixa en l'expressió de dolor d'en Niko. S'ha quedat petrificat, com una estàtua de guix. La Brenda tampoc es mou. És com si haguessin aturat la vida. Com si tot al seu voltant s'hagués congelat durant uns segons.

—És el que sento ara mateix. No és just per a tu, ho sé. Segurament ets el millor que em queda. Però m'estic asfixiant i necessito... No té nom el que necessito.

—Necessites que la teva mare aparegui i saber qui va ordenar assassinar el teu pare —intervé en Niko, que li agafa la mà i observa la sang que li rellisca pel braç—. Anem a un hospital. Això és el més urgent ara.

La noia assenteix amb el cap i li torna a demanar disculpes. Treu un mocador de paper de la jaqueta i es tapa la ferida. No triga a quedar tot vermell. El tall a la mà dreta és més profund del que semblava. La Brenda li dona el fulard que s'ha posat per sortir per fer-lo servir per aturar l'hemorràgia.

—Us he demanat un Cabify —diu en Niko mostrant-li la pantalla del mòbil a la Brenda—. Arribarà d'aquí a un parell de minuts.

—Tu no vens?

—Val més que no. Truqueu-me quan arribeu a l'hospital.

El noi espera al costat de la Brenda i la Triana que arribi el cotxe que les ha de recollir. No li diu res més a la seva nòvia, cosa que ella agraeix. No està en condicions de mantenir una conversa. Continua trobant-se una mica marejada i no té ganes de parlar. Ni tan sols parla amb la Brenda quan són a l'interior del taxi. Li demana permís al conductor per obrir la finestra i deixa que l'aire fred li toqui a la cara. És agradable i, per primera vegada des que ha sortit del restaurant, no es vol morir. Què ha passat? Per què ha tingut aquell impuls tan fort de treure's la vida?

—Brenda, gràcies —xiuxiueja quan el cotxe s'atura en un semàfor—. Gràcies per no rendir-te amb mi.

—De res. Hauries fet el mateix per mi. Estàs més bé?

—No ho sé. Estic, que ja és molt.

—No diguis això —la renya la Brenda dibuixant un somriure—. Ara que et curin aquesta mà i després ens en anirem a casa a dormir. A veure si demà veiem les coses d'una altra manera.

—Em sembla bé. Estic molt cansada.

—Ens fem grans. Amb les coses que hem arribat a fer...

—La pròxima vegada, pizza i pel·li de Disney a casa.

—Ni ho dubtis, amiga!

Totes dues somriuen i, amb la mà sana, la Triana estreny amb força les de la Brenda. I, com si el destí estigués pendent d'aquell moment, a la ràdio del cotxe sona un tema de Fondo Flamenco. Un instant de felicitat en la vida d'aquelles dues noies que, tal com diu la cançó, no durarà gaire temps.

Capítol 7

Niko

Sevilla, diumenge 15 de desembre del 2019

Són més de les dotze de la nit i al carrer només hi queda gent de festa o que ha allargat el sopar. En Niko va cap a casa. Li queda un bon tros encara, però s'estima més anar-hi caminant que agafar el bus o un taxi. Té moltes coses per pensar. La Brenda li ha enviat un whatsapp per avisar-lo que ja són a l'hospital. Sembla que la Triana es troba més bé.

«Jo no ho sé si t'estimo a tu».

Les paraules de qui encara és la seva parella li ressonen al cap constantment. És un dels moments més durs que ha hagut d'afrontar. És obvi que la Triana no es troba bé, ho nota des de fa uns quants dies. Es discuteixen massa i li molesta tot. Té els ànims per terra. Que la seva mare no hagi aparegut l'ha devastat. No és la noia divertida i plena d'energia que va conèixer a l'octubre. Ho entén i ho respecta, però no sospitava que dubtés dels seus sentiments. No ho ha vist venir i no sap si hi ha solució.

De fet, tot i que n'està enamorat, no fa gaire que estan junts. L'ha de deixar respirar i que s'aclareixi. És l'únic que pot fer. Això i esbrinar qui va ordenar matar el seu pare i on és la seva mare. És com si la Celia s'hagués esvaït de la faç de la terra, com si ja no existís. Però en algun lloc deu ser!

Ho han repassat mil vegades: la detectiu va desaparèixer el dilluns 14 d'octubre. Havia quedat amb la periodista Blanca Sanz a la biblioteca Infanta Elena, que és al costat del parc María Luisa. No s'hi va presentar. El seu mòbil es va apagar aquell mateix matí a casa seva i no va tornar a donar senyals de vida fins al dilluns 4 de novembre, en una esplanada entre Carmona i El Viso. Només va estar cinc minuts engegat. Aquell mateix dia van trucar al telèfon del despatx de la detectiu des d'un número desconegut amb un missatge d'àudio de la Celia. Aquella era l'última dada que tenien o, si més no, l'última que la policia els havia facilitat. Des de llavors, s'havia perdut completament el seu rastre.

—Em dones una moneda, noi?

L'hi ha demanat un indigent que està assegut en una cadireta plegable davant de la porta d'un McDonald's. En Niko s'ajup i li dona un euro.

—Gràcies, nano —diu l'home, proveït d'una espessa barba i uns llargs cabells grisos—. Jo a tu et conec —continua, mentre l'escruta amb atenció.

—A mi? Em sembla que no.

—Sí, sí. No vaig pas confós.

En Niko no li fa cas i continua caminant. Segurament l'ha vist a la televisió quan el van detenir pel cas

Chopin. No li ve de gust entretenir-se a parlar amb ningú.

A vegades nota que l'observen. La majoria de les vegades és per la suggestió, però d'altres s'adona que l'estan mirant. Ja no és un desconegut i la gent és poc dissimulada.

—Noi, espera't —sent darrere seu.

Es gira i veu l'indigent. S'ha posat dret i coixeja de la cama dreta. No supera el metre setanta d'alçada i va vestit amb parracs. En Niko esbufega i continua caminant. L'home no es rendeix i, mentre el persegueix, li demana que s'aturi. Finalment, en Niko es queda quiet i espera que l'home arribi.

—Gràcies. Estic en baixa forma —comenta l'indigent amb les mans repenjades a la cintura—. La puta cama. Jo, que corria els cent metres en dotze segons...

El somriure li deixa al descobert unes quantes càries. Conserva forces dents, però per l'alè que desprèn, no se les deu haver rentat des de fa mesos. Li fa uns seixanta anys, però també en podria tenir deu més o deu menys.

—Què vol?

—Et conec —insisteix l'home, l'olor corporal del qual el fa retrocedir.

—Em deu haver confós amb una altra persona.

—No. Tu ets el net d'en Dariusz. Tot i que ara se't coneix més pels teus famosos robatoris a les cases de Sevilla. T'has convertit en una llegenda!

—Està exagerant. No n'hi ha per tant.

—És veritat el que es diu? Vas tornar tot el que vas robar i el que va robar el teu avi? Valga'm Déu, quins collons...

En Niko l'observa detingudament. Està clar que el captaire el coneix. A ell, en canvi, no li sona de res, si bé és cert que és complicat distingir-li la cara, oculta sota aquella barba tan espessa i els cabells llargs.

—No sé qui és vostè.

—Lògic. L'important és que jo sé qui ets tu. A més, has sigut generós amb mi donant-me una almoina. Això et dignifica.

—Miri, senyor, estic cansat i vull anar-me'n a casa. Em diu qui és?

—Pots dir-me Plini.

Plini? Quina mena de nom és aquest? No recorda cap persona que tractés amb el seu avi que es digués així.

—Me'l va posar una professora d'història amb qui vaig sortir uns quants mesos quan era jove. Jo li enviava cartes i ella em deia que era com l'escriptor romà. No et sona? Va morir a l'erupció del Vesuvi.

—Ni idea.

—Els joves d'ara no sabeu res d'història. En fi —es lamenta l'indigent mentre nega amb el cap—. També ets el gendre de la detectiu desapareguda, oi?

En Niko es queda clavat quan sent en Plini. L'ha sorprès. Ara sí que li interessa el que aquell individu li ha d'explicar.

—Com ho sap, això?

—Els que vivim aquí i allà ho sabem gairebé tot. No necessitem internet ni la televisió.

—No entenc res —admet en Niko, nerviós i força desconcertat—. Vostè coneixia el meu avi i també sap qui soc jo i qui és la Celia Mayo. Jo, en canvi, em sembla que no l'he vist mai a la vida.

—Potser sí que m'has vist, però no t'hi has fixat.

—Estic gairebé segur que no. Almenys no amb... aquest aspecte.

En Plini fa una forta riallada, i tot seguit li ve una tos seca i passatgera. Quan li passa, torna a mostrar aquell estrany somriure ple de dents picades.

—Sé que tinc pinta de vagabund. A veure si un dia d'aquests m'afaito i em tallo els cabells —diu l'home, que s'acaricia les grenyes—. És veritat que em podria cuidar una miqueta més, però soc un indigent, no un model d'Armani.

La nova riallada d'en Plini encara posa més tens en Niko. No se sent còmode. El tuf que desprèn aquest home és insuportable. I no li agrada que sàpiga coses d'ell. Tampoc li ha dit quina relació tenia amb el seu avi. Potser era un dels seus enemics i només està jugant amb ell.

—Què més sap de mi?

—Que ets un bon noi i que la vida no t'està tractant bé.

—Per què ho diu, exactament?

—Vas perdre els teus pares a Polònia quan eres petit, et vas criar amb un delinqüent i la teva futura sogra fa dos mesos que està desapareguda —respon en Plini més seriós. Ja no riu ni estossega—. Però tinc una bona notícia per a tu.

—Una bona notícia? Quina?

—La Celia Mayo no està morta.

Aquesta afirmació desarma en Niko. Ho ha sentit bé? Sí, n'està segur. L'home acaba de dir una cosa que les seves orelles estaven desitjoses de sentir. De seguida pensa en la Triana i com la faria de feliç si allò fos veritat. Però, aquest paio és de confiança? Se'l pot creure?

—No jugui amb aquest tema. És molt important per a mi.

—Seria incapaç de jugar amb la mort d'algú. La Celia Mayo està viva.

—Com ho sap? Qui l'hi ha dit?

—La Santana.

—Qui és la Santana?

—Una dona extraordinària. —A en Plini se li il·luminen els ulls quan respon—. María Santana. Li tinc molt d'afecte i em crec a ulls clucs tot el que diu.

—Tant se'n refia de la seva paraula?

—Completament.

—I aquesta tal Santana on li ha dit que és la Celia?

—Això no m'ho ha revelat. No sé si ella la sap aquesta informació, però està segura que està viva.

A en Niko no el convenç gaire el que li està explicant. Tanmateix, vol arribar fins al final.

—I com és que n'està tan segura?

—Per l'energia.

—L'energia?

—Sí, noi. L'energia —contesta en Plini entusiasmat—. La María Santana és capaç de saber coses que tu i jo no podem entendre. No s'equivoca mai. Si diu que la detectiu Mayo està viva, és que realment està viva.

—És una vident?

—No veu pas el futur. La Santana està per sobre de les línies temporals que coneixem. És la persona amb més poder de Sevilla. No em refereixo a riqueses i possessions; el seu poder està relacionat amb l'ànima i l'energia.

Si en Niko al principi dubtava de la paraula d'en Plini, ara està totalment convençut que aquell home ha begut massa conyac aquesta nit. Tot d'una, li ve un gran desànim quan pensa en la Triana, perquè tenia l'esperança de poder-li portar bones notícies sobre la seva mare. A més, hauria sigut una bona oportunitat per reconciliar-se.

—Ja sé que és difícil de creure. No soc estúpid, noi. Estaries boig si em creguessis a ulls clucs sense abans plantejar-te que estic com una cabra.

—Home, jo no soc gaire fan d'aquesta mena de persones.

—Jo tampoc. Per qui m'has pres? —s'empipa l'home, però de seguida somriu—. Ves a veure la Santana i que ella t'expliqui el que sap. Després tu mateix decideixes si te la creus o no. Acostuma a ser cada dia a la plaça d'España. Li agrada observar els turistes mentre pugen a les barquetes.

—Ja m'ho rumiaré. Gràcies de totes maneres.

—De res. M'ha encantat poder-te conèixer. M'ho passava molt bé jugant a cartes amb en Dariusz. Quina bona època.

En Niko somriu i recorda el seu avi en aquelles entusiastes partides que acabaven com el rosari de l'aurora. Fins i tot en això els delinqüents de la ciutat eren uns tramposos. Si en Plini formava part d'aquell grup, troba estrany que no se'n recordi. Potser sense barba i els cabells més curts sabria qui és.

—Només una cosa més: si vas a veure la María Santana, no li diguis que hi vas de part meva.

—Per què?

—Perquè en aquesta vida tot s'acaba sabent. I més en una ciutat com Sevilla. No vull formar part de la comunitat que va ajudar en Nikolai Olejnik a trobar la detectiu Mayo. M'estaria posant en perill.

Capítol 8

Luna

Sevilla, diumenge 15 de desembre del 2019

No li han agradat mai els xantatges emocionals ni els ultimàtums, però a vegades toca fer coses que una no vol fer. Com, per exemple, sortir a prendre una copa amb algú que no et cau especialment bé a canvi d'obtenir una informació que necessites. La Luna coneix de sobres les intencions d'en Marco Galiano, director d'informatius d'El Guadalquivir TV. També sap on ha de posar els límits.

—Me'n vaig. S'ha fet molt tard.

—He reservat una habitació en un hotel. Anem allà a prendre-hi l'última?

—Estic servida, Marco. Prou alcohol aquesta nit. Gràcies.

—Vinga, dona, no són ni les dues. I ja t'he donat el número del meu amic.

—T'ho agraeixo. Però tinc son i demà vull matinar per sortir a córrer.

—A córrer un diumenge?

—Cal mantenir-se en forma.

—Així, no vens?

No. En quin idioma l'hi ha de dir? En Marco Galiano no es cansa d'aprofitar el seu poder als mitjans de comunicació per aconseguir els seus propòsits. Fa temps que li va al darrere. Pràcticament des que treballen junts. Però la Luna ja té el que ha anat a buscar. És hora de tornar a casa.

—Em portes tu o demano un Cabify?

El director d'informatius insisteix perquè vagin a l'hotel, però la Luna s'hi nega. L'home es rendeix i la porta a casa en cotxe.

—No m'has dit per què vols el mòbil d'en Juancho Arrieta —diu en Marco després d'aparcar al carrer on viu la periodista.

—Una consulta professional.

—Necessites que et visiti un psicòleg? Tan malament et tractem a El Guadalquivir?

El somriure burleta d'aquell paio li regira l'estómac. Segur que està pensant que està boja per voler parlar amb un terapeuta. És ric, atractiu i poderós, però de mentalitat antiga i simple.

—Ens veiem dilluns. Bona nit i gràcies per la copa —es limita a contestar la periodista, que esquiva un intent de petó a la desesperada.

La Luna amb prou feines pot dormir. Es desperta un munt de vegades. Té malsons amb en Marco, en Blas i fins i tot amb la Mercedes Reinoso. La directora morta a l'accident de l'helicòpter li demana que trobi el culpable de la seva mort. Per culpa d'aquest últim somni, li és impossible tornar a aclucar els ulls.

Després de beure's un got de llet calenta, cap a les vuit del matí surt a córrer. Fa més fred del que es pensava, però de seguida entra en calor. S'imposa un ritme més alt de l'habitual fins al parc dels Príncipes. Exhausta, s'asseu en un banc i es tapa el cap amb la caputxa de la dessuadora. Treu el mòbil i comprova l'hora. Encara és aviat per trucar al psicòleg. Potser és millor primer temptejar-lo amb un whatsapp. Espera que siguin les nou i llavors li escriu.

LUNA
Bon dia, Juancho. Soc la Luna González, periodista de Guadalquivir TV. Ens hem trobat alguna vegada pels passadissos del canal. En Marco Galiano m'ha donat el teu número. Espero no molestar-te. Necessito parlar amb tu d'un tema professional. Digue'm quan et puc trucar. Gràcies.

La noia llegeix el missatge unes quantes vegades abans d'enviar-lo. Li sembla massa formal, però val més així. No ha parlat mai amb aquell home i no seria positiu prendre's gaires confiances. L'hi envia i espera impacient la resposta. Tant de bo aquest home pugui aclarir els seus dubtes respecte a la recuperació dels records. A internet ha llegit diversos articles sobre aquesta qüestió, però es contradiuen els uns amb els altres. Hi ha possibilitats que la Blanca recordi el que va passar durant aquell vol, abans que l'helicòpter xoqués contra la Giralda?

Li agrada la tranquil·litat del parc i respirar l'aire fresc del matí. A aquesta hora només veu gent corrent i amb bicicleta.

Li contestarà el psicòleg? No para de mirar el whatsapp, fins que rep un missatge que la sobresalta. No és d'en Juancho Arrieta. S'estranya perquè qui l'hi envia és la seva companya Cristina Santos.

> CRISTINA SANTOS
> Has vist el que ha passat? Hi ha hagut un incendi a casa de l'Ana Benítez, amb ella a dins. Em sembla que la coneixes, oi?

La Luna acaba de llegir el whatsapp de la seva companya i ràpidament marca el número de la dona d'en Francisco Carvajal. Ni tan sols fa el to de trucada, de seguida salta la bústia de veu. No pot ser que estigui passant això. Torna a casa tan de pressa com l'hi permeten les cames cansades, es dutxa i es vesteix ràpidament. Truca unes quantes vegades més a l'Ana Benítez, però el telèfon continua sense estar operatiu. Ha d'anar a Sevilla est per intentar esbrinar què ha passat. En comptes d'agafar el cotxe opta per demanar un taxi. Es posa en contacte amb la Cristina, que li explica que l'han avisat per cobrir la notícia, però no és a la ciutat. Tampoc li han passat més detalls del succés i ignora si hi ha alguna persona morta.

El trajecte fins a casa de l'Ana es fa etern. No para de trucar-li i intenta informar-se del que ha passat. D'El Guadalquivir TV han anat al lloc del succés un noi nou que es diu Gabriel i un càmera amb qui ella no acostuma a treballar. No aconsegueix parlar amb cap dels dos.

—Es troba bé? —pregunta el taxista en veure que la jove, frustrada i molt amoïnada, ha donat un cop a la finestreta amb la mà.

—No ho sé. Pot anar més de pressa?

—I paga vostè la multa?

La noia demana disculpes al conductor i intenta calmar-se. Espera que el que ha passat no tingui relació amb la conversa telefònica que van mantenir ahir a la nit. Li deu haver explicat a algú més allò del paperet amb el nom de l'alcalde?

El taxi no pot accedir al carrer on viu l'Ana. La policia ha acordonat la zona. Veu unes quantes patrulles, un parell d'ambulàncies i un vehicle de bombers.

—Què ha passat aquí? —pregunta el taxista mentre ella li paga el trajecte.

—Això m'agradaria saber.

La noia s'acomiada de l'home i se'n va directament al lloc on hi ha els mitjans de comunicació. De seguida localitza en Gabriel, que està revisant el mòbil. És un noi molt guapo, més o menys de la seva edat. A qui no veu és al càmera, que hauria d'estar amb ell.

—Què hi fas aquí? —pregunta sorprès el seu company—. També t'han trucat a tu per cobrir la notícia?

—No. He vingut pel meu compte. Conec l'Ana Benítez i no aconsegueixo parlar amb ella. Se l'han endut a l'hospital?

—Es veu que sí. Però no ens han dit gaire res.

—Està bé?

—No ho sé, Luna. Encara no hi ha declaracions ni notes de premsa.

—Collons. Saps qui hi ha al comandament de l'operatiu?

En Gabriel arronsa les espatlles. Merda, aquell noi no s'assabenta de res. Fa petar la llengua i travessa per sobre de la cinta groga que ha col·locat la policia.

—On vas? Ens han dit que no podem passar!

La Luna no fa cas de l'advertència del seu company. Camina decidida cap a la casa d'on encara surt fum fins que es troba amb un agent que li barra el pas. És un home alt i robust, amb els cabells foscos. El reconeix d'altres successos que li ha tocat cobrir. Per la cara que fa, sembla que ell també la recorda a ella.

—Us hem dit que us quedeu darrere del cordó.

—Perdoni. Conec l'Ana Benítez. Com està?

—No ho sé, senyoreta. Pot tornar amb la resta de periodistes sisplau?

—A quina hora ha sigut l'incendi?

—No li puc facilitar informació. Esperi's que emetin la nota de premsa —diu l'home mentre li ordena amb les mans que s'allunyi.

—Sisplau, no em pot dir si l'Ana està bé? Soc la seva amiga i no m'agafa el telèfon. Estic molt amoïnada.

—No hi estic autoritzat.

—Només vull saber com està la meva amiga. Després me n'aniré. L'hi prometo.

L'agent sembla que dubta. Mira al seu voltant per comprovar que no hi ha ningú a prop. S'acosta a la Luna i li parla en veu baixa.

—Està viva, però té cremades greus per tot el cos.

—Com de greus?

—Jo no l'he vist. Se l'han endut tan ràpid com han pogut.

—La seva vida corre perill?

—No ho sé. L'han traslladat a la unitat de grans cremats del Virgen del Rocío. És tot el que li puc dir —comenta l'agent, que amb les mans torna a assenyalar-li la cinta groga—. Sisplau, esperi's darrere del cordó de seguretat.

La Luna li dona les gràcies i obeeix l'ordre del policia. Allò no pinta gens bé. No pot ser casualitat que hores després que parlessin de l'accident de l'helicòpter s'hagi produït un incendi a casa de l'Ana.

—T'has assabentat d'alguna cosa? —pregunta en Gabriel, que ja està acompanyat del càmera d'El Guadalquivir TV.

—Té cremades importants per tot el cos. L'han traslladat al Virgen del Rocío.

—Caram. Enviaran una nota de premsa explicant el que ha passat?

—No en tinc ni idea —contesta la Luna, que treu el mòbil per demanar un Cabify a través de l'aplicació—. Me'n vaig a l'hospital. Miraré si aconsegueixo veure-la.

—Pobra dona. Primer allò del seu marit, i ara això. Hi ha persones que estan maleïdes o tenen molta mala sort.

Discrepa totalment d'en Gabriel. La mort d'en Francisco Carvajal no va ser per mala sort i l'incendi no té res a veure amb la malastrugança. Està convençuda que ha sigut provocat. S'hi jugaria qualsevol cosa.

La Luna puja al cotxe que ha demanat i es dirigeix al Virgen del Rocío. Si han portat l'Ana a la unitat de grans cremats, és perquè està greu. Dubta que li permetin veure-la, però ho ha d'intentar.

Durant el trajecte cap a l'hospital rep un missatge d'àudio. És en Juancho Arrieta, el psicòleg.

JUANCHO ARRIETA
Bon dia, Luna. Que bé tenir notícies teves. Sí, ens hem vist unes quantes vegades a la tele, però no hem parlat mai. Les presses, que no són bones conselleres. Encantat de resoldre els teus dubtes. Truca'm quan vulguis o, si et ve de gust, podem quedar per prendre un cafè. Per mi, encantat. Ja em diràs alguna cosa...

Un altre que li proposa una cita. Si és amic íntim d'en Marco, segurament tenen idees i comportaments semblants. Però no el vol prejutjar. Ha sigut molt amable de tornar-li el missatge un diumenge al matí. Un cop vist el que ha passat després de la conversa d'ahir a la nit amb l'Ana, potser val més fer-hi una xerrada en persona. Escriu un whatsapp a l'Arrieta per preguntar-li si poden reunir-se aquesta mateixa tarda, a les sis, a la cafeteria La Cacharrería de Sevilla. De seguida rep l'OK del psicòleg.

—Hem arribat al seu destí —diu el conductor del cotxe després d'estacionar-lo davant de l'hospital—. Espero que no sigui res greu.

—Gràcies. Jo també ho espero.

Tanmateix, el desig de la Luna no es compleix. Pocs minuts després, un dels metges que atenen l'Ana l'informarà que les cremades s'estenen per més del cinquanta per cent del seu cos. La seva vida encara corre perill. Si aconsegueix salvar-se, no serà mai més la d'abans.

—Si és amiga seva, ajudi-la en tot el que pugui i tracti-la amb molt d'afecte. L'Ana ho necessitarà.

Capítol 9

Niko

Sevilla, diumenge 15 de desembre del 2019

A la Triana, a l'hospital, li han fet tres punts de sutura a la mà i li han donat un calmant. Per sort, no és res greu. El que més amoïna en Niko és el que la noia va intentar fer. Què hauria passat si no hagués arribat a temps? No ha parat de preguntar-s'ho durant tota la nit. Ha reviscut aquell instant unes quantes vegades.

—Ara no té ganes de parlar amb tu. Està molt cansada, però es troba molt més bé. Dona-li temps. Té massa coses en què pensar.

Aquestes han sigut les paraules de la Brenda, que ha agafat el mòbil de la seva amiga quan en Niko ha trucat per preguntar-li com es trobava. Ja havien tornat de l'hospital i dormirien juntes. Tot i que li agradaria tenir una conversa amb la Triana, no la vol forçar. S'armarà de paciència i esperarà el temps que calgui.

És un dels diumenges més tristos que recorda. El cel està tapat i fa fred. No es troba bé. No té ganes de res i li fa mal el cap, però en un intent d'escapar-se d'aquest malestar físic i també de l'apatia que l'aclapara, s'ha obligat a baixar al carrer a esmorzar. Es menja un croissant a la planxa amb melmelada i un cafè amb llet. Després es pren un ibuprofè que li porta la cambrera amb un got d'aigua.

—Que has passat mala nit? —pregunta la dona baixeta i grassoneta.

—Horrible.

—Ànims, Chopin. Tot té solució.

La cambrera li dedica un somriure i li pica l'ullet. En Niko li permet aquestes llicències a la Dolores. No es tenen gaire confiança, però sempre ha sigut amable amb ell.

—Coneixes una dona que es diu Santana?

—María Santana? Esclar —assenteix la cambrera—. Fins i tot va venir una vegada aquí. És molt famosa a Sevilla.

—Jo no sé qui és.

—Perquè la seva popularitat ha baixat aquests últims temps. Els que ja tenim una edat la coneixem perfectament.

—És vident?

—No sé ben bé com es defineix a si mateixa. Potser sí. Jo no crec en aquestes coses, però no hi ha dubte que es tracta d'una persona especial.

—En quin sentit?

—La Santana no passava desapercebuda a la ciutat. Grans personalitats sevillanes l'anaven a veure. Fins i tot col·laborava amb la policia. Però s'ha fet gran i ja no es deixa veure tant.

—M'han dit que sol anar a la plaça d'España.

—Pot ser. Feia temps que no sentia el seu nom. La vols veure per algun motiu?

En Niko no respon. Ni tan sols està segur del que farà. De matinada ha estat reflexionant sobre les paraules d'en Plini. Aquell home l'ha desconcertat quan li ha assegurat que la Santana creu que la detectiu Mayo està viva.

—Jo no me'n fiaria gaire, Chopin. El que passa a la terra val més tractar-ho amb persones que tinguin els peus a terra. Això de les energies i el poder de la ment no és gaire creïble.

—Ho tindré en compte, Dolores.

La cambrera no permet que en Niko pagui aquest matí. Convida la casa. El noi camina pensatiu i sense rumb. Què hi pot perdre anant a veure la María Santana? La devia conèixer el seu avi? No li sona pas que n'hi parlés. Esclar que tampoc se'n recorda d'en Plini, amb qui sembla que en Dariusz va compartir bastantes partides de cartes. Potser aquesta misteriosa dona ni tan sols és on li ha dit l'indigent.

Si la Celia no hagués desaparegut, les coses amb la Triana anirien d'una altra manera. Es nota un nus a la gola cada cop que li ve al cap el que ha passat aquesta matinada. Això de la Santana segurament no el portarà enlloc, i no vol fer-se il·lusions. Però no té res més on agafar-se.

La plaça d'España no és a prop. I com que els diumenges l'autobús és imprevisible i triga més del normal, decideix anar-hi a peu. Li anirà bé passejar. Es posa els auriculars i escolta a Spotify una llista de música clàssica. Hi ha melodies de Verdi, Wagner, Mozart i Brahms. Per descomptat, també de Chopin. Precisament mentre sona la «Sonata per a violoncel i piano en sol menor, op. 65», composta pel músic polonès, rep una trucada. En Niko es dona un cop al front amb el palmell de la mà.

—Perdoni! Li vaig prometre que avui vindria! —exclama el noi, avergonyit, quan despenja—. Me n'he descuidat. Em sap greu.

Havia quedat amb en Salvador a l'església per tocar l'orgue a la primera missa del dia.

—No pots venir? —pregunta desconcertat el capellà.

—M'ha sortit una cosa d'última hora. L'hauria d'haver avisat.

—No pateixis, Niko. Ens espavilarem sense tu. Però ja saps que als fidels els agrada molt sentir-te tocar.

—Perdoni. No sé pas on tinc el cap.

Sí que ho sap, però no l'hi dirà pas. No li pot dir que aquesta matinada la Triana ha estat a punt de suïcidar-se. Com menys gent ho sàpiga, millor. Vol deixar en Salvador al marge d'un afer tan complicat. Tot i que ha sigut una gran ajuda durant aquests mesos, abans i després que es descobrís la seva identitat. A més, li permet tocar el magnífic orgue de l'església, que va suposar un refugi per a en Niko en els seus pitjors moments.

—Estàs bé? Et noto estrany. Em preocupa que t'hagis oblidat de venir.

—Estic bé. No s'amoïni, Salvador.

—No em diguis mentides. Ja saps que és pecat.

—I vostè és capellà i em pot perdonar.

—Al confessionari i si et penedeixes. No per telèfon, estimat amic —l'adverteix l'home—. Niko, em pots parlar del que sigui. Ja sé que vens a l'església per l'orgue, no per mi. Però si creus que et puc ajudar en alguna cosa, també tinc un parell de velles orelles per escoltar-te.

En Niko s'estima més no dir-li res de la Triana, però dubta d'explicar-li on va i per què no pot anar a la missa d'aquest matí, tal com havien quedat.

—Vaig cap a la plaça d'España —diu el noi finalment.

—A donar menjar als coloms o a remar amb barca? —fa broma el capellà.

—Vaig a buscar la María Santana. La coneix?

Com que en Salvador no respon, en Niko pensa que s'ha tallat la comunicació. Pronuncia un parell de vegades el nom del seu amic i li pregunta si encara és a l'altra banda de la línia. Uns segons més tard, torna a sentir la veu de l'home.

—Sí, tot i que és algú que m'hauria estimat més no conèixer.

—De debò? Per què?

—Mira, no tinc ganes de parlar d'aquesta història. Però no t'hauries d'acostar a aquesta dona. Està aliada amb el diable.

—Tan terrible és?

—La Santana s'aprofita de les mancances i les debilitats de les persones. Fa servir els seus problemes per absorbir-los l'energia. No és bona gent. Sort que pràcticament ha desaparegut de la vida dels sevillans. Qui te n'ha parlat, d'ella?

—Algú que he conegut aquesta nit. Un amic seu.

—La María Santana no té amics. Només servents que l'adoren i pobres innocents a qui ha enganyat.

—Ja veig que no li cau bé.

—És de les poques persones que han aconseguit treure'm de polleguera —admet en Salvador, a qui en Niko nota força reticent—. El fet que vulguis veure-la no està pas relacionat amb la Celia Mayo, oi?

Aquest home és molt intuïtiu. Hauria d'haver deduït que acabaria esbrinant el motiu pel qual va a la plaça d'España a buscar aquella dona. I ara què li diu?

—No cal que em contestis —s'avança en Salvador—. Només promet-me que aniràs amb molt de compte.

—No pateixi tant per mi, de debò.

—Sí que em fas patir, Niko.

—Confiï en mi. Si tinc temps passaré per El Salvador i li explicaré com ha anat la trobada amb la Santana.

El capellà el torna a prevenir-lo sobre la Santana abans d'acomiadar-se. Quan penja, no ho té gaire clar. Què devia passar entre ells perquè en desconfiï tant? La Dolores també l'ha advertit que no es fiï d'aquesta dona. Està avisat. Anirà amb compte amb el que li digui, si és que la troba.

El noi arriba a la plaça d'Espanya cap a les dotze del migdia. És un dels seus llocs preferits de Sevilla. Contempla la gran font del centre i els quatre ponts que travessen el canal. Camina cap al que té més a prop i, des de dalt, distingeix fins a cinc barques a l'aigua. Els seus ocupants s'esforcen a avançar remant, però no tots ho fan amb èxit. Somriu quan veu les dificultats d'un parell d'estrangers, incapaços de navegar en línia recta.

Després va fins a la zona dels bancs de maons i rajoles. Cadascun representa una província espanyola i estan ordenats per ordre alfabètic. Potser la María Santana està asseguda en algun dels bancs.

Treu el mòbil i busca a l'arxiu una imatge de la dona. Només en disposa d'un parell que ha trobat al Google, no gaire nítides. Són antigues i surt força allunyada de l'objectiu de la càmera. Amb el zoom aconsegueix veure-li la cara. Recorre amb el telèfon a la mà cadascun dels bancs a la recerca d'una dona que s'assembli a la de les fotos. Moltes persones, la majoria turistes, posen assegudes i es fotografien; però no veu ningú amb les característiques de la Santana. Merda. Això li passa per confiar en en Plini. Per què s'ha deixat endur pels comentaris d'un indigent que ha conegut al carrer? Segur que no li ha dit la veritat o l'ha tergiversat. Ha sigut un estúpid.

Resignat i amb poques esperances, repeteix el recorregut, però a la inversa. No hi ha cap rastre de la dona. Cansat, s'asseu al banc dedicat a Lleó. Esbufega amb el cap cot. Potser aquesta tal Santana no sap ni qui és la Celia Mayo i en Plini s'ho ha inventat tot.

Mentre lamenta el seu infortuni rep un missatge de whatsapp.

BRENDA
Hola Niko. Ens acabem de despertar.
La Triana està bé. Hi ha moments
d'ahir a la nit que els té confusos.
Es quedarà amb mi a dinar i després
anirem a casa seva. De moment és
el que et puc dir.

No és tot. Hi ha un segon whatsapp de la Brenda, i aquest el sorprèn més que el primer.

Brenda
Te n'has assabentat de l'incendi? Pel que sembla, s'ha incendiat la casa de la dona del pilot que va tenir l'accident d'helicòpter a la Giralda. L'hi ha dit la Blanca a la Triana. Encara no se sap si ha sigut intencionat o no.

El noi busca ràpidament la notícia a internet. No hi ha gaire informació, però els fets estan confirmats. L'Ana Benítez està ingressada a l'hospital després que casa seva s'incendiés aquesta matinada. Se'n desconeixen les causes.

S'aixeca i, quan està a punt d'enviar-li un àudio a la Brenda, la veu. És una dona baixeta, d'edat molt avançada, vestida de negre i amb els cabells grisos recollits en una cua baixa. Parla amb un cotxer que està raspallant el cavall. No hi ha dubte: és ella. En Plini li ha dit la veritat.

Capítol 10

Blanca

Sevilla, diumenge 15 de desembre del 2019

Cada vegada té més clar que el que li va passar en aquell vol en helicòpter no va ser un accident. I tampoc pot ser una casualitat que la dona del pilot ara estigui a l'hospital després que s'hagi incendiat casa seva. Hi ha algú al darrere d'aquests successos i qui sap de quants més. Una persona perillosa i sense escrúpols a qui no li tremola la mà.

La Blanca va al lavabo amb l'ajuda de dues crosses; almenys ja no necessita que la mare l'hi acompanyi. Es mira al mirall i maleeix el dia que va pujar en aquell helicòpter. La directora la va premiar per la bona feina que havia fet en el cas Chopin. Tot just s'havia reincorporat a la redacció després d'uns quants dies de descans. Fins i tot li havien d'apujar el sou! Aquell viatge pel cel de Sevilla hauria d'haver sigut un regal i no pas una tragèdia que probablement marcarà la resta de la seva vida.

Es treu la samarreta del pijama i s'examina les ferides del pit. Després acaricia la que li travessa el coll. Té marques per gairebé tot el cos. Algun dia se n'aniran aquestes cicatrius, o li quedaran per sempre?

—Segur que desapareixeran de mica en mica. No t'amoïnis per això. Ara el més important és que et recuperis.

L'hi va dir la Triana a l'hospital, tot i que va notar, pel to que va fer servir, que no n'estava gens convençuda. Les vegades que l'ha visitat, sempre ha vist la seva amiga capcota, molt preocupada per la desaparició de la seva mare, de la qual els mitjans van deixar de parlar-ne quan es va produir l'accident de l'helicòpter, que es va convertir en el tema estrella de la premsa. La imatge de l'aparell incrustat a la Giralda va recórrer tot el món. Sense pretendre-ho, s'havia convertit en una de les protagonistes de la notícia de l'any.

—Quan et trobis bé i la meva mare aparegui, tu i jo farem una bona festassa. Què et sembla?

Aquestes paraules de la Triana al novembre no tenen gaire sentit a mitjans de desembre. La seva recuperació és lenta i la Celia no ha aparegut, ni sembla que hagi d'aparèixer. La majoria la donen per morta. Li hauria agradat aquesta festa. Elles dues totes soles. Sense en Niko, sense la Brenda. Sense ningú més. Només elles.

Per què s'ha hagut d'enamorar d'algú impossible?

La Blanca s'esbandeix la cara i protesta en veu baixa. Està cansada de la seva mala cara, de les cicatrius, dels problemes de mobilitat. Seu amb dificultats a la tassa del vàter i examina el mòbil. Observa les fotos que té amb la Triana abans de l'accident. Va intentar ser al seu costat en aquells dies tan difícils per a la seva amiga. És molt guapa i, malgrat que no somriu a cap de les imatges, li encanta cada tret de la seva cara. Però surt amb en Niko i no té constància que també li agradin les noies.

—Estàs bé, filla? —li pregunta la mare després de trucar a la porta unes quantes vegades. Fa girar el pom, però com que la Blanca ha posat el baldó, no pot entrar.

—Deixa'm tranquil·la. No puc anar ni al lavabo sense que estigueu pendents de mi.

—Però estàs bé?

—No, mare. Estic malament. Estic fins als ovaris de tot.

—Què dius, nena? Surt i en parlem.

Malgrat la insistència de la mare, que li torna a preguntar com es troba, la Blanca no contesta. Si continua vivint amb la família acabarà boja. Reconeix que l'han ajudat molt, que els seus pares s'han ocupat de tot des que va sortir de l'hospital, però tot i que encara té dolor i hi ha feines que no pot fer, creu que ja va sent l'hora de tocar el dos.

—Blanca, digue'm alguna cosa, sisplau. Vols que truquem al metge?

La noia finalment obre la porta i surt del lavabo. La mare la segueix fins a l'habitació. Cada paraula que li deixa anar, cada pregunta que li fa, la molesta més. S'asseu al llit i llança les crosses contra la paret. La dona queda astorada. El pare també ve a l'habitació, alarmat pel soroll.

—Què ha passat? Estàs bé, Blanca? —pregunta l'home, amoïnat.

—Me'n vaig —contesta la jove, que intenta dissimular l'espasme que acaba de patir a l'esquena quan ha llançat les crosses.

—Te'n vas? On? —intervé la mare, encara impactada pel comportament de la filla.

—A casa meva.

—Que ets boja? Com vol anar-te'n a casa teva! No pots.

—Sí que puc, pare. Trucaré a alguna amiga perquè es quedi amb mi un parell de dies. Pràcticament ja ho faig tot sola.

—Tan malament estàs amb nosaltres?

A la mare li cauen les llàgrimes. Li fa pena, però són massa dies amb ells. Els està molt agraïda, però no pot més. Se n'ha d'anar o li empitjorarà la salut mental.

—Ara faré la maleta. M'ajudeu?

Malgrat que els pares no estan d'acord amb la decisió de la seva filla, l'ajuden amb l'equipatge. Fins i tot li preparen menjar per a uns quants dies. La Blanca tampoc està gaire convençuda del que està a punt de fer, i menys quan s'adona del dolor que nota a cada pas que fa, i fins i tot es mareja en diverses ocasions. Però ja no hi ha marxa enrere.

—A qui trucaràs perquè es quedi amb tu? —pregunta la mare quan ja són al cotxe, de camí cap al pis on la noia viu de lloguer.

—A una persona que no coneixeu.

—No ens diguis mentides.

—No dic cap mentida. És una amiga de la facultat. No ha vingut a casa perquè viu a Estepa, però hem xerrat força aquestes setmanes. Ja us la presentaré.

De fet, no ha pensat en ningú per quedar-se amb ella. Aquesta amiga no existeix. Ja s'espavilarà tota sola. Simplement és qüestió d'adaptar-se. Si alguna cosa no la pot fer per si mateixa, no la farà. De mica en mica anirà solucionant els problemes que se li presentin. I els calmants s'encarregaran de la resta. No és un pla perfecte, però és el que ha triat.

Els seus pares triguen a anar-se'n del pis. Abans de marxar, la mare li col·loca la roba a l'armari i el pare s'encarrega d'ordenar el menjar a la nevera i també baixa a una botiga per comprar-li begudes, llet i iogurts. Té ganes d'estar sola, però també li fa una mica de por. La Blanca promet que no farà cap bogeria i que, tan bon punt se'n vagin, trucarà a la seva amiga de la universitat.

—Vols que ens quedem a dinar amb tu, o tampoc ens deixes?

—No siguis així, mare. Estic cansada i encara no tinc ganes de dinar. Dormiré una estona i després picaré el que m'heu preparat.

—Això no és una bona idea.

—Mare, no comencem una altra vegada, sisplau.

—No començo res. Estic completament en contra que et quedis sola. No estàs en condicions.

—A casa m'atabalo. Deixa'm que almenys intenti viure aquí dos o tres dies! —suplica la Blanca, que s'asseu en una cadira de la petita sala d'estar. S'està ressentint dels esforços que ha fet les últimes hores—. Sisplau, no m'ho poseu més difícil. Ja heu fet prou per mi.

Els pares es miren i després conversen durant uns

minuts. La mare acaba cedint, però l'obliga a prometre que li trucarà unes quantes vegades al dia i li demana que els avisi si sorgeix algun contratemps. Dimecres li preguntarà si vol continuar al pis o s'estima més tornar a El Viso amb ells. Es pot prendre aquests dies com un període de prova.

Quan se'n van, la Blanca se sent alleujada, i també rara. S'estira al sofà i engega el televisor. És molt estrany quedar-se sola al seu pis després de tantes setmanes fora. Fa una mica de fred, però no té ganes d'aixecar-se per encendre la calefacció. Tanca els ulls i intenta dormir. Li fa mal tot i no troba la postura adequada. Ha de descansar. S'ha d'oblidar de la seva situació. Tard o d'hora, la vida millorarà.

—Blanca... Blanca, em sents?

La noia mira cap a la dreta i veu la Mercedes Reinoso. Té unes quantes ferides a la cara i al cap. Estossega i escup sang. Malgrat que està espantada, intenta acostar-se a la directora d'*El Guadalquivir*, però és incapaç de moure's. Les cames no li responen.

—M'estic morint.

—No et moriràs pas, Mercedes.

—Sí, n'estic segura. No... em queden forces.

—Resisteix. Tot anirà bé.

—T'he... d'explicar una cosa molt important. Escolta'm amb... atenció.

Les paraules surten amb comptagotes de la boca de la directora. Està agonitzant. La Blanca no entén què ha passat. Han tingut un accident amb l'helicòpter amb el qual sobrevolaven Sevilla? I el pilot? Què ha passat? El dolor és insuportable i la saliva té gust de sang. Hi ha fum i fa pudor de cremat. Això del davant és un campanar d'església? Què li vol dir la Mercedes que sembla tan important?

El so del mòbil desperta la Blanca. Amb prou feines ha aconseguit dormir uns quants minuts, tot i que té la sensació que han sigut hores. S'incorpora i agafa el telèfon, que està sobre la taula de la sala d'estar. És la Luna. Ja han parlat fa una estona. Li ha trucat per explicar-li que hi havia hagut un incendi a la casa de la dona d'en Francisco Carvajal, a Sevilla est.

—Hola, què passa?

—S'ha mort —contesta la Luna, a qui nota molt nerviosa.

—Qui s'ha mort?

—L'Ana Benítez.

—Què? No m'ho puc creure. Quan ho has sabut?

—M'ho acaben de dir. No ha sobreviscut a les cremades de l'incendi.

La notícia sorprèn la Blanca, que intenta assimilar el que la Luna li està explicant. A la conversa anterior li ha dit que, tot i que l'havien traslladat d'urgència a l'àrea de grans cremats de l'hospital, semblava que la vida de l'Ana no corria perill. No coneixia aquella dona, però se li ha regirat l'estómac.

—Estic segura que s'ha mort per culpa de la mateixa persona que va provocar l'accident de l'helicòpter —continua la Luna molt afectada.

—Què en diu la policia?

—Res. Cap dels meus contactes m'agafa el telèfon. És diumenge. Dubto que associïn els dos successos i que facin més declaracions avui —es queixa la periodista de televisió—. És desesperant. Continuarà morint gent.

—És horrible.

—Escolta, sobretot, no surtis de casa. Aquí amb els teus pares no et passarà res. Hem d'anar amb compte perquè això s'ha posat perillós per als que d'alguna manera estem implicats en aquesta història.

La Blanca es mossega el llavi dubitativa. No està segura d'explicar a la periodista el canvi de plans que s'ha produït en les últimes hores.

—No soc a El Viso. He tornat a Sevilla —confessa finalment.

—Què? On ets?

—Al meu pis. Estava cansada de la família. No podia més. Em quedaré aquí.

—Amb qui?

—De moment sola —reconeix la Blanca, que torna a estirar-se adolorida—. Estic més bé. Ja puc fer de tot. Els meus pares m'han preparat menjar per a almenys una setmana.

—No pots estar sola.

—Per què?

—Perquè no és segur. Acaben d'assassinar la dona del pilot que anava amb tu a l'helicòpter! Que no ho entens?

—No! Només entenc que em fa mal cada centímetre del cos i que estava cansada de tenir els meus pares a sobre tot el dia! Necessitava sortir d'allà.

Què pretén? Espantar-la? Que no obri la porta a ningú i no es fiï ni de la seva ombra? Ella no interessa a ningú. Només ha tingut la mala sort de ser en el pitjor lloc en el pitjor moment. A qui volien assassinar era l'alcalde de Sevilla i no ho van aconseguir. L'objectiu era en De Gomar.

—Blanca, no permetré que et passi res més. Ja et cuidaré jo. Almenys fins que s'aclareixin les coses. Per tant, només espero que el sofà del teu pis sigui còmode.

Capítol 11

Niko

Sevilla, diumenge 15 de desembre del 2019

—Ets molt guapo, però això ja ho saps, noi. Tens el rostre d'un adonis.

En Niko es posa vermell per les paraules de la María Santana. Han marxat de la concorreguda plaça d'España i s'han assegut en un banc del parc María Luisa, al berenador que hi ha a prop de la font de les Ranas.

—De què m'has dit que vols parlar?

—De la Celia Mayo, la detectiu privada que ha desaparegut.

—Un cas força mediàtic.

—Això no m'interessa. He vingut per una altra qüestió.

La Santana assenteix amb el cap. S'arremanga i es mira les mans arrugades pel pas del temps. El noi, que li fa entre setanta i vuitanta anys, l'observa estranyat. No sap si el que està fent és alguna mena de ritual per connectar amb esperits o altres éssers del més enllà.

—Per què em vens a veure, per obtenir informació d'aquesta dona?

—Un amic seu m'ha dit que vostè creu que està viva.

—Un amic meu? Qui?

—No li puc revelar el nom —respon en Niko, que recorda la petició d'en Plini: per res del món podia esmentar-lo—. Aquesta persona prefereix conservar l'anonimat. Però l'aprecia molt a vostè.

—Anonimat? Quina estupidesa. La gent cada vegada és més torracollons.

Al noi li sorprèn l'expressió de la María. És una dona peculiar. El vestit que porta sembla tret dels anys seixanta i va tota negra, com si estigués de dol. Quan s'ha assegut al berenador, s'ha recollit els cabells blancs en un monyo. De les orelles n'hi pengen unes arracades d'argolla i li falten unes quantes dents. Porta les ungles pintades de diferents colors foscos i, malgrat les sabates de plataforma, amb prou feines arriba al metre seixanta.

—Fa dos mesos que la Celia Mayo va desaparèixer —diu en Niko, que vol centrar-se en el tema del qual ha anat a parlar—. Des de llavors, ningú no n'ha sabut res. Ni la policia. I jo necessito saber què li ha passat.

—Per què? Qui ets tu per tenir tant d'interès per aquesta detectiu? Un fan? Un familiar? Et deu diners?

—Soc el nòvio de la seva filla.

Els ulls clars de la Santana es claven en els d'en Niko. El noi se sent intimidat davant d'aquella mirada. És com si s'estigués endinsant a la seva ment i furgués en els seus pensaments.

—O sigui que tu ets en Chopin, el net d'en Dariusz.

—Veig que em coneix, tot i que em sembla que no ens havíem vist mai.

—No n'estic del tot segura. El teu avi em venia a veure de tant en tant —comenta la María, que no deixa de mirar-lo als ulls ni un segon—. Em sap greu ser tan franca, però aquell home no era un bon paio.

—Per què ho diu, això?

—No m'agradava la seva energia. En Dariusz sempre em va fer molt mala espina.

Ha d'admetre que la dona té raó. El seu avi no va ser una bona persona. Ni a Polònia ni a Espanya. En Niko va quedar a càrrec seu quan els seus pares es van morir, però el seu comportament deixava molt a desitjar. L'insultava, el menyspreava i fins i tot li va pegar alguna vegada. A més, l'únic que li va ensenyar va ser a robar i a guanyar-se la vida de manera il·legal. Tanmateix, hi ha dies que el troba a faltar.

—No va tenir una vida fàcil. Era una persona complicada.

—Tots ho som, noi, però la maldat només n'escull uns quants. Les persones som simples titelles. No tenim la possibilitat de decidir.

—I qui decideix?

—El diable.

—Creu en el diable, vostè?

—Per descomptat. Si creus en Déu, has de creure en el diable.

—Jo no crec en Déu.

La dona somriu per primera vegada des que s'han trobat. No és un somriure agradable, sinó més aviat tètric. En Niko torna a sentir-se intimidat.

—Quan penses en el diable, segurament t'imagines un senyor vestit de vermell, amb una capa, banyes i una llarga perilla que riu de manera malèfica, oi?

—No m'ho he plantejat mai.

—És el millor que pots fer.

—Vostè sap com és?

—Jo només sé el que sento. Conec l'energia que transmeten els que ell ha escollit. Però és molt complex d'explicar. De fet, tinc un compromís d'aquí a deu minuts i me n'he d'anar.

—M'ha de parlar de la Celia. Sisplau, María. M'ha d'explicar el que sap.

La Santana el fa callar. Ajunta les mans, tanca els ulls i respira fondo. En Niko l'observa sense comprendre què està fent. No li inspira gaire confiança i dubta que sàpiga res de la detectiu Mayo.

—Em dirà alguna cosa de la Celia? Li pagaré el que em demani —insisteix impacient.

La dona de sobte obre els ulls. Tenen un to diferent. Són més foscos. Fins i tot semblen més grans! Més vius! Què ha fet perquè hagin canviat? On és el truc?

—Aquesta dona està viva —contesta la María amb una veu aguda, diferent de la que havia sentit fins ara—. Ho sé jo, ho saps tu i ho sap la policia. Per a mi està molt clar. La sento. Noto la seva energia. La sento a prop, Nikolai. La Celia Mayo és a prop. No en tinguis cap dubte.

—On la puc trobar?

—Això només ho saben ells.

—Ells? Qui són ells? —La Santana no contesta.

Tanca els ulls, alça els braços i mira cap amunt. En Niko l'hi torna a preguntar—. Qui són ells?!

Però la dona continua en silenci. Abaixa el cap i obre els ulls un altre cop. Quan torna a parlar, sembla una persona diferent.

—Me n'he d'anar. M'ha agradat molt coneixe't —diu la María amb veu tranquil·la.

—Però no em pot deixar així. On és la Celia? Qui la té?

La dona es posa dreta i baixa les escales del berenador. En Niko va darrere seu, però la Santana li demana que s'aturi.

—No et puc ajudar més.

—Per què? Necessito més informació.

—Em dones bones vibracions, Nikolai. No ets com el teu avi. Però ves amb compte amb el que desitges. Ja ens veurem en una altra ocasió. Segur. Molta sort en la teva missió i tingues fe en l'energia.

La dona s'acomiada amb un somriure amable i s'allunya lentament per un sender del parc de María Luisa. El noi aquesta vegada no la segueix. Està molt confós. Se l'ha de creure o no? No sap què pensar. L'únic segur és que la Dolores tenia raó quan aquest matí, a la cafeteria, li ha dit que la María Santana és una dona especial i diferent.

Aquest noi és realment atractiu: ros, cara angelical, uns bons bíceps... Com li agradaven quan ella era jove. Llàstima del passat que ha viscut i del futur que li espera. Hi ha persones que estan marcades des que neixen.

Recorda perfectament l'última conversa que va tenir amb el seu avi.

—Que no em pagues?

—Ja ho faré. Ara no tinc diners.

—Vell estúpid. Com que no tens diners? No m'enganyis! Sé que te'ls estàs gastant per tota la ciutat.

—Les males llengües.

El somriure insolent d'en Dariusz fa enfadar encara més la María. No suporta que es riguin d'ella i molt menys que li diguin mentides. Aquest imbècil està fent les dues coses.

—Estàs trencant un acord.

—Jo no he firmat cap paper.

—Sé on vius i sé que tens un net a qui no t'agradaria que li passés res —l'avisa la María, que escriu el nom d'en Niko en un paper i l'hi ensenya.

—El nano ni l'anomenis. És sagrat.

—No hi ha res més sagrat que els diners. O pagues o t'atens a les conseqüències.

—M'estàs amenaçant, Santana?

—T'estic dient el que hi ha. Vull la meva part del botí, maleït polonès. Jo no treballo de franc. Tinc factures per pagar.

—Tindràs els teus diners, però primer he de fer uns pagaments urgents.

—M'estàs posant molt tensa, Dariusz. Vam fer un tracte —insisteix la María, enrabiada—. Jo parlava amb aquelles persones, les convencia perquè se n'anessin de casa durant uns dies i tu t'encarregaves de la resta. T'ho vaig posar amb safata! Després havíem de repartir a mitges. I encara no he vist ni un cèntim!

—Ets molt bona en això que fas. Tens una gran capacitat perquè la gent confiï en tu. *Chapeau* —diu l'home abans de dedicar-li un somriure i un parsimoniós aplaudiment.

—No juguis amb mi.

—Per res del món, estimada.

En Dariusz li dona un copet condescendent a l'espatlla i se'n va. La María Santana jura que això no s'acabarà així. Algun dia es venjarà d'aquell malparit vell polonès.

Recorda l'escena, però no la data exacta de la discussió. Va ser uns quants mesos abans que en Dariusz Olejnik es morís. No va anar a l'enterrament, però va celebrar la seva mort. Estava satisfeta. La maldat sempre té un preu.

La dona escup a terra i s'encamina cap al Prado. Cada vegada li costa més caminar, però es nega a portar bastó o un d'aquells carrets motoritzats. Seria un senyal de debilitat i els seus enemics ho aprofitarien. Els genolls li fan un mal rabiós i els turmells se li inflen amb la humitat. Queden lluny els anys en què era una jove sevillana amb ganes de menjar-se el món. El món ha acabat devorant-la a ella. Almenys, i això la fa estar contenta, el cap li continua funcionant estupendament.

—Arribes tard —li diu algú que l'espera a la porta de casa seva.

—Perdona. M'he entretingut una mica.

—Ha anat tot bé?

—No ho sé. Ja ho veurem. Vols entrar o t'estimes més deixar-te veure amb una de les dones més odiades de Sevilla?

—Anem a dins. Fa fred.

—A les seves ordres, comissari.

Capítol 12

Triana

Sevilla, diumenge 15 de desembre del 2019

Si en Niko no hagués arribat a temps, s'hauria tallat el coll amb aquella ampolla de whisky barat. Aquesta és la realitat. La Triana ho sap. No havia pensat mai a suïcidar-se. Ni quan es va morir el pare ni quan va desaparèixer la mare. Però ahir a la nit va experimentar unes sensacions aclaparadores que no havia sentit mai. Va actuar com si no fos ella, com si una altra persona li controlés la ment. Per sort, tot i que continua trista i sense ganes de fer res, aquella asfixia angoixosa ha desaparegut.

—Tinc molta son —diu la Brenda, que s'ha arraulit al seu costat al sofà. No ha dormit gaire per estar pendent de la seva amiga—. Què et ve de gust per dinar? Vols que faci uns sandvitxos?

—Em sembla bé.

—De pernil salat i tomàquet?

—Sí.

La Triana observa com la Brenda torna a badallar

mentre llegeix un missatge al mòbil. Els seus pares li diuen que no arribaran fins a la nit. Després de dinar ella se'n tornarà cap a casa. Necessita posar una mica d'ordre a la seva vida i superar el que li ha passat aquestes últimes hores, i això ho ha de fer sola. De moment, no ha volgut parlar amb en Niko. No se sent amb prou forces per fer-ho, però té clar que és una conversa que s'haurà de plantejar aviat.

—Déu meu. No.

—Què passa?

—Acabo de llegir que s'ha mort la dona de l'incendi —comenta la Brenda mentre es tapa la boca amb la mà—. Quina desgràcia. En pau descansi.

L'Ana Benítez s'ha mort a causa de les cremades greus que ha patit. Ho ha penjat l'agència EFE al seu compte de Twitter. El canal 24 Horas de Televisió Espanyola també ho ha anunciat a les xarxes socials.

—No paren de produir-se males notícies en aquesta ciutat. —La Brenda nega amb el cap—. Ens han llançat una maledicció. Com les d'Egipte.

La Triana busca informació al seu telèfon. La Blanca ja es deu haver assabentat de la mort. Ha sigut ella qui li ha explicat aquest matí això de l'incendi. Semblava força afectada pel que havia passat. Hauria d'anar a visitar la seva amiga. No la veu des de fa uns quants dies, tot i que ella ja té prou feina amb els seus problemes. No està en disposició d'animar ningú.

—En fi, vaig a preparar el dinar —diu la Brenda després d'estirar els braços per treure's la mandra—. T'ho pots creure, que estic afamada? Si com qui diu acabem d'esmorzar!

—Et puc agafar un jersei? Tinc fred.

—Esclar. Tu mateixa. Ja saps on és l'armari.

A l'habitació de la seva amiga, el llit està desfet, han dormit juntes, però no és gaire conscient de com ha anat la nit. A la seva memòria hi ha llacunes. Obre l'armari i tria una dessuadora groga que ja s'ha posat altres vegades. Llavors recorda el que va veure ahir a la nit. A sobre d'un prestatge hi ha el cistellet amb joies. L'examina tot buscant el collaret d'ambre que s'assembla tant al de la seva mare. Li va estranyar que fossin tan semblants, perquè l'hi van vendre com un producte únic al mercat artesanal de la plaça Nueva. No el troba. Mira els altres prestatges, entre la roba, però no el veu. La cerca s'acaba quan sent el timbre de la porta.

—Pots anar a obrir, sisplau? Soc al lavabo! —crida la Brenda.

La Triana deixa la dessuadora a sobre del llit i va ràpidament cap a l'entrada. Continua donant voltes a això del collaret d'ambre. És curiós que la Nieves, la mare de la seva amiga, en tingui un exactament igual al de la seva mare.

El timbre torna a sonar just abans que obri la porta. Es queda perplexa quan descobreix qui hi ha a l'altra banda.

—Hola, com estàs?

En Cayetano no sembla sorprès de veure-la. Ella, en canvi, no aconsegueix articular ni una paraula. Fa molt de temps que no parlen. El seu exnòvio es va interessar per la desaparició de la seva mare durant uns quants dies. Després va deixar de fer-ho. No hi va haver més trucades ni missatges. Tampoc ho va trobar estrany. La relació s'havia refredat després de la ruptura.

—La Bren m'ha dit... que no et trobaves gaire bé. Puc passar? Fa una mica de fred aquí.

La Triana s'aparta per convidar-lo a entrar. No sap què li ha explicat la seva amiga a en Cayetano, però espera que no li hagi donat gaires detalls. Tot i que no tenen una mala relació, tampoc existeix la confiança d'abans.

—Què hi fas aquí? T'he dit que no vinguessis! —exclama la Brenda quan veu el noi.

—Estava amoïnat per ella després de parlar amb tu. La volia veure.

—D'acord. Però no calia que vinguessis.

—Així em quedo més tranquil.

Tots tres van cap a la sala d'estar i s'asseuen. La Triana no acaba d'entendre per què hi ha anat en Cayetano. Amb un whatsapp o un àudio n'hi hauria hagut prou. Mentre la Brenda se'n torna a la cuina a preparar els sandvitxos, el noi li explica que al matí la Brenda i ell havien estat parlant per telèfon. La noia li ha explicat que havien dormit a casa seva, però que la Triana no es trobava bé.

—Que la Brenda es negui a sortir a prendre una cervesa és el més insòlit del món. Per això m'he imaginat que el que et passava podria ser greu.

—No és res. Estic bé. Com sempre. Un petit mareig —menteix la Triana. No li ve de gust donar explicacions.

—Només un mareig?

—Sí. Una baixada de pressió. O una cosa semblant.

—Tot i que ja no és com abans, continuo pendent de tu.

—Gairebé no penjo coses a les xarxes socials.

—Estic al dia. La Brenda em va informant de tot.

—Ah, sí? No ho sabia que parlàveu tant.

No li molesta que estiguin en contacte després que ells dos ho deixessin. Són joves, guapos i lliures. És normal. Sí que li empiparia que la seva amiga l'hi amagués o que li donés a en Cayetano informació privada.

—No estem junts.

—Això tant me fa.

—Per si de cas era al que et referies —comenta el noi, que encreua les cames—. De tant en tant sortim a fer una cervesa. No gaire res més.

—Et repeteixo que no és cosa meva el que feu la Brenda i tu. Tinc problemes més importants que aquest.

—Això ha sonat molt impertinent.

Se n'ha adonat just després de dir-ho. No s'hauria de posar a la defensiva amb en Cayetano. És el seu ex, però no li ha fet res dolent. Va ser ella qui va tallar. A més, ha anat fins a casa de la Brenda per saber com es trobava. No ha sigut un comentari gaire afortunat.

—Tens raó. Em sap greu.

—No passa res.

—A vegades dic les coses sense pensar.

—És normal, Triana. Tens massa pressió a sobre. Sé com ets. Ens coneixem bé —la tranquil·litza en Cayetano, que acompanya les paraules amb un somriure—. Hi ha alguna novetat de la teva mare?

—Continuem sense saber-ne res. La investigació

s'ha estancat. La policia ja no busca com abans. Comencem a perdre les esperances.

—Jo segueixo sent optimista. La Celia apareixerà.

Està a punt de deixar-li anar que això és una ximpleria, que no ho pot saber i que només ho diu per dir. Però en Cayetano només intenta ser amable. No tornarà a cometre el mateix error. És un bon noi, malgrat que ja no sent res per ell.

—Et quedes a dinar amb nosaltres? —pregunta la Brenda, que apareix a la sala d'estar amb un ganivet a la mà—. Estic fent uns sandvitxos boníssims. En vols? Tinc cervesa freda.

—No gràcies. He quedat. Només he vingut a veure la Triana.

—Ara ets tu qui rebutja una Cruzcampo. Estàs desconegut.

El noi somriu i s'aixeca del sofà. S'acosta a la seva exnòvia i li fa dos petons a les galtes. Reconeix el seu perfum. És el de sempre, el que es posava quan quedaven per sopar a fora o quan anaven al cine. Li porta bons records. Era una altra època. Una altra Triana. Va patir molt per la mort del seu pare, i just quan començava a estar bé, la vida li ha tornat a clavar una batzegada d'aquelles de les quals és complicat recuperar-se.

—Pots venir un moment a la cuina? —pregunta la Brenda al noi, que està a punt de marxar—. Només serà un segon.

En Cayetano assenteix i l'acompanya. La Triana s'estima més no fer especulacions sobre el que li vol dir la seva amiga. Possiblement parlaran d'ella. Tots dos estan amoïnats per la seva salut i el seu estat anímic.

O potser s'estan fent un apassionat petó de comiat i quedant per enrotllar-se després al llit on ella ha dormit aquesta nit. Tant és. Sigui el que sigui, no s'hi ficarà.

Poc després de sentir que es tancava la porta del carrer, apareix la Brenda a la sala d'estar amb una safata on porta els sandvitxos i dos refrescos amb gel.

El televisor està engegat, però no se'l miren. Amb prou feines parlen entre elles durant un parell de minuts. La Triana no té gana, però s'esforça a menjar. Sap que necessita energia. Pensa en en Niko i en com deu estar passant aquest diumenge tan estrany. També en en Cayetano i que diferent que era la vida quan es va acabar l'últim estiu. La Brenda, per la seva banda, no para de mirar el mòbil i de somriure. Potser s'estan escrivint?

—Escolta, on és el collaret que vaig trobar ahir a la nit al teu armari? —pregunta la Triana després de beure un glop de refresc.

—Quin collaret?

—El d'ambre. Et vaig dir que s'assemblava molt a un que té la mare.

—Ah!, aquell. Deu ser al cistellet on guardo les joies.

—No. L'he estat buscant i no l'he trobat.

—Doncs ni idea —diu la Brenda, que continua atenta al telèfon—. És terrible el que li ha passat a la dona del pilot. No em puc ni imaginar com et deus sentir atrapada en un incendi.

A la Triana li fa la sensació que ha canviat de tema expressament, com si no volgués parlar del collaret d'ambre. Per què ho fa?

—Potser l'has guardat al quarto de la teva mare. És d'ella, oi?

—Em sembla que sí. No ho sé. No me'n recordo.

—Quant fa que el té? Saps si el va comprar a les parades de la plaça Nueva?

La Brenda deixa el mòbil i mira la seva amiga amb el front arrugat. Fa petar la llengua i apaga el televisor.

—A què treuen cap tantes preguntes? No tinc més informació d'aquest maleït penjoll. Si tant t'agrada, puc parlar amb la meva mare perquè te'l regali.

—No és això.

—Vols que li truqui i l'hi dic?

—No cal, Bren. De debò, oblidem-nos del tema.

—Per mi ja està oblidat.

Un sobtat ambient de tensió s'instal·la a la sala d'estar durant la mitja hora següent. A la Triana li sorprèn l'actitud esquiva de la seva amiga. Sembla que li ha molestat que s'hagi referit a aquell collaret.

—Em sembla que me'n vaig cap a casa.

—Vols que t'acompanyi?

—No cal. Gràcies per tot, Bren.

—Tu faries el mateix per mi.

El comiat no té l'emotivitat habitual. Mentre s'abracen, la Brenda li demana que li truqui o que li enviï un missatge quan arribi. La Triana assenteix i diu que ho farà. De camí cap a casa, al barri de Santa Cruz, es pregunta una vegada i una altra si es mereix tant de dolor com el que està patint. Potser és que ella forma part del problema. Si tot li surt malament, probablement és per culpa seva. Va deixar en Cayetano en el seu moment, s'està qüestionant la relació amb en

Niko, i acaba de discutir amb la Brenda per una bajanada.

Quan arriba al portal de casa, se sent molt malament. Té una tristesa insuportable. Sap que la seva mare no és a dins. Tampoc en Niko. Potser l'hauria de trucar ja i aclarir les coses amb ell. Però l'espanta el fet de no saber què en sortirà de la xerrada.

S'asseu a l'esglaó de l'entrada i treu el mòbil. Quan està a punt de trucar al seu nòvio, se'n penedeix a l'últim instant.

No és capaç de fer-ho. Encara no. Està bloquejada.

Un cop a casa, va directa a l'habitació i s'estira al llit. Li venen unes intenses ganes de plorar. En comptes de fer un pas endavant, no para de caminar cap enrere. On deu ser el fons del pou?

La Triana es queda adormida, però lluny de trobar una mica de pau, els malsons no li donen treva durant les dues hores següents. El fred la desperta. Un corrent d'aire glaçat la fa estremir. Ja és negra nit. Es lleva i surt de l'habitació. D'on ve aquest fred? És llavors quan descobreix que la porta del carrer està oberta.

La por s'apodera d'ella. Ha entrat algú mentre dormia?

—Niko? —diu amb un fil de veu. Està molt espantada—. Ets tu?

El seu nòvio te les claus de casa. És l'únic, a part de...

—Mare?

Capítol 13

Luna

Sevilla, diumenge 15 de desembre del 2019

L'Ana Benítez no ha sobreviscut a les cremades patides a l'incendi que s'ha produït a casa seva. La Luna està destrossada, però ha de recuperar l'ànim immediatament. Té una missió per complir: esbrinar qui s'amaga darrere d'aquelles morts. Si la policia no és capaç de fer la seva feina, li tocarà a ella investigar per arribar a la veritat. No pensa quedar-se de braços plegats.

—No cal que et quedis amb mi —diu la Blanca, repenjada a les crosses—. Estic bé, Luna. No em passarà res.

—Sola estàs en perill. Segur que sap on vius.

—A qui et refereixes?

—A qui està cometent aquests assassinats. És molt perillós.

Aquell pis és molt petit per a totes dues, però no pensa abandonar la seva amiga. I si és el pròxim objectiu? Ni tan sols es podria defensar a causa de l'estat físic en que està. Si li passés alguna cosa com a l'Ana, no s'ho perdonaria. Té una intuïció i aquesta vegada farà cas al seu instint.

—Això d'aquesta dona és molt trist, però em sembla que estàs exagerant.

—En dos mesos han mort tres persones que estan relacionades entre elles. Això és exagerar?

—No. Però a mi no em faran res.

—Gairebé et maten en aquell puto helicòpter. Estàs viva de miracle. Com ho saps que no seràs la pròxima víctima?

—Això no té sentit.

—Esclar que en té! Hem d'estar previngudes.

Tant li fa el que digui la Blanca. Aquella noia corre perill, però sembla que ella és l'única que se n'adona. No infravalorarà l'enemic i farà tots els possibles per protegir-la.

—Són les sis. Que no havies quedat?

La Luna mira l'hora al mòbil i descobreix que arribarà tard. El psicòleg Juancho Arrieta ja la deu estar esperant a La Cacharrería. Volia parlar amb ell sobre la possibilitat de desbloquejar els records que s'han perdut després de patir una experiència traumàtica. Potser si la Blanca recordés més coses de l'accident, podrien aclarir el que va passar realment.

—Puc anular la cita amb l'Arrieta.

—No! Ves-te'n!

—D'acord. Promet-me que no obriràs la porta a ningú i que aniràs amb molt de compte.

—No em passarà res —diu la Blanca esbufegant—. Estic cansada. M'estiraré al llit fins a l'hora de sopar.

—Em sembla perfecte. Estigues alerta per si de cas. No podem confiar-nos. Estaré pendent del mòbil per a qualsevol cosa que necessitis.

—Gràcies. No caldrà.

La Luna se'n va intranquil·la, malgrat que és conscient que no pot estar pendent de la Blanca les vint-i-quatre hores del dia. Demà haurà de tornar a la feina i passarà molt de temps fora. Esclar que, pensant-ho bé, podria demanar una setmana de vacances, ja que li deuen alguns dies lliures... Ho decidirà després de parlar amb el psicòleg.

Un cop al cotxe, envia un àudio a en Juancho per demanar-li disculpes i avisar-lo que arribarà una mica tard. Entre una cosa i l'altra, se li ha tirat el temps a sobre. L'home de seguida li respon que no s'amoïni; ell tampoc ha arribat a la cafeteria encara. Just després de rebre aquell missatge, algú li truca. És un número que no té anotat a l'agenda de contactes.

—Sí? —respon amb el mans lliures.

—Luna González? —pregunta una veu masculina que li és familiar.

—Soc jo. Qui ets?

—En Gabriel Rosado, el teu company d'El Guadalquivir TV.

A la periodista li sorprèn la trucada. Al matí han estat junts al lloc de l'incendi, però no són amics; de fet, no s'han vist gaire per la redacció.

—Em sap greu això de l'Ana. Quan se l'han endut m'han dit que estava malament, però no m'imaginava que fos tan greu.

—Jo tampoc m'esperava que es morís. Ha sigut un cop molt dur.

—És la primera vegada que vaig a cobrir un succés en què... les coses acaben així.

—No t'hi acostumes mai —reconeix la Luna—. Es passa molt malament. A l'Ana, a més, la coneixia personalment després del que li va passar al seu marit. Estàvem en contacte.

No l'hi explica tot. S'estima més guardar-se que ahir a la nit van parlar per telèfon. Tampoc li revela que l'Ana havia trobat un paperet a l'agenda d'en Francisco on apareixia el nom de l'alcalde com a passatger de l'helicòpter sinistrat. No sap fins a quin punt pot confiar en aquell noi.

—Vull compartir una informació amb tu —diu en Gabriel, que abaixa la veu com si estigués a punt de revelar-li un secret—. Me l'ha donat un que conec del cos de bombers. No és dels que han estat a casa de l'Ana Benítez, però es tracta d'una font molt fiable.

—Què t'ha dit?

—Que l'incendi no ha sigut provocat.

—Com? Ha sigut fortuït? —pregunta la Luna, desconcertada.

—Sí. Tenia la llar de foc encesa. Això ha sigut l'origen de l'incendi.

—S'ha fet oficial aquest detall?

—No. Encara han de fer més proves i un peritatge a fons. Tot i així, la meva font m'assegura que els encarregats de la investigació no ho tenen gaire clar. L'incendi ha començat a la llar de foc de la sala d'estar, que no estava en gaire bon estat.

No s'ho creu. Ha de ser un error. Després del que li va passar al seu marit no pot ser que l'Ana s'hagi mort per culpa d'una llar de foc en mal estat. Algú ha provocat aquest incendi. N'està convençuda!

—Puc saber el nom de la persona que t'ho ha dit?

—Ho sento, Luna, no et puc dir el nom.

—Ho entenc. Ho publicaràs?

—En parlaré amb els superiors, tot i que m'han demanat que de moment no en digui res. He de ser cautelós.

És nou i té por de ficar la pota. A ella també li passa encara, malgrat la seva experiència a la televisió. Donar una notícia falsa i equivocar-te en un assumpte en què hi ha morts pot acabar amb la teva carrera professional. Mai més ben dit. De totes maneres, desconfia completament de la informació que li han proporcionat a en Gabriel, però no l'hi dirà pas.

—No t'han donat més detalls? Com s'ha produït exactament l'incendi, l'hora en què ha començat, on era l'Ana en el moment que ha passat...?

—No en sé res més. Només que els especialistes s'han adonat que l'origen del foc era la llar de foc i que no ha estat provocat. És tot el que m'han dit.

—Si reps més informació, avisa'm sisplau. I moltes gràcies per compartir amb mi aquests detalls.

—De res. Encantat. Ets un exemple per a tota la redacció. A molts ens agradaria ser com tu.

Les paraules d'en Gabriel l'animen. No ho sabia que estava tan ben considerada pels seus companys. Si ho ha dit només com a compliment, també val. Necessita impulsos d'aquesta mena per tirar endavant després de passar-ho tan malament els últims temps.

Aparca tan a prop com pot del carrer Regina. Quan

entra a la cafeteria, es fixa en un home de més de quaranta anys, amb els ulls clars i els cabells negres. En Juancho s'aixeca de la taula per rebre-la. Es fan dos petons a les galtes i s'asseuen.

—Ja era hora que ens coneguéssim —diu l'home, que va vestit elegant però informal. Porta una jaqueta blau marí, que li queda com feta a mida, una samarreta negra llisa ajustada i uns pantalons texans. És un home atractiu i es nota que es cuida.

—Sí. No hem coincidit mai a la tele.

—Ens hem trobat unes quantes vegades, però no havíem parlat. Tot i que et segueixo des de fa temps. Ets una de les millors periodistes del canal.

Un altra que la posa pels núvols. Espera que no hagi acceptat la cita per lligar. Seria una decepció. A ella realment el que li interessa és la informació que necessita sobre la memòria i la recuperació dels records.

Mentre s'esperen que els serveixin els cafès que han demanat, xerren sobre El Guadalquivir, Sevilla i la gent que tots dos coneixen. La llista d'amics comuns és llarga. Un cop tenen les begudes a la taula, la Luna s'anima a introduir el tema pel qual ha contactat amb el psicòleg.

—T'agraeixo que hagis atès la meva petició i em sap greu haver-te de molestar un diumenge, però hi ha un tema molt important que necessito consultar-te.

—No pateixis per això. Digues.

—A veure, tinc una bona amiga que ha patit un terrible accident i ha perdut la memòria.

—Ha sigut una pèrdua de memòria total?

—No. Només dels moments anteriors a l'accident, i tampoc se'n recorda del que va passar just després.

—Se'n diu amnèsia posttraumàtica. Quan una persona té un accident de moto, de cotxe... li pot passar el que m'has descrit. No s'oblida dels noms dels familiars ni del que va fer per les vacances o de les notes que treia a l'escola. S'oblida del que va fer abans de l'accident o de quan la van portar a l'hospital.

—És exactament el que li passa a la meva amiga.

—No és gens estrany. El seu cervell no va permetre que s'enregistrés tot el que estava relacionat amb l'impacte.

—És possible, això?

—No soc especialista en neuropsicologia, però és molt probable —diu l'Arrieta abans de beure un xarrup de cafè—. Fa gaire que va passar l'accident?

—Un mes i mig, més o menys.

—Ha passat força temps.

—Això influeix?

—No hi ha un temps exacte perquè els records es recuperin. Depèn dels danys que s'hagin produït al cervell. Si el traumatisme ha sigut molt fort, és possible que la informació d'abans i de després de l'impacte no hagi quedat enregistrada a la memòria a llarg termini.

—I això què vol dir?

—Que és probable que la persona no arribi mai a recordar aquests moments.

La Luna també fa un xarrup de la seva tassa, pensativa. No és una bona notícia. Potser la Blanca no recordarà mai el que va passar a l'helicòpter.

—De tant en tant li venen flaixos. Sobretot en somnis.

—És una cosa força habitual també. La confusió i

l'aparició d'escenes atemporals són conseqüències del que estem parlant. Algunes ni tan sols són reals.

—Hi ha alguna manera de recuperar la memòria?

—Potser, però no t'ho garanteixo. Deixa'm que ho consulti amb un col·lega.

—Moltes gràcies, de debò. Tal com t'he dit, és força important per a mi. Es tracta d'una bona amiga.

L'home somriu mentre es treu el mòbil de la butxaca dels pantalons. Escriu una cosa i deixa el telèfon a sobre la taula. La mira fixament, sense parar de somriure.

—Li he escrit a un amic que és especialista en neuropsicologia, a veure què em diu. Creuem els dits.

—Genial. T'ho agraeixo.

—No sé si em contestarà aviat, perquè els caps de setmana desconnecta de tot. Et ve de gust un altre cafè mentre ens esperem? M'agradaria saber més coses de tu.

Capítol 14

Triana

Sevilla, diumenge 15 de desembre del 2019

Durant uns segons, la Triana creu que la seva mare ha tornat. La Celia i en Niko són els únics que tenen clau de casa. Però ningú respon. La por s'apodera d'ella. S'acosta a poc a poc a la porta del carrer. Està oberta i entra un corrent fred que li ha congelat les mans. Tremola. Torna a cridar la Celia; també el seu nòvio. No rep cap resposta. No sap què està passant. Ha entrat algú a casa mentre dormia?

No s'atreveix a fer cap pas més. Tampoc a tancar la porta. Potser qui sigui que ha entrat s'ha amagat en alguna habitació i està esperant pacientment per atacar-la. Nerviosa, truca a la Brenda per telèfon. La seva amiga no l'agafa.

La Triana està aterrida. No sap què ha de fer. Potser el millor és tornar a la seva habitació i tancar-s'hi. Però no pot pas deixar la porta del carrer oberta!

A la merda. Ha de solucionar aquest assumpte d'una

vegada per totes. Encén el llum del pati i va cap a la cuina. No hi ha ningú. Agafa un ganivet gros i afilat del taulell. No l'ha fet servir mai, però sempre hi ha una primera vegada. Li tremolen les cames, però no tindrà cap dubte si s'ha de defensar. No permetrà que la intimidin més.

El primer que fa un cop té el ganivet a la mà és tancar la porta del carrer. Després revisa totes les habitacions. Al despatx no hi ha ningú. Tampoc a la sala d'estar ni al lavabo. Quan està a punt d'entrar al dormitori de la mare, rep una trucada de telèfon.

—Hòstia, Brenda! On eres, tia?

—Hola? Què vol dir aquesta rebuda? Encara estàs enfadada pel collaret?

—A prendre pel cul el collaret! —crida la Triana, que va fins a la sala d'estar per seure. Està molt tensa i encara li tremolen les cames—. T'he trucat perquè m'estava morint de por! Algú ha entrat a casa!

—Què dius? Qui?

—No ho sé! M'he adormit i quan m'he despertat tenia fred! La porta de l'entrada estava oberta! Hòstia! M'agafarà un atac de cor!

—I qui era?

—Ningú! No hi ha ningú!

—Una broma de mal gust?

—Però qui pot fer una broma com aquesta?! —crida la Triana fora de si.

—I no pot ser que sense adonar-te'n l'hagis deixat tu, la porta oberta?

Està tan malament que no sap el que es fa? No! Ella no s'ha deixat la porta oberta quan ha entrat a casa.

—Impossible.

—Pensa-ho. Estàs molt nerviosa. Potser no has tancat bé i s'ha obert amb el vent.

—No. Això no pot ser. Estic segura que ha entrat algú.

—Algun veí?

—A veure, quin veí ve a casa, no em diu res i deixa la porta oberta?! A més, ningú té la clau. Només la tenim en Niko, la mare i jo.

—Hòstia, Triana, m'estàs espantant. Perquè no tornes aquí amb mi? Els meus pares encara no han arribat. No vull que estiguis sola.

Podria fer el que li proposa la Brenda, però no pot dependre tant de la seva amiga. Pel que sembla, algú ha entrat i se n'ha anat. Amb quin objectiu?

—Moltes gràcies, Bren. Em quedaré aquí.

—No et fa por?

En aquell instant sent un soroll. Ve de fora. Es queda en silenci i alerta fins que sona el timbre. La Brenda li pregunta què està passant.

—Algú ha trucat a la porta.

—No obris! Pot ser l'assassí!

—Quin assassí? Vaig a veure qui és. Després et truco.

—No obris!

La Triana penja i es guarda el mòbil a la butxaca del darrere dels pantalons. Torna a agafar el ganivet i va cap a l'entrada. Quan obre es troba amb en Niko.

—Hola, què vols fer amb això?

—Estava pelant cebes.

—No em vull ni imaginar com són de grosses....

La noia somriu, deixa caure el ganivet a terra i abraça el seu nòvio. No pot negar que s'alegra molt de veure'l. Les últimes hores han sigut molt difícils i els seus sentiments continuen sense estar clars... Però és aquí amb ella! La pressió acumulada surt amb aquella abraçada. Després amb els petons. Caminen entrellaçats i entrebancant-se uns quants cops fins que arriben a l'habitació de la Triana. Es despullen impacients. El desig els desborda. S'estiren al llit i fan l'amor amb passió. No es deixen ni es guarden res. Quan acaben, estan extasiats. En Niko li fa un petó al front i la Triana sospira mentre es tapa amb el coixí. Senten que sona el telèfon de la noia. Com que és a terra, al costat dels pantalons, s'ha d'inclinar per agafar-lo.

—Va tot bé. Ha vingut en Niko. Després parlem —es limita a dir-li a la Brenda.

La noia deixa el mòbil a sobre la tauleta i s'adona que el seu nòvio l'està mirant fixament. Somriu d'una manera dolça, amb una mica de timidesa. Li agrada que la miri així, però ara no és el moment.

—Què has vingut a fer? —li pregunta, brusca, trencant expressament l'encant de l'escena.

—Necessitava veure't. Ahir em vaig quedar molt preocupat per tu.

—Em sap greu haver-t'ho fet passar tan malament. No em trobava bé.

—Quan algú no es troba bé es pren un Gelocatil —diu en Niko, que s'acosta i li acaricia l'espatlla nua—. No ho sabia que estaves tan malament.

—Com vols que estigui?

El noi assenteix i esbufega. La seva mà llisca des de l'espatlla fins al cap, sense parar d'acariciar-la.

—Comprenc que no et trobis bé i que tinguis dubtes sobre la nostra relació. És comprensible qualsevol cosa que sentis en aquest moment. Ningú es mereix passar pel que estàs passant tu. Però no t'oblidis que hi ha molta gent que t'estima i que faria qualsevol cosa per tu.

—Ja ho sé. Gràcies.

—Sisplau, Triana, estiguem junts o no, parla amb mi quan creguis que no tens forces per tirar endavant.

Les paraules del seu nòvio aconsegueixen que se li neguin els ulls. Se separa d'en Niko i es lleva del llit.

—Algú ha entrat a casa aquesta tarda —deixa anar la Triana després d'eixugar-se les llàgrimes—. Per això tenia el ganivet a la mà quan t'he obert. M'estic tornant boja.

—Qui ha entrat?

—No ho sé. La porta estava oberta. M'he quedat adormida. Feia fred.

—Explica-m'ho tot, sisplau.

La noia li relata el que ha viscut des que se n'ha anat de casa de la Brenda fins que ell ha trucat a la porta. Mentre parla, camina en cercles per l'habitació, amb els braços plegats. Encara està tensa pel que ha passat, però en Niko li transmet tranquil·litat. Li ha agradat molt el que acaba de passar entre ells i es lamenta que la seva història d'amor tingui tants alts i baixos. Com hauria anat la seva relació sense la desaparició de la mare? És una pregunta per a la qual no té resposta i que no s'hauria de plantejar.

—Tot plegat és molt estrany.

—Ja ho sé, però és la veritat. La porta estava oberta i a dins de casa no hi havia ningú.

—I si ha sigut el vent?

—No fa prou vent perquè la porta s'obri sola.

—Potser te l'has deixat oberta quan has arribat de casa de la Brenda.

La Triana nega amb el cap i esbufega. La seva amiga li ha dit el mateix. No té cap dubte que la porta estava tancada.

—Estic segura que no estava oberta.

—Doncs què?

—El que t'he dit, Niko: algú ha entrat i se n'ha anat.

—Per què?

—Jo què sé! És el que m'agradaria saber.

—Has mirat per tota la casa?

—Sí —respon contundent la Triana, que de seguida es fa enrere—. Bé, no he mirat a l'habitació de la mare. Just quan hi anava a entrar, m'ha trucat la Brenda, i després has arribat tu.

—Anem a mirar-ho?

La parella es vesteix i surt del dormitori de la noia. La porta de l'habitació de la Celia està tancada. Fa uns quants dies que la Triana no hi entra.

—Tranquil·la, no crec que hi hagi ningú a dins.

—Vaig a buscar el ganivet?

—No cal. Preparada?

En Niko compta fins a tres. Després gira el pom i obre. La Triana s'afanya a encendre el llum i fa un pas cap a dins. En Niko es col·loca al seu costat.

—Ningú —diu ella, alleujada.

—Què és això que hi ha al llit?

—El què?

En Niko s'avança i agafa un paper que hi ha sobre el matalàs. És un full escrit amb Times New Roman en majúscules. L'hi ensenya a la Triana, que ho llegeix en veu alta.

LA TEVA MARE ESTÀ VIVA. SI FAS EL QUE HAS DE FER, TORNARÀ A DORMIR A CASA. NO VAGIS A LA POLICIA I NO FACIS MÉS PREGUNTES. NI TU NI EL TEU NÒVIO. AVIAT TINDRÀS MÉS NOTÍCIES MEVES.

La Triana s'asseu al llit i torna a llegir el text per a si mateixa. Definitivament, algú ha entrat mentre dormia. Si hagués estat desperta, hauria descobert la seva identitat. Però també s'hauria posat en perill.

—Això és una bogeria —diu la noia en veu baixa—. Acabaré malament del cap.

—Mira-ho pel costat bo.

—Quin costat bo, Niko?

—La teva mare està viva. Això és una gran notícia!

—No ens hem poder fiar d'aquesta nota. Ni tan sols sabem qui l'ha escrit.

—La persona que et va trucar ahir també t'ho va dir. I avui he conegut una persona que m'ho ha assegurat.

—De qui parles? —pregunta la Triana, desconcertada.

—És una llarga història. Després te l'explicaré —contesta en Niko, que s'asseu al seu costat al llit—. Vols que em quedi amb tu aquesta nit? No m'agrada la idea de deixar-te sola.

La noia titubeja. No està segura de què contestar-li. Sap el que vol, però és el més adequat?

—Dormiré al sofà. No et molestaré pas. Simplement és perquè et sentis segura. No sabem què està passant.

—No sé si podré dormir gaire aquesta nit... —reconeix la Triana mentre repenja el cap a l'espatlla d'en Niko—. No hauríem de fer una visita al comissari Gaviria i parlar-li de la trucada anònima d'ahir i de la nota?

—En aquest paper ho diu ben clar: no pots anar a la policia. A més, no em fio d'aquest home.

—Per què ho dius, això?

—No sé ben bé per què. No tinc res en concret per basar les meves sospites, però és una cosa que penso des de fa temps.

—Niko, què passa amb l'Arturo Gaviria? Saps alguna cosa que jo no sé? Perquè si el comissari està relacionat amb la mort del pare o amb la desaparició de la mare, jo mateixa li fotré un tret. I aquesta vegada t'asseguro que la pistola es dispararà.

CAPÍTOL 15

Blanca

Sevilla, diumenge 15 de desembre del 2019

S'ha estirat al llit amb la música de Taylor Swift de fons. La Blanca s'ha recordat de les vegades que en Blas li havia posat la seva cantant preferida al cotxe. Un record esgarrifós. Però no per això deixarà d'agradar-li. Les seves cançons sempre li diuen alguna cosa nova i tant li serveixen per desfogar-se com per somriure.

Mentre sona «Dancing With Our Hands Tied» rep un missatge de whatsapp.

LUNA
Encara soc a la cafeteria amb l'Arrieta. El cafè que fan aquí és molt bo. Te'n portaré un dia, quan t'hagis recuperat. Va tot bé? Qualsevol problema o necessitat que tinguis, em truques. Ens veiem d'aquí a una estona.

Pel que sembla, la Luna està constantment pendent d'ella. Li agraeix la preocupació, però també l'atabala. Si se n'ha anat de casa dels pares ha sigut precisament per deslliurar-se d'aquest control.

Té un mal de cap intens i decideix prendre's un calmant. Feia molt que no dormia al seu llit. El trobava a faltar, però aquesta vegada no és capaç d'agafar el son. No té les idees clares i li costa pensar. No hi ha dubte que el cervell continua afectat. Ha millorat de tal com estava a l'hospital. Però es nota lenta tant físicament com mentalment. Les capacitats li han quedat reduïdes.

—Déu ha volgut que continuïs viva, reina. —És el que la mare li va començar a repetir tan bon punt es va despertar, després de quatre dies sense consciència—. I la Verge, per descomptat. No ens oblidem de Nostra Senyora.

—Hem resat cada nit per tu —va dir el pare amb llàgrimes als ulls—. Les nostres oracions han estat escoltades.

—Ha sigut una espera terrible.

—La gent que t'estima no ha parat d'enviar-nos els seus millors desitjos i ha demanat com et trobaves.

—Fins i tot l'alcalde de Sevilla ha trucat! —va exclamar satisfeta la Carmen.

—A en Santiago de Gomar li agradaria parlar amb tu. Volia saber com estaves. És un home molt atent i amable. No l'he votat mai —va ademetre en Federico—, però això canviarà a les properes eleccions.

Dos dies més tard, encara convalescent a l'hospital, el mateix alcalde va aparèixer a la seva habitació. Anava amb un trajo fosc i corbata, i se'l veia cansat. Després de tenir una conversa amena amb els seus pares, va demanar que els deixessin sols.

—Com et trobes? —li va preguntar en Santiago mentre s'asseia a la cadira de les visites.

—Malament. No sé si hi ha alguna part del cos que no em faci mal.

—He llegit el teu informe mèdic. Ets afortunada. Que només tinguis uns quants ossos trencats i unes quantes contusions fortes és per celebrar-ho. Has sobreviscut a un accident d'helicòpter.

—La mala herba no es mor mai, alcalde.

—Per això jo també estic viu —va comentar en Santiago amb un somriure sorneguer dibuixat als llavis—. Jo hauria d'haver anat en aquell helicòpter. Ho saps, oi?

—Sí. És de les poques coses que recordo d'aquell dia. El vam estar esperant, però finalment l'helicòpter es va enlairar sense vostè. Se'n va escapar d'una de bona.

—Probablement m'hauria mort.

—Jo estic viva.

—Però la Mercedes Reinoso i el pilot no. Vas tenir molta sort, Blanca.

—La mateixa que vostè, alcalde.

En Santiago de Gomar va assentir unes quantes vegades amb el cap. Després es va afluixar el nus de la corbata i li va explicar el motiu pel qual no va pujar a l'helicòpter. Sempre els estarà agraït a aquella dotzena de treballadors de la neteja que van entrar a l'ajuntament i el van obligar a reunir-se amb ells.

—La vida té aquestes coses. Un problema imprevist es va transformar en la millor de les casualitats.

—No dubti a millorar les condicions a aquesta gent.

—En això estem. Però els he demanat discreció. La mateixa que et demano a tu —va dir en De Gomar, que de sobte s'havia posat molt seriós—. Estem investigant l'accident. No sabem exactament què va passar. Però no volem de cap manera que es faci pública la informació que jo hauria d'haver anat en aquell helicòpter.

—Per què no vol que se sàpiga?

—Prudència. Seguretat. Prevenció. I bàsicament perquè el meu equip m'ha dit que t'ho demani. Ets periodista i saps com funciona això. Mentre no tinguem la certesa de si va ser un atemptat o un accident, val més callar i ser discrets.

—I si ho filtra algú?

—Ho negarem. Només parlarem quan sapiguem la veritat dels fets.

—Ho entenc. És comprensible.

—Estem vivint molts successos estranys a Sevilla, i hem d'investigar-los a fons per saber a què ens enfrontem. No només per mi, també per la Mercedes i per en Francisco Carvajal, el pilot de l'helicòpter. I per tu, per descomptat. No hauries d'estar prostrada en aquest llit.

Ha de reconèixer que l'alcalde va ser molt agradable. Però la Blanca no va complir la seva paraula de ser discreta, perquè una de les vegades que la Luna la va anar a veure a l'hospital, va compartir amb ella el que sabia. Li va demanar que no ho digués a ningú, però una periodista no sempre és capaç de guardar un secret. Per tant, el primer que va fer la seva amiga va ser anar a parlar amb en Santiago de Gomar a l'ajuntament i demanar-li informació sobre aquell afer. El misteri de l'accident de l'helicòpter que es va estavellar contra la Giralda es va convertir en la prioritat de la Luna, que va començar a fer preguntes incòmodes.

El mal de cap ha remès bastant. La pastilla que s'ha pres també ha fet que li vingui son. Són calmants forts i malgrat que intenta no abusar-ne, creen una certa addicció. N'és conscient. Potser podria suportar el dolor d'una altra manera, però sovint acaba recorrent a aquella capseta blanca i vermella.

Quan està a punt de quedar-se adormida, rep un whatsapp. És del seu germà:

SERGIO
Ni t'acomiades ni res... Has deixat el pare i la mare molt amoïnats. No estàs recuperada i ho saps. Ets una irresponsable, germana.

El missatge d'en Sergio la fastigueja. Sempre li està tocant els nassos d'una manera o altra. Qui es pensa que és per parlar-li així? Ell no ha fet pas gaire res per ajudar-la durant les setmanes que ha estat a casa dels pares. Entre la consola i la noia amb qui mig surt, no té temps per a res més. Ni tan sols per a la universitat.

El calmant la té atordida, però contestarà al seu germà. S'incorpora i li envia un àudio. El to de veu és agressiu:

BLANCA
Això teu no té nom. No eres a casa quan ens en hem anat. Hòstia, Sergio!

Des de quan m'organitzes la vida? Ja tinc prou problemes perquè el meu germà em qüestioni constantment tot el que faig. Estic cansada de les teves estupideses. Ves-te'n a la merda.

Després de gravar el missatge nota una forta fiblada al cap. El dolor és tan intens que tentineja i perd la visió durant uns segons. La Blanca s'espanta. No s'ha d'alterar d'aquesta manera, però és que la treu de polleguera. Lentament, s'estira al llit de panxa enlaire i es fa massatge a les temples. Llavors truquen a l'intèrfon. Podria ser la Luna, però l'hauria avisat que tornava. Recorda el que la seva amiga li ha demanat abans d'anar-se'n: que no obrís a ningú. Però el timbre torna a sonar. És molt estrany que algú la vagi a veure un diumenge a aquesta hora, i més després de tant de temps de ser fora. Se sent un altre xiulet, però aquesta vegada és el mòbil. El seu germà li ha enviat un missatge d'àudio:

SERGIO
Ets una estúpida, però també ets la meva germana. Obre la porta, collons. He vingut a veure't.

En Sergio li fa una abraçada quan entra al pis. La Blanca es queixa perquè, quan l'estreny, nota un dolor punyent a l'esquena. Agafa les crosses amb força i el guia fins a la sala d'estar.

—Què hi fas aquí? —li pregunta mentre tos dos seuen.

—Visitar-te. Encara soc el teu germà. Tot i que, després de l'àudio que m'has enviat, m'ho hauria de replantejar.

—Has començat tu amb aquella merda de missatge —diu la noia mentre es posa bé les ulleres—. Gràcies per venir. No calia.

—De fet he vingut a Sevilla a veure una amiga.

—La noia amb qui surts?

—No, una altra. La Verónica i jo ens ho hem deixat. Precisament per això estic per aquí. La meva amiga viu aquí a prop. M'ha convidat a dinar i de passada m'he desfogat una mica.

És la primera vegada que en Sergio li ensenya el seu costat vulnerable. Fins i tot se li trenca la veu quan parla. No s'imaginava que el seu germà li mostraria aquesta classe de sentiments.

—Ostres, em sap greu això de la teva nòvia.

—No era la meva nòvia. Només sortíem junts de tant en tant.

—D'acord, doncs em sap greu el que t'ha passat amb aquesta noia amb qui surties de tant en tant.

—No passa res. Hi ha més peixos al mar. Tens cervesa?

—Aigua, cafè o Coca-Cola. La mare m'ha comprat galetes salades. Són a l'armari de la cuina.

—Odio aquestes galetes.

—A mi m'encanten. També tinc te. Et ve de gust?

—Això sembla a casa els avis.

El noi fa petar la llengua i s'aixeca per anar a buscar una beguda. La Blanca el segueix amb la mirada. Somriu. És un imbècil, però s'alegra que hagi vingut. Encara que no ho reconegui, segur que l'ha anat a veure per comprovar com estava. No han tingut mai una relació d'explicar-s'ho tot ni han parlat de temes importants, però des de fa uns quants anys la distància entre tots dos és sideral. Amb prou feines es coneixen. Són com estranys.

Mentre sent les protestes d'en Sergio a la cuina torna a sonar el timbre. La Luna? Agafa les crosses i va cap a l'intèrfon.

—Soc en Miguel, del quart B. He anat a llençar les escombraries i m'he deixat a casa la clau de la porta de fora. Em pots obrir, Blanca?

La noia prem el botó de l'intèrfon. Fa temps que no parla amb aquell veí. Troba curiós que sàpiga que ha tornat a casa. Les notícies volen en aquest edifici.

—Qui ha trucat? —pregunta el seu germà, que s'està omplint un got de Coca-Cola—. Una nòvia d'aquelles que coneixes al Tinder?

—Estúpid. És un veí que s'ha deixat la clau.

—Segur que és un veí? A veure si és el paio que va fer estavellar l'helicòpter —fa broma en Sergio abans de tornar a la cuina.

El seu germà no té límits. Detesta el seu humor negre. No té temps de contestar-li. Sona el timbre de la porta i la Blanca, que és allà a prop, es disposa a obrir repenjada a les crosses. En Miguel deu voler saber per què ha estat tants dies fora de casa. Potser s'ha assabentat del famós accident.

Però quan obre no és el del quart B la persona es troba davant seu. Un home que amaga la cara sota un passamuntanyes negre li tapa la boca amb la mà i l'agafa amb força. Immediatament, li col·loca una bossa de plàstic al cap. La Blanca intenta cridar, però li és impossible fer-ho. S'està asfixiant.

—Blanca, no deus pas tenir unes oli...?

En Sergio empal·lideix quan veu l'escena. Un home amb passamuntanyes està agredint la Blanca i li ha tapat el cap amb una bossa de plàstic. El noi reacciona i li llança el got de vidre, que impacta al seu cos. Després s'hi acosta i l'empeny contra la paret. L'home es desfà de la noia tirant-la a terra i clava un cop de puny a l'estómac d'en Sergio. Després un altre cop amb el colze al nas i un de molt fort al pit.

—Para! Para! —crida la Blanca, que s'ha tret la bossa i veu com l'emmascarat propina un cop de genoll a la barbeta del seu germà—. El mataràs!

Però en Sergio encara no ha dit l'última paraula. Agafa una de les crosses de la seva germana i, amb les forces que li queden, l'estavella contra el cap de l'intrús. L'home del passamuntanyes deixa anar un esgarip i insulta el jove. La Blanca aprofita el desconcert de l'assaltant per clavar-li una patacada amb l'altra crossa. L'home cau a terra i els dos germans l'apallissen a cops, fins que aconsegueix sortir de la casa rodolant. S'aixeca i baixa les escales tan ràpid com l'hi permeten les cames.

—Hòstia, hòstia, hòstia. Estàs bé? —pregunta la Blanca a en Sergio, que té la cara plena de sang.

—A tu què et sembla? —contesta el noi. Li falta l'alè—. Perquè després diguis que passo de tot i que només em preocupo de la consola. Aquest malparit s'ha endut una bona pallissa. Soc el maleït Son Goku!

Capítol 16

Niko

Sevilla, diumenge 15 de desembre del 2019

La Triana s'ha passat deu minuts al telèfon amb la Blanca. En Niko està assegut al seu costat i l'escolta preocupat. Algú ha entrat a casa de la periodista i l'ha atacat. Per sort, el seu germà l'havia anat a visitar i entre tots dos han aconseguit reduir l'agressor, que al final ha fugit. El noi té unes quantes ferides i contusions, però cap de gravetat.

—Algú entra a casa meva i em deixa una nota estranya. I una persona va al pis de la Blanca i intenta matar-la. Tot això la mateixa tarda —diu la Triana, que continua commocionada pel relat de la seva amiga—. Pot ser que sigui la mateixa persona?

—Em sembla que no. A tu t'han deixat un avís de manera amistosa i a ella han intentat assassinar-la. A més, els dos fets s'han produït gairebé al mateix temps.

—Per tant, és una casualitat?

—Jo crec que sí.

—Això és un malviure, Niko. Hem d'anar a parlar amb el comissari, encara que no et fiïs d'ell.

—Ja saps el que penso i el que t'han advertit en aquella nota.

—No crec que en Gaviria sigui un policia deshonest. Sempre s'ha portat bé amb mi. No dic pas que sigui un sant, però fins ara ens ha ajudat.

—A tu més que a mi.

—Sí, sí.

El noi recorda quan va estar retingut al calabós de la comissaria. L'Arturo Gaviria va permetre que en Montesorín l'interrogués de manera il·legal. Se'n va rentar les mans. Al seu parer, no és tan bo com afirma la Triana.

—Fes el que et sembli.

—D'acord, però no t'enfadis.

—És que no m'agrada el comissari —insisteix en Niko—. La Blanca ha anat a la policia a denunciar el que li ha passat?

—No. Estan rumiant si anar a la comissaria aquesta nit o demà. Ni tan sols ha avisat els seus pares per no amoïnar-los. El seu germà s'ha endut la pitjor part, però sembla que no té res trencat. No vol anar al metge perquè el visitin.

—Primer l'helicòpter i ara això. Ja s'ha salvat dues vegades.

—N'hi haurà una tercera si no pren mesures. Li van al darrere.

En això en Niko hi està d'acord. Sospita que la Blanca té en el seu poder una informació que molesta a algú. Potser ni tan sols sap de què es tracta. El que està clar és que ha estat dues vegades a punt de morir.

—M'agradaria anar-la a veure.

—Si vols, hi podem anar demà. Jo t'hi acompanyaré.

—Em sembla una bona idea —respon somrient la Triana—. Per cert, em deus una història.

—És veritat. La de la dona de les energies.

La Triana el mira estranyada, fins que en Niko comença a explicar-li el que ha fet al matí. Li parla del que li ha dit en Plini, de la visita a la María Santana a la plaça d'España i de la revelació d'aquella dona tan peculiar.

—Em sap greu, però no crec en aquestes coses —contesta la Triana quan el noi acaba el relat.

—Jo tampoc. Però ella ho té clar: la teva mare està viva.

—I això t'ho ha dit després d'entrar en trànsit?

—Sí. Quin xou. M'he espantat una mica.

—Segur que és una representació falsa, un espectacle per suggestionar els que dubten. No hauria de jugar amb els sentiments de les persones ni frivolitzar amb una cosa tan seriosa.

—No tothom pensa com tu. La Santana ha col·laborat fins i tot amb la policia.

La Triana es queda de pedra quan sent en Niko. El jove no sap què li passa fins que la noia s'aixeca d'un salt.

—Jo la conec, aquesta dona! Com has dit que es diu?

—María Santana.

—Hòstia. Sí! La recordo. És una dona baixeta que va vestida de negre i té cara de bruixa?

—Encaixa en la descripció.

—Va venir una vegada a veure la mare!

—Quan? Per què va venir?

—Per oferir-li els seus serveis. Volia col·laborar amb ella —contesta la Triana, que dona un cop de mà al braç del sofà—. Deia que li podia ser de molta utilitat en alguns casos. Que era lectora d'energia o una cosa així.

En Niko no es pot creure el que sent. La Celia Mayo coneixia la María Santana. De quina manera es pot relacionar això amb el que està passant?

—I què li va dir la teva mare?

—Que no necessitava col·laboradors. Tot i que no ho recordo gaire bé, perquè no hi vaig donar gaire importància. Vaig pensar que era una vident d'aquelles que intenten entabanar la gent amb els seus poders falsos.

—És aquesta? —pregunta en Niko mentre li ensenya una foto d'ella que guarda al mòbil.

—Em sembla que sí! No es veu gaire bé, però crec que és ella.

—Es va enfadar quan la teva mare li va dir que no?

—No ho sé. Fa força temps d'això. Precisament jo li vaig obrir la porta. Li vaig oferir cafè i va acceptar. No me'n recordo de gaire res més.

La Santana no ha esmentat en cap moment que coneixia personalment la detectiu Mayo. S'ha limitat a fer aquella estranya actuació i a dir-li que estava viva. No li ha pas explicat que havia anat al seu despatx per oferir-se com a col·laboradora.

—Espera't. Me'n recordo d'una altra cosa.

—De quina?

—Aquesta dona va parlar amb la mare sobre el meu pare.

—Sobre el teu pare? I què li va dir?

—Quan vaig entrar amb el cafè, la mare estava molt seriosa. Fins i tot diria que enfadada —diu la noia, que ha tancat els ulls i es dona copets al front. Intenta visualitzar aquella escena—. La María estava parlant molt a poc a poc. Li deia que no s'amoïnés, que l'energia d'en Manuel Velázquez descansava en pau. Quan em va veure, va canviar radicalment de tema.

—N'estàs segura, d'això?

—No, Niko. La meva memòria no és tan bona. Però em sembla que va anar així.

—Després en vau parlar amb la teva mare?

—No ho sé. No me'n recordo. Pot ser. O no. Ha passat molt de temps.

La María Santana no només va ser en aquesta casa per ajudar a la seva manera la Celia. Vist el seu estil, té molt de sentit que parlés amb la detectiu sobre el seu difunt marit.

—Què passa, Niko? En què estàs pensant?

—En la quantitat de petites històries entrellaçades amb què ens anem trobant. Em pregunto quines connexions que encara ignorem hi ha entre tots aquests fets.

El policia nacional Manuel Velázquez va morir fa una mica més de cinc anys en circumstàncies estranyes. Fa un parell de mesos es va saber que no es va suïcidar ni va tenir cap accident: va ser assassinat pel sicari Enrique Mesa. El passat octubre, en Mesa va morir a casa seva a mans d'en Montesorín, que era un dels que havien ordenat eliminar en Manuel per causes que encara es desconeixen. A més, en Javier Montesorín s'havia tret de sobre en Risto Cuevas, venedor ambulant cec col·laborador de la policia i enllaç dels principals delinqüents de Sevilla, i la inspectora Ángela Diosdado, que hauria descobert els crims que havia comès. També havia segrestat la Celia Mayo? La detectiu privada continua desapareguda. Gairebé tothom la dona per morta, però la María Santana assegura que està viva. Aquesta dona la va anar a veure fa uns anys per oferir-se com a col·laboradora i li va parlar de l'energia del seu marit. És un cercle que no para d'expandir-se a mesura que passen els dies.

—Creus que tot això dels meus pares pot estar relacionat d'alguna manera amb l'accident d'helicòpter de la Blanca i amb l'atac que ha patit aquesta tarda a casa seva? —pregunta la Triana, que se sent superada pels esdeveniments.

—De quina manera podria estar relacionada una cosa amb l'altra?

—En Montesorín va utilitzar la Blanca per filtrar el cas Chopin a la premsa. Ella l'hi va tornar acusant-lo de ser el culpable de les morts d'en Mesa, en Cuevas i la Diosdado davant del comissari a l'hospital Virgen Macarena. A més, la Blanca i la meva mare havien quedat el dia que va desaparèixer.

—En Montesorín seria l'enllaç. Evidentment, ell no podria haver organitzat res del que ha passat aquests dos últims mesos. O tot ja estava planejat abans que en Diosdado li engegués un tret?

—Ni mort ens deixa en pau.

—Si l'accident de la Giralda tenia la Blanca com a objectiu i forma part de tot el que hem mencionat... és una bogeria!

—També s'ha mort la dona del pilot de l'helicòpter en un incendi a casa seva.

—Una altra desgràcia que fa sospitar.

—Déu meu, Niko, tinc molta por! Sevilla era una ciutat tranquil·la i ara només fan que passar coses desagradables. Els meus pares han sigut víctimes del fanatisme d'uns bojos.

—No crec que estiguin bojos.

Quins interessos hi pot haver darrere d'aquestes morts? I quanta gent forma part de la trama? No pot ser obra d'una sola persona. En Montesorín només era una peça més de la sinistra partida. La sensació és que si algú sap massa coses o fa nosa, acaba al cementiri.

—Espera'm aquí. He de comprovar una cosa.

La Triana surt de la sala d'estar i va a l'habitació de la mare. En Niko es queda assegut reflexionant sobre el que han estat parlant. No té ni idea del que passa ni sap ben bé què han de fer. La clau seria trobar la Celia. Tant de bo estigui viva tal com li ha dit la María Santana. Suposaria una alegria immensa i recuperarien les forces que s'han anat esgotant. I la seva nòvia tornaria a ser feliç.

La noia triga a tornar a la sala d'estar. En Niko sent sorolls a l'altra banda de la casa, però no sap què està fent. Es preocupa. Li ve al cap el mal tràngol d'ahir a la nit. Espera que no hagi de tornar a viure un moment tan anguniós com aquell.

—Triana? —crida—. Va tot bé?

La noia no respon. Això alarma en Niko, que s'aixeca i corre cap on encara sent soroll. A l'habitació de la Celia hi ha una pila de roba a sobre del llit i els calaixos de l'armari estan oberts. La Triana es gira quan s'adona de la seva presència. La cara de la noia mostra incredulitat. Sembla molt confosa.

—No trobo el collaret —diu, mentre deixa caure un joier sobre el llit.

—De quin collaret parles?

—D'un de la mare. És artesanal, d'ambre. El va comprar en una d'aquelles parades de la plaça Nueva.

—I per què el busques?

—Perquè n'he vist un d'exactament igual.

—No ho entenc, Triana. Per què t'afecta tant això?

—Perquè algú m'ha dit una mentida i té el collaret de la mare. El que m'agradaria saber és com i quan l'hi ha pres. Potser l'enemic és més a prop del que ens pensem?

Capítol 17

Luna

Sevilla, diumenge 15 de desembre del 2019

—Ho veus! Tenia raó! Al final també t'han vingut a buscar! Ets un dels seus objectius!

La Luna no aconsegueix calmar-se. Quan ha arribat al pis, la Blanca li ha explicat el que ha passat mentre era fora. Sort que el seu germà l'havia anat a veure. El pobre noi té unes quantes ferides, però cap sembla greu. No li han trencat el nas, tot i que li ha estat sagnant una bona estona i se li ha fet un bon morat.

—Hem tingut un bon ensurt. Però hem aconseguit guanyar el dolent. En Sergio s'ha portat com un valent. Aquest tanoca m'ha salvat la vida.

Les paraules de la seva germana, i sobretot la mirada que li dedica la Luna, fan que el noi es posi vermell. El somriure de la periodista enamora qualsevol. Ella n'és conscient. També ha captivat el psicòleg Juancho Arrieta, que se li ha insinuat d'una manera descarada. Les coses havien començat bé a la cafeteria, però ha acabat atabalant-la. I, a més, el missatge que suposadament ha enviat al seu amic per demanar-li més informació sobre la pèrdua de memòria no ha rebut resposta. Almenys, no pas durant la mitja hora més que la Luna ha hagut d'aguantar a La Cacharrería. Quan s'ha adonat que la cita ja no donava per a més, ha decidit anar-se'n. El psicòleg li ha promès que la tornaria a trucar per resoldre els dubtes que quedaven pendents.

—I ara què fem? —pregunta la Blanca mentre es cura una ferida que ha patit al colze durant l'atac de l'encaputxat—. Hi anem ara a la policia, o demà? La Triana m'ho ha preguntat abans.

—Has parlat amb ella?

—Sí, li he trucat per telèfon. M'ha semblat que ho havia de saber.

—Jo no vaig a la policia ara —intervé en Sergio—. Estic baldat. I no em puc ni imaginar com deus estar tu, Blanca. Hi anirem demà a primera hora, entesos?

—Penso que hauríeu d'anar ara a denunciar-ho. Però entenc en Sergio. Demà, sens falta, a primera hora heu d'anar a la comissaria! Ja us portaré jo amb el meu cotxe, si cal. Per cert, m'he demanat la setmana lliure per acompanyar-te tant temps com sigui possible, Blanca.

—No calia.

—Per descomptat que cal! Si torna aquest paio, estarem preparades! Ens ho passarem bé totes dues.

—Podríem ser tres?

Les noies es giren i miren en Sergio, que somriu amb timidesa. El seu aspecte, després dels cops que ha rebut, és horrible. A la Luna l'entendreix aquest nano.

—M'anirien bé uns quants dies fora de casa, perquè

les ferides es curin i el pare i la mare no em mortifiquin amb preguntes. Després els trucaré i els diré que em quedo amb tu perquè no estiguis sola.

—No estaré sola.

—La Luna no podrà estar les vint-i-quatre hores del dia enganxada a tu, oi? Haurà de sortir a fer les seves coses.

—Fer les seves coses? Ni que fos una gossa!

Les paraules de la Luna fan riure la seva amiga. En canvi, la cara d'en Sergio, que s'ha posat molt nerviós, es torna a posar vermella, mort de vergonya.

—I com dormim? Aquí només hi ha un llit i un sofà. Jo no puc compatir llit perquè necessito espai.

—A casa tinc un matalàs inflable. El podria anar a buscar —diu la Luna. Li agrada la idea que en Sergio es quedi amb elles. Tres millor que dos.

—Si vols, jo dormo a terra i tu al sofà —proposa el noi.

—No pateixis, estaré la mar de bé al matalàs. A l'estiu l'he fet servir alguna vegada i és molt còmode.

—El meu germà està sent amable. Et pots considerar afortunada, perquè no és habitual.

La Luna riu i li pica l'ullet a en Sergio. El noi està tan vermell que sembla que hagi d'explotar. Abans d'anar a buscar el matalàs, la jove entra a la cuina a buscar un got d'aigua. En Sergio l'acompanya i, mentre ella beu, s'atreveix a preguntar-li:

—Saps per què està passant tot això?

—Et refereixes a l'atac que heu patit?

—A l'atac, a allò de l'helicòpter... La meva germana està ficada en alguna cosa rara?

—Que jo sàpiga, no.

—És pel cas Chopin? Ella va ser qui va revelar al diari el que estava passant.

La Luna arronsa les espatlles. No té una resposta per al noi. És veritat que la Blanca havia destapat el cas més mediàtic dels últims vint anys a Sevilla, però no sap qui està intentant desfer-se d'ella. La sorprèn la tranquil·litat amb què ha afrontat l'atac d'aquell individu. És una noia molt forta.

—Acabarem sabent la veritat, Sergio.

—Això espero. Perquè, encara que no ho sembli, estic força inquiet.

La periodista somriu al noi i li acaricia la cara amb les mans. Li nota la pell bullint. Contrasta amb la fredor dels seus dits per culpa del got d'aigua que s'acaba de beure.

—Entre tots tres ens les enginyarem perquè no passi res més. Ens defensarem si ens ataquen i trobarem els que volen fer mal a la teva germana. Ja ho veuràs.

—El paio que he apallissat no tornarà pas avui, oi?

—Estic segura que no.

Aquest noi li cau bé. Físicament no s'assembla a la seva germana, tampoc en la manera de ser. Tanmateix, tots dos tenen alguna cosa que fa que els vulgui tenir a prop.

—Me'n vaig a buscar el matalàs. Cuida la teva germana.

—Tranquil·la. Estaré molt atent.

Al cotxe, la Luna es posa una llista de Spotify. Al mòbil sona «Llegas tú» de Cepeda i, tot i que intenta no pensar en res més, li és impossible. És negra nit i els llums brillen en una ciutat que ja no és segura. Està esgotada després d'aquest dia de bojos. Només han passat unes quantes hores des que ha anat a casa de l'Ana i després a l'hospital, tot i que sembla que hagin transcorregut segles. El seu company Gabriel li ha dit que l'incendi havia sigut un accident iniciat a la llar de foc, però ella no s'ho creu. Està completament segura que els bombers s'equivoquen, i quan pugui estirarà aquest fil. De moment, cap dels contactes que té a la policia ha contestat els seus missatges, i això la molesta. Hi ha una altra qüestió que no es treu del cap: qui era el paio que ha entrat al pis de la Blanca? Pel que li han explicat la periodista i el seu germà, era un home força alt i robust. No li han pogut veure la cara perquè duia un passamuntanyes, però sí que s'han fixat que portava texans foscos, una caçadora negra de cuiro i botes de militar. No són detalls que la puguin ajudar a acotar la recerca de l'intrús, perquè qualsevol podria anar vestit així.

Mentre aparca té l'estranya sensació que l'observen. Espera que no l'hagi seguit ningú. Però per si de cas, camina de pressa per arribar ben ràpid al portal. Quan entra a casa, per fi se sent fora de perill. Abaixa les persianes abans d'anar a l'habitació on, a sota el llit, guarda el matalàs on dormirà els pròxims dies. A ella també li anirà bé estar acompanyada. El so del telèfon li dona un bon ensurt. És el director d'informatius. Dubta de si agafar-lo o no, però acaba contestant.

—Hola, Marco. Com va això?

—Hola. Ets a casa o continues amb en Juancho? M'ha enviat un missatge per dir-me que havíeu quedat a La Cacharrería.

—A casa. Fa estona que hem acabat la conversa.

—Tot bé amb el meu amic?

No sap què respondre-li. L'Arrieta ha sigut molt amable d'acceptar trobar-se amb ella un diumenge a la tarda i contestar les preguntes que li ha fet. Tanmateix, se n'ha anat de la cafeteria amb la sensació que en Juancho tenia unes altres intencions menys altruistes amb ella. Com que no pot culpar en Marco del comportament del psicòleg, evita entrar en detalls.

—Sí, bé. Moltes gràcies per posar-me en contacte amb ell. Ha sigut una xerrada productiva.

—És un paio curiós, però no et falla mai. M'alegro que t'hagi servit.

La Luna esbufega. Està a punt d'explicar-li que en realitat estan tallats pel mateix patró, que tots dos han intentat el mateix però ella els ha donat carbassa. Cap dels dos ha aconseguit el que buscava.

—Ens veiem demà a la redacció?

—No, he demanat una setmana de festa. Tenia uns dies lliures pendents i els aprofitaré.

—De debò? Quina decepció. Esperava veure't.

—Hi ha molts vídeos meus al YouTube —fa broma la jove—. Abans de les festes tornaré.

—Em regalaràs alguna cosa per Nadal?

La noia, fastiguejada pel to amb què ha fet la pregunta, nega amb el cap i, davant del telèfon, alça el dit del mig. Aquest paio no es dona mai per vençut.

—Marco, he quedat. He de penjar. Ja ens veurem.

Ni tan sols espera que el director d'informatius s'acomiadi. Talla la trucada i es guarda el mòbil a la butxaca. Però no ha passat ni un minut que torna a sonar. És en Galiano una altra vegada.

—Digues, què passa ara? —pregunta en un to poc agradable la noia.

—De què vas?

—Què vols dir?

—Que sigui l'última vegada que em tractes així. No tolero les faltes de respecte.

Les paraules d'en Marco la deixen glaçada. Sembla força enfadat. Atesa la seva posició, no vol que es converteixi en el seu enemic, però tampoc consentirà que li parli d'aquesta manera.

—Em sembla que qui ha faltat al respecte has sigut tu.

—Per què? Per preguntar-te si em regalaràs alguna cosa per Nadal? Per voler-te veure demà a la televisió? Digues Luna, quan t'he faltat jo al respecte?

—No pares d'intentar lligar, Marco. Constantment.

—Això és mentida. Soc un home casat i fidel a la meva dona. No t'equivoquis amb mi.

Aquest miserable l'està acusant d'inventar-se les coses, i això que ahir no va parar d'insinuar-se-li. Si fins i tot li va demanar que anés amb ell a una habitació d'hotel i va intentar petonejar-la al seu cotxe! Quin penques. Li vol contestar, però l'home s'avança i no l'hi permet.

—Jo no soc com en Blas —continua en Marco, i el nota més alterat del que és habitual—. Ets tu l'especialista d'embolicar-te amb homes casats. I jo soc un os dur de rosegar.

—Però si has sigut tu el que...

—No em repliquis. O ara em negaràs que teníeu un rotllo? Tothom ho sabia.

—D'això no n'has de fer res.

—El teu estimat Blas va posar una bomba al diari i no va tenir collons de carregar amb aquest pes. Es va treure els problemes de sobre i se'n va anar a l'altre barri voluntàriament per evitar merders.

—Això que dius és vomitiu. —La Luna, descollocada per l'atac del director d'informatius, és incapaç d'evitar que els ulls se li omplin de llàgrimes—. No es pot caure més avall.

—Sí que puc. —A en Marco se li escapa una rialleta nerviosa—. Podria enviar la policia a casa teva perquè et preguntin què en saps del paquet bomba que li van enviar a la Mercedes Reinoso.

—Què t'empatolles?

—Sempre ho he sospitat. No em crec que l'inútil d'en Blas planegés l'atemptat tot sol. Potser va tenir l'ajuda de qui va ser la seva amant. M'equivoco o l'he encertat, estimada Luna?

Capítol 18

Triana

Sevilla, diumenge 15 de desembre del 2019

La Brenda li ha repetit unes quantes vegades per telèfon que no se'n recorda on és el collaret d'ambre. Tampoc sap si el que va trobar a l'armari era el de la Celia o un de semblant.

—Està mentint. No em preguntis per què, però la Brenda menteix.

—T'ha assegurat que no sap res d'aquest collaret.

—No és veritat! I tant que ho sap! —La Triana acompanya les paraules amb una infinitat de moviments amb els braços—. Ahir es va comportar d'una manera molt estranya quan va aparèixer en una capseta on guarda les joies. Me'l va agafar de les mans, se'l va endur i avui no se'n recorda on l'ha deixat. No és sospitós?

—I per què menteix?

—No ho sé! Però és el de la meva mare! Me'n recordo perfectament!

—Insinues que la Brenda sap alguna cosa d'ella i no ens ho diu?

S'està fent aquesta mateixa pregunta des que va veure el collaret d'ambre a l'armari de la seva amiga. Tot i que és una suposició sense cap ni peus i sap que no té sentit. És la millor amiga que té! La que l'ha ajudat més durant aquests mesos! Com pot ser que estigui implicada en la desaparició de la mare?!

—Jo ja no sé res. Tu què en penses?

El noi arronsa les espatlles i després l'abraça. Li agrada el petó que en Niko li fa al coll. Després un altre al front. El seu somriure aconsegueix tranquil·litzar-la i tornar-la a la realitat.

—Hem de centrar-nos en el que tenim i no perdre'ns en teories sense cap sentit. Això del collaret ha de tenir una explicació lògica, i segur que no té res a veure amb la teva mare.

—Veig coses que no són, oi?

—És possible. Jo, si fos tu, estaria igual o pitjor.

—Acabaré confonent la realitat amb la ficció —es lamenta mentre abaixa el cap, taciturna—. Donaria el que fos perquè la mare aparegués viva.

—Confiem en què el malson acabi així. La teva mare apareixerà viva.

El to de veu del seu nòvio denota seguretat, però ella no ho veu de la mateixa manera. És molt més pessimista que en Niko. Han passat més de dos mesos i les estadístiques diuen que les possibilitats que la mare estigui viva són mínimes.

—Què vols que prepari per sopar?

—No tinc gana.

—Ja saps que has de menjar. Vaig a la cuina a veure què tenim.

En Niko surt de la sala d'estar després de fer-li un petó suau als llavis. Sospira i es queda embadalida mirant la televisió apagada. Ni se n'adona quan el seu nòvio torna i l'engega. Es fan un somriure abans que el noi torni a marxar. Alguna cosa se li remou per dins. És difícil precisar el que sent. Realment és amor?

La mort d'Ana Benítez s'ha produït un mes i mig després de la del seu marit. Francisco Carvajal pilotava l'helicòpter que es va estavellar contra la Giralda el passat 4 de novembre. Tot i que la investigació continua, sembla que l'incendi que va provocar les cremades que han posat fi a la vida de la dona es va iniciar a la sala d'estar, on hi ha la llar de foc, i es va estendre per tota la casa.

La notícia de la mort de l'Ana Benítez li capta l'atenció. Sembla que l'incendi no va ser provocat, sinó un accident. La tragèdia s'ha encruelit en aquesta família.

—Què mires? —En Niko entra a la sala d'estar amb una safata on porta un plat de croquetes i crestes i dos gots plens de gel.

—Les notícies. Han dit que la mort de la dona del pilot ha sigut un accident.

—L'incendi?

—Sí. Continua la investigació, però tot fa pensar que va ser un problema de la llar de foc.

—Pot ser. Aquestes coses passen sovint —diu, abans de tornar a marxar cap a la cuina.

La Triana mira atenta tota la informació sobre el cas que ofereixen a les notícies. Entrevisten el cap dels bombers que està al capdavant de l'operatiu, però amb prou feines concreta res, només que l'incendi es va produir de matinada i es va originar a la llar de foc de la sala d'estar, i no semblava que estigués en bon estat.

—T'he explicat mai que al meu pis hi va haver un incendi? —pregunta en Niko, que ja ha tornat amb dues Coca-Coles. Després de seure al seu costat, obre les llaunes i aboca el contingut als gots amb gel.

—No. Fa gaire?

—Uns quatre anys.

—Què va passar?

—No en tinc ni idea. El meu avi no m'ho va voler dir mai.

El noi li explica que quan ell va arribar a l'edifici, ja hi havia els bombers. El seu avi els suplicava a la porta que el deixessin entrar. Patia per tots els objectes robats que amagava a l'habitació tancada amb clau. Evidentment, no l'hi van permetre fins que van aconseguir extingir les flames i es van assegurar que no hi havia perill. Per sort, només es va cremar la cuina i una part de la sala d'estar.

—A mi només em preocupava el piano. Sort que no li va passar res.

—I no saps com es va originar?

—No. Ja t'he dit que el meu avi no m'ho va voler dir mai. No sé si va ser un curtcircuit, una burilla o que se li va escapar la mà amb l'oli de la paella.

—També va ser un accident?

—Ningú no em va dir el contrari. Tot i que jo sempre he sospitat que la veritat era una altra. Però l'avi sempre va treure importància a l'incident.

—Quin ensurt.

—Un episodi més de la meva vida. —El noi agafa una croqueta i, quan la mossega, se sent un lleu cruixit—. Són molt bones. I ja no cremen. Agafa'n una.

L'anècdota de l'incendi al pis on viu el noi només és la primera de les històries que en Niko i la Triana s'expliquen. Li feia falta una xerrada relaxant com aquella. Durant una estona s'oblida del collaret d'ambre, de la trucada anònima que va rebre ahir i fins i tot de la nota que han deixat sobre el llit de la mare. Es relaxa tant que acaba adormida al sofà, amb el cap repenjat a les cames del seu nòvio. Sempre hauria de ser així.

Tanmateix, cap a dos quarts de dotze, algú truca al timbre. La Triana estava somiant amb la seva mare quan el soroll l'ha despertat. Mira en Niko, que li demana que es quedi a la sala d'estar. No li fa cas. Va darrere seu i descobreix en Cayetano a l'altra banda de la porta.

—Què vols? —li pregunta en Niko de males maneres.

—He vingut a veure... la Triana. Deixa'm passar.

—Ves-te'n a casa. És molt tard.

—He de parlar amb ella.

La noia fa un pas endavant i es col·loca davant d'en Niko, que no oposa gaire resistència. Immediatament li arriba el tuf d'alcohol i observa l'aspecte malgirbat de la seva exparella. No és gens habitual això. En Cayetano normalment va vestit de manera impol·luta i es cuida molt. Poques vegades l'ha vist en aquestes condicions.

—Mira, tio, fas pudor de cervesa. Ves a fer-te una dutxa freda. Aquí no hi pintes res —insisteix molt molest en Niko, que aconsegueix colar-se de nou davant d'ella—. No ets benvingut.

—He de parlar amb tu, Triana.

—Et dic que fotis el camp.

—Niko! Prou! —crida la noia mentre aparta el seu nòvio amb les mans—. Deixa'm que parli amb ell. Espera'm al sofà. Vinc de seguida.

—Està borratxo. Que no ho veus?

La Triana li torna a demanar que se'n vagi i la deixi sola amb en Cayetano. Després li fa un petó als llavis. Això tranquil·litza en Niko que, de mala gana, finalment torna a la sala d'estar.

—Entrem al despatx. Aquí ens congelarem.

El noi assenteix i camina darrere de la Triana. Un cop a l'habitació, seuen i la noia s'estremeix quan ocupa la butaca que normalment utilitzava la seva mare. Fa com si res i mira en Cayetano. Observa els seus ulls envermellits i els cabells desgrenyats. La pudor d'alcohol és més intensa quan parla.

—Perdona'm per l'hora. Sé que és molt tard, però no podia esperar a demà. No tinc cap intenció de molestar-te.

—Va, ves al gra. Què has vingut a fer?

—La Brenda no sap que soc aquí.

—La Brenda? Què hi té a veure ella?

—Aquest matí t'he mentit —contesta el noi, que es refrega la mà per la boca, com si se la netegés—. La Brenda i jo som parella...

A la Triana li fa mal la confessió d'en Cayetano. No

hauria de ser així perquè tots dos són lliures per fer el que vulguin; a més, ja ho intuïa. Però ha notat una fiblada al pit que no s'esperava ni sap com interpretar.

—Això és cosa vostra.

—Ja ho sé. No t'hem dit res perquè pensàvem que potser t'enfadaries. De fet, les últimes setmanes m'he allunyat tant com he pogut de tu.

—Aquest era el motiu?

—Sí. Però la Brenda m'ha mantingut informat de tot el que passava. Li pregunto cada dia per la teva mare i com va la investigació policial. No ha sigut fàcil mantenir-me'n al marge sabent que ho estaves passant tan malament. Però...

—Però?

—La Brenda m'ho va demanar —diu en Cayetano, que es pentina i despentina molt nerviós—. Tenia por que ens enxampessis i que t'afectés. Ja estaves prou malament. No volíem que et sentissis encara pitjor per això nostre.

A la Triana li està sobrant aquesta conversa. No vol detalls del que ha estat passant entre aquells dos les últimes setmanes. Ni és cosa seva ni té ganes de saber res més. Per què coi li fa mal el pit?

—Mira, prefereixo que no m'expliquis res més. És un tema que no m'importa.

—Perdona'm. Em sap greu no haver estat amb tu quan em necessitaves —diu el noi ajuntant les mans—. No hauria d'haver fet cas a la Bren. Estava molt preocupat per tu.

—Cayetano, això és innecessari.

—Ahir a la nit, quan la Brenda em va explicar que

gairebé et suïcides..., em vaig adonar que encara... hi ha coses que no... he superat.

—T'ho va dir?

El noi s'aixeca per anar al costat de la Triana. La noia també es posa dreta, però per allunyar-se d'ell. Està a punt de sortir corrents, però en Cayetano li ha bloquejat la sortida del despatx.

—Encara no he superat la nostra ruptura, Triana.

—M'estàs fent por.

—No pateixis. Som la Triana i en Cayetano —diu el noi amb un somriure sinistre—. No podem ignorar el que sentim. A més, la Brenda no és de fiar.

—Què vols dir?

—Podem tornar a ser els de sempre. Aquell polonès no és prou bo per a tu. Des que va arribar només t'ha portat desgràcies.

—Què has volgut dir amb això que la Brenda no és de fiar? Contesta!

—Oblida't d'aquell paio i...

En aquell instant, en Niko entra com un toro desbocat al despatx. Els seus ulls irradien ira. Té foc a les pupil·les i odi a la mirada. Sense pensar-s'ho, es llança sobre en Cayetano, que és bastant més alt que ell, i el seu puny dret s'encasta a la cara de l'altra jove, que cau inconscient a terra.

Capítol 19

Blanca

Sevilla, diumenge 15 de desembre del 2019

Se senten les campanes de l'església més propera al seu pis. Comprova al rellotge del mòbil que són les onze de la nit.

—Per què no li truques? És molt tard —diu en Sergio, que fa més d'una hora que li demana el mateix.

—Perquè no la vull atabalar. Ja vindrà. Es deu haver entretingut en algun lloc.

—Només anava a buscar un matalàs inflable. I si li envies un àudio?

—L'hi vols enviar tu?

El seu germà, quan vol, pot ser molt pesat i insistent, així que li ofereix el mòbil perquè sigui ell mateix qui li enviï el missatge de veu a la Luna. Tanmateix, en Sergio s'estima més rebutjar la invitació i es posa a mirar vídeos del TikTok al seu telèfon. Però és evident que continua inquiet. Que potser s'ha quedat penjat de la Luna? La seva amiga és uns quants anys més gran i té molta més experiència de la vida. Les possibilitats d'en Sergio són nul·les.

—A tu t'agrada? —pregunta el noi sense apartar la mirada del mòbil.

—Qui? La Luna?

—Sí. És molt guapa, i quins ullassos que té. No em crec que no t'hi hagis fixat.

—Sí, esclar. Tu t'has fixat en els seus ulls, oi?

El noi fa una rialleta i apuja el volum del mòbil. La Blanca no reconeix la cançó. A ella no li agrada aquesta nova xarxa social que s'ha posat de moda entre els joves. El seu germà està enganxat al TikTok i fins i tot ha deixat de banda Instagram i Twitter.

—Et puc fer una altra pregunta?

—Digues, què vols saber?

—Com ho sabeu les lesbianes que a una noia li agraden les noies?

A la Blanca li ve un atac de tos quan sent la pregunta d'en Sergio. Gairebé s'ennuega. No sap si posar-se a riure o engegar-lo a la merda. No n'han parlat mai d'aquests temes. A què treu cap aquest interès sobtat?

—Ho sabem i ja està.

—Quina porqueria de resposta. No teniu una mena de radar?

—De debò, Sergio? De veritat que m'estàs preguntant això?

El jove arronsa les espatlles i continua mirant vídeos al mòbil. Remuga alguna cosa entre dents que la Blanca no aconsegueix desxifrar. La noia riu i amb l'ajuda de les crosses s'aixeca del sofà perquè ha d'anar al lavabo. El seu germà no li havia parlat mai de la seva condició sexual, tot i que creu que es va assabentar abans que els seus pares que era lesbiana i que, per això, no va ser cap sorpresa per a ell quan ho va dir a casa. Malgrat que encara existeix una certa ambigüitat en el seu immadur cervell sobre algunes qüestions, en Sergio ja forma part d'aquesta generació que veu normal que a una noia li pugui agradar una altra noia. El que és segur, però, és que no sap res dels sentiments de la Blanca per la Triana. Aquest amor no correspost és un secret fins i tot per a les persones que la coneixen més bé. No s'ha atrevit a revelar-ho a ningú. I així continuaran les coses.

Ha passat mitja hora més i encara no tenen notícies de la Luna. On deu ser?

—És molt estrany que no hagi arribat encara. Truca-li.

Ella també comença a estar inquieta, per tant, aquesta vegada li fa cas. Marca el número de la seva amiga, però la Luna el té apagat. Ho intenta un segon cop amb el mateix resultat. Tot i que no ho vol reconèixer a en Sergio, està amoïnada.

—Espero que no li hagi passat res.

—La Luna sap cuidar-se —li diu al noi amb una seguretat i una calma que no sent.

—Si l'home que ha vingut aquí ara l'ha anat a buscar a ella, tindrà molts problemes.

—No perdem la perspectiva.

—Quina perspectiva, Blanca? Hi ha un paio rondant pels carrers que fa una estona gairebé t'asfixia amb una bossa de plàstic. I mira com tinc el nas!

Potser han sigut molt imprudents de no haver anat

de seguida a la policia a denunciar el que ha passat. Tal com diu en Sergio, un criminal deambula lliure pels carrers de Sevilla. Un paio que és capaç de qualsevol cosa.

—Estàs nerviosa.

—No ho estic.

—Fas aquest gest amb les ulleres quan estàs tensa.

—Quin gest?

En Sergio li treu les ulleres a la seva germana i se les posa. Les aparta una mica i després se les ajusta al nas. La Blanca n'és conscient del seu tic. Es resigna i reconeix que el seu germà té raó. Després de recuperar les ulleres, truca una altra vegada a la Luna, però el mòbil continua apagat.

—Què fem? —pregunta alarmat el jove.

—No podem fer res. Només tenir paciència i esperar.

—Quina és la seva adreça? L'amiga que t'he dit té cotxe i segur que em pot portar a casa seva.

—Tu no aniràs enlloc.

—Per què? T'estimes més quedar-te aquí asseguda i que ens arribi la notícia que li ha passat alguna cosa? Potser encara hi som a temps!

—No ets pas el seu guardaespatlles. Segur que està bé. Per què no te'n vas a dormir?

—Perquè el meu llit l'ha de portar ella. I no soc cap guardaespatlles, però m'han trencat la cara per defensar-te, maca.

—Et dono les gràcies per haver-me salvat la vida. Però no aniràs a casa de la Luna.

El noi dona un cop fort al braç del sofà i abandona

la sala d'estar molt enfadat. La Blanca no li impedeix que se'n vagi. Sospira i s'estira amb molt de compte per no augmentar el dolor. Li torna a fer mal tot, especialment el cap. La templa dreta li esclatarà. Té la capsa de pastilles a sobre la taula. No vol abusar dels medicaments, però el dolor és tan punyent que agafa un calmant i se'l pren. De seguida li fa efecte i, a poc a poc, es va relaxant.

—Blanca, em sents?

La periodista es gira i es troba amb la cara ensangonada de la Mercedes Reinoso. La dona intenta ficar-se la mà a la butxaca dels pantalons, però no ho aconsegueix.

—Estem mortes? —li pregunta la noia.

—A mi em queda... poc. He de... dir-te una cosa. És molt important.

—Què m'has de dir?

La Mercedes no aconsegueix articular cap més paraula. Tanca els ulls. Amb prou feines pot respirar sense esputar sang per la boca. La imatge és dantesca. La Blanca vol ajudar la dona en els seus últims segons de vida, però no es pot moure.

De sobte, la directora d'*El Guadalquivir* reuneix les últimes forces que li queden i torna a obrir els ulls. Busca una cosa als pantalons. De la butxaca esquerra en treu un bitllet de vint euros. Allarga el braç i l'hi dona.

—Blanca, Blanca... —Sent el seu nom com si algú li parlés a l'orella—. Germana, està sonant el teu mòbil. És la Luna!

La noia es desperta de cop i veu en Sergio assegut al sofà. Té el seu telèfon a la mà i no para de repetir-li el nom de la seva amiga. Triga uns quants segons a ser conscient de la situació. Després d'uns instants de confusió, finalment agafa el mòbil i respon.

—Luna? On ets?

—Blanca, em sap greu. Acabo d'engegar el mòbil i he vist les teves trucades perdudes —diu la periodista sanglotant. També se sent de fons «Por debajo de la mesa», de Luis Miguel—. M'he ficat en un embolic.

—Què ha passat?

—El malparit d'en Marco Galiano. M'està putejant.

Es refereix al director d'informatius d'El Guadalquivir TV. Han coincidit alguna vegada, però han parlat molt poc. No li cau gaire bé.

—Què t'ha fet?

—M'ha amenaçat d'anar a la policia. Em vol involucrar en allò del paquet explosiu.

—Què? Per què?

La noia li explica el que ha passat quan ha arribat a casa seva. Que en Galiano, després de sobrepassar unes quantes vegades els límits, s'ha enfadat amb ella perquè s'ha atrevit a recriminar-li l'assetjament.

—M'ha dit que no era veritat el que deia, que ell no m'havia insinuat mai que ens en anéssim al llit. Però no ha parat de fer-ho des d'ahir a la nit!

—Quin imbècil. Vine a casa. En Sergio i jo t'estem esperant.

—Soc al cotxe; he aparcat al carrer, al costat d'un hotel a Bellavista.

—I què hi fas aquí?

—He vingut... he vingut a matar-lo.

—Què? No facis cap bogeria!

—L'he de matar. No hi ha marxa enrere.

Per un moment, la Blanca no sap què dir. S'ha quedat en xoc. S'atrevirà a complir el que diu? Sembla decidida. El seu germà l'observa amb els braços oberts, esperant una explicació, mentre sent que la Luna plora desconsolada a l'altra banda del telèfon.

—Estàs molt nerviosa. A quin hotel ets?

—Es diu Doña Carmela —contesta la Luna, que no para de sanglotar—. No tinc cap més remei que matar-lo.

—Però què dius ara! T'arruïnaràs la vida!

—Ja està arruïnada. Estic a la misèria. En Marco ho sap. Ho sap tot.

—El què, sap?

—Tot, Blanca. Per això em vol fer xantatge. M'ha demanat que vingui a aquest hotel. Si no faig alguna cosa, trucarà a la policia, que vindrà a casa i... serà el final de tot.

En Sergio li dona un cop de colze i li suplica que li expliqui de què estan parlant. Mentrestant, la Luna no para de xerrar i de plorar alhora.

—En Blas, tot va ser culpa d'en Blas. Per què em vaig enamorar d'ell? Hauria fet qualsevol cosa que m'hagués demanat. Tot, Blanca. Absolutament tot. Fins i tot matar. Mataria per amor.

—No t'entenc.

—Déu meu, no m'ho perdonaré mai. Aquest malparit ho sap. Ho sap tot.

—Ha sigut un dia molt difícil. Per què no vens a casa, et preparo una infusió i m'ho expliques més tranquil·la? En Sergio està preocupat per tu.

—Sí? Pobret. Un altre que s'ha encapritxat de mi. Tots ho fan excepte ell! Maleït Blas!

Els crits de la Luna, maleint el periodista mort, obliguen la Blanca a apartar-se el mòbil de l'orella. En Sergio li implora que li passi el mòbil, però amb un moviment de cap li diu que no. No és el moment. No vol que el seu germà la senti en aquest estat.

—Escolta'm bé, Blanca. Escolta'm bé. T'he de confessar una cosa.

—Per què no vens a casa i m'ho expliques aquí?

—No. No puc esperar. He d'acabar amb tot això.

—Sisplau, no facis cap bogeria.

—És necessari. He de posar fi a tot això. Escolta'm.

La Blanca es dona per vençuda. La seva amiga està disposada a revelar-li una cosa.

—Em penedeixo del que vaig fer. Bé, no ho sé. Potser ho hauria fet igualment —continua la Luna, que titubeja i no para de plorar mentre parla—. En Blas no va preparar el paquet explosiu. Vaig ser jo. Jo ho vaig organitzar tot. Ell només em va ajudar.

—Però què dius? És veritat, això?

—Esclar que és veritat —respon furiosa la Luna—. En Marco Galiano ho sap. M'ho ha insinuat aquesta nit. Per això ha de morir. Si no, em farà xantatge tota la vida amenaçant-me d'explicar-ho a la policia. És un paio perillós i té molt de poder.

—Tu vas preparar el paquet bomba per a la Mercedes?

—Sí. Vaig ser jo. La directora era la pitjor persona del món. No va sortir bé, però li vam fotre un bon ensurt. Encara hi ha les restes al soterrani de casa meva. La Mercedes Reinoso havia de...

En aquell instant se sent el soroll d'un vidre que es trenca. Després un crit de terror i, tot seguit, una detonació. Com si algú hagués destapat una ampolla de cava.

—Luna? Em sents? —pregunta la Blanca molt espantada—. Luna? Estàs bé? Contesta, sisplau. Contesta!

Però la periodista de la televisió d'El Guadalquivir ja no pot contestar. Una bala, que se li ha allotjat al cervell, l'ha silenciat per sempre.

Capítol 20

Sergio

Sevilla, dilluns 16 de desembre del 2019

L'acabava de conèixer, però notava que entre ells dos s'havia produït una connexió especial. D'aquelles que, segons diuen, només passen a les pel·lícules. Quan un policia ha trucat a la seva germana i li ha explicat que la Luna González havia aparegut morta al seu cotxe amb un tret al cap, en Sergio ha rebut la notícia com si es tractés de la mort d'un familiar. Feia temps que no plorava. Ni tan sols després de la ruptura amb la seva nòvia. La Blanca l'ha consolat, però tots dos estan destrossats pel tràgic final de la periodista.

—Són gairebé les dues. Per què no te'n vas a dormir? Hem de descansar. Ens esperen uns dies molt durs —diu la noia, que li ha demanat al seu germà que es quedi al pis. Ells han avisat que havia passat alguna cosa estranya als voltants d'un hotel de la zona de Bellavista.

—Així, demà al matí anirem a la policia a explicar allò del paio encaputxat, oi?

—Sí, al matí anirem a la comissaria. Segurament també voldran parlar amb nosaltres de la Luna i ens prendran declaració.

—Si haguéssim anat a denunciar-ho de seguida, potser estaria viva —comenta en Sergio, afligit—. Em sento culpable.

—Ni tan sols sabem si el que l'ha matat ha sigut el mateix home que ha vingut a casa.

—És evident que molesteu algú, que us van al darrere. Per això també s'han carregat la dona del pilot. Tot forma part de la mateixa trama.

Ho té molt clar. Encara que la seva germana tingui dubtes i no sàpiga què contestar, en Sergio està convençut que darrere de l'accident de l'helicòpter, de l'incendi, de l'atac a la Blanca i de la mort de la Luna hi ha les mateixes persones.

—No truquis als pares, d'acord? No vull que s'amoïnin. Ja veurem què els expliquem quan anem a la comissaria demà al matí.

—Per descomptat, no pensava dir-los res. Això és entre nosaltres.

—Molt bé. Anem a dormir una estona?

—No crec que pugui, però si més no tancaré els ulls i intentaré desconnectar de tota questa merda.

La Blanca assenteix. Li dona un copets afectuosos a l'espatlla i entra a la seva habitació. El silenci és desolador al petit apartament. Fins i tot l'angoixa que no se senti res. En Sergio es treu els pantalons i la dessuadora per estirar-se al sofà. Es tapa amb una manta, agafa el mòbil i es posa els auriculars. No té ganes de veure gent ballant o fent reptes al TikTok. Té els ànims per terra. No para de pensar en ella. Entra a YouTube i escriu el seu nom al buscador: Luna González. Li surten una gran quantitat de vídeos. A la majoria hi apareix amb el micròfon a la mà, donant alguna informació per a El Guadalquivir TV. És molt guapa i sempre va vestida de manera impecable. Se li fa un nus a la gola. No fa gaires hores la tenia al davant i feien broma amb el matalàs. Li hauria agradat conèixer-la més. Sent tristesa i una ràbia interior difícils de controlar. La irritació li augmenta quan llegeix alguns comentaris.

«Com està la rossa! Quines ganes més boges d'anar a Sevilla m'han vingut».

«Necessitem més periodistes com aquesta. Encara que no informin bé, és un plaer veure-les».

«Pel meu gust li sobra roba i li falta vocalitzar».

En Sergio no es pot contenir i contesta als que han escrit aquells comentaris sobre la Luna en els vídeos. Es desfoga insultant-los i acusant-los de ser uns covards. No s'atrevirien pas a parlar així amb els seus noms i cognoms i la foto de les seves cares al costat del *nick*. Internet és la selva amb més animals que existeix.

Quan acaba amb els babaus de YouTube entra al Twitter. Vol veure si algú ha escrit res sobre l'assassinat de la periodista. De moment ningú s'ha fet eco de la tràgica notícia, ni tan sols el seu propi mitjà de comunicació. Que potser El Guadalquivir no pensa dir res del que li ha passat a la Luna González? Veu que són més de les tres. És molt tard. Encara no se'n deuen haver assabentat.

Deixa el mòbil a un costat i intenta dormir, però li és impossible. No para de pensar en la jove periodista i de culpar-se pel que ha passat. Tot i que a ell i a la seva germana els hauria pogut passar el mateix si el paio del passamuntanyes s'hagués sortit amb la seva. Què està passant? Pot ser que tingui alguna cosa a veure amb el director d'informatius del canal amb qui la Luna havia quedat i que li estava fent xantatge? La Blanca l'hi ha explicat tot mentre esperaven la trucada de la policia.

Es torna a incorporar i agafa el telèfon. Busca informació sobre en Marco Galiano al Google. Té perfil a la Viquipèdia. Va néixer a Trieste, Itàlia, però va venir a viure a Espanya quan era petit. Quaranta-dos anys, casat i amb una filla. Treballa a El Guadalquivir TV des de la seva creació. Anteriorment havia passat per diversos mitjans com a redactor i cap de notícies. Mira les fotos. És un paio atractiu, amb bona planta. A gairebé totes hi surt molt ben vestit.

Aquest malparit volia anar-se'n al llit amb la Luna. Devia tenir algun motiu per matar-la? Les seves xarxes socials són més del mateix. A Instagram hi té fotos al plató de notícies, amb els seus companys de feina, de viatge amb la seva dona o celebrant l'última victòria del Reial Madrid, del qual sembla que és un gran seguidor. Res fora del normal.

La llum de la sala d'estar s'encén i veu la seva germana al costat de la porta. No porta les crosses i es repenja a la paret.

—Que no dorms? —pregunta la noia mentre camina lentament cap al sofà.

—Ho he intentat, però ha sigut impossible.

—Jo tampoc puc dormir. Què estaves mirant amb tanta atenció al mòbil?

—Les fotos d'Instagram d'en Marco Galiano. Aparentment li va bé i sembla un home força normal. De classe alta, gustos quotidians i molt familiar.

—Amb prou feines el conec, tot i que he entrat unes quantes vegades al seu informatiu. Sobretot amb el cas Chopin.

—Creus que ha sigut ell la persona que ha matat la Luna?

—Aquesta mena de persones no s'embruten les mans. No crec que ell hi tingui res a veure.

—I en defensa pròpia? Segons el que m'has dit abans, la Luna sí que volia desfer-se d'ell —comenta en Sergio, que deixa espai al sofà perquè la seva germana s'hi assegui—. Pel xantatge que li estava fent.

—No crec que la Luna s'hi hagués atrevit.

—Segur? Bé t'ha confessat que va preparar el paquet explosiu que va esclatar al diari a l'octubre. Per què no seria capaç de pelar la persona que l'havia amenaçat de revelar-ho a la policia?

—Són dues situacions diferents. La Luna estava obsessionada amb en Blas. Hauria fet qualsevol cosa per ell —respon la Blanca, que agafa el mòbil al seu germà i examina les fotos del perfil d'en Galiano—. No entenc com una persona pot portar una doble vida: aparentment ser feliç amb la família i, alhora, ser, a més d'infidel, un assetjador i un xantatgista. En aquestes fotos el tio surt amb un somriure d'orella a orella amb la seva dona i la nena.

—Quina relació tenia en Marco amb la Mercedes Reinoso?

—Per què ho preguntes?

En Sergio arronsa les espatlles i assenyala una foto on apareixen la que va ser directora d'*El Guadalquivir* i el director d'informatius al costat de dues persones més. Tots quatre somriuen a la càmera.

—Estan amb l'alcalde de Sevilla i l'amo del grup El Guadalquivir, en Teodomiro Solís. És del dia que en De Gomar va venir perquè l'entrevistéssim.

—Quatre peixos grossos a la mateixa foto.

—Sí, hi ha molt de poder en aquesta imatge. No sé quina relació tenien la Mercedes i en Marco. No els vaig veure mai junts.

—Tampoc no fa tant de temps que treballes al diari. Tot i que han passat moltes coses en aquests mesos.

—Massa coses.

La Blanca li torna el mòbil i fa una ganyota de dolor. Intenta estirar els braços, però nota una forta punxada a les costelles.

—Et fa molt mal?

—Una mica. Però ja m'està marxant. No t'amoïnis.

En Sergio sap que la seva germana no ho està passant bé. Li fa llàstima veure-la així. Comprèn que se n'hagi anat de casa dels pares perquè són molt pesats, però no era el millor moment. És conscient que no s'ha portat bé amb ella. Li va empipar que se n'anés a viure sola, que se n'anés d'El Viso sense consultar-li què li semblava a ell. Des de llavors li va fer el buit per haver-lo abandonat. Res no va tornar a ser igual. Potser ara té l'oportunitat de compensar-l'hi. No la deixarà sola en un moment tan difícil.

—Et sembla bé que prepari cafè?

—Deixa-ho. Ja me n'encarrego jo. Tu queda't aquí asseguda.

—Gràcies, però no vull que siguis el meu criat.

—Que ets boja? No penso pas ser-ho. Només vaig a preparar cafè —contesta el noi, que li dona un coixí que era a terra perquè se'l posi a l'esquena—. No t'hi acostumis.

Aquesta matinada, entre cafè i cafè, en Sergio descobreix més coses sobre la seva germana que en els últims tres anys junts. Creia que havia canviat, i és veritat, però no en sentit negatiu. La Blanca d'ara és diferent de la que se'n va anar de casa. Més madura, més reposada. Parla d'una manera senzilla i tranquil·la. Ell també és diferent, tot i que per a tothom continua sent un postadolescent menfotista, a qui només li preocupa la consola i els resultats del seu equip de futbol. Ningú sospita el que ha arribat a patir per la ruptura amb la seva nòvia ni que ho estigui passant tan malament per haver escollit una carrera que no el motiva.

—Vaig al lavabo. Massa cafè —diu la Blanca, quan les campanes de l'església toquen les vuit.

El noi la mira quan surt de la sala d'estar on han passat la nit parlant i agafa el mòbil; no se l'ha mirat gens durant totes aquestes hores de conversa. Entra al Twitter i la notícia de l'assassinat de la Luna és el primer que hi troba. Ho ha penjat Europa Press en un tuit.

Troben morta a Sevilla Luna González, periodista d'El Guadalquivir TV. La policia està investigant el crim, però les primeres informacions apunten que van trobar la noia dins del seu vehicle amb un tret al cap. Hi ha un detingut del qual es desconeix la identitat.

Un detingut? De qui es tracta?

En Sergio s'aixeca i crida la seva germana perquè torni de pressa a la sala d'estar. La Blanca hi arriba al seu ritme, aquesta vegada repenjada a les crosses.

—Han detingut algú per la mort de la Luna.

—De debò? Qui?

Per més que busquen a les xarxes socials, no troben el nom de la persona a qui han implicat en l'assassinat de la periodista. Tanmateix, la resposta la tindran pocs minuts després. Algú escriu un missatge en un dels grups de whatsapp del diari. La noia el llegeix en veu alta.

Això és molt fort, companys. No m'ho puc creure! Han assassinat la Luna González aquesta nit. Li han engegat un tret al cap dins del seu cotxe. M'acaben de confirmar que han detingut en Marco Galiano com a presumpte autor del crim.

Capítol 21

Niko

Sevilla, dilluns 16 de desembre del 2019

El seu avi l'hi va advertir moltes vegades: «La ira es pot convertir en el pitjor dels teus enemics». Aquell vell tenia raó.

En Niko camina pels carrers del centre de Sevilla. Han passat unes quantes hores des que ha deixat fora de combat en Cayetano amb un terrible cop de puny. Aquell estúpid estava molestant la Triana i l'estava criticant a ell, però se li ha escapat la mà, i a més, literalment.

—Què coi fas? Que t'has tornat boig?

Els ulls de la seva nòvia irradiaven una barreja de tristesa, por i desil·lusió. La seva mirada li ha fet adonar que s'havia tornat a equivocar. Ha intentat excusar-se. Ha lamentat el seu comportament i ha demanat perdó a la jove de qui està enamorat.

—Ves-te'n, sisplau. És el millor que pots fer ara mateix.

Ha obeït sense dir ni piu. No ha implorat una última oportunitat. Se n'ha anat de la casa de la Triana, que s'ha quedat ajudant en Cayetano, ja conscient, però amb el pòmul esquerre inflamat. El cop de puny li ha impactat de ple. En aquell mateix moment en Niko ha recordat les advertències d'en Dariusz. El seu avi va ser un neci per a moltes coses, però un savi per a d'altres. Temia que la seva agressivitat algun dia li jugués una mala passada.

Sevilla de nit, al desembre, és una ciutat diferent. No es veu gent pel carrer i els llums de Nadal et fan imaginar que ets a l'escenari buit d'una pel·lícula, amb el decorat més bonic i màgic del món. No fa el mateix fred que en altres províncies, però sí que en fa més del que la gent es pensa. S'ha deixat l'abric a casa de la Triana, però aquest és el més petit dels seus problemes. Consulta el mòbil unes quantes vagades, amb l'esperança de trobar un missatge o una trucada de la Triana demanant-li que torni. Tanmateix, la coneix bé i sap que és improbable que li digui res. És conscient d'haver fet uns quants passos enrere en el seu intent de recuperar la relació, que ja penjava d'un fil molt prim.

Dos cotxes de policia s'acosten a tota velocitat. De manera inconscient, s'amaga darrere d'un arbre. De seguida s'adona que no el busquen a ell. Chopin ja no és l'objectiu. Abans era un lladregot de cases de luxe reconvertit en el criminal més perseguit per uns delictes que no havia comès. Ara és un famós d'estar per casa que no té clar el camí que ha de seguir a la vida. Els que el reconeixen i volen fer-se una foto amb ell l'hi demanen pel morbo, no perquè l'admirin o hagi fet alguna cosa important. No li agrada, però és el que hi ha.

Sempre que passeja pel centre de la ciutat per airejar-se, acaba davant de l'església d'El Salvador. És de matinada i està tancada al públic. Admira el temple amb devoció. No és creient, però si existís algun déu, triaria el que adoren en aquell lloc sagrat. Hi ha anat més d'una vegada a tocar l'orgue i el sorprèn que els fidels siguin tan entregats i respectuosos amb l'oració. El seu amic, el pare Salvador, li ha explicat històries sobre l'Antic i el Nou Testament que no s'ha cregut al peu de la lletra, però sí que l'han impressionat. I si tots aquells escrits expliquen la veritat?

—Què hi fas per aquí, noi?

En Niko es gira i veu un altre dels capellans que solen oficiar les misses en aquella església. És el pare Pío. Es tracta d'un home prim, amb els cabells blancs i encara més vell que el seu amic Salvador. Li fa gràcia perquè diu que és basc, però el seu accent el podria fer passar per nadiu de qualsevol poble de la província de Sevilla. A cada mà hi porta dues bosses de plàstic que tenen aspecte de pesar força. Les deixa a terra i esbufega.

—Res, només feia un tomb.

—A aquestes hores i amb aquests fred? I no portes abric!

—Me l'he descuidat a casa.

—Valga'm Déu, Nikolai! Va, entra. Et moriràs congelat. El pare Salvador m'està esperant.

—Ara? Per què?

—Estem organitzant el menjar que la gent ha donat

a la campanya de Nadal. És el cinquè viatge que faig avui. Aquest any ha sigut un èxit.

—Deixi'm que l'ajudi amb això.

En Niko agafa les quatre bosses i el pare Pío li agraeix el detall. Tots dos entren a l'església i van fins a la part de darrere, on troben en Salvador assegut en una taula i envoltat de tota mena d'aliments. Quan veu en Niko, sorprès, es posa dret.

—Què hi fas aquí de matinada? No deus pas venir a tocar l'orgue, oi?

—No m'aniria malament un estoneta de tecles. Però no. Ha sigut una casualitat.

—Me l'he trobat a la porta de l'església, mirant les musaranyes —diu exhaust en Pío—. Mira com va. Està entumit de fred. I sense jaqueta ni abric!

—Al meu país aquesta temperatura a l'hivern seria calor.

—Polònia és molt maco, però m'estimo més viure a Sevilla. Oi que sí, pare Salvador?

—I això que tu ets basc.

L'homenet deixa anar una riallada i se'n va. Ha de tornar a la furgoneta, a buscar més bosses que ha anat recollint dels diversos llocs associats a l'església d'El Salvador on la gent deixa les seves donacions de menjar.

—No és molt tard per treballar? —pregunta en Niko, mentre fa un cop d'ull a l'habitació plena de bosses i caixes.

—Encara que no ho sembli, estem molt ocupats durant el dia. Els diumenges especialment. A més, a aquesta hora no ens molesta ningú.

—Ho entenc. Si vol, els puc ajudar.

—Encantat. Com més mans col·laborin, molt millor. Però abans, digue'm què feies passejant a aquestes hores. Algun problema?

—Des que el conec, no hi ha hagut ni un sol dia que no n'hagi tingut, de problemes.

—M'estàs acusant de malastruc?

—Això és pecat?

—No, Niko. Només és una broma. Què ha passat?

Tot i que al principi dubta, al final decideix explicar-li l'episodi que ha viscut aquesta nit amb la Triana i en Cayetano. Reconeix que la relació amb la noia va malament i que no para de trobar-se obstacles a la vida. També li parla del cop de puny que ha propinat a l'exnòvio de la seva parella.

—La ira sí que és pecat, Nikolai. Un dels set pecats capitals.

—Ja ho sé. El meu avi sempre em deia que tinc molta mala llet. Se'm creuen els cables i puc reaccionar de la pitjor manera.

—Això no és bo.

—He d'aprendre a controlar-me. Però no és fàcil per a mi.

—Estàs penedit del que has fet?

—Crec que sí.

—Només ho creus?

El jove arronsa les espatlles i s'asseu a l'única cadira que no està plena de paquets de menjar. En Cayetano es mereixia un escarment, encara que molta gent digui que la violència no està mai justificada. Ell també ho pensa. Tanmateix, una cosa són les idees i una altra de ben diferents els fets.

—Estic cansat, pare. Tot em surt malament.

—No és veritat. Quan et van acusar d'aquells crims es van aclarir les coses i et van exculpar. Ara mateix podries ser a la presó fent front a una pena llarguíssima.

—Però m'agradaria estar bé amb la Triana, que la nostra relació funcionés com les primeres setmanes.

—Ella està en una situació molt difícil.

—I jo no faig res més que espifiar-la —reconeix en Niko, que s'inclina i repenja la cara a la taula—. Si la seva mare aparegués, tot seria diferent.

—Això segur. Hi ha res de nou?

—No, Salvador. Res.

—Vas anar a veure la dona de qui em vas parlar ahir al matí?

—Sí, vaig estar amb la Santana. Tot un personatge.

El noi li explica l'experiència amb la María al parc. En Salvador escolta amb atenció i en silenci. En Niko li percep alguna cosa estranya i recorda que li va demanar que anés amb compte amb ella. Quan acaba, el capellà es persigna i resa en veu baixa.

—A tu també et va fer allò dels ulls —comenta el capellà amb un somriure irònic—. No ha canviat. És perillosa i una farsant.

—Per què ho diu això? Què li va passar amb la Santana perquè li tingui tanta mania?

—Mania? No és la paraula adequada, Nikolai. Aquesta dona ha fet mal a moltes persones.

—També n'ha ajudat d'altres, segons tinc entès.

En Salvador nega amb el cap. Agafa uns quants saquets de llenties que ha separat i els col·loca en un racó al costat d'uns altres. En Niko el segueix amb la mirada. Sent curiositat pel que va passar entre el seu amic i aquella dona tan estranya.

—Jo li explico els meus problemes. Per què vostè no m'explica els seus?

—No és interessant.

—I tant que ho és! No em vingui amb històries.

—Ha passat molt de temps, Niko. Si no me n'haguessis parlat, ni tan sols recordaria el seu nom.

—Va, pare. És el més semblant que tinc a un amic a Sevilla. Què va passar? No em deixi amb aquesta intriga.

—Som amics?

—Si m'explica la seva història amb la María Santana, sí. Si no, em buscaré una altra església per tocar l'orgue.

El comentari arrenca un somriure a en Salvador, que torna al seu seient i agafa un cistell ple de xocolatines i caramels. Ho aboca tot a sobre la taula i comença a separar els dolços en diferents pilots.

—Això no ho he explicat mai. Ni tan sols als meus companys. Per tant, espero que siguis una tomba o seré jo qui t'enviarà a una altra església a interpretar el teu estimat Chopin.

—Ho juro per Déu que no diré res.

—No juris. És pecat —el renya el capellà amb un somriure—. Això va passar als anys vuitanta. Jo estava travessant una crisi de fe. Sí, els capellans també podem arribar a dubtar del que sentim i creiem. I jo no en soc una excepció —reconeix en Salvador i, tot seguit, comença la història—. Recordo el dia que vaig conèixer aquesta dona. En aquells temps era una celebritat a Sevilla. Moltes persones m'havien parlat d'ella, però no l'havia vist mai a l'església. Un diumenge al matí, va aparèixer a missa. Un dels capellans la va reconèixer i la va anar a saludar. Em va picar la curiositat i també m'hi vaig anar a presentar. Em va mirar fixament als ulls, com si no fos la primera vegada que ens vèiem, i em va dir que li agradaria confessar-se. Em va sorprendre, però vaig acceptar...

Sevilla, diumenge 8 d'abril del 1984

—Ave Maria Puríssima.

—Sens pecat fou concebuda. Digui'm, de quins pecats es penedeix?

La Maria Santana no diu res. En Salvador es pensa que no l'ha sentit i repeteix la pregunta. Tanmateix, la dona persisteix en el seu silenci.

—Es troba bé? Vol que ho deixem per a un altre moment?

—No em penedeixo de res, pare.

—No? Doncs què hi fa al meu confessionari?

—Volia parlar amb vostè. A soles.

—No l'entenc. Això és per a...

—Sé perquè serveix aquesta massa de fusta —l'interromp la María—, però jo no necessito confessar-li els meus pecats. S'escandalitzaria. No he sigut mai una bona dona. He estat més a prop del dimoni que de Déu.

Les paraules de la dona no li agraden a en Salvador. L'està provocant?

—Si no té res de què penedir-se i no vol el perdó de Déu, val més que se'n vagi de l'església.

—Sé el que li passa, pare. La carn és dèbil i jo soc capaç de detectar-ho.

—No tinc ni idea de què vol dir, senyora —respon l'home, que abandona el confessionari molt molest.

La Santana el segueix i li suplica que s'aturi. L'església ha quedat buida. La dona el convida a seure al seu costat en un dels últims bancs. En Salvador no n'està gaire convençut, però al final cedeix. Encara no comprèn què vol realment aquella dona.

—El Salvador és una de les meves esglésies preferides de la ciutat —diu la Santana amb un gran somriure i els ulls brillants—. Feia molt de temps que no hi entrava.

—Opino el mateix. És un dels temples més bonics de Sevilla.

—Quantes coses que deuen haver vist aquesta parets, oi?

—Suposo que com totes.

Llavors la dona fixa la mirada en els ulls d'en Salvador. L'intimida de tal manera que nota un calfred sobtat.

—Ella està bé.

—Qui?

—Ho saps perfectament —contesta la María, que tanca els ulls i alça els braços.

—No, no ho sé.

—Ara em diràs que no coneixes la Magdalena Sánchez?

La cara d'en Salvador es torna blanca de cop. No s'esperava pas que la María li parlés d'ella. La mort d'aquella noia li havia fet plantejar-se la seva dedicació. Per què Déu se l'havia endut? Per què no havia fet el mateix amb ell?

—Sento la seva energia —assegura la Santana mentre torna a obrir els ulls. Li fa la impressió que són diferents. Fins i tot han canviat de color!

—On? Per què em parles d'ella?

—Perquè t'estimava molt —contesta la dona amb una veu diferent, més aguda—. Tu també l'estimaves.

—Tots l'estimàvem. Era molt bona persona.

—És veritat, Salvador. Però en el teu cas era diferent. Estaves completament enamorat de la Magdalena! —crida la María, i la seva veu ressona a tota l'església. Sembla que ha entrat en trànsit—. Això no està gens bé. Per a un capellà com tu, és pecat mortal i la teva penitència serà anar a l'infern.

Capítol 22

Triana

Sevilla, dilluns, 16 de desembre del 2019

Aquesta situació ja l'ha viscut. En Niko ha marxat de casa i no ha tornat en tota la nit, tal com va passar a l'octubre. Va ser just abans que el detinguessin a l'església d'El Salvador. Aquesta vegada ha sigut ella qui li ha demanat que se n'anés. Encara que en Cayetano s'hagi comportat com un estúpid, el cop de puny que li ha etzibat no admet excuses. No suporta la violència.

Com que la inflor del pòmul no li baixava amb el gel i l'ull se li començava a tancar, havia acompanyat el seu exnòvio al centre de salut més proper. El metge li havia receptat calmants i antiinflamatoris, i després l'havia portat a casa seva amb moto.

La Triana no ha dormit en tota la nit. Ha estat molt pendent de la porta i de si algú tornava a entrar. Unes quantes preocupacions li ronden pel cap.

—Ara em diràs per què vas dir que la Brenda no és de fiar?

Havia esperat que en Cayetano es recuperés i li passés una mica el dolor per treure-li el tema. Des que li havia dit això, no ha parat de donar-hi voltes.

—Sincerament, no sé per què t'ho vaig dir. No estava bé. Soc un imbècil.

—No m'ho crec. Algun motiu hi deu haver.

—L'alcohol. La Brenda és una bona persona, Triana. Us coneixeu des de fa molt de temps. No pensis més en una estupidesa que vaig dir després de beure'm unes quantes llaunes de cervesa.

En Cayetano intenta fer-li dos petons per acomiadar-se, però ella el rebutja, de manera que el noi li torna el casc i se'n va caminant fins al portal de l'edifici on viu. La Triana el segueix. No l'han convençut les seves respostes.

—Tant me fa que sortiu junts, tot i que m'empipa que no m'ho hagueu dit.

—Tens raons per enfadar-te. És la teva millor amiga, i jo el teu ex. Però no volíem fer-te més mal.

—Això és una mala excusa.

—És la veritat. Si t'ho creus o no, és cosa teva.

—Per què la Brenda té el collaret de la meva mare?

—Quin collaret? No sé de què em parles.

—Un d'ambre. La Brenda el tenia guardat al seu armari.

—No en tinc ni idea. No l'he vist mai.

La Triana esbufega, vol saber la veritat com sigui, però no vol insistir més. Està molt cansada i vol tornar a casa. En Cayetano tampoc està per a interrogatoris, i a més, li fa l'efecte que ha sigut sincer.

—No li expliquis res d'això a la Brenda, sisplau. S'enfadarà amb mi —li suplica abans d'entrar al portal—. Ja parlaré amb ella quan sigui el moment.

La noia li promet que no l'hi dirà. Al final, aquest ha sigut un altre dia per oblidar. Últimament és un continu d'emocions fortes, la majoria negatives. Per una vegada, li encantaria poder-se ficar al llit amb un somriure i que li durés fins l'endemà al matí. En canvi, aquesta nit no pot ni aclucar els ulls. Se sent confosa. I també té por que algú torni a entrar a casa seva, per això s'ha amagat un ganivet de cuina sota el coixí. La solitud la inquieta, però no té cap intenció de trucar a en Niko ni a ningú. Pensa en els seus pares. Els troba tant a faltar! Més que mai.

El telèfon la desperta. Eren més o menys dos quarts de nou quan ha agafat el son, i ara el rellotge del mòbil diu que són les deu i quaranta-tres. És el comissari Gaviria, que li truca des del seu telèfon personal. Per un moment, recordant l'advertència d'en Niko, que no es fia del policia, es planteja no contestar. Però al final respon la trucada.

—Comissari?

—Hola, Triana. Pots parlar?

—Sí. Que ha passat res?

—Voldria que vinguessis a la comissaria, i acompanyada d'en Niko.

La noia es frega la galta amb neguit. Com li pot explicar que s'ha tornat a discutir amb el seu nòvio i que no sap ni on és?

—Jo puc venir. En Niko no és aquí ara mateix.

—El pots avisar?

—No. Ho sento.

—D'acord. No pateixis. Doncs t'espero.

—No em pot dir el motiu de fer-me venir?

—Val més que en parlem aquí. Fins ara.

L'home penja. No semblava gaire content. Espera que no siguin males notícies. I si ho són? Mentre es vesteix, no para de pensar en el que en Gaviria li ha de dir. Deu tenir a veure amb la mare? Han trobat el seu cos? Són uns minuts d'una angoixa tremenda. S'afanya per arribar de seguida a la comissaria de l'Alameda de Hércules. El camí se li fa etern. Una policia nacional la rep a la porta. L'acompanya fins al despatx de l'Arturo Gaviria sense explicar-li res. El comissari no està sol. Una jove s'ajusta les ulleres i somriu quan la veu.

—Blanca! Què hi fas aquí? —exclama la Triana quan veu la periodista asseguda en una de les cadires del despatx.

—Em sembla que hem vingut pel mateix —contesta la noia abans d'assenyalar amb la mà un noi que se li assembla bastant però que és una mica més jove—. Et presento el meu germà, en Sergio.

El noi s'aixeca de la cadira i li fa dos petons a la nouvinguda. Després la Triana li fa una forta abraçada a la seva amiga, però vigilant de no fer-li mal.

—I en Niko? —pregunta la Blanca, estranyada de no veure'l amb ella.

—Ja t'ho explicaré.

—Us heu discutit?

—Bé, potser alguna cosa més. Però ara no vull parlar de...

En aquell instant, com si hagués estat esperant el seu

moment, s'obre la porta del despatx i apareix el jove polonès. Saluda els presents fent un gran gest amb la mà i s'asseu en una cadira. La Triana s'empassa saliva i ocupa l'últim seient buit. El cor se li ha accelerat. No només per veure en Niko. La incertesa d'aquesta reunió l'està rosegant per dins.

—Bé, nois, gràcies a tots quatre per venir —diu el comissari, que es queda dret repenjat a la taula—. Us he citat perquè crec que esteu tots en perill. Després dels últims esdeveniments, i de la mort de la Luna González, és hora de prendre mesures. Perquè creiem que vosaltres també podeu ser un objectiu.

—Què? La Luna és morta? —pregunta la Triana desconcertada.

—Ahir al vespre la van assassinar d'un tret al cap a Bellavista —contesta la Blanca, que agafa la mà del seu germà—. No ho sabies?

—No. No he mirat les xarxes ni he engegat la televisió aquestes últimes hores. Qui ha sigut?

Els seus ulls es dirigeixen a l'Arturo, que estossega i examina un full que té a sobre la taula. Subratlla alguna cosa i contesta la pregunta de la Triana.

—Han detingut el cap d'informatius d'El Guadalquivir TV, en Marco Galiano. Era al costat del cotxe de la Luna quan hi ha arribat la policia després de rebre l'avís de la Blanca. Es veu que havia reservat una habitació d'hotel on... havien quedat.

—I què hi tenim a veure nosaltres amb aquest crim?

—Els meus companys del districte de Bellavista han pres declaració a en Galiano, i creuen que no ha sigut ell. No trigaran gaire a deixar-lo anar.

La Triana assenteix i observa la cara cansada de la Blanca. Tenia previst fer-li una visita. No s'imaginava pas que acabarien trobant-se abans a la comissaria de policia.

—I què hi pintem nosaltres aquí? —intervé en Niko.

—Tal com us he dit, és molt probable que tots quatre estigueu en perill —contesta l'Arturo—. En poques hores, a més de la mort de la Luna, han entrat al pis de la Blanca i al de la Triana.

—Com ho sap, això? Jo no n'hi he pas dit res.

—La teva amiga Brenda ens ha trucat per dir-nos el que va passar ahir, Triana. Hauries d'haver vingut tu mateixa a explica'ns-ho. Necessitem estar informats.

—A la nota que van deixar a l'habitació de la Celia demanaven que no anés a la policia —contesta en Niko per ella—. Jo mateix li vaig aconsellar que no digués res.

—En aquests anònims sempre hi posen el mateix: res de policia. Però nosaltres som aquí precisament per resoldre aquest tipus de casos.

—De moment, no heu fet gaire res per ajudar-la.

—Ho estem investigant, Nikolai. Encara que no t'ho creguis, no parem de treballar per trobar la seva mare i esbrinar qui ha al darrere de la mort del seu pare. Això no ho dubtis ni un segon, Triana. Per cert, quan puguis, fes-nos arribar aquesta nota perquè la puguem analitzar i buscar-hi empremtes o qualsevol altra pista.

Les paraules d'en Gaviria no aconsegueixen tranquillitzar-la. Si més no, el motiu de la reunió no és res dolent relacionat amb la seva mare.

—El mateix paio que va entrar al meu pis i ens va

atacar al meu germà i a mi és el mateix que va anar a casa de la Triana i el que va assassinar la Luna? —pregunta la Blanca, astorada.

—Tenim diverses hipòtesis.

—Ja t'ho deia jo —intervé en Sergio després de la resposta del comissari—. Tot està relacionat. I allò de l'incendi i l'helicòpter també.

—És una probabilitat, però no en tenim cap certesa.

—Estic convençut que aquell tio va anar a buscar la Luna després d'atacar-nos a nosaltres. La va seguir i la va liquidar.

En Sergio recorda l'incident amb l'home del passamuntanyes i com havien aconseguit desempallegar-se'n. Precisament, la denúncia de l'agressió era el que els havia dut a la comissaria. Quan en Gaviria s'ha assabentat dels fets, juntament amb la trucada de la Brenda i l'assassinat de la Luna, ha decidit reunir-los a tots. No hi ha cap dubte que aquests fets, que es van produir el mateix dia, no són fruit de la casualitat.

—Així, ens van al darrere? Per què?

—No ho sé, Triana. De moment només és una suposició, però per a la vostra seguretat, hem de prendre precaucions. Saben on viviu i què feu. Hem d'actuar immediatament.

—A mi no m'ha passat res —comenta en Niko mentre es posa dret—. Me'n puc anar?

—Amb tu va començar tot. Chopin pot ser l'origen. Ets la parella de la Triana i la detectiu Mayo va ser qui et va intentar ajudar per desemmascarar el veritable assassí de les partitures. Per això pensem que també podries estar en perill. Potser el que més.

—Això és una estupidesa. Me'n vaig.

—Com vulguis, Nikolai. Ets lliure de fer el que creguis oportú. Però si te'n vas, no et podré protegir.

El noi obre la porta, però quan ja està a punt de sortir, sent la veu de la Triana:

—Niko, sisplau, queda't i escolta el comissari. Ja han passat massa coses negatives. Tinc por i no estaré tranquil·la sabent que podries ser el pròxim objectiu d'aquesta gent. No te'n vagis.

El jove polonès somriu mentre nega amb el cap. Tanca la porta i torna a la cadira.

—Tranquil·la. Només volia mirar si algun poli d'aquesta puta comissaria em podia oferir un cafè. M'he passat la nit en blanc, carregant caixes de menjar. No penso deixar-te sola en això.

Capítol 23

Blanca

Sevilla, dilluns, 16 de desembre del 2019

Tots quatre han decidit acceptar la proposta d'en Gaviria: viuran durant un temps junts en una casa protegida, vigilada per un equip especial de la policia. No faran servir els seus telèfons i no sortiran sols al carrer. El comissari els ha facilitat uns mòbils de prepagament i un parell d'ordinadors portàtils.

—Però esteu bé?

L'última trucada que la Blanca ha fet amb el seu telèfon ha sigut a la seva mare. No li revela el que va passar ahir a la nit amb el paio del passamuntanyes ni això del seu nou habitatge temporal. Només li explica que el seu germà es quedarà un quant temps amb ella per donar-li un cop de mà.

—Sí, no pateixis. En Sergio s'ha ofert a ajudar-me fins que em recuperi. A més, li anirà bé distreure's després d'allò d'aquella noia.

—Quina noia?

—La seva exnòvia, mare. Acaben de tallar.

—El teu germà no m'explica res! I tu tampoc! Soc un zero a l'esquerra!

—No exageris, mare. Et diem les coses importants.

Mentre ho diu es frega els ulls avergonyida. L'està enganyant, però s'estima més que els seus pares no s'assabentin del que està passant. Si n'estiguessin al cas, es posarien histèrics i s'espantarien molt. La Blanca també està amoïnada per ells i ha quedat amb en Gaviria que durant uns quants dies la policia s'encarregaria de custodiar-los sense que ells se n'adonessin. L'últim que li diu a la mare és que volen aprofitar una oferta que han vist a internet i que es canviaran de mòbils.

—Segurament tindrem un número nou. Ja us avisarem.

—Això és molt estrany. Segur que esteu bé, Blanca?

—Sí, mare... Estupendament.

—No ens amagueu res?

—Estem bé, no pateixis. En Sergio i jo ens avenim més que mai. D'aquí a una setmana ja podré caminar sense les crosses i vindré a casa perquè el pare faci les seves famoses galtes de porc —diu la Blanca, intentant complaure la seva mare perquè intueix que sospita alguna cosa—. Mira, tinc en Sergio aquí al costat. Te'l passo.

Abans de donar-li el mòbil, tapa el micròfon i li recorda al noi que no li pot explicar res del que està passant. En Sergio també manté l'última conversa amb la seva mare abans d'anar cap a la casa protegida.

L'habitatge està situat a la zona de Los Bermejales. És un xalet de dues plantes amb quatre habitacions i un gran jardí. La cuina i la sala d'estar són a la planta baixa. Hi ha un lavabo ampli a dalt i un altre de més petit a baix. A més, també disposa de garatge i traster, on hi ha rentadora i assecadora.

En Gaviria els informa que sempre hi haurà una parella d'agents que els tindrà vigilats les vint-i-quatre hores del dia. I els diu que si veuen res estrany, que avisin de seguida.

—Ara mateix la vostra seguretat és el més important. Intentarem resoldre aquest cas tan ràpid com puguem perquè tots quatre estigueu tranquils i pugueu recuperar la vida normal.

—I si no trobeu els dolents?

—Els trobarem, Nikolai.

—Espero que tingueu més èxit que amb la Celia Mayo.

En Gaviria està a punt de replicar, però es conté. La Blanca es fixa en la tensió que hi ha entre el comissari de la Policia Nacional i el jove polonès. De reüll també observa la Triana. La veu molt amoïnada, però està contenta de poder compartir casa amb ella i tenir-la tan a prop com abans de l'accident d'helicòpter.

Després d'escollir habitació i de desfer les maletes, tots quatre es reuneixen a la sala d'estar. Han de parlar de moltes coses. En Niko és el primer de prendre la paraula.

—Això és innecessari. No entenc què hi fem aquí tancats. Per tant, per part meva, no us puc assegurar que compleixi les normes que ens han imposat.

—S'han mort unes quantes persones i la meva mare continua sense aparèixer. Jo el que no entenc és que no t'adonis de la gravetat de la situació. El comissari ens està protegint, i faran un gran esforç per vetllar per la nostra seguretat —replica la Triana, que s'ha assegut sola en una de les butaques—. Si t'exposes tu, ens exposes a tots.

—No em fio d'en Gaviria, ja ho saps.

—Tens dret de creure el que vulguis. L'important és que no posem les coses difícils durant el temps que siguem en aquesta casa. De moment complim les normes i ja veurem què passa els pròxims dies. No tenim cap més alternativa.

—Jo penso com la Triana —intervé la Blanca, que seu al sofà amb el seu germà al costat—. Hem de col·laborar perquè la convivència sigui el millor possible els dies que estiguem aquí. A cap de nosaltres li agrada aquesta situació, però és el que hi ha.

—És el que hi ha —repeteix en Sergio en veu baixa.

La Blanca esbufega i nota la mà del seu germà a l'espatlla en senyal de suport. Ell tampoc té ganes d'estar allà tancat, però farà el que li ordenin. L'hi ha confessat després de parlar amb la seva mare.

—Vosaltres us coneixeu. La Triana i tu sou amigues. Per a mi serà un infern si això s'allarga. Fins i tot trobaré a faltar la universitat.

—No crec pas que això passi, germanet. Odies la facultat.

—Potser jo podré marxar abans que vosaltres —replica el noi.

—A tu també et coneix l'encaputxat. T'ha agredit. O sigui que estàs en perill, tal com ha dit el comissari.

—Podrem anar a l'enterrament de la Luna?

—Em sembla que no, però no ho he preguntat.

En Gaviria li ha confirmat abans de marxar de la casa

que no era aconsellable que anessin al funeral de la periodista. Tot i que hi hauria policies al cementiri, per precaució, convenia que no hi anessin.

—Jo no sé si aguantaré gaire temps aquí dins —insisteix en Niko—. El pare Salvador es preocuparà molt si no dono senyals de vida. Havia quedat amb ell per ajudar-lo amb la campanya solidària de Nadal.

—Tots tenim algú a qui ens agradaria explicar la situació i avisar del que està passant —replica la Blanca, una mica cansada de l'actitud hostil del polonès—. Però ens han demanat que no ho expliquem. No sabem qui ens podria escoltar. Està més que demostrat que no ens podem fiar de ningú.

—Això ho dius per...?

La Blanca pensa en en Blas, després en la Luna. Tots dos van col·laborar per fer esclatar un paquet explosiu a la redacció del diari. Tots dos estan morts. Com l'Ana Benítez, la dona del pilot.

—Per ningú en concret. Però hem d'anar amb compte amb el que fem —contesta la noia, que agafa les crosses per aixecar-se—. Algú vol un got d'aigua? Hi fa molta calor aquí dins. Em sembla que la calefacció està al màxim.

—Vinc amb tu —diu la Triana.

Senten en Niko protestant una altra vegada mentre busca el comandament de la calefacció per abaixar el termòstat uns quants graus. Les noies van a la cuina. La Blanca obre la nevera i veu una ampolla d'aigua mineral. És l'únic que hi ha. Abans han donat a un dels agents una llista de coses que necessiten perquè els les portin tan aviat com puguin. També han demanat roba per a en Sergio, que s'ha endut el que tenia a casa de la germana, però només li arribaria per a dos o tres dies.

—Com pots veure, en Niko i jo no estem en el millor moment —diu la Triana, mentre agafa dos gots de l'armari—. Espero que això no afecti la convivència del grup.

—Què us ha passat? El veig molt irascible.

La Blanca escolta amb atenció la seva amiga, que reconeix que cada dia que passa i la seva mare continua sense aparèixer, se li enfonsen cada vegada més els ànims. I, a més, ha descobert que no té del tot clars els sentiments cap al seu nòvio. Tot i saber que ell no és el responsable de la desaparició de la Celia, en el fons no pot evitar culpar-lo del que ha passat. I per acabar-ho d'adobar, ahir a la nit li va clavar un cop de puny a en Cayetano i això va intensificar encara més la crisi que travessen.

—Ha sigut molt pacient i amable amb mi aquests dos mesos, però m'ha acabat atabalant. Ens discutim molt sovint i ens enfadem molt fàcilment.

—Encara n'estàs enamorada?

—No ho sé. L'estimo. El necessito. Però no sé si és amor. Tant de bo tota aquesta merda s'acabi aviat i em pugui plantejar les coses amb més tranquil·litat.

—Tot ha anat molt de pressa. De fet, a en Niko el coneixes des de fa poc.

—Ja ho sé. Va ser amor a primera vista —comenta la Triana després de beure un glop d'aigua—. Amb en Cayetano hi vaig sortir dos anys, però la relació es va anar apagant i va ser llavors quan va arribar en Niko. He de reconèixer que els sentiments se'm van revolucionar. Amb ell era molt diferent del que havia viscut fins llavors. Els primers dies van ser increïbles, malgrat tot el que estava passant. Passió, complicitat, desig...

—I aquests focs artificials s'han acabat.

—Diguem que estan en pausa.

A la seva amiga se li neguen els ulls. La Blanca té ganes d'abraçar-la i oferir-se per al que calgui. Els seus sentiments no estan en pausa. Sap que s'ha enamorat de la Triana i que no té cap possibilitat que sigui recíproc. Però, si més no, intentarà aprofitar el temps que estiguin juntes en aquesta casa. Potser serà pitjor el remei que la malaltia i el seu cor acabarà per trencar-se del tot.

—Ja he abaixat la calefacció —diu en Niko entrant a la cuina. S'ha tret la dessuadora i ara la porta penjada a les espatlles—. Hi ha aigua freda?

La Triana n'hi omple un got i l'hi dona. Sense dir res, torna a guardar l'ampolla a la nevera i se'n va. La Blanca observa el noi, que es beu l'aigua d'un sol glop. Li fa ràbia. Ell disposa del que ella no podrà tenir mai. No és conscient de la sort que ha tingut i, d'alguna manera, ho ha espatllat.

—Per què em mires així? —li pregunta en Niko, que s'adona que la periodista l'observa fixament—. Que tens algun problema amb mi?

—De moment no. Però canvia d'actitud.

—És complicat. No serà gens fàcil estar-me aquí dins.

—Per a mi tampoc, i no em passo l'estona protestant.

—No vull estar tancat en una casa.

—És per la teva seguretat, i per la nostra.

—He viscut molt de temps sol i sé cuidar-me. No necessito la policia. Si fins ara no m'han liquidat, no ho aconseguiran pas ara.

—Deixa't estar de ximpleries, Chopin. Ets un estúpid i un arrogant.

El noi queda sorprès amb aquells insults de la Blanca. A la noia també la desconcerta el seu atreviment. Ho ha dit sense pensar. Però aquestes paraules no li han sortit de dins només per l'actitud hostil d'en Niko, sinó per la frustració que sent perquè té al davant el paio de qui la Triana està enamorada. Perquè, encara que ara no passin pel seu millor moment, està convençuda que encara l'estima. I això és el que més la fereix.

En Niko està a punt de replicar quan en Sergio entra a la cuina. Sembla nerviós i respira agitat.

—Acaben de dir a les notícies que han deixat anar en Marco Galiano. No és l'assassí de la Luna. Això vol dir que el culpable està lliure.

—Podria ser l'encaputxat que ens va atacar a nosaltres —comenta la Blanca, preocupada.

—Podria ser qualsevol —intervé en Niko mentre deixa el got a l'aigüera—. Seguiré les normes de la casa i intentaré no molestar-vos gaire. Segueixo pensant que això és un error i que les coses es podrien fer d'una altra manera.

—Almenys aquí estarem segurs.

En Niko mira en Sergio i nega amb el cap. Després se'n va de la cuina.

—Estem segurs, oi, Blanca?

En aquell moment la noia se'n recorda que la Luna li va dir que si la policia no feia bé la seva feina, ella s'encarregaria de descobrir la veritat. Ara està morta i ningú no sap qui la va matar.

—Això espero, Sergio. Això espero.

Capítol 24

Niko

Sevilla, dilluns, 23 de desembre del 2019

La setmana ha passat tranquil·la. Més del que s'imaginava. La Blanca no l'ha molestat i en Sergio sembla un bon nano. No són els millors amics, però es toleren i fins i tot han mantingut converses interessants sobre esports, música i cine. Han fet exercici junts cada dia, i s'han divertit jugant a ping-pong en una taula que tenen al garatge.

Amb la Triana les coses no van bé. És veritat que pràcticament no s'han discutit i que han intentat mantenir les formes. Tot i així, nota que la seva relació s'està apagant. Res no és el que era. Ni tan sols han dormit junts ni s'han fet cap petó.

—Em passes la sal, sisplau?

En Niko agafa el saler que té a la seva dreta i el dona a la Triana. La noia l'hi agraeix i continua menjant l'amanida de tomàquets, tonyina i alvocats que ha preparat la Blanca. No l'ha ni mirat. Cap dels quatre para gaire atenció al televisor, on tenen posades les notícies d'El Guadalquivir TV. Fins que el presentador de l'informatiu llegeix una notícia d'última hora.

Fa vuit dies que la nostra companya Luna González va aparèixer morta en el seu cotxe, amb un tret al cap, a la zona de Bellavista. Ens acaba d'arribar una informació de la policia segons la qual es busca un home de raça blanca, d'entre metre vuitanta i metre noranta d'estatura, de quaranta a cinquanta anys, amb el cap rapat i botes de militar. El sospitós conduiria un vehicle vermell, amb la matrícula acabada amb les lletres FGR. Aparentment, un testimoni va veure una persona amb aquestes característiques pocs minuts abans de l'assassinat de Luna González en el lloc dels fets. Qualsevol que tingui informació sobre això, pot posar-se en contacte amb les forces de l'ordre en un dels números que apareixen sobreimpressionats a la pantalla...

—Déu meu! És el mateix paio que ens va atacar a nosaltres? —exclama en Sergio, que s'ha aixecat molt alterat—. La descripció s'hi assembla!

—És possible. Nosaltres no li vam veure la cara perquè duia passamuntanyes. Les característiques encaixen, però deu haver-hi milers de persones amb un físic semblant.

—Milers? Milions! —diu en Niko a la Blanca—. No sé si això és un farol de la policia. Estan una mica desesperats.

—Per què hauria de ser-ho? —pregunta la periodista.

—Perquè sembli que avancen en el cas, que no s'han estancat, tal com em fa la impressió que ha passat.

—No té gaire sentit —el contradiu la Triana—. Fins i tot han dit les lletres d'una matrícula com a referència. No crec pas que s'ho hagin inventat això.

—Jo tampoc ho crec —comenta la Blanca—. No haurien sigut tan precisos. La persona que han descrit s'assembla molt a la que va entrar al meu pis i ens va atacar. Malgrat que duia passamuntanyes, em va fer l'efecte que no tenia cabells.

En Niko punxa un tros d'alvocat i es guarda el que pensa per a si mateix. Són dues contra un i no té ganes de discutir. No confia en la policia. El seu avi li havia parlat de diversos casos en què havien mentit per fer posar nerviosos els delinqüents. Deia que a vegades s'havia de sacsejar el vesper per comprovar si les vespes eren a dins.

—Tant de bo atrapin l'assassí de la Luna —intervé en Sergio—. Així potser ens deixen marxar d'aquí.

—Demà ens deixaran lliures —diu la Blanca somrient—. He parlat amb el comissari perquè puguem passar la Nit de Nadal amb els nostres pares. Ja li he dit a la mare que hi anirem.

—Demà ja és la Nit de Nadal? Ostres, no hi pensava. No sé ni a quin dia vivim.

—He demanat a un dels agents que aquesta tarda ens acompanyi a comprar un parell de regals per aquí a prop. Ens han donat permís per fer-ho.

En Sergio celebra la notícia que els acaba de donar

la seva germana. En canvi, la Triana s'aixeca de la taula en silenci, amb els ulls negats. En Niko se n'adona i la segueix. La noia entra a la cuina i aboca les restes del plat al cubell de les escombraries.

—Ja sé que aquests dies seran durs per a tu. Les primeres festes sempre són les més difícils.

—Ja vaig perdre el pare. Sé el que se sent.

—Almenys ens tenim l'un a l'altre, no?

La Triana no respon. Esbandeix el plat i els coberts que ha fet servir i ho fica al rentaplats. En Niko sospira resignat. Recorda quan es van morir els seus pares en l'accident de trànsit. Es va quedar amb el seu avi, que amb prou feines va estar per ell aquelles primeres festes de Nadal sense els pares.

—Estarem sempre més així?

—No tinc ganes de parlar, Niko. Vaig a estirar-me una estona.

—Sé que és molt dur tot el que estàs passant, però la vida continua.

—La vida continua? No, la vida no continua —replica molesta la Triana—. La vida es va aturar el dia que es va morir el meu pare. I es va tornar a aturar quan la mare va desaparèixer.

—He viscut el mateix que tu i aquí em tens.

—Cadascú s'ho agafa d'una manera diferent.

—Has de mantenir l'esperança. No llencis la tovallola.

—I tu no em repeteixis que la mare està viva.

La noia s'eixuga els ulls amb les mans i camina de pressa cap a les escales. En Niko l'observa afligit. Cada vegada és més difícil mantenir una conversa sense que acabin discutint. Aquests últims dies hi havia hagut una treva, segurament perquè amb prou feines havien parlat. Però la realitat és la que és, encara que no li agradi.

—No la pressionis —li aconsella la Blanca, que anava per entrar a la cuina i ha sigut testimoni de l'escena—. L'estàs atabalant.

—No era pas la meva intenció.

—És igual la intenció. No es tracta d'això. La Triana no està bé i l'has d'entendre.

—Només desitjo el millor per a ella.

—Doncs deixa-la tranquil·la.

A en Niko no li agrada el to de la Blanca. L'està acusant de manera injusta. Ell no té cap culpa del patiment de la Triana.

—Suposo que no estàs intentant allunyar-la de mi per al teu propi interès, oi?

—Què t'empatolles?

—Que potser no soc l'únic que està enamorat de la Triana en aquesta casa.

—Quina bestiesa. Passo de tu.

La noia se'n va enfadada deixant en Niko amb la paraula a la boca. Fa temps que pensa que a la Blanca li agrada la seva nòvia. Ho ha notat amb comentaris, mirades i alguns somriures. Potser per això ell no li cau bé a la periodista.

A la sala d'estar el televisor encara està engegat, però ningú no se'l mira. S'asseu al sofà i va canviant de canal sense aturar-se en cap més de cinc segons. La Triana feia el mateix quan es quedaven sols. Recorda aquella setmana en què es va amagar a casa seva al barri de

Santa Cruz. Demanaven pizza, li feia massatges als peus i s'estaven hores parlant de qualsevol tema. Llavors era ell qui no passava un bon moment, i ella qui l'animava. Ara s'ha girat la truita, però ell no aconsegueix ajudar-la a sentir-se més bé. Al contrari: cada cosa que fa o que diu empitjora la situació entre tots dos.

S'obre la porta de l'entrada. En Niko es gira i veu un dels agents que vigilen. No sap el seu nom de pila, només que de cognom es diu García.

—Com esteu avui? Molt avorrits? —li pregunta l'home, que s'acosta al sofà per donar-li la mà.

—En Sergio i jo hem jugat un parell d'hores a ping-pong. L'he apallissat, o sigui que el matí no ha anat pas malament.

—Algun dia et desafiaré —diu en García, fent veure que pica una bola amb una raqueta—. Tens visita.

—Jo? Qui és?

—Un vell amic. Vine.

A en Niko el sorprèn que algú l'hagi vingut a veure. No ha dit a ningú què li ha passat ni on s'amaga. Ni tan sols al pare Salvador, tot i que li van donar permís per trucar-li des del mòbil de prepagament per avisar-lo que estaria uns quants dies sense aparèixer per l'església. El capellà es va estranyar, però no li va demanar explicacions. És l'única persona amb qui s'ha posat en contacte aquesta setmana.

En García l'acompanya fins al garatge i li demana que s'esperi. No li ha dit qui hi ha ni per què ha vingut. En Niko es posa nerviós, però de seguida apareix el visitant misteriós.

—Chopin! Què has fet perquè et tanquessin aquí?

En Gerardo Muriel va vestit de paisà, i li fa una abraçada tan forta que gairebé li talla la respiració.

—T'he portat unes pastetes de La Campana, que sé que t'encanten —diu el subinspector mentre deixa un paquet embolicat a sobre de la taula de ping-pong—. Són per a tu, però, si vols, comparteix-los amb els companys.

—No sé si m'agrada la idea...

—Ets un llaminer, Chopin.

—Què hi fas aquí? Com és que t'han deixat venir?

—Me'n vaig assabentar a la comissaria. Vaig demanar permís als superiors i, de mala gana, m'han deixat venir-te a veure.

—Així de fàcil?

—No, gens! Ha sigut molt complicat, tot i tenir influències. Esteu molt ben custodiats. Després del que ha passat, no m'estranya que us protegeixin. M'he informat una mica, i aquest cas és molt greu.

En Muriel li explica que la UCO, la Unitat Central Operativa, ja forma part de l'operatiu. Hi ha gent important que ha vingut des de Madrid per fer-se càrrec de la investigació.

—Entre tu i jo, Chopin, en el mateix dossier hi han inclòs les carpetes de la mort d'en Lolo Velázquez, la desaparició de la Celia Mayo, els crims d'en Montesorín, l'accident de l'helicòpter, l'atac a la Blanca Sanz i al seu germà i l'assassinat de la Luna González. Ah! I la mort de la dona del pilot a l'incendi de casa seva.

—Al final va ser provocat?

—Nosaltres mantenim aquesta hipòtesi, tot i que la

premsa va dir el contrari. Potser perquè algú ho va demanar. No et puc dir res més, perquè a mi m'expliquen poca cosa. Però sé quines carpetes han sol·licitat els de la UCO perquè jo mateix les hi vaig entregar.

A en Niko no el sorprèn. Durant aquests dies de confinament han parlat unes quantes vegades de tots aquests esdeveniments, i la conclusió sempre ha sigut que, per força, havien d'estar relacionats. Hi ha d'haver un fil conductor, de moment invisible als seus ulls, que els uneix. Els quatre protegits en aquella casa formen part de la trama i d'una manera o altra han estat presents en algun dels fets.

—I se sap res de qui hi ha darrere d'aquests crims?

—El cas es porta amb molt de secretisme. Deu ser una cosa grossa, Niko. De dimensions desproporcionades —comenta en Muriel, fent una ullada cap al sostre—. En García m'ha dit que aquí no hi ha càmeres, però no me'n fio gaire.

—Vols dir que hi ha càmeres a la casa?

—A dins m'imagino que no, seria un delicte. Però al voltant n'hi han instal·lat unes quantes.

—No ens n'han pas dit res.

—M'imagino que hi ha més coses que no sabeu. No us ho poden explicar tot.

El jove assenteix. Segurament en Gerardo té raó. Encara que els estiguin protegint, creu que és lògic que hi hagi detalls que la policia no estigui disposada a revelar-los. Per seguretat? Perquè forma part de la investigació? No ho sap. Només espera que no s'hagin saltat les normes i els hagin posat càmeres o micròfons a l'interior de la casa.

—Una altra cosa, Chopin —diu en Muriel mentre es treu el mòbil per escriure un missatge i ensenyar-l'hi.

Dissimula i no facis cara de sorpresa amb el que et diré. Riu.

En Gerardo fa una riallada mentre torna a escriure al telèfon. En Niko no entén de què va tot això, però obeeix el subinspector i també es posa a riure. Quan l'home acaba, torna a mostrar-li el mòbil.

L'altre dia va venir la María Santana a la comissaria. Vaig sentir que parlava de tu i de la Celia Mayo. La persona a qui va venir a veure va ser el comissari Gaviria.

Capítol 25

Blanca

Sevilla, dilluns, 23 de desembre del 2019

No suporta el polonès. És un imbècil. Qui s'ha cregut que és per etzibar-li això? Espera que, després d'aquesta discussió, en Niko no li digui a la Triana que sospita que la seva amiga està enamorada d'ella.

La Blanca es deixa caure a sobre el llit amb una enrabiada increïble. El que senti o li passi pel cap sobre la Triana no és problema d'aquest estúpid. Que no en té prou atabalant la seva nòvia i fent-la sentir malament fins al punt de posar en perill la seva relació de parella?

Està tan cansada que els ulls se li van tancant i obrint, fins que al final s'adorm. No havia somiat amb l'accident des que havien arribat a la casa protegida, però ja hi tornem a ser: una altra vegada el mateix malson. Aquest cop, qui viatja a l'interior de l'helicòpter és la Triana, asseguda al seu costat.

—Què li ha passat al pilot? —pregunta la seva amiga fora de si.

—Està inconscient! Ens estavellarem!

—Em sap molt de greu el que he fet. Perdona'm, sisplau.

La Blanca no entén a què es refereix la Triana, que ajunta les mans i resa. Per què li demana perdó? L'helicòpter s'estavella i ara a qui veu és a la Mercedes Reinoso. No hi ha cap rastre de la seva amiga, però sí que li reconeix la veu.

—Ei, et trobes bé? —li pregunta la Triana quan obre els ulls—. T'he sentit cridar des de la meva habitació.

De seguida hi arriba en Sergio, alertat pels crits de la seva germana.

—Estava somiant en l'accident d'helicòpter, però aquesta vegada hi sorties tu, i no la Mercedes Reinoso —li explica molt neguitosa a la Triana—. Anaves amb mi allà dins. Però... he recordat una cosa que fins ara no m'havia vingut al cap.

—Què? —pregunta ansiós el seu germà.

—El pilot es va desmaiar. Ens vam estavellar perquè va perdre el coneixement en ple vol.

—N'estàs segura, d'això?

La Blanca tanca els ulls i recrea aquell instant mentalment. Sí, ara se'n recorda amb absoluta claredat. Va passar tal com ho ha vist al somni, però en comptes de la Triana, va ser la Mercedes la que es va posar a resar després que el pilot es desmaiés.

La noia ho explica a la seva amiga i el seu germà. Malgrat la impressió de reviure de nou l'accident, està emocionada perquè ha pogut recuperar part dels records.

—I saps què li va passar al pilot? —pregunta en Sergio, quan ella acaba el relat.

—D'això no en tinc ni idea, però estic convençuda que es va desmaiar. I per aquest motiu l'helicòpter va impactar contra la Giralda.

—El van enverinar? Va tenir un infart?

—És possible. Segur que alguna cosa li va passar —afirma la Blanca—. La seva dona ja ho va dir a la Luna. Insistia que el seu marit era un gran pilot i que mai a la vida s'hauria suïcidat. Tampoc creia que hagués estavellat l'aparell per un error humà ni per atemptar contra ningú. I descartava qualsevol problema de salut d'en Francisco, perquè feia poc li havien fet una revisió mèdica i tot havia sortit bé. No patia del cor.

—I per això van assassinar l'Ana Benítez? Perquè estava convençuda que al seu home li havien fet alguna cosa perquè s'estavellés amb l'helicòpter? —intervé en Sergio.

—Tot fa pensar que sí. Però no estic segura que l'enverinessin. Només sé que es va desmaiar mentre sobrevolàvem Sevilla.

Aquesta possibilitat ja la intuïa. El que realment li crida l'atenció és el que ha recordat de la Mercedes: la seva cap, en veure la catàstrofe imminent, li demanava perdó de manera desesperada. Què va passar després de l'impacte? Tanca els ulls i intenta trobar a la memòria aquell record perdut. Impossible. La ment se li bloqueja a partir d'allà, com si topés amb un mur de pedra.

—Necessito trobar algú que m'ajudi a recordar —diu la Blanca, sota l'atenta mirada d'en Sergio i la

Triana—. La Luna abans de morir va anar a veure un psicòleg per demanar-li consell.

—I què li va dir?

—No ho sé. Amb el merder de l'encaputxat que va entrar al pis, no vam arribar a parlar del tema. Era un col·lega d'en Marco Galiano, el director d'informatius a qui van detenir —contesta la Blanca—. El terapeuta es diu Juancho Arrieta, i col·labora a El Guadalquivir TV.

—Ja sé qui és. L'he vist alguna vegada a la tele. Un paio curiós —comenta la Triana—. Creus que ell et podria ajudar?

—Té bona fama com a psicòleg. No sé de què devia parlar amb la Luna. De totes maneres, dubto que em permetin anar-lo a veure.

—Pregunta-ho al comissari. Els teus records podrien servir per aclarir alguns punts en la investigació.

—Això és el que pensava la Luna, Sergio.

Al noi se li nota que encara està afectat per la mort de la periodista. La Blanca també pensa en ella i en l'últim que li va explicar per telèfon, just abans que l'assassinessin. La Luna va arribar a admetre que havia col·laborat amb en Blas en la planificació i l'elaboració de l'artefacte que va explotar a *El Guadalquivir*. La policia acabava de descobrir a casa seva les restes dels preparatius del paquet bomba, tot i que no van emetre cap informe policial sobre aquesta qüestió. A vegades, l'amor és tan tòxic que fa que et comportis de manera inconscient. És el que li va passar a la Luna amb en Blas.

—A quina hora sortireu a comprar?

—Quan en García ens avisi —contesta la Blanca, que

veu la seva amiga força desanimada. L'ha delatat el fil de veu que li ha sortit en fer la pregunta—. Per què no vens amb nosaltres? Així et distrauràs una mica i et tocarà l'aire fred a la cara. Fa molts dies que estem tancats aquí dins.

—No, gràcies. Estic bé.

—Anima't, dona. Serà divertit sortir d'excursió una estona —insisteix en Sergio.

—No patiu. Em posaré a llegir. Vaig per la meitat d'un llibre de Manel Loureiro i s'ha posat molt interessant.

La Blanca sap que la Triana menteix, que no està bé. Li agradaria que sortís amb ells a comprar regals de Nadal per als seus pares, però no la vol pressionar. Ha criticat en Niko per fer precisament això.

—Vols que et comprem alguna cosa?

La Triana, que té els ulls plorosos, nega amb el cap. La Blanca mira el seu germà i li demana amb la mirada que surti de l'habitació. En Sergio capta el missatge i quan se'n va tanca la porta perquè les dues noies puguin parlar a soles.

—Soc una càrrega. Ho sento —diu la Triana, apesarada, i fa petar la llengua.

—Què dius, ara! Que no m'has vist a mi? Trigo tres minuts a pujar l'escala.

—Però ja ho fas sense crosses.

—Sí, però encara em sento molt feixuga. Em canso massa quan camino.

—És qüestió de temps. Has millorat molt aquesta setmana.

La Blanca somriu i s'arremanga per ensenyar-li els músculs dels braços.

—Toca, toca. M'estic posant forta com un toro.

—D'aquí a poc guanyaràs el teu germà si feu un torcebraç.

En Sergio i en Niko havien competit aquells dies per veure qui era el més fort de la casa. La majoria de les vegades que feien un torcebraç guanyava el seu germà, que després de la victòria presumia de bíceps en senyal de victòria inqüestionable. La Blanca no parava de burxar-lo dient-li que era una manera molt primitiva de marcar territori.

—Gràcies per intentar animar-me —diu la Triana, posant una mà sobre la cama de la Blanca—. Ets molt amable amb mi. Sempre ho has sigut.

—Esclar. Per això són les amigues, no?

—No totes les amigues es comporten igual. Tu m'has cuida't des que ens vam conèixer. Fins i tot estant sense forces i ferida en una habitació d'hospital, et vas continuar interessant per la desaparició de la mare i per mi. Això no ho fa qualsevol, i t'ho agraeixo. De debò, Blanca, m'encantaria compensar-t'ho d'alguna manera.

La periodista s'ha posat molt nerviosa. La noia que estima té una mà sobre el seu genoll i l'acaricia amb suavitat mentre dibuixa petits cercles a la tela dels pantalons del pijama. Sap que només és un gest afectuós, un senyal innocent d'amistat. Espera que no s'adoni de la seva excitació. Deu estar vermellíssima, perquè li crema la cara. Li encantaria que s'estirés al seu costat i devorar-se a petons.

—Què ho fa, que et tremola la cama?

—És un efecte secundari de l'accident. De tant en tant em passa. Es veu que el cos va pel seu compte.

La Triana aparta la mà i la Blanca s'incorpora. Les galtes encara li cremen. Llavors nota una forta fiblada a les temples. Una altra vegada aquell dolor insuportable. Procura dissimular-ho per no fer amoïnar la seva amiga, però no ho aconsegueix. Acota el cap i se l'agafa amb les dues mans.

—Què et passa? Que tens mal de cap?

—Una mica.

—També és un efecte secundari de l'accident?

—Em sembla que sí. A vegades em fa fi... blades.

La Blanca tanca els ulls, aclaparada pel dolor. Experimenta un d'aquells flaixos tan freqüents i veu la Mercedes Reinoso. La directora del diari té la cara ensangonada. Li dona un bitllet i la noia se'l guarda a la butxaca de la jaqueta. Quan obre els ulls, es troba la cara de la Triana davant seu, a pocs centímetres de distància. La seva amiga s'inclina i li fa un petó a la banda esquerra del cap; després a la dreta. La mira fixament als ulls mentre nota els tous dels seus dits lliscant-li pel front.

—Et va bé això? —pregunta la Triana, mentre li fa massatge a les temples.

—Moltíssim. És una passada.

—Me n'alegro. Tanca els ulls i relaxa't.

—Si tanco els ulls...

—Què?

«Soc capaç de llançar-me a sobre teu i morrejar-te fins que ens quedem sense alè. Petonejar-te tota de dalt a baix mentre et prometo que algun dia serem felices. Sense pressions ni plans a llarg termini. T'estimaria per sobre de totes les coses...».

—Si tanco els ulls veig coses que no vull veure —contesta la Blanca. Està tremolant.

—Ah, sí? Com què?

—Com... Espera't un moment.

La Blanca s'aixeca i, coixejant, va cap a l'armari. Busca entre els abrics que s'ha portat de casa fins que troba la jaqueta texana que duia el dia de l'accident. La seva mare l'hi va rentar i, tot i que té alguna esquinçada, està en prou bon estat. No se'n va voler desfer perquè és una de les seves preferides.

—He somiat amb aquesta jaqueta. La Mercedes em va donar això.

La Blanca treu un bitllet de vint euros d'una butxaca. Es nota que ha passat per la rentadora, perquè està descolorit.

—La Mercedes Reinoso et va donar aquest bitllet?

—Sí, abans de morir-se.

La noia el gira i llavors veu un número escrit en color blau en un dels extrems del bitllet. L'estira i es fixa que comença per sis.

—És un número de telèfon! —exclama la periodista, sorpresa.

La Triana i la Blanca seuen al llit i examinen el bitllet amb atenció. Llegeixen a l'uníson i en veu alta els números que hi ha escrits.

—Sis, set, sis, cinc, zero, dos, u...

—I els dos últims? —pregunta confosa la periodista.

—No es distingeixen bé. Estan força esborrats. Potser són dos sets? Dos uns?

—Dos quatres? Costa molt de veure.

—De qui deu ser aquest telèfon?

—M'encantaria saber-ho —contesta la Blanca, que tanca els ulls amb força, com si intentés recordar alguna cosa—. I també m'agradaria saber per què la Mercedes me'l va donar abans de morir-se. Aquest sí que és un gran misteri per al qual no tinc la resposta.

Capítol 26

Sergio

Sevilla, dilluns, 23 de desembre del 2019

El policia nacional que els acompanya no és en García, que s'ha quedat amb la Triana i en Niko. Tot i que no és la primera vegada que el veuen, no saben com es diu. És un home jove, alt, ros i amb un marcat accent sevillà. A en Sergio i la Blanca tant els fa la identitat de l'agent, el que els importa és que per fi han sortit de la casa després d'una setmana d'estar-hi tancats. La noia s'ha endut les crosses, malgrat que ja comença a moure's sense la seva ajuda. Caminen pel carrer com si fos la primera vegada que recorren Sevilla. Això sí, la zona no és pas la més bonica de la ciutat: és als afores i gairebé tot el que veuen són edificis residencials de construcció recent.

—M'han dit que hi ha un carrer amb unes quantes botigues on podreu comprar el que calgui —diu el policia, mentre ensenya el mòbil als dos germans perquè vegin el mapa—. Veniu per aquí, sisplau.

El jove els guia fins a una avinguda que efectivament està plena de botigues. La majoria són petits comerços i bars. En aquell moment no hi ha gaire gent passejant.

—Ja saps què comprarem? —pregunta en Sergio, que no ha pensat en cap regal per als seus pares.

—No. Anem a mitges?

—Jo no tinc ni un cèntim. Paga-ho tu, i quan tornem a casa t'ho dono.

—Quina cara que tens.

—Tu treballes. Jo encara em mantinc amb el que em donen el pare i la mare. Una part del que tenia estalviat m'ho vaig gastar en... un regal per a la meva ex.

—De debò?

En Sergio assenteix avergonyit. Ara creu que va ser una estupidesa. Un collaret per arreglar el que ja estava trencat? Absurd i innecessari. Però en aquell moment ho va veure com una possible solució. Per descomptat, no va servir de res.

—La Vero era la teva primera nòvia?

—De més de tres mesos, sí. Però he tingut algun altre rotllo.

—Ah, sí? Quan?

—Nena, han passat moltes coses des que te'n vas anar. Tu no ets l'única que lliga a través d'aplicacions.

—Em pensava que et passaves tot el dia a casa jugant a la consola.

—Tens un concepte equivocat de mi.

—És el que he vist i el que el pare i la mare m'han explicat.

No li molesta que la Blanca pensi això perquè tampoc és que ell hagi fet gaire res perquè la seva germana i els pares sàpiguen com és de debò. No s'ha donat a conèixer i s'ha mantingut al marge de gairebé tot pel que fa a la família. Se'n penedeix? Potser una mica. Sobretot ara que té una relació més estreta amb la Blanca. Han perdut anys ignorant-se o llançant-se pulles cada vegada que es veien o que parlaven per telèfon.

—Pensaves que era un imbècil.

—Més o menys. El mateix concepte que tenies tu de mi. A més de sumar-hi que soc egoista i presumptuosa, oi?

—No. Això no ho he pensat mai de tu —contesta el noi somrient—. A veure, on entrem?

La primera parada la fan en una botiga on venen objectes antics. Compren una ploma i un tinter per al pare, i també seixanta fulls de pergamí perquè pugui escriure tal com es feia a l'antiguitat. Per a la mare no troben res a les altres botigues on entren, fins que finalment veuen un paraigua estampat amb gats negres molt vistós en una botigueta que hi ha al final del carrer. No és barat, però acaben comprant-lo.

—Apa, ja no es podrà queixar que no té mai paraigua quan plou —diu en Sergio mentre els emboliquen el regal amb paper nadalenc de colors.

—Espero que no el perdi.

—Val més, amb el que ens ha costat.

Els germans s'acomiaden de l'amo de la botiga i surten al carrer, on els espera el jove policia. Està mirant el mòbil amb cara de preocupat, però l'expressió li canvia quan els veu.

—Ja esteu? —pregunta.

—Encara no. M'agradaria comprar alguna coseta més. —La Blanca assenyala un basar xinès a l'altra banda del carrer.

—Jo no vull res.

—No és pas per a tu, burro. Vull regalar alguna coseta a la Triana, a veure si s'anima una mica.

—Ja ho saps que té nòvio, oi?

Les paraules d'en Sergio fan ruboritzar la seva germana, que deixa anar un esbufec i va cap al basar tan ràpid com les crosses l'hi permeten. Només era una broma, però durant aquests dies de convivència s'ha adonat que la Triana no és només una amiga per a la Blanca. Li fa una mica de pena perquè creu que està condemnada a patir si pretén tenir alguna cosa més amb ella.

—He de comprar tabac —diu el policia, que sembla inquiet—. Hi ha un estanc aquí al costat. Et fa res que hi vagi un moment?

—No pateixis. Cap problema.

El policia li dona les gràcies i se'n va corrent. En Sergio segueix la seva germana i es queda esperant a la porta del basar. No la vol molestar. Si ell estigués enamorat d'algú, també voldria una mica d'intimitat per comprar un regal. Sense adonar-se'n, es posa a pensar en la Luna. Ni tan sols va poder anar al seu enterrament. Quan tot torni a la normalitat, anirà al cementiri a portar-li flors. Li sap greu no haver pogut fer més i que la seva vida acabés d'aquella manera. Va ser un error no denunciar aquell paio quan van patir l'atac. Si a la periodista la va matar la mateixa persona que els va agredir, no s'ho perdonarà mai.

De sobte li sona el mòbil. Encara no s'ha acostumat

a aquell telèfon de prepagament. És estrany, perquè el número només el tenen els seus pares. Se'l treu de la butxaca i veu que és la seva germana qui truca.

—Digues, Blanca.

—Pots entrar un moment? Necessito el teu consell.

—Un consell? Per què?

—Per a una cosa important. Vine, sisplau.

El noi penja intrigat i obeeix la seva germana. El basar és molt gran, però han aprofitat fins a l'últim racó. Saluda la persona que hi ha al taulell i va cap a l'interior del local. Al cap de pocs segons troba la Blanca. Té una cosa a les mans.

—T'agrada? —li pregunta quan el veu—. És molt flonjo.

—Li penses regalar aquest os a la Triana?

—Què passa? Que no és maco?

—És una mica infantil —contesta en Sergio, mentre agafa un cocodril de peluix de la mateixa estanteria—. No és una mica gran per a aquests regals?

—No. No s'és mai gran per a un peluix. Ara que dorm sola, li faria companyia a les nits.

—I pensarà en tu quan vegi en Winnie the Pooh, oi?

—No siguis estúpid! —exclama la Blanca, donant-li un cop al cap amb l'os—. No és en Winnie. Es diu Sweet Bear. Ho diu en aquesta etiqueta.

Senten un estossec darrere d'ells, i quan es giren, veuen que els observa l'home del taulell. Però no els diu res, només somriu i s'allunya dient alguna cosa en un idioma que no entenen.

—Aquest sí que seria un bon vigilant per a la casa —diu en Sergio, amb una riallada—. Ara de debò. Si t'agrada aquest os i creus que a la Triana li farà il·lusió, compra-l'hi. Potser serà l'únic regal de Nadal que rebrà aquest any.

—Ara m'has fet dubtar.

La noia deixa l'os a l'estanteria i fa petar la llengua. En Sergio intenta convèncer-la que no ha volgut insinuar que era un mal regal. Ella coneix més bé la Triana i sap què li agrada.

—Va, tornem a buscar en Winnie, sisplau —suplica en Sergio ajuntant les mans—. No t'hauria d'haver dit res.

—No pateixis. Tens ra...

De sobte, la Blanca queda paralitzada, les crosses se li escapen de les mans i cauen a terra. Però no triga a reaccionar per dir-li a en Sergio que s'afanyi. El noi no entén res... fins que es gira i, a l'extrem del passadís, veu un paio amb un passamuntanyes que li cobreix el cap. Porta una pistola a la mà.

—Collons! És el tio de l'altre dia! Com ens ha trobat?

—No ho sé! Però no et paris!

Mentre els germans corren per aquell passadís del basar, senten un tret. Tots dos s'ajupen i miren enrere un instant. L'encaputxat acaba de disparar a l'home del taulell. Se senten crits a dins de la botiga.

—Hem de sortir volant d'aquí —diu la Blanca sense alè mentre canvien de passadís per esquivar l'encaputxat.

—Val més que ens amaguem allà.

En Sergio assenyala una porta oberta, agafa la Blanca de la mà i acceleren el pas per arribar-hi. Un cop a dins, tanquen la porta i veuen que és un magatzem ple d'estanteries. També hi ha un munt de caixes escampades per terra. Resen perquè l'home no els hagi vist. La noia li fa gestos al seu germà perquè vagin cap a la part més fosca de l'estança. No encenen el llum i es mouen amb molt de compte per no ensopegar amb res.

—Què fem? —pregunta el noi amb un xiuxiueig mentre il·lumina la cara de la seva germana amb la llanterna del mòbil.

—Hem d'avisar el policia que ha vingut amb nosaltres. Tens el seu número?

—No. M'he descuidat de preguntar-l'hi. No sé ni com es diu.

—Jo tampoc, però tinc el mòbil d'en García. Ell podria avisar-lo perquè ens ajudi.

La Blanca treu el telèfon per fer la trucada quan senten dos trets més. En Sergio apaga ràpidament la llanterna. Se sent un altre tret. I un altre.

—Això serà una carnisseria —diu el noi, horroritzat. Li tremolen les mans i els genolls. Plora de por i d'impotència—. Hem begut oli, germana.

—Hem de mantenir la calma.

—A quantes persones deu haver matat?

—Tranquil, Sergio. No ens passarà res.

—Ens morirem... Ens morirem.

No havia estat mai tan tens. Està convençut que l'home del passamuntanyes no se n'anirà sense complir el seu objectiu. Aquesta vegada no fallarà.

—Ara truco a en García —diu la Blanca en veu baixa.

En aquell moment senten que s'obre la porta del magatzem. En Sergio se sobresalta i s'abraça a la seva germana. Té tanta por que sense voler se li escapa el pipí. La Blanca se n'adona i acaricia el cap del seu germà, que no para de plorar.

—Ens matarà a tots dos —sanglota el noi, arraulit als braços de la seva germana.

—No llencis la tovallola encara. Ja ens vam salvar una vegada.

—Em sap greu haver pensat que eres una imbècil. T'estimo molt, Blanca.

De sobte s'encén el llum del magatzem. Senten uns passos... i una veu que els resulta familiar.

—Blanca? Sergio? Sou aquí? —És en García, que acaba d'entrar a l'habitació.

La noia crida per avisar que estan allà amagats. S'aixeca com pot i s'acosta a l'agent coixejant. En Sergio s'adona que s'ha mullat els pantalons. Es treu la jaqueta i se la lliga a la cintura per intentar dissimular la taca. Encara té la por al cos i el cor accelerat. Ha vist el final molt a prop.

—Què ha passat? On és el paio del passamuntanyes? —pregunta la blanca alleujada.

—L'hem atrapat. Per sort, temíem que passaria això. Ara ja s'ha acabat tot. Per fi esteu fora de perill.

Capítol 27

Triana

Sevilla, dilluns, 23 de desembre del 2019

Els dos últims mesos han sigut els pitjors de la seva vida. El record del pare ha estat molt present i, per contra, l'esperança de trobar viva la mare s'ha anat esvaint. Intenta convence's que la vida tard o d'hora li donarà una altra oportunitat per ser feliç, però al mateix temps, creu que no té cap motiu pel qual valgui la pena lluitar. Això d'en Niko no té solució de moment. A en Cayetano no el vol veure més i el que ha fet la Brenda sona a traïció. Alguna cosa li diu que no pot confiar en la seva millor amiga, que allò del collaret d'ambre té una explicació que no li agradarà. Per sort han aparegut la Blanca i en Sergio, dues notes positives entre tanta negativitat. S'ha transformat en una persona tòxica, o és la toxicitat la que s'ha apoderat de la seva vida?

Com que té fred, la Triana es posa un jersei sobre la samarreta i es canvia de pantalons. No li agrada anar amb xandall, però la tela és més gruixuda i li proporciona una escalforeta que agraeix. Estirada al llit, escolta quatre cançons d'una llista de Spotify de música en anglès. A la cinquena es treu els auriculars. No té res en contra de Shawn Mendes ni de Camila Cabello, però «Señorita» li porta massa records. És un dels temes preferits d'en Niko i dels que més han sentit i cantat junts. Maleïdes coincidències.

Ha passat més d'una hora des que els germans Sanz se n'han anat. A ella també li hauria encantat anar a comprar regals, però no té ningú a qui regalar-los. Quan ho pensa, el dolor és tan gran que l'ofega, i aquesta sensació d'angoixa augmenta quan visualitza la seva primera Nit de Nadal sola. La passarà en aquella casa amagant-se d'algú que no té rostre, que no té cos. Una persona perillosa, sense escrúpols ni ànima. En realitat, la Triana sent que s'amaga de si mateixa. De la fragilitat, de les pors i de les seves cruels temptacions de posar fi a tot. Nota que li falta l'aire i necessita sortir de l'habitació. Obre la porta i corre cap a les escales. Està a punt de baixar-les quan sent una melodia que li resulta familiar. Ve de l'habitació d'en Niko. És el tema que li va ensenyar fa uns quants dies. La noia s'acosta a l'habitació i planta l'orella a la porta. L'oïda no li ha fallat: és la cançó que el seu nòvio ha compost per a ella. És tràgicament bonica; pel moment, pel moment que està travessant la seva relació. Si les circumstàncies fossin unes altres, entraria i se'l menjaria a petons. Després farien l'amor i s'adormirien abraçats. Ara es limita a escoltar-la de manera furtiva fins que s'acaba. Llavors, s'allunya de la porta i baixa les escales. Està molt més tranquil·la.

Ja és de nit. La Triana surt al jardí i s'asseu en un esglaó de l'entrada. Fa fred, però li va bé respirar aire pur. És una sort que, en el seu confinament, tinguin aquell espai obert des d'on es veu el cel. Avui gairebé no s'apreciarà la lluna, perquè està en fase minvant. Repenja la barbeta sobre les mans i fantasieja amb la idea que els seus pares l'observen des d'algun lloc.

—No tens fred? En pocs dies, la temperatura ha caigut en picat —diu en Niko, que també surt al jardí—. No fa gaire encara anàvem amb màniga curta.

—Ja és hivern. A Sevilla també hi fa fred.

—Ja ho sé. Fa uns quants anys que visc aquí. Puc seure?

La noia no contesta. En Niko ho interpreta com un sí i s'asseu a l'esglaó. Fa molt bona olor. S'ha posat el perfum que li va regalar unes setmanes enrere. No li agrada, perquè li fa recordar aquells dies en què no es discutien a totes hores.

—Ha vingut a veure'm en Muriel —diu el noi mentre juga amb el cordó de la caputxa del jersei.

—Què volia?

—Saludar-me, comprovar que estàvem bé... i avisar-me d'una cosa. Es veu que la María Santana és amiga del comissari.

La notícia la sorprèn, però en comptes d'admetre-ho, deixa anar un esbufec de desgana. La cansa que en Niko torni a començar amb aquesta cantarella.

—Tant me fa.

—De debò? Tant te fa que el comissari i aquesta dona s'hagin vist just després que jo l'anés a veure?

—No sé quin mal hi ha.

—En Gerardo va sentir que la Santana li explicava a l'Arturo alguna cosa relacionada amb mi i amb la teva mare.

—Li va dir que creia que estava viva.

—Com ho saps?

—No ho sé. Però és el que et va dir la dona, no?

—Sí, però...

—Però res, Niko. Ja t'he dit moltes vegades que no insisteixis amb això. La meva mare no està viva. El dia que aparegui, hauré d'anar al dipòsit forense per reconèixer el seu cadàver. Ja està. Entesos?

—Entesos. No vull tornar a discutir.

—Jo tampoc. Perdona.

La noia alça la mirada al cel fosc i sospira. S'ha tornat a posar a la defensiva. Si no és ella, és ell, però sempre acaben de la mateixa manera.

—Niko, no trobes que hauríem de fer una pausa?

—És el que estem fent. Fa una setmana que no ens fem petons ni dormim junts. No n'hi ha prou?

—Sí. Però em refereixo a... fer-ho oficial.

—Vols que diguem a tothom que ja no som parella?

—No sé què vull.

—Potser sí que ho saps, però et fa pànic reconeixe-ho —diu el noi, que s'abraça els genolls—. Jo sí que vull continuar sent el teu nòvio. Estic enamorat de tu, Triana. Però comprenc la teva situació. No et puc demanar més.

—Doncs què?

En Niko la mira i dibuixa un dels seus somriures màgics, però aquesta vegada la màgia s'ha inundat de resignació. Tot i que ha sigut ella mateixa la que ha tret el tema, a la Triana li marxen les ganes de continuar parlant de la seva relació. No se sent preparada. S'aixeca i, amb els braços encreuats, es posa a passejar pel jardí. Durant una estona no diuen res ni es miren. No vol tornar a parlar del tema de la possible ruptura. Ell sembla que tampoc s'hi atreveix, però ara sí que l'observa mentre recorre el jardí fent cercles. La situació és molt incòmoda i sembla surrealista.

—La Blanca ha recordat coses de l'accident d'helicòpter —diu de sobte la Triana, trencant el silenci—. Fins i tot ha trobat a la butxaca de la jaqueta texana que duia aquell dia un bitllet que li va donar la Mercedes Reinoso.

—Un bitllet?

—Sí, de vint euros. Però ara ve el millor: en el bitllet hi ha escrit un número de telèfon.

—Estàs de conya? De qui és?

—No ho sabem. Les dues últimes xifres no es veuen bé.

—Hi heu trucat?

—Ja et dic que hi ha dos números que no es distingeixen —repeteix la Triana, mentre s'acosta de nou al noi—. Vols veure'l? La Blanca l'ha deixat a la seva habitació.

Tots dos pugen a la primera planta per entrar a l'habitació de la periodista. A sobre de la tauleta de nit hi ha el bitllet de vint euros. En Niko l'agafa i examina el número.

—Què et sembla? Són dos quatres?

—No es veu bé. Per què l'hi va donar?

—No ho sap. No recorda gaire res d'aquell moment. Fins avui, la Blanca no havia caigut que tenia aquest bitllet a la butxaca de la jaqueta.

—És molt estrany —admet en Niko, i hi fa unes quantes fotos amb el mòbil—. No se m'acut cap raó perquè aquella dona li pogués donar aquest bitllet abans de morir-se.

—Potser volia que la Blanca tingués aquest número.

—Per què? No té sentit. Ni tan sols entenc que el tingués anotat en un bitllet. Aquestes coses es feien abans, quan no hi havia mòbils i apuntaves les coses a qualsevol lloc.

—Potser l'hi van donar d'imprevist i el va escriure al bitllet perquè no tenia res més a mà.

—Segueixo trobant-ho molt estrany.

El noi s'asseu al llit i revisa una de les fotografies que acaba de fer. Hi fa zoom per veure de més a prop els dos últims dígits.

—Crec que són dos sets.

—Sí? Segur?

—No, però mira: el palet vertical està una mica inclinat. Si fos un quatre o un u, estaria més recte. Tots dos semblen el mateix número. Hi truquem?

—Què? Que ets boig?

—Per què? No hi ha cap perill.

—I què diràs? —pregunta la Triana, que no n'està gens convençuda—. «Hola, he trobat el seu número de mòbil en un bitllet de vint euros. Coneix la Mercedes Reinoso?».

—Perfecte. Just això.

La noia es fa una palmellada al front. Això no sortirà bé. Observa com en Niko marca el número apuntat en el bitllet i posa el mans lliures.

—Això no li agradarà al comissari.

—A la merda en Gaviria. I si això ens dona una pista?

—Una pista per què, Niko?

El noi li demana que faci silenci. Una veu femenina contesta. En Niko estossega una mica abans de parlar. La Triana el nota nerviós.

—Hola, senyora. Té un moment?

—Senyora? Acabo de fer disset anys. Qui ets? No m'apareix el teu número en els meus contactes.

—Em dic Nikolai.

—Molt bé. Qui ets?

—M'han donat el teu número i volia... saludar-te.

En Niko tanca els ulls i se'ls frega mentre la Triana es fa una altra palmellada al front. No ha sigut la millor de les respostes per guanyar-se la confiança de la noia.

—Mira, no estic per estupideses. Adeu.

—Un moment, un moment —li suplica en Niko—. Perdona'm. La veritat és que el teu número me'l va donar fa temps una dona que es diu Mercedes Reinoso. La coneixes?

—Ni puta idea, tio.

—Era una periodista. La que es va morir a l'accident d'helicòpter a Sevilla. En saps res, d'això?

La noia no contesta. En Niko i la Triana es miren. No ha penjat, però no diu res.

—Hola? Ets aquí?

—No. Adeu.

Aquesta vegada la noia finalitza la trucada.

—Merda. Ha penjat.

—És normal. Jo també hauria penjat.

—Creus que podria haver-ho fet més bé?

—Jo no l'hauria trucat. Ens podríem ficar en un embolic.

—«Si el comissari se n'assabenta...» —diu en Niko, imitant la seva veu, i torna a marcar però aquesta vegada no posa el mans lliures—. Ja me la sé aquesta cançó.

—És el que penso.

—Ja saps què en penso jo, de l'Arturo Gaviria. Collons, em surt apagat.

—Això és que no vol que la molestis més. No crec que aquesta noia tingui res a veure amb la Mercedes Reinoso.

—Jo no ho tinc pas tan clar. Ha penjat quan ha sentit el seu nom.

—Perquè l'estàvem assetjant.

—No he assetjat a ningú —protesta en Niko, que torna a trucar amb el mateix resultat que abans—. I si no són dos sets i són dos uns?

—Deixa-ho córrer.

—O dos quatres. O un quatre i un set.

La Triana s'acomiada d'en Niko, cansada d'aquell joc. No li hauria d'haver dit res del bitllet. Surt de l'habitació i baixa les escales negant amb el cap. S'asseu al sofà i engega el televisor. Passa els canals sense aturar-se en cap. Fins que s'obre la porta i en Sergio i la Blanca entren a casa, acompanyats d'en García. Van carregats amb unes quantes bosses, molt somrients.

—Com ha anat? Heu comprat molts regals?

—Els justos —contesta la Blanca, que sembla molt feliç—. Tot i que per poc no ho expliquem.

—Què dius, ara! Què ha passat?

—Ens hem trobat amb el nostre amic, el del passamuntanyes, però ha sigut l'última vegada. Aquell tio ja no ens tornarà a molestar.

Capítol 28

Niko

Sevilla, dilluns, 23 de desembre del 2019

—Havíem detectat moviments sospitosos al voltant de la casa els últims tres o quatre dies. Per això, quan la Blanca va proposar de sortir a comprar regals per als seus pares, vam creure que era l'ocasió per comprovar-ho. Us acompanyaria un dels nostres agents més joves, però a una certa distància hi hauria un altre grup, a càrrec d'en García, vigilant. Ho vam encertar, tot i que hem reaccionat una mica tard. Ens sap molt de greu la mort de l'amo del basar. No hi hem arribat a temps, però hem complert l'objectiu i hem atrapat el paio que buscàvem. No hi ha dubte que aquest home, a qui encara no hem identificat, és el que va entrar al pis de la Blanca i el que després va assassinar la Luna González...

Els quatre joves escolten amb atenció el comissari Gaviria, que ha anat a la casa de seguida que ha rebut l'avís d'en García que l'operació havia sigut un èxit.

—Per tant, ja veieu que les coses s'han solucionat.

—I ja està? Això és tot? No hi ha ningú més implicat en aquesta història? —pregunta en Niko, que no ho acaba de veure clar—. On és la Celia Mayo?

—Això encara no ho sabem. El detingut no vol parlar. No ha ni obert la boca per demanar un advocat.

—I el mòbil de les seves actuacions? Per què va matar la Luna? I per quin motiu els va atacar a ells? —insisteix el polonès mentre assenyala els germans Sanz—. No se sap res més?

—Dona'ns temps, Niko. Acabem d'agafar-lo. Ara treballarem per assabentar-nos de tot i poder treure conclusions.

No li serveix la resposta del comissari. Els ho està venent com si haguessin atrapat l'únic responsable dels fets dels últims mesos. Per a en Niko és evident que aquest individu tan sols és una peça més d'aquesta partida d'escacs. I probablement el detingut només és un peó.

—Així, ja podem marxar cap a casa? —pregunta en Sergio, més tranquil després que hagin identificat aquell home. No hi ha cap dubte que és el que els va atacar al pis de la seva germana.

—Jo m'esperaria un parell de dies —diu en Gaviria en to assertiu però amable—. Demà aneu a sopar amb els vostres pares, dimecres el passeu aquí i dijous tots a casa si no hi ha novetats importants.

—Perfecte. Esperarem fins dijous.

—Per descomptat, durant un quant temps hi haurà agents vestits de paisà vigilant les vostres cases. No deixarem de prendre precaucions.

—Si ja han capturat el culpable, per què necessitem seguretat?

La pregunta d'en Niko fa rumiar en Gaviria. Per la cara que fa, nota que no li agrada gens que el qüestioni contínuament.

—Fins que no parlem amb aquest home, no podem descartar res. Ja hi ha hagut massa víctimes en aquesta història. Però parlarà, no en tinc cap dubte.

—La Mercedes Reinoso, en Francisco Carvajal, l'Ana Benítez, la Luna González, l'amo del basar... i el segrest de la detectiu Mayo. Tot ha sigut obra d'un mateix home?

—Niko. No. Ho. Sé.

Quan el comissari Gaviria se'n va, en Niko puja a la seva habitació molt poc satisfet amb les respostes que li han donat. S'asseu al llit i mira en el mòbil la fotografia del bitllet de vint euros. No ha provat de trucar a altres números, tot i que tenia la intenció de fer-ho. Tampoc ha tornat a contactar amb la noia d'abans. Potser la Triana té raó i no hauria de molestar la gent.

Esbufega, una mica cansat. Tot i que han atrapat el presumpte assassí de la Luna i agressor dels germans Sanz, no ha sigut un bon dia. Pensa en el que li ha dit la seva nòvia al jardí. I si es prenen un temps de descans? Això significaria el final de la relació. Ho té molt clar. L'estima, però fa dies que la cosa no funciona. A més, el fa posar molt nerviós que es cregui tot el que li diu el comissari. Aquest home no és tan sant com el pinten. Cada vegada n'està més convençut.

Un dels ordinadors que els van deixar el té a l'habitació. La connexió a internet no va gaire ràpida, però en té prou per entrar al Google i buscar viatges a Polònia. Hi ha estat pensant tota aquesta setmana: si talla amb la Triana o no aconsegueixen arreglar els problemes, podria llogar el pis de Sevilla i passar una bona temporada al país on va néixer. Hi ha un vol directe de Madrid a Varsòvia que té guardat als preferits. Es deixa un parell de dies de marge per pensar-s'ho bé.

En Niko sent que els seus tres companys parlen amb en García, que acaba d'arribar. No li interessa. Tanca la porta de l'habitació i torna a posar al mòbil la melodia que va compondre per a la Triana. Li sap greu que no hagi servit de res. La va escriure amb el cor, però potser es va equivocar de moment per mostrar-l'hi.

Quan s'acaba, la cançó torna a començar, però només dura uns segons, perquè algú li truca al mòbil i interromp la peça. Queda sorprès quan veu que és un número acabat en dos sets.

—Sí? —contesta, temorós perquè no sap què sentirà a l'altra banda de la línia. I si l'ha denunciat per... assetjament?

—Hòstia! Tu ets el lladre de Sevilla! Oi que sí? El polonès!

En Niko sent la veu de la noia amb qui ha parlat abans. Però ara el seu to és completament diferent.

—Ets aquell Nikolai, oi que sí? —insisteix la noia, que sembla tan segura com impressionada pel descobriment—. És increïble, tio.

—Veig que em coneixes.

—No, jo no! La meva amiga Marta, que és una fan teva. Quan m'has trucat li he escrit per explicar-li que un imbècil que es diu Nikolai havia aconseguit el meu número i que m'estava molestant. Ella m'ha dit que aviam si seria el Chopin aquell, que es deia Nikolai. M'ha enviat un vídeo teu parlant, i era la mateixa puta veu! Nano, no em puc creure que estigui parlant amb un famós.

En Niko està a punt de posar-se a riure. Ha d'admetre que aquest instant és el més divertit del dia. Tot i que pel que sembla, el número acabat en dos sets no té cap mena de relació amb la Mercedes Reinoso. Per si de cas, l'hi torna a preguntar.

—Coneixies la periodista Mercedes Reinoso?

—No sabia qui era, però ja ho he mirat al Google. És la que es va matar amb l'helicòpter que es va estavellar a Sevilla el novembre. Hi va haver un bon enrenou, oi?

—Sí, aquí no es parlava de res més.

—És que jo soc de Moratalaz. Vaig veure les imatges de l'accident. A TikTok hi surten molts vídeos d'això.

A TikTok. En Niko ni tan sols té compte en aquesta xarxa social on la gent hi penja vídeos ballant i fent ximpleries. No entra en els seus esquemes fer aquestes coses.

—Escolta, segueixo sense entendre per què tens el meu número. És una càmera oculta, un repte, o alguna cosa per l'estil? És que és molt fort que m'hagis trucat. Només tinc vuit-cents quinze *followers* a l'Insta.

—És una llarga història.

—Explica-me-la. Estic intrigada.

—No tinc temps. Em sap greu.

—Vaja. Escolta, si vens per Madrid, podem quedar. Ara mateix no tinc nòvio ni nòvia. Soc més lliure que el vent.

El noi comença a pensar que és una conversa d'allò

més surrealista. Ha lligat amb una adolescent que no coneix de res, només perquè li ha trucat per un número escrit en un bitllet de vint euros.

—He de penjar.

—Hòstia, m'has fotut una bona cobra, ara. En fi, ja tens el meu número per si algun dia tens ganes de parlar o el que sigui.

—Entesos, gràcies.

—Ah! Em dic Daniela Montilla. Soc DaniMOfficial a l'Insta. Hi penjo *covers* i tot això. Busca'm, Chopin!

La noia penja després de repetir-li que la busqui a les xarxes socials. En Niko deixa el telèfon a sobre el llit i es posa a riure una bona estona. Si algú el veiés, es pensaria que ha perdut el cap. Tanmateix, li ha agradat xerrar amb aquella noia tan extravertida. De sobte sent curiositat. Torna a agafar el mòbil i busca la Daniela Montilla a Instagram. No triga gens a trobar-la. No té el compte en privat. Seixanta-set publicacions, vuit-cents quinze seguidors i quatre-cents seguits. En el seu perfil hi diu que és un «projecte de cantant» i comparteix un *link* que enllaça amb un canal de YouTube. És maca. Té els cabells llargs, llisos i rossos, i els ulls verds. A la majoria de les fotos hi surt rient. S'atura en una imatge on apareix en biquini amb una amiga, fent salts amb els braços oberts a la platja. Té la localització de Benalmádena, Màlaga. Li queda bé el contrast entre el color dels cabells i els ulls clars amb el to bronzejat de la pell. En Niko fa una riallada quan veu que la noia que està etiquetada a la imatge saltant amb la Daniela és la seva amiga Marta, la fan que l'ha identificat.

Segueix mirant les fotos de la noia del mòbil acabat en setanta-set i al cap de poc truquen a la porta. Tanca l'aplicació d'Instagram i dona permís perquè passin. No és cap dels companys de la casa. En García entra i s'asseu a la cadira.

—M'han dit els altres que creus que això no s'ha acabat.

—Que potser algú ho pensa? Espero que la policia no es conformi només havent atrapat aquest paio.

—Encara no sabem ni qui és. No vol parlar —diu en García, que agafa un bolígraf que veu a l'escriptori i el fa girar amb els dits—. No ens conformem amb res, i la UCO encara menys que nosaltres.

—Creieu que és el que va segrestar la Celia?

—És una possibilitat, però no ho sabem. En els interrogatoris que li farem, serà una de les preguntes en què insistirem. És un dels nostres principals objectius. Tant de bo aparegui viva.

En Niko no ha parlat gaire amb aquest home durant la setmana que han estat en aquesta casa. Sempre va vestit de paisà. No sap el seu rang i no el va veure a la comissaria quan el van retenir allà el mes d'octubre. Potser és un policia nacional de suport. El sorprèn que el tracti d'una manera tan familiar i que es preocupi pel seu estat d'ànim. A més, ha dirigit el grup que ha detingut l'assassí del passamuntanyes.

—Puc donar-te un consell? —pregunta en García, que torna a fer girar el bolígraf sobre l'escriptori—. Si vols l'agafes i, si no, el deixes.

—Tothom s'entesta a donar-me consells.

—Això és perquè et veuen una persona insegura.

—És probable. Estem en una casa custodiada per policies que han permès que es morin unes quantes persones i no són capaços de trobar-ne una que ha desaparegut. No és per estar tranquil. Si no, que ho diguin a l'home del basar.

—*Touché*. Avui no hem estat brillants, ho reconec. És una professió que té aquestes coses. Hem encertat el que passaria, però hem fallat en el procediment.

—Encara sort que ho reconeix.

—Seria un imbècil si estigués satisfet per haver salvat dues vides quan n'hem perdut una altra pel camí. No funciona així. Revisarem què ha passat aquesta tarda i ens ocuparem d'aquest assumpte.

—I el consell?

—Ah, sí, el consell —diu en García, que esbossa un somriure divertit—. No et fiïs del subinspector Muriel.

—Què? Per què?

—En Gerardo és amic meu des de fa temps. O això em sembla. Però... això.

—I no em dirà el motiu pel qual he de desconfiar d'ell?

—No.

—Ah. Molt bé. Doncs gràcies per un consell de merda.

En García obre els braços i després agafa el bolígraf i se'l guarda a la butxaca dels pantalons. S'aixeca i dona un copet a l'esquena d'en Niko.

—No et quedis amb mal gust de boca. Tinc una sorpresa per a tu.

—Em dirà què és, o ho he d'endevinar?

—Demà soparàs amb el pare Salvador. L'hem trucat i s'ha alegrat molt de la notícia. Així no passaràs la Nit de Nadal sol en aquesta presó de cinc estrelles.

Capítol 29

Blanca

Sevilla i El Viso del Alcor, dimarts, 24 de desembre del 2019

Dubten de si han d'explicar o no als seus pares el que els ha passat aquests últims dies. El consell del comissari és que esperin una mica. Quan passin les festes, podria ser un bon moment per explicar-los la situació, sempre que no es produeixin novetats importants. La Blanca no ho té clar. Serà difícil eludir les preguntes a casa. Fa dies que són fora, amb un número de telèfon nou, i intentant aparentar que va tot bé. Intueixen que a casa s'ensumen alguna cosa, i que aquest vespre hi haurà un interrogatori intens quan s'asseguin a taula. A més, la Triana anirà amb ells. L'hi van proposar ahir i, tot i que al principi no va acceptar la invitació dels seus amics perquè no té ànims per a celebracions, van acabar convencent-la perquè no podien permetre que es quedés sola a la casa.

Tots tres van amb un cotxe policial de camí cap a El Viso del Alcor. Condueix en García, que s'ha ofert voluntari per portar-los. La notícia de la detenció de l'home del passamuntanyes no s'ha fet pública. La premsa ha parlat de l'altercat que es va produir al basar de Los Bermejales, però ho han anunciat com un intent de robatori en el qual l'amo va morir a causa d'un tret. Per descomptat, ningú no ho ha relacionat amb l'accident de l'helicòpter, els crims de Chopin o l'incendi que va posar fi a la vida de l'Ana Benítez.

—Segueix sense parlar? —pregunta en Sergio, que viatja al seient del copilot.

—Sí. No ha dit ni una paraula. Esperem poder-li treure alguna cosa ben aviat, perquè d'aquí a un parell de dies passarà a disposició judicial.

—Ens avisaran per testificar?

—És molt probable. L'haureu d'identificar davant del jutge.

—Jo estic segur que és ell.

La Blanca també. Ja ho va dir a la policia quan el van detenir. Aquell paio era el mateix que va entrar al seu pis i va intentar asfixiar-la amb una bossa de plàstic. Només de recordar aquell instant li venen calfreds, però estar al costat de la Triana fa que s'oblidi de tot. Quan la seva amiga va confirmar que aniria amb ells a fer el sopar de la Nit de Nadal, es va posar molt contenta. Cada minut que passen juntes és un regal, tot i que sap que la seva relació és d'amistat i que no hi ha possibilitats de res més. Fins quan aguantarà el seu cor el desgast al qual l'està sotmetent?

—Com pot ser que encara no l'hagueu identificat? Han passat gairebé vint-i-quatre hores des que el vau agafar.

—Perquè no duia documentació a sobre. I no està fitxat. Com que no diu res, no podem saber ni el seu nom ni on viu.

—O si treballa per a algú.

—Exacte. Això tampoc ens ho ha revelat i necessitem saber-ho. Potser filtrem la seva fotografia a la premsa per veure si algú el coneix i ens dona alguna adreça.

Malgrat que la Blanca escolta amb atenció la conversa entre el seu germà i en García, no para de mirar la Triana de reüll. Té la cara repenjada a la finestra del cotxe. Sembla absent. No ha dit res en tot el trajecte. De tant en tant tanca els ulls i sospira. Li agradaria saber què li passa pel cap. Segurament pensa en la seva mare i que serà el primer Nadal que està sense ella. Li encantaria animar-la i que no se sentís malament, però hi ha coses que són inevitables.

—Què passarà si aquest paio no parla mai?

—Parlarà. Sempre acaben cedint.

—I si no ho fa?

—El condemnaran igualment. De moment, està clar que va matar l'amo del basar. També l'acusaran de la mort de la Luna González si el testimoni assegura que va ser a ell a qui va veure a prop de l'hotel de Bellavista. Tot i que si els de balística confirmen que va fer servir la mateixa arma en tots dos casos, ni tan sols ens caldrà aquest testimoni. I tenim la vostra declaració, que s'afegirà al seu expedient com a intent d'homicidi, delicte d'agressió i no sé quantes coses més. El tenim enganxat pertot arreu, encara que sigui una tomba la resta de la seva vida.

—Però no sabrem amb seguretat si ha intervingut en els altres delictes.

—Ho sabrem, Sergio. No s'escaparà de ser jutjat per tot el que ha fet.

A la Blanca li agrada la claredat i l'optimisme amb què parla sempre en García. És una sort que s'hagi encarregat de la seva seguretat. Si bé també és veritat que ahir es van arriscar molt deixant-los sortir a comprar. Van ser com simples esquers a l'ham d'una canya, i el detingut va picar. Si sabien que hi havia algú que els estava vigilant, van jugar amb foc. Ella i el seu germà en van sortir ben parats, però hi va haver un mort. Una persona que ni tan sols tenia res a veure amb tot allò.

—Sincerament, nois, crec que estarem tranquils una bona temporada. Dijous ja podreu anar cap a casa. Nosaltres continuarem investigant per intentar resoldre el que ens falta saber, com per exemple on és la detectiu Mayo i si aquesta paio és al darrere de la seva desaparició.

La Triana no mou ni un múscul amb les paraules d'en García. Continua amb la cara enganxada al vidre. A la Blanca li fa llàstima. Per a la seva amiga no hi haurà normalitat ni tranquil·litat malgrat la detenció del presumpte assassí de la Luna. Aviat se separaran i cadascuna anirà per la seva banda. Li fa por que es refredi la seva amistat, tal com va passar després de l'accident d'helicòpter. No es veuran sovint, i haurà de tornar a la redacció del diari. Caldrà afrontar una nova etapa plena d'incertesa.

En García aparca a una certa distància del pis on viuen els pares dels germans Sanz. No vol que ningú els vegi arribar amb aquell cotxe. Els recorda que hi haurà constantment dos agents de paisà a prop de l'habitatge, i que si tenen qualsevol contratemps, que li truquin. Sigui l'hora que sigui. Els desitja bon Nadal i els diu que l'endemà a les dotze els passarà a buscar en aquell mateix lloc.

Quan la mare veu els seus dos fills, es posa a plorar. Els abraça com si fes anys que eren fora de casa. El pare s'ho agafa amb més calma. També s'alegra molt de veure'ls, però el seu entusiasme és més moderat. La Blanca observa somrient el seu germà: sort que les ferides que li va fer el paio del passamuntanyes ja se li han curat, perquè, si no, els seus pares ja els estarien sotmetent a un tercer grau per descobrir què li havia passat.

—Estem molt contents que hagis vingut a passar la Nit de Nadal amb nosaltres, Triana —diu la Carmen, agafant la convidada per les espatlles—. Espero que t'agradi el sopar que hem fet.

—I si no t'agrada, ho dius i et preparem una altra cosa. No quedarem pas per menjar —afegeix en Federico, que també sembla feliç—. Hem comprat tiberi almenys per a vint persones. Ets vegana, vegetariana o alguna cosa així?

La Triana somriu i nega amb el cap. Després li pregunta a la Blanca on dormirà, per poder deixar les coses. La noia l'acompanya al dormitori.

—Et deixo el meu llit aquesta nit. Jo dormiré al sofà de la sala d'estar.

—No penso acceptar-ho. Al llit hi cabem totes dues perfectament. Per què no dormim juntes?

—Perquè...

A la Blanca se li ha desbocat el cor. De sobte s'ha posat molt nerviosa i no sap què contestar-li a la Triana. Com pot dormir amb la noia de qui s'ha enamorat! No s'ho havia ni plantejat.

—Et prometo que no em mouré gaire. Ni roncaré.

—Jo no prometo res —diu la periodista amb les galtes enceses—. Vull dir... que no sé si ronco. I tampoc et puc assegurar que no et tiri per terra sense voler.

—Ja ens espavilarem. Dreta o esquerra?

El sopar de Nadal transcorre amb tranquil·litat. En Sergio es veu obligat a explicar als seus pares allò de la seva exnòvia, i ho fa servir com a excusa per justificar que s'hagi quedat amb la seva germana aquests dies. Després la Blanca els explica com ha millorat i que el seu germà ha sigut molt important en la seva recuperació. Ja camina sense crosses i gairebé no té gens de dolor.

—I tu, bonica, com ho portes? —pregunta la mare a la Triana, que fins ara amb prou feines ha dit res.

—Mare, no és el moment...

—Malament —contesta la noia—. Molt malament.

—Em sap molt de greu. Deu ser molt dur.

—Mare, sisplau...

—No pateixis —diu la Triana a la seva amiga, posant una mà sobre la d'ella—. Sí, és molt dur. Gràcies als seus fills ho porto una mica més bé. Però no saber què li ha passat a la mare m'està matant. Per a mi són unes festes de Nadal molt difícils.

El silenci que es produeix a la taula és sepulcral. La Blanca mira la Triana, que li pressiona la mà. S'adona que en Sergio té els ulls negats. Durant aquests dies de convivència s'han fet molt amics. Espera que ell no acabi enamorant-se'n també. Més o menys tenen la mateixa edat, però ella és molt més madura que el seu germà.

—La policia d'aquest país és una merda —comenta en Federico, trencant el silenci—. No sé per què paguem tants impostos.

—El meu pare era policia nacional —contesta la Triana, somrient—. Però va morir assassinat fa cinc anys.

Les paraules de la noia fan que l'home s'escanyussi amb la gamba que s'acaba de posar a la boca. Beu un trago de vi mentre la seva dona li pica l'esquena. La Triana mira la Blanca, que s'ha quedat pàl·lida de cop, i es posa a riure. La Blanca no s'esperava aquesta reacció de la seva amiga. La periodista també es posa a riure i al final s'hi afegeixen els altres presents a la taula. La resta del sopar és més entretingut i transcorre entre anècdotes, polvorons d'Estepa i torrons de Xixona.

—M'alegro d'haver vingut —diu la Triana a la Blanca. Són a la cuina fent viatges per desparar la taula després del cafè—. Els teus pares són molt trempats.

—Això és perquè no vius aquí. T'asseguro que poden arribar a ser insuportables.

—Avui s'han portat molt bé. No us han fet ni una pregunta compromesa.

—Perquè hi ets tu i no s'hi han atrevit.

—O sigui que per això volíeu que vingués a sopar a casa vostra: per deslliurar-vos de l'interrogatori.

—Exacte.

La Blanca es fon per dins quan la veu somriure. La

Triana és la persona més increïble del món. No havia sentit mai res semblant per ningú. I la té aquí, al seu costat, compartint el mateix espai, a pocs centímetres. Tan a prop i, alhora, tan lluny. És com les estrelles, que es veuen des de la Terra però en realitat són a anys llum de distància.

—De què parleu? —pregunta en Sergio, que apareix a la cuina amb una ampolla de xampany a la mà—. No m'esteu pas criticant, oi?

—No gira tot al teu voltant, burro.

—No comencem amb els insults, germaneta.

El noi treu tres copes fines d'un dels armaris de la cuina. En dona una a la seva germana i una altra a la Triana, i les omple de xampany.

—Per què brindem? —pregunta el noi, a qui el vi del sopar li ha pujat una mica al cap—. Perquè el paio del passamuntanyes canti i digui d'una puta vegada on és la Celia Mayo.

—Brindo per això —diu la Triana, fent xocar la copa amb la del seu amic.

La Blanca veu que té llàgrimes als ulls. Segur que s'ha estat aguantant fins que no ha pogut més. Li encantaria fer-li un petó i una abraçada d'aquelles que haurien de ser infinites. Però en Sergio s'anticipa. Li fa uns quants petons a la galta i l'abraça entre les rialles de tots dos. La Blanca els observa estupefacta. Li venen ganes d'agafar un ganivet afilat de la cuina i tallar-li els ous al seu germà. Què coi està fent?

Just quan està a punt d'intentar separar-los, sona un telèfon. És el mòbil de prepagament de la Triana. La noia es desfà de l'abraçada d'en Sergio i contesta intrigada.

—Sí? Què?! On?! No pot ser...

La Blanca i en Sergio la miren sense entendre res. La seva amiga tremola i es tapa la boca amb la mà. Quan penja, trontolla una mica i la periodista evita que caigui a terra. El seu germà s'afanya a donar un got d'aigua a la Triana que, encara tremolosa, els revela la notícia que li acaben de donar:

—Era el comissari Gaviria. La meva mare ha aparegut. Està viva. Està viva!

Capítol 30

Niko

Sevilla, dimarts 24 de desembre del 2019

No havia anat mai a missa del Gall. En Niko ha assistit a l'eucaristia a l'església d'El Salvador abans del sopar de Nadal. Se sent estrany entre tants capellans, però d'alguna manera els considera com la seva família. Això sí, malgrat que aquí el tracten molt bé, troba a faltar la Triana.

—Veig que t'agraden els torrons de xocolata —diu el pare Salvador, que s'ha assegut al seu costat—. Jo prefereixo els de crema cremada.

—M'encanten les coses dolces, ja ho sap.

—Ets tan llaminer com jo a la teva edat. Aprofita-t'hi ara, ja tindràs temps d'apartar-te de tot el que porta sucre i costa de mastegar. A més, aquesta nit és per celebrar i menjar tot el que puguis.

Tanmateix, en Niko no té gaire res per celebrar. Malgrat que ha intentat animar-se des que ha arribat, se sent baix de moral. Ni tan sols li ha demanat al seu amic per tocar l'orgue de l'església. Feia temps que no se sentia tan sol. Quan l'avi es va morir, ho va acceptar i va començar a viure d'una altra manera, es va convertir en una persona autosuficient. Conscient que en Dariusz no tornaria, es va saber adaptar. En canvi ara sí que comparteix la seva vida amb algú, amb una persona que estima i de la qual, no sap com, s'ha anat distanciant de mica en mica aquestes últimes setmanes. Fins i tot li ha plantejat de deixar-ho estar.

—Et trobo força decaigut. Tens ganes de parlar-ne?

En Niko mira el seu amic, que es pren una infusió que fa olor de menta. Encara no li ha explicat el que ha passat i per què ha desaparegut durant tota una setmana. En Salvador, un home molt prudent, no li ha fet preguntes. El noi l'hi ha agraït, tot i que té ganes de desfogar-se.

—És el mateix de sempre, pare. Problemes.

—Quan em va trucar aquell policia amic teu per demanar-me si podies passar la Nit de Nadal amb nosaltres, me'n vaig alegrar molt, però d'altra banda, vaig deduir que alguna cosa no anava bé.

—Exacte. Les coses no van com m'agradaria.

—M'imagino que si estàs sopant aquí i no amb la Triana és que aquests problemes estan relacionats amb ella.

—En gran part, sí. La relació se n'ha anat a prendre pel sac.

—I això et fa patir.

—Molt, pare Salvador. M'he plantejat anar-me'n.

—On?

—A Polònia. Potser és el moment de tornar-hi.

L'home assenteix amb el cap i sospira. En Niko

l'observa mentre es menja un altre tros de torró de xocolata. No vol carregar amb les seves misèries el capellà que tant l'ha ajudat en els últims mesos, però potser és l'única persona en qui pot confiar.

—Te'n recordes de la Magdalena? —pregunta en Salvador en veu baixa mentre acosta la cadira a la d'en Niko.

—La noia de qui em va parlar l'altre dia..., aquella de qui es va enamorar i que per això va estar a punt de penjar els hàbits.

—Exacte. Quan es va morir, me'n vaig anar.

—Se'n va anar? On?

—Al Perú. Dos anys. Vaig desconnectar de tot i me'n vaig anar tot sol a Sud-amèrica, sense donar explicacions a ningú.

—I què va fer?

—Replantejar-me la vida. Buscar la veritat sobre el que sentia. Vaig recórrer aquell meravellós país de nord a sud, tot i que vaig viure gairebé tot el temps a Lima.

—I va trobar el que buscava?

—Vaig recuperar la fe, el meu amor per Déu, i vaig prometre que li seria fidel fins que em morís. No em pensava pas que durés tant —ironitza en Salvador abans de dibuixar un somriure cansat als llavis—. No vaig oblidar la Magdalena. No l'he oblidat mai. Però la tinc a dins del cor d'una manera diferent. Vaig aconseguir el meu propòsit.

—Va ser molt valent.

—O un covard, depèn de com es miri —reconeix l'home, que juga nerviós amb el ganivet de tallar els torrons—. Aquella dona em va intimidar. Va aconseguir que em fes por fins i tot sortir al carrer.

—Es refereix a la Santana?

—Sí. Quan em va venir a veure i em va dir totes aquelles coses, em vaig pensar que la meva vida s'acabava. Ella sabia que m'havia enamorat d'aquella noia.

—Com se n'havia assabentat?

—No ho sé, Niko. No vaig intentar esbrinar-ho. L'únic que sabia segur és que aquella dona podia fer servir aquella informació en contra meva. Si als anys vuitanta s'hagués escampat la notícia que un capellà s'havia enamorat d'una noia, l'escàndol hauria adquirit unes dimensions desproporcionades. La Santana tenia el poder de destrossar-me quan volgués.

—I quan va tornar no li tenia por?

—No. Llavors ja no. Vaig pensar que la Santana no tenia manera de demostrar el que jo havia sentit per la Magdalena. A més, jo era molt més fort mentalment. Aquells dos anys al Perú em van reforçar. L'únic que m'interessava era la meva connexió amb Déu i que la meva ànima estava alliberada. M'havia comportat com un ésser humà. I si bé els meus sentiments eren els que eren, no tenia res per retreure'm perquè la Magdalena i jo no havíem intimat mai. Només xerràvem i rèiem junts.

—M'hauria agradat coneixe-la.

—Ara tindria... més de cinquanta anys! Molt gran per a tu —diu el capellà fent broma.

En Niko s'adona que, malgrat el sentit de l'humor que hi posa, a en Salvador encara li costa parlar d'aquest tema. Els ulls li brillen com quan estàs a punt de plorar. Li agraeix que hagi confiat en ell per explicar-li la història del seu amor prohibit.

—Tot això t'ho he dit per un motiu: no tinguis por

de fer el que et dicta el cor. Si creus que te n'has d'anar a Polònia, endavant. Jo me'n vaig anar encara més lluny i aquell viatge va fer que la resta de la meva vida tornés a tenir sentit.

—Si me'n vaig, el trobaré a faltar.

—I jo a tu, Niko. Et vindré a veure a Varsòvia. Fa temps que tinc ganes de conèixer el teu país.

El noi somriu i no es pot estar de fer-li una abraçada al seu amic. Tots dos es posen a plorar. Emocionats, intenten dissimular amb alguna broma les llàgrimes que s'eixuguen amb els tovallons de roba.

—I ara m'explicaràs on has estat aquesta setmana? —pregunta en Salvador mentre s'aixeca de la taula—. O potser et pensaves que no t'ho preguntaria?

—Entesos, però anem a un lloc més tranquil. No vull que em senti ningú.

En Salvador condueix en Niko fins a la nau central de l'església i s'asseuen a l'última filera de bancs.

—Prefereixes el confessionari?

—No, aquí estem bé.

—Perfecte. Digues, per què em va trucar un policia nacional per veure si podies passar la Nit de Nadal amb nosaltres, i què ha passat amb el teu antic número de telèfon?

—A veure, no és fàcil d'explicar... —reconeix en Niko—. He estat en una casa protegida. La policia creia que estava en perill.

En Niko li relata a en Salvador tot el que ha passat durant els últims dies. Hi ha moments en què fa una pausa o es queda en silenci per posar en ordre les idees. Ell mateix s'adona que té llacunes a la ment, dates que li ballen i esdeveniments que no està segur de quan s'han produït.

—És una bogeria això que em dius —comenta en Salvador, molt amoïnat, quan el noi acaba el relat—. El paio que han detingut és l'autor de tots els delictes, o treballa per a algú a qui encara no han identificat?

—Ho estan investigant. Tot i que jo crec que és poc probable que aquest home hagi actuat pel seu compte.

—Per què ho penses, això?

—Només és una intuïció, pare. Hi he reflexionat molt. Al meu parer, és un sicari que complia ordres.

—Per tant, continueu estant en perill.

—És molt possible. Però el dijous marxarem de la casa.

—Per què us van al darrere? Quin motiu hi ha?

El noi arronsa les espatlles. Just quan està a punt de respondre, li sona el telèfon. Queda sorprès quan veu el nom de la seva nòvia a la pantalla.

—És la Triana. Que estrany...

—Contesta! Segur que et vol desitjar bon Nadal.

En Niko comprova el rellotge i s'adona que ja és 25 de desembre. Havien de ser les seves primeres festes de Nadal com a parella. Però tot s'ha espatllat. A més, li ha sabut greu que, quan li ha demanat si volia acompanyar-lo a sopar amb els seus amics capellans, ella li digués que ja tenia plans: els germans Sanz l'havien convidat a passar la Nit de Nadal amb ells.

—Després li trucaré.

—No siguis així. Contesta la trucada de la teva nòvia o es preocuparà.

—No sé si encara és la meva nòvia.

El mòbil deixa de sonar. Tanmateix, la Triana insisteix una segona vegada. El noi mira en Salvador, que fent un gest amb la mà l'anima a respondre. Al final, en Niko fa cas al seu amic.

—Hola?

—Niko! La meva mare ha aparegut! —exclama eufòrica la Triana. Crida tant que fins i tot el pare Salvador sent què diu—. Està viva!

—Que... què? Qui t'ho ha dit?

—En Gaviria. Ara vaig cap a la comissaria de l'Alameda. Et trucaré d'aquí a una estona quan... quan hagi parlat amb ella.

—Esclar, esclar. Digue'm alguna cosa.

—Quina alegria, Déu meu! Fins després!

—M'alegro molt que...

Però la Triana ja ha penjat. A en Niko l'ha impactat tant la notícia que és incapaç d'articular cap paraula. En Salvador també sembla astorat.

—Un miracle de Nadal! —exclama l'home, que somriu molt feliç—. Quin regal!

—És increïble. La Celia ha aparegut amb vida.

—M'empipa molt admetre-ho, però aquella dona tenia raó. Era l'única que ho pensava.

En Niko se'n recorda del que li va dir la Santana al parc de María Luisa: «La detectiu Mayo està viva». També li ve al cap la seva última conversa amb en Gerardo Muriel, quan li va dir que l'Arturo Gaviria i la María Santana s'havien vist a la comissaria. Es coneixien i van parlar del tema. El cap li explotarà.

—Què esperes? Ves amb la Triana!

—Creu que hi he d'anar?

—Esclar que sí! Segur que s'alegrarà de veure't. Vinga, afanya't!

La comissaria de l'Alameda de Hércules no és gaire lluny. En Niko recorre el quilòmetre i mig de distància a tota velocitat. Quan hi arriba, es troba el comissari a la porta acompanyat d'un policia nacional i fumant un cigarret. En Gaviria el veu, però no s'immuta quan el noi se li acosta.

—Bona nit. Ha arribat la Triana?

—Bon Nadal, Nikolai —contesta en Gaviria amb veu tranquil·la—. No. Encara no.

—Com està la Celia? Es troba bé?

El comissari se'l queda mirant fixament, fa una pipada al cigarret i expulsa el fum cap a la cara d'en Niko, que acaba estossegant.

—Per què no et fies de mi?

Al noi li sorprèn la pregunta del comissari, que llença el cigarret a terra i el trepitja. No se'l veu inquiet, però el mira amb posat desafiador.

—Que no em penses contestar?

—He vingut a veure la Triana i la Celia. M'agradaria saber si es troba bé.

—No m'ignoris ni t'atreveixis a infravalorar-me, Nikolai. He lluitat molt per arribar fins on soc. No permetré que un mocós com tu em qüestioni.

—Ha acabat, ja?

—De moment sí. Però ves amb compte.

En Gaviria entra a la comissaria i li demana al policia nacional que retingui el noi fins que ell ho ordeni. Com que en Niko no vol merders, no intenta passar. Segueix sense agradar-li el comissari. Hauria de ser un moment de plena felicitat per l'aparició de la detectiu Mayo, i en canvi, s'acaba d'emportar una esbroncada.

Espera pacient que arribi la Triana. A fora fa fred, però passa l'estona i continuen sense deixar-lo entrar. Encara no deuen haver informat la premsa, perquè no hi ha cap periodista. A les xarxes socials tampoc apareix la notícia.

Al cap d'uns minuts, un cotxe de la policia aparca davant de la comissaria. En baixa la Triana, que el veu de seguida. La noia se li llança als braços i li fa un petó als llavis. No l'havia vist mai tan feliç.

—Bon Nadal, amor meu —li diu a cau d'orella. La noia està tremolant—. L'has vist, ja? Està bé?

—No em deixen passar. Em sembla que t'esperen a tu.

—Encara no m'ho puc creure! Està viva, tal com tu deies! La vull veure!

La Triana està molt nerviosa. Respira fondo i s'acosta al policia nacional que vigila a la porta de la comissaria. En aquell moment, apareix un altre cotxe patrulla. En Niko observa com dos agents treuen del cotxe un home gran a qui no li costa gaire reconèixer. És en Juan Luis Flores, un dels delinqüents més temuts de Sevilla i enemic del seu avi. Té la cara desencaixada i no para de dir que ell és innocent i que no té res a veure amb el segrest de la Celia Mayo.

Capítol 31

Celia

Sevilla, dilluns 14 d'octubre del 2019

Es prepara per trobar-se amb la Blanca Sanz a la biblioteca Infanta Elena. La periodista porta un sobre que li ha donat la germana de la policia morta, l'Ángela Diosdado, a l'interior del qual hi havia una nota que deia:

> Chopin: Arrels de futur, Justo Romero.
> Avinguda de María Luisa, 8

Sembla que es refereix a un llibre sobre Chopin i l'adreça és la de la biblioteca que hi ha al parc María Luisa. La Blanca creu que podrien ser a prop de la resolució del cas. Pot ser que finalment tinguin la pista definitiva sobre l'assassí?

Quan està a punt de sortir de casa, truquen al timbre. Espera que no sigui cap client, perquè ha de marxar de seguida. Obre la porta i es troba en Juan Luis Flores.

—Bon dia, detectiu Mayo —diu l'home, que porta un trajo negre i un barret del mateix color. La Celia es fixa en la vistosa rosa que li adorna la solapa—. Puc passar? Li he de comentar una cosa important.

—Tinc pressa, Juan Luis. Potser en un altre moment.

—Està enfeinada amb la pròxima novel·la? La meva dona ja està impacient.

—No. He quedat amb una persona.

—Li prometo que només seran cinc minuts. Vinc de lluny, no em faci aquest lleig.

La Celia cedeix. Li envia un whatsapp a la Blanca per dir-li que arribarà una mica tard. Passen al despatx i convida l'home a seure, però en Juan Luis prefereix quedar-se dret.

—Digui'm, de què es tracta?

—Vull que m'ajudi a treure el meu net de la presó. Ja li vaig parlar d'ell. És el pare de les dues criatures que va conèixer l'altre dia.

—Ho diu de debò?

—Completament. Sé que, com tothom, l'Hipólito ha comès errors, però no és mala persona.

—Hi ha uns errors més greus que d'altres.

—En això hi estem d'acord. Però aquella canalla ha d'estar amb el seu pare. Necessiten una figura paterna que els eduqui. Jo ja no estic per a aquests esforços. M'ajudarà?

—No ho puc fer, això.

—Esclar que pot. Coneix molta gent a dins de la policia i també dels jutjats. Faci unes quantes trucades.

A la Celia li molesta el que li està demanant. Què s'ha pensat? No sap quina idea té de la justícia aquest home, però sens dubte no és la mateixa que la seva.

—Ho sento, Juan Luis. És impossible.

—No és impossible —diu, abans d'ensenyar-li un full de paper que es treu de la butxaca de la jaqueta—. Sap què és l'escopolamina?

Què ha passat? La Celia obre els ulls i es troba en un lloc fosc i molt estret. Hi ha un petit llum encès al seu costat. Deu funcionar amb piles, perquè no està endollat. Amb prou feines es pot incorporar perquè el sostre és baix. Fa pudor d'humitat i no se sent res. Hi ha una porta de fusta. Intenta obrir-la, però l'esforç és en va.

—On soc? —es pregunta en veu baixa mentre intenta recordar com ha arribat fins a aquell cubicle.

Era a casa, al seu despatx, parlant amb en Juan Luis sobre el seu net..., i de sobte, ha aparegut en aquest lloc. Està molt confosa. Ha sigut cosa d'en Flores? És l'última persona que recorda.

L'han segrestat?

Mentre passen les hores, s'aprèn l'habitació de memòria. Només hi ha tres passos entre paret i paret. El sostre no deu fer pas més de metre seixanta d'alçada. A més del llum, li han deixat un matalàs i una manta, una ampolla d'aigua de dos litres i una galleda, que no vol ni imaginar-se per a què és. S'asseu i reflexiona sobre les possibles circumstàncies que l'han portat a aquesta situació. Estava a punt d'anar-se a trobar amb la Blanca Sanz, que aparentment tenia una pista que podria conduir a l'assassí dels crims de Chopin. Chopin? Tot això és per ell?

Es comença a impacientar i a posar-se nerviosa.

Crida amb l'esperança que algú la senti. Amb cada esgarip s'hi deixa la gola, però no apareix ningú. Llavors pensa en la Triana. La seva filla deu estar molt espantada i es deu preguntar què ha passat. S'estira al matalàs i es posa a plorar. Ella també té por.

Quantes hores fa que és en aquest amagatall? No és capaç de calcular-ho. Ha hagut de fer servir la galleda unes quantes vegades i ha vomitat en un racó. S'ha begut mitja ampolla d'aigua, tot i que haurà de racionar la que li queda perquè no sap si algú n'hi portarà més quan aquesta s'acabi. Se sent dèbil i nota que necessita menjar. Deu ser 14 d'octubre, encara?

El cansament la fa adormir, però és un son molt lleuger i al cap de poc es desperta amb el soroll d'uns passos que s'acosten. La persona s'ha aturat a l'altra banda de la porta.

—Hola? Hi ha algú?

—Hola, Celia. Com estàs?

És la veu d'un home jove, i té accent andalús. No el reconeix. Si alguna vegada han parlat, no se'n recorda.

—Fatal. Com vols que estigui en aquest cau de tres per tres? He vomitat i estic pixant a dins d'una galleda. Em falta l'aire.

—Em sap molt de greu. Suposo que no és agradable.

—No m'havia sentit mai tan malament. Què hi faig aquí?

—No ho sé.

—Què? Què vols dir que no ho saps? —pregunta la Celia indignada—. Qui és el responsable d'això?

—Tampoc t'ho puc dir.

—És en Juan Luis Flores? Ha sigut ell? És l'última persona que recordo. Va venir a casa per demanar-me que...

—Celia, no segueixis, sisplau. Com menys parlem tu i jo, molt millor.

—Com et dius?

L'única resposta que obté és el silenci a l'altra banda de la porta. La detectiu sospira i intenta calmar-se.

—M'hi estaré molt de temps, aquí?

—T'he portat menjar i beure.

—No contestaràs les meves preguntes?

—És un plat de pasta. Te l'he preparat amb carn i tomàquet. També t'he portat una Coca-Cola, una ampolla d'aigua i fruita.

—Gràcies. Ets molt amable —contesta la Celia amb la veu carregada d'ironia.

—Ara entraré a l'habitació. Crec que no cal que et digui que no intentis res. Serà pitjor per a tu.

—Em mataràs?

—No soc cap assassí. Puc confiar en tu?

La Celia no contesta. Es planteja intentar fugir quan s'obri la porta, però si falla, la cosa es podria complicar. Tot i que el noi no mostra gaire seguretat, no sap quina podria ser la seva reacció ni si va armat. Algú altre li ha endossat la feina de vigilar-la i deu estar ben alliçonat. És possible que sigui un dels nets d'en Flores. Quan el va anar a veure, va estudiar el seu perfil i els seus familiars. L'Hipólito és a la presó. En Júnior? L'Antonio? L'Esteban? Són més de vint homes els que conformen el clan Flores, sense comptar les parelles de les filles i de les netes.

—Puc confiar en tu? —repeteix el jove, una mica alterat.

—Sí, no pateixis.

—Entesos. Ara t'entraré el menjar. Aparta't, sisplau.

—Fet —diu la Celia, fent uns quants passos enrere. De moment, obeirà les instruccions del jove.

La porta s'obre i veu un home de potser metre setanta d'estatura, bastant fornit, i amb la cara tapada amb un passamuntanyes negre. Ni tan sols mira la Celia quan entra. Deixa la safata amb el menjar a terra i torna a sortir.

—Espero que t'agradi.

—Quan tornaràs?

—No ho sé.

—Em podries dir quin dia i quina hora és, com a mínim?

—Dos quarts d'una del 15 d'octubre.

—Gràcies.

—Adeu, Celia.

—Tinc més preguntes per fer-te.

—No és el moment ni soc la persona adequada. Adeu.

—Saluda en Juan Luis de part meva i digue-li que això ho pagarà molt car.

La Celia sent com el jove se'n va. Agafa la safata i s'asseu al matalàs. Devora el plat de macarrons amb ànsia i després es menja un plàtan. Tenia gana. Es guarda una poma i l'aigua per a més tard. Mentre menja, pensa en quin pot ser el motiu pel qual l'han tancat en aquest cau. Potser s'estava acostant massa a la veritat. Però què hi té a veure en Juan Luis Flores amb en Chopin i els assassinats que s'han comès? Potser en Niko tenia raó i aquell home, enemistat amb el seu avi, estava implicat en les morts de l'Enrique Mesa i de l'Evaristo? Què faran amb ella?

Els dies posteriors són un calc del primer. El jove apareix a quarts d'una i li deixa a terra una safata amb menjar i beguda. També li canvia la galleda i n'hi porta una altra amb aigua neta i sabó per rentar-se. La segona setmana, el noi li porta roba; i la tercera, una ràdio. La Celia escolta com parlen de la seva desaparició. També s'assabenta que un helicòpter ha xocat contra la Giralda i que una de les passatgeres era la periodista Blanca Sanz, que per sort ha sobreviscut.

—Quan em traureu d'aquí?

—No ho sé.

—Digue-li a en Juan Luis que com més dies passin, més càstig patireu els que esteu implicats en aquest segrest.

La setena setmana, la Celia es posa malalta. El jove carceller li porta paracetamol per a la febre, però no li baixa i comença a donar-li antibiòtic. I ja no se'n va quan li deixa la safata: les seves visites són cada vegada més llargues i freqüents. La Celia voldria aprofitar la situació per escapar-se, però no té forces ni per aixecar-se del llit. Té al·lucinacions i es troba dèbil i marejada. Ni tan sols escolta la ràdio per mantenir-se informada. Què és real i què no?

—Quin dia és?

—Disset de desembre.

—Caram, només falta una setmana per Nadal.

—No m'agraden les festes. Com et trobes?

—Més bé.

No és veritat. Nota que el cos amb prou feines li respon. Té molta tos i li fa mal el pit i les cervicals. Camina encorbada i li costa estar-se dreta, perquè li tremolen els genolls. Gairebé no ha menjat res els últims dies, i el seu estómac rebutja el poc que menja. Està molt dèbil. Sent que si els que l'han tancat no la maten, no trigarà gaire a morir-se en aquest cau.

—Per què no et treus el passamuntanyes? Hi ha confiança.

—No vull que em vegis la cara.

—Tant t'assembles al teu avi Juan Luis?

El noi no contesta. Engega la ràdio i deixa el dial d'una emissora on sona «El coco» d'El Barrio. Al seu marit li encantava aquest tema. Potser és un senyal que aviat es reunirà amb en Lolo. És aquest el seu destí? Vol aguantar, sobretot per la Triana, però no sap si sortirà viva d'aquest forat.

—Per què no em deixes lliure? No sé qui ets. Només denunciaré en Juan Luis Flores. T'ho prometo. Digue-li que no saps com he fugit, que has entrat a l'amagatall i no hi era. Sisplau...

—Això és impossible.

—M'he adonat que tu tampoc entens què està passant. T'han imposat aquesta situació tan desagradable —diu la Celia, que es retorça de dolor sobre el matalàs. L'estómac li explotarà—. No puc més.

—Demà et portaré pastilles.

—Això ja no es cura amb pastilles, noi. Necessito un metge.

El jove deixa anar un renec en veu baixa i se'n va. La

Celia s'aixeca i, amb penes i treballs, s'acosta a la galleda. Quan veu que ha orinat sang, s'espanta. Ha de fugir com sigui, i ha de ser aviat. Però no té forces. A més, està esgotada psicològicament. Aquestes setmanes és el que més ha treballat: ha fet un exercici constant de paciència, control i determinació, ha intentat superar l'adversitat a base de força mental. Però la malaltia ha acabat limitant la seva resistència.

El dijous, 19 de desembre, és un infern. El dolor és insuportable. El jove carceller entra a l'habitació i li parla molt preocupat. Contesta, però no està segura que se sentin les seves paraules. És una sensació estranya. La Celia sent la veu d'una altra persona a qui no identifica. Les forces l'abandonen i tanca els ulls. Quan els obre, ja no és a l'amagatall. Aquesta altra habitació és molt més gran, i nota l'aire refrescant que penetra a l'estança des de l'exterior. Es troba una mica més bé, però li fa mal tot el cos. Què ha passat? No hi ha ningú al seu voltant, però la porta de l'habitació està oberta. S'incorpora i mira per la finestra. Només veu arbres. No entén què passa, però ha d'aprofitar l'ocasió. Surt d'aquella casa tan ràpid com pot. Camina desorientada, fins que troba la carretera. S'agenolla al carril de la dreta i fa aturar un camió. El conductor, sorprès, l'ajuda a pujar al vehicle. No para de preguntar-li què li ha passat i si es troba bé. La Celia plora d'alegria i gairebé no pot parlar. Sent a la ràdio que és 24 de desembre i que fa una temperatura de dotze graus a Sevilla capital.

Malgrat tot, no havia sigut mai tan feliç la Nit de Nadal.

Capítol 32

Sergio

Sevilla, dijous 26 de desembre del 2019

L'aparició de la Celia Mayo ha sigut una gran sorpresa per a tothom. En Sergio està molt content per la seva nova amiga, i fins i tot li va caure alguna llàgrima quan van rebre la notícia. La mare de la Triana es troba bé, malgrat tot, però l'han ingressat a l'hospital Virgen del Rocío per fer-li proves.

La seva germana i ell han tornat a la casa protegida per recollir les seves coses. Ja poden reprendre les seves vides després de la detenció del més que probable assassí de la Luna i l'Ana Benítez, i també en Juan Luis Flores, el presumpte segrestador de la Celia; tanmateix, el primer no diu ni piu sobre la seva participació en els fets, i l'últim continua defensant la seva innocència. La detectiu l'ha acusat de drogar-la amb escopolamina i mantenir-la tancada en un amagatall durant més de dos mesos.

—O sigui que ja està tot clar —diu la Blanca, mentre plega uns pantalons i els guarda a la maleta—. El paio que ens va agredir és el mateix que va matar la Luna i va calar foc a la casa del pilot amb la seva dona a dins. En Flores va segrestar la Celia i en Mesa va assassinar el seu marit Lolo Velázquez, contractat per en Montesorín, que després va ser el seu botxí. L'inspector en cap de la Policia Nacional també es va treure del mig en Risto i l'agent Ángela Diosdado.

—I allò de l'helicòpter?

—Si no va ser un accident, probablement també va ser obra de l'home del passamuntanyes.

—Per encàrrec d'en Juan Luis? —pregunta en Sergio, que no ho veu tan clar.

—Gairebé segur. Aquest home és un dels delinqüents més perillosos de Sevilla, però és molt gran. Necessitava ajuda per executar el seu pla i per això va contractar aquell sicari.

—I el motiu de tot això?

—Sergio, no som la policia. Deixa que siguin ells els que ho investiguin —contesta la Blanca amb un somriure—. Vens al meu pis, o t'estimes més anar amb el pare i la mare?

—Dinaré a casa teva i a la tarda me'n tornaré a El Viso. Et sembla bé?

—Perfecte. El que necessitis. M'ajudes amb la maleta? Estic gairebé recuperada del tot, però no sé si la podré baixar tota sola per l'escala.

En Sergio agafa l'equipatge de la Blanca i s'atura a la sala d'estar, on sona música clàssica. És un nocturn de Chopin. Hi ha en Niko assegut en una butaca i llegint alguna cosa al mòbil. Sembla distret. El polonès no s'adona de la seva presència fins que li crida l'atenció fent petar els dits.

—Ei, què tal? —diu en Niko—. Ja marxeu?

—Sí. En García ens espera a fora.

—El final de l'aventura.

—Què faràs, tu?

—Em quedaré una estoneta més, i després tornaré a casa caminant.

—És una mica lluny.

—Tinc ganes de passejar —diu en Niko amb un somriure als llavis—. Ja ens veurem, Sergio. És un plaer haver-te conegut.

Primer encaixen la mà i després es fan una abraçada. Aquest noi potser té molts defectes, però a ell li ha caigut bé. D'aquesta experiència tan estranya, en surt amb una relació més bona amb la seva germana i amb dos nous amics. Tot i que també ha perdut la Luna. Gairebé no la coneixia, però cada dia es recorda d'ella.

En García els espera al cotxe per portar-los al pis de la Blanca. No parlen gaire amb el policia durant el trajecte.

—Hi ha alguna novetat relacionada amb els detinguts? —pregunta el noi al policia quan ja són a prop de casa—. No ha dit res en Juan Luis o el paio que ens va atacar?

—No he parlat amb els companys aquest matí. He vingut directament a buscar-vos.

—Tant de bo confessin i aquesta història s'acabi aviat.

—Segur que estem a prop del final, Blanca. Tenim els culpables tancats. El que hem de veure és si estan relacionats i el segrest de la Celia està connectat amb els crims que ha comès aquell paio. De totes maneres, heu de ser prudents. Si veieu qualsevol cosa estranya, sobretot, aviseu-nos. Estarem molt pendents de vosaltres.

—Puc tornar a la redacció del diari?

—Això és cosa teva. Si et sents amb forces, endavant. No hi ha cap problema.

En Sergio se n'alegra per la seva germana. Que tingui ganes de tornar a la feina és bon senyal. Tot i que també l'amoïna que es pensi que ja no hi ha cap perill i que es relaxi massa. Tot sembla més o menys resolt, però queden alguns caps per lligar. I si el del passamuntanyes no va actuar pel seu compte ni té res a veure amb en Flores? Hi ha algú més al darrere d'aquella història?

—Ja hi som. Nois, gràcies per la vostra bona predisposició i per facilitar-nos la feina. Aneu amb compte, i si no ens veiem, bon any nou.

—Igualment, García. Moltes gràcies per tot.

—Feliç 2020!

Quan entren a l'edifici on viu la Blanca, a en Sergio li ve al cap el dia que la va anar a veure. Venia de desfogar-se amb una amiga perquè acabava de tallar amb la seva ex i estava fet pols. Li fa la impressió que ha passat molt de temps des de llavors, i alhora, sembla que fos ahir. Per sort, era amb la seva germana quan el paio del passamuntanyes va intentar assassinar-la. Es va endur uns quants cops, però la va poder salvar.

—De nou a casa —diu la Blanca, que es deixa caure al sofà—. I sense crosses!

—Fa poc no podies ni aixecar-te sola del llit. M'alegro que t'hagis recuperat.

—Jo també. Quin descans. Tot i que encara tinc dolors.

—És normal. Anaves a dins d'un helicòpter que es va estavellar!

—No passa ni un dia que no ho recordi.

—És que és molt fort, Blanca.

—Les seqüeles seran per sempre, però necessito refer la meva vida com més aviat millor. Demà trucaré al diari perquè em diguin quan em puc reincorporar a la feina.

—N'estàs segura?

—Sí, Sergio. He de mirar de deixar enrere aquests mesos tan difícils i centrar-me en el present. Han passat moltes coses.

—I has pogut superar-les totes.

La Blanca no respon. Fa una ganyota i mira cap a una altra banda. Té una cosa al cap que no ha superat. El seu germà se n'adona, però no pregunta. Prefereix que surti d'ella explicar-li què li passa.

—La nevera està mig buida. Demanem menjar xinès? —pregunta el noi, per intentar canviar-li l'expressió de la cara.

—Arròs tres delícies, pollastre amb ametlles i plàtan fregit.

—I tallarines amb vedella?

—Entesos. El que sobri ho tindrem per sopar.

—Per descomptat!

Durant el dinar continuen analitzant el que ha passat els últims dies. A les notícies parlen de l'alliberament de la Celia Mayo. No n'ofereixen gaire informació. La premsa només exposa conjectures i les dades que els ha facilitat la policia sevillana. Els joves es plantegen què els explicaran als seus pares. Decideixen que en Sergio els dirà la veritat i després trucarà a la seva germana perquè parli amb ells i confirmi el que ell els haurà revelat. Segur que s'enfadaran, però espera que al final els entenguin, perquè, a més, la policia els havia demanat que fossin discrets, fins i tot amb la família.

—Saps a quina hora tanquen al cementiri? —pregunta en Sergio mentre recull les restes del dinar.

—Per què?

—He de fer-hi una visita. A... la Luna.

—Vinc amb tu.

—També et sents una mica culpable del que li va passar?

—Una mica, sí, però nosaltres no en som responsables.

—Si haguéssim denunciat de seguida aquell home...

—No sabies què passaria. No hi donis més voltes.

Fan una consulta a internet i veuen que el cementiri de Sevilla tanca quan es pon el sol. S'afanyen i hi arriben a temps. La tomba de la Luna González és més o menys a la meitat del cementiri. En Sergio hi deixa un ram de flors que ha comprat a l'entrada.

—M'hauria agradat coneixe-la més —mussita el jove, emocionat—. Em fa la sensació que ens hauríem avingut molt.

—La Luna tenia les seves coses, però es feia estimar.

—He vist uns quants vídeos seus a YouTube. Segur que molts estaven enamorats d'ella.

—Jo no la vaig veure mai d'aquesta manera —diu la Blanca amb un somriure trist—. Però he de reconèixer que era una de les noies més guapes que he conegut mai.

—Sí, era molt guapa.

—No entenc què hi va veure en en Blas. L'amor és cec.

Ell no el va conèixer, però la seva germana li ha explicat tota la història de la Luna i en Blas. Una trama complexa que va acabar en tragèdia. El company de la Blanca es va suïcidar i la periodista de televisió va acabar morta en el seu cotxe, amb una bala al cap. Tots dos van preparar junts l'explosiu que va esclatar al despatx de la directora d'*El Guadalquivir*. Li costa de creure que la Luna participés en una cosa així, però la noia l'hi va confessar a la seva germana la nit que va ser assassinada. La policia va trobar a casa seva els residus i les eines amb què havien fabricat la bomba.

—Marxem? Estic glaçada.

—Puc quedar-me un minut a soles?

—Esclar. T'espero a la sortida.

La Blanca li dona un copet a l'espatlla i se'n va. En Sergio espera que la seva germana s'allunyi, tanca els ulls i resa un parenostre. Després li demana a Déu que cuidi la seva ànima i li promet a la Luna que anirà a visitar-la de tant en tant. Aquesta vegada no plora, però nota que se li fa un nus a la gola.

—Adeu, Luna. Bon Nadal —mussita com a comiat, i esbossa un últim somriure abans de marxar.

Aquesta experiència l'ha fet reflexionar. Mentre es dirigeix cap a la sortida del cementiri, pensa en el que farà els pròxims dies. S'ha adonat que està perdent el temps. És jove, però la vida és molt curta. Tot es pot acabar en qualsevol instant. Té ganes de provar coses noves, conèixer gent i enamorar-se d'algú amb qui compartir moments i passions. S'ha d'oblidar de la Verónica per sempre. Forma part del passat. A partir d'ara, es queixarà menys i anirà a veure la seva germana més sovint. Un nou Sergio està en procés.

Gairebé és de nit. De seguida veu la Blanca, al costat de la porta del cementiri. Està parlant pel mòbil i camina amunt i avall. La cara de preocupació indica que alguna cosa greu ha passat. Quan finalitza la trucada, l'informa del que acaba de passar.

—La vida no ens dona treva. Era en García. Diu que en Juan Luis Flores ha aparegut mort a la comissaria.

Capítol 33

Triana

Sevilla, dijous 26 de desembre del 2019

La Triana és a l'hospital Virgen del Rocío quan rep la trucada d'en García per informar-la de la mort d'en Juan Luis Flores. La noia esbufega i entra a l'habitació on està ingressada la seva mare. No fa ni dos dies que va aparèixer la detectiu Mayo. Després d'haver estat segrestada més de deu setmanes, pateix seqüeles físiques i encara s'han de valorar les psicològiques. La policia ja ha trobat l'amagatall on va estar retinguda des del 14 d'octubre: una petita casa a la província de Còrdoba, a prop del municipi de Montoro. L'habitatge disposava d'un soterrani, i allà era on l'havien mantingut tancada. El camioner que la va recollir a la carretera ha estat la peça clau per localitzar l'indret.

—Va tot bé, Triana? —li pregunta la mare des del llit.

La noia li explica el que acaba de passar: en Flores ha aparegut mort al calabós de la comissaria. Tot i que en García no l'hi ha confirmat, dona per fet que es tracta d'un suïcidi.

—No et diré pas que me n'alegro, però tampoc sento gens de llàstima per ell. Que descansi en pau. Ja no farà mal a ningú.

—A mi tampoc em fa gens de pena. No puc perdonar el que t'ha fet. Però això no complicarà la situació, ara?

—En quin sentit?

—No sabem el motiu pel qual en Flores et va segrestar ni si estava implicat en tot el que ha passat —diu la Triana, mentre agafa la mà a la seva mare. La té molt freda i d'un to blavós, i l'hi frega perquè entri en calor—. Però ara no hi pensis en tot això. Has de reposar i recuperar-te.

—Estic bé. Tinc ganes de tornar a casa.

—Jo també vull que tornis. No t'imagines com han sigut aquestes setmanes sense tu. Em pensava que... que... no et veuria més.

—Per sort, la cosa s'ha quedat en un ensurt.

—Mare, el que ha passat és molt més que un ensurt.

La Celia no diu res més. Assenteix amb el cap i es gira cap a l'altra banda. Tanca els ulls i s'arrauleix. La Triana l'observa amb tristesa: està molt prima i no fa bona cara. Els pòmuls se li han enfonsat i té les faccions de la cara molt marcades. És com si s'hagués envellit deu anys de cop. Els metges han dit que es recuperarà, però necessitarà temps. D'aquí a uns quants dies la visitarà un psicòleg perquè l'ajudi a superar el trauma d'haver estat tancada tants dies.

—Vaig a la cafeteria a buscar un cafè i a trucar a en

Niko. No sé si s'ha assabentat d'això de la mort d'en Flores. Necessites res?

La Celia no contesta. La Triana repeteix la pregunta, però la dona continua sense respondre. S'ha adormit. La noia surt de l'habitació i agafa l'ascensor per baixar a la cafeteria. Nota una forta pressió als dos costats del cap. Serà dur, tot i que ho era molt més quan es pensava que la seva mare estava morta. Ha de tenir paciència i cuidar-la mentre estigui així. Les lesions no són greus, però l'han debilitat. Encara està pendent que li facin més proves per determinar l'abast dels problemes físics. En les primeres exploracions, els metges li han detectat símptomes d'hipotèrmia, deshidratació i fins i tot una infecció d'orina. El confinament també li ha afectat l'estómac, els genolls i les cervicals.

La Triana demana un cafè amb llet i s'asseu en una de les taules del fons de la cafeteria. Mira el mòbil i veu que té un missatge d'àudio de la Blanca. S'havia oblidat de posar so al telèfon. Se l'acosta a l'orella i escolta la gravació de la seva amiga.

BLANCA

Hola, m'imagino que en García ja t'ha informat d'això d'en Flores. A nosaltres ens ha trucat mentre érem al cementiri. Hem anat a visitar la tomba de la Luna, ja que no vam poder anar a l'enterrament. Tinc ganes que tot això s'acabi d'una vegada per totes. Com està la teva mare? Demà l'aniré a veure a l'hospital i així de pas et veig a tu.

Espero que estigueu bé i que la premsa no us doni gaire la tabarra. Els conec bé. Si necessites que faci algunes trucades, avisa'm.

Són vint-i-set segons. Després hi ha un altre àudio molt més curt.

BLANCA
En Sergio i jo et trobem a faltar. Quan tot això s'acabi definitivament, hem de quedar tots tres. Un petó.

Ella també els troba a faltar. La Blanca s'ha convertit en una mena de germana gran i en Sergio és un noi molt especial. Tots dos han format part de la pitjor època de la seva vida, i sense ells, la convivència a la casa protegida hauria sigut més difícil.

Just quan es disposa a contestar a la seva amiga, en Niko sol·licita una videotrucada per whatsapp. Dubta, ja que no fa bona cara perquè la vegi en directe. Fa petar la llengua. Tant és això, ara. Accepta i espera que aparegui la seva imatge a la pantalla.

—Hola, m'has llegit el pensament. Estava a punt de trucar-te —diu la Triana mentre es pentina amb la mà—. Em veus bé?

—Molt guapa, com sempre.

Ell també està guapo com sempre, tot i que el veu cansat. Se li nota als ulls, una mica entretancats. El seu nòvio també ha tingut uns mesos molt difícils, i això li ha passat factura.

—Suposo que em truques per això d'en Flores.

—Sí. En García m'ho ha dit no fa gaire. Què en penses?

—Què vols que en pensi? Aquell criminal s'ha suïcidat. El devia rosegar la culpa pel que li ha fet a la meva mare. Per què ho preguntes?

—No ho sé. Era un home molt gran, que ha viscut tota mena d'experiències. Per a molta gent era el delinqüent més perillós de Sevilla; fins i tot el meu avi va tenir topades fortes amb ell.

—Ja m'ho vas dir, que en Dariusz i en Juan Luis no eren precisament amics.

—No es queien bé. En Flores era un paio temut a la ciutat i sempre sortia impune de tot.

—Potser per això s'ha suïcidat. No volia passar a la presó el poc que li quedava de vida —diu la Triana—. Li haurien caigut uns quants anys.

—T'han dit com s'ha suïcidat?

—No. Ni tan sols m'han confirmat que hagi sigut un suïcidi. Tu ho saps?

—No. No ho sé —contesta el noi, que queda pensatiu uns instants i es grata la barbeta.

Que en Niko no es creu que en Flores s'hagi suïcidat? Que potser pensa que algú ha entrat al calabós i l'ha assassinat a sang freda? Això seria un altre gir en la història. No sembla possible. Tot i que també és veritat que en aquella comissaria ja es van produir coses estranyes quan en Montesorín formava part del cos de la Policia Nacional.

—Segur que ens diran alguna cosa més quan investiguin la seva mort —comenta en Niko poc convençut—. Com està la teva mare?

—Igual. Vol tornar a casa, però crec que haurà d'estar ingressada uns quants dies. Els metges són optimistes, perquè no sembla que tingui res greu. A mi em mata veure-la tan dèbil.

—Està viva, Triana. No pots demanar més. El més normal en aquests casos és que la persona desapareguda aparegui morta o no aparegui mai.

—Ja ho sé. La veritat és que ens hem de sentir afortunades. Ja hi hauria firmat per estar així fa uns quants dies —diu la noia, que observa com un jove s'asseu a la taula que té just al costat. Li estranya perquè hi ha molt poca gent a la cafeteria i molts llocs lliures. A més, juraria que l'està mirant.

—Aquesta nit et quedaràs a l'hospital?

—No. Me n'aniré quan la mare hagi sopat i tornaré a venir demà a primera hora. A l'habitació només hi ha una cadira i és gairebé impossible dormir-hi. Jo també necessito descansar. Això potser va per a llarg.

—Vols que vingui a casa teva i em quedi amb tu?

La Triana no sap què contestar. Fa dues nits que dorm a l'hospital i seria la primera que passaria sola després de molt de temps. Haurà d'avisar en García perquè enviï algú a casa seva. Durant uns quants dies la policia continuarà pendent d'ells per si de cas. La veritat és que en té ganes, que en Niko hi vagi aquesta nit. A Los Bermejales van estar tots dos molt freds i es van comportar com si no fossin parella. En canvi, quan la mare li va preguntar per ell, li va respondre que tot seguia com sempre.

—D'acord, però vine sopat. No sé a quina hora sortiré d'aquí.

—Entesos. Et portaré uns entrepanets variats del bar En La Espero Te Esquina, per si de cas quan arribis a casa no has menjat res.

—No juguis amb això. Ja saps que m'encanten.

—Si no te'ls menges, els guardaré per demà esmorzar.

La noia somriu i es cargola els cabells amb els dits. Es ruboritza quan se n'adona. Torna a sentir alguna cosa especial per aquell jove polonès que un dia li va arrabassar el cor?

El somriure li desapareix de sobte quan veu que el noi que s'ha assegut a la taula del costat s'aixeca i la mira fixament. Sembla molt tens.

—Què passa?

—Aquí hi ha un tio que no sé què vol —diu en veu baixa i acostant la cara a la pantalla.

Dissimuladament, gira el mòbil i li ensenya amb la càmera el noi de qui parla.

—No m'agrada gens —diu el seu nòvio preocupat—. Ves-te'n de la cafeteria i puja a l'habitació. No pengis.

—No pateixis. L'hospital està ple de gent. Tinc poca bateria i la càmera gasta molt. Et truco quan arribi a dalt.

—Espera. No em pengis.

— Niko, tranquil. No passa res. Ara et truco.

—Entesos. Fins ara. Ves amb compte.

La Triana s'acomiada d'en Niko i s'aixeca per marxar. En aquell instant, el noi s'afanya per atrapar-la i li demana que s'aturi.

—No sé qui ets, però ara truco a la policia.

—Espera't, sisplau. Només vull... disculpar-me.

—Disculpar-te per què?

—Li vull demanar perdó a la teva mare —contesta el noi amb els ulls negats—. Vaig ser el seu carceller a l'amagatall on va estar tancada. No va passar ni un dia en aquelles deu setmanes que no em penedís del que estava fent.

—Què dius ara? És veritat això?

—Per desgràcia, sí. Em dic Carlos Flores i soc un dels nets d'en Juan Luis.

—Truco a la policia.

—No! Sisplau! —exclama el jove—. M'entregaré. T'ho prometo. No puc viure amb això a la consciència. Jo no soc així. El meu avi és mort i ja no tinc por.

—Li tenies por?

—Molta. Em va obligar a vigilar la teva mare. Jo no volia fer-ho, però no t'imagines pas com era.

—I per què no el vas denunciar?

—Deixa'm veure la teva mare per disculpar-me. Després t'ho explicaré tot.

—No crec que et deixin veure-la. Hi ha un policia custodiant l'habitació. Només s'accepten visites de familiars i amics. A més, és molt tard.

Sona el mòbil de la Triana. És en Niko. Segur que està patint perquè encara no li ha trucat. Contesta i li diu que va tot bé, que quan surti de l'hospital li enviarà un whatsapp.

—Doncs deixa'm que em disculpi amb tu —insisteix en Carlos quan la Triana finalitza la trucada—. També has patit molt per això de la teva mare.

—Ni t'ho imagines. Ha sigut un infern.

—Ho sento. Et juro que em sap molt de greu.

—Per què ho vau fer? Per què el teu avi va segrestar la meva mare?

—No ho sé. Jo només m'havia d'encarregar que no s'escapés i esperar instruccions. Li duia menjar, aigua i sabó per rentar-se, roba neta, i fins i tot em vaig saltar les normes i li vaig donar una ràdio perquè estigués informada. Vaig fer tot el que vaig poder perquè el seu confinament fos el menys dolent possible. Però es va posar malalta i els plans van canviar. Volien assassinar-la.

—Déu meu! Qui la volia matar?

En Carlos es tapa la cara amb les mans. La Triana sent el sanglot d'aquell noi baixet i amb cara de no haver trencat mai cap plat. Ell tampoc devia passar-ho gens bé, tot i que no el disculpa. Va ser el que va retenir la seva mare en aquell cau! El que va permetre que la tinguessin tancada en un amagatall!

—El meu avi era el dimoni en persona, però només rebia ordres —diu en Carlos amb els ulls vermells—. No sé qui volia que la teva mare morís, però vaig sentir la conversa telefònica en què el meu avi deia que ell no mataria la Celia, que aquesta no era pas la seva missió i que no s'embrutaria les mans amb la sang de la detectiu Mayo. Que se n'encarregués un altre.

—I no saps qui era la persona amb qui va parlar en Juan Luis?

—Era una dona. Per la familiaritat amb què parlaven, tenia pinta que hi havia confiança entre ells. Em va fer la impressió que es coneixien de feia temps.

—No vas sentir res que ens pugui servir de pista per esbrinar la identitat d'aquesta dona?

—No vaig captar gaire res. Sé que van quedar a la plaça d'España el dia de Nadal. Ah! I el meu avi no li deia pel nom. Li deia Bruixa.

Capítol 34

Niko

Sevilla, dijous, 26 de desembre del 2019

No coneix en Carlos Flores. Ni tan sols d'oïda. La Triana truca a en Niko per explicar-li la conversa que acaba de mantenir amb el net d'en Juan Luis a la cafeteria de l'hospital. El noi li ha demanat disculpes pel que ha fet. Ell no les hauria acceptat. Tampoc està segur que vagi a la policia a entregar-se, tal com li ha assegurat a la seva nòvia. Aquesta gent no és de complir promeses. L'important és que la Celia es troba bé i que la seva filla torna a somriure. Està molt més relaxada. Potser encara tenen una última oportunitat per salvar la relació.

—He de penjar. No trigaran gaire a portar el sopar a la mare. Quan siguem a casa t'ho explicaré amb més detalls —comenta la Triana—. Tot i que una de les coses que m'ha dit en Carlos m'inquieta.

—No et fiïs gaire d'aquest tio.

—Ha sigut sincer, Niko. No crec que m'hagi enganyat. Li hauries d'haver vist els ulls mentre parlava. Ha reconegut la seva culpa i està penedit.

—És un Flores. La gent de pitjor mena que hi ha a Sevilla.

En Niko sent odi cap a en Juan Luis, tot i que està mort. I encara que el seu net li hagi demanat perdó a la Triana, ell tampoc se salva de la seva animadversió. El mal que han fet és imperdonable.

—En Carlos m'ha assegurat que el seu avi només complia ordres d'una altra persona.

—De qui?

—Es veu que d'una dona a qui anomenava Bruixa. Havia quedat amb ella a la plaça d'España ahir al matí, però van detenir en Juan Luis la vigília de Nadal i no s'hi va poder presentar.

—Bruixa? I s'havien de veure a la plaça d'España? A en Niko de seguida li ve una persona al cap: la dona que li va assegurar que la Celia Mayo estava viva, la mateixa que va jugar amb la seva ment quan la va anar a veure.

—La María Santana —diu el polonès, que mira cap al sostre amb resignació.

—No crec que pugui ser ningú més, tot i que en Carlos no va sentir el seu nom ni sabia qui era. Jo tampoc n'hi he dit res.

La Triana li explica que el net d'en Juan Luis va sentir una conversa telefònica en què, suposadament, la Santana parlava amb el seu avi sobre la Celia. Li va dir que calia matar la detectiu i en Flores s'hi va negar. Va ser llavors quan en Carlos va decidir alliberar la dona que tenien segrestada a l'amagatall de Montoro. Aleshores l'havien tret del soterrani i l'havien dut en una de les habitacions de la casa. Un metge de confiança del seu avi, a qui el jove no coneixia, l'havia visitat perquè no es trobava bé. El dia 24, el noi ja no va poder més i la va deixar marxar. Va veure que es despertava i que sortia desorientada al bosc. La va seguir fins a la carretera i va veure que un camioner la socorria. Sabia que allò era el final i que aviat el seu avi i ell serien detinguts. En canvi, la policia només va anar a buscar en Juan Luis. Això volia dir que, de moment, la Celia no havia delatat el seu carceller, del qual desconeixia la identitat, tot i que sospitava des d'un principi que era un dels nets del seu segrestador.

—Després t'explicaré més coses de la conversa amb en Carlos Flores.

—Entesos. Vigila molt quan tornis a casa.

—Tranquil. Avisaré en García per dir-li que aquesta nit no em quedo a l'hospital.

—El denunciaràs, aquest tio?

—Si en els pròxims dies no s'ha entregat a la policia com m'ha assegurat, aniré a la comissaria de l'Alameda. Però abans en vull parlar amb la mare.

—L'hi explicaràs a en Gaviria?

—Ja sé que no confies en ell, Niko, però jo sí.

—El comissari i la María Santana es coneixen i es van reunir fa poc. Segueixo sense fiar-me d'aquest home. Qui et diu que no han planejat junts el segrest de la teva mare?

La Triana no respon. A en Niko l'empipa que tingui tanta fe en l'Arturo Gaviria, però no vol discutir. Per arreglar el que s'ha trencat entre tots dos, ha de ser cautelós amb les paraules i no mullar-se gaire. No es vol embrancar en una baralla per telèfon.

—Ja en parlarem. Ara he de penjar.

—D'acord, ens veiem d'aquí a una estona a casa teva. Triana, sobretot vigila molt.

—Tu també. Recorda que també et poden atacar a tu.

—Encara vols els entrepans?

—I tant.

El noi s'acomiada amb un somriure i s'estira al llit de l'habitació. No se sent en perill, per molt que el comissari el convencés de quedar-se a la casa protegida amb la Triana i els germans Sanz. No s'ha sentit mai amenaçat des que en Montesorín es va morir. Ell no és l'objectiu de ningú. Què saben la Blanca, la Triana o la Celia perquè algú estigui disposat a fer-los mal?

No para de donar voltes al que li ha explicat la seva nòvia sobre la María Santana. I si la va a veure i l'hi pregunta? Podria pressionar-la perquè confessés. Però ja és de nit i no serà al seu lloc habitual a la plaça d'España. Potser, després de la detenció d'en Juan Luis Flores, s'ha amagat per por que la relacionin amb el segrest de la Celia. Tanmateix, aquell home ja no la pot acusar, perquè està mort.

La premsa acaba de donar la notícia a les xarxes socials i han començat les especulacions. Alguns divaguen amb teories de la conspiració i altres simplement s'alegren que aquell home tan perillós estigui mort. El nom del segrestador de la Celia Mayo és *trending topic*, i també el de la detectiu.

Està llegint tuits amb diferents opinions sobre la

mort d'en Flores quan li sona el telèfon de prepagament que li va donar la policia. És un mòbil acabat en setanta-set. Una altra vegada ella?

—Sí?

—Hola, Chopin —el saluda la noia amb cantarella—. Com estàs?

—Bé, Daniela, bé.

—Te'n recordes, del meu nom! Flipo en colors! —exclama la noia amb qui va parlar l'altre dia—. Les meves amigues no es creuen que siguis tu. Es pensen que m'ho he inventat tot. Són unes imbècils.

—Em vas dir que tu no em coneixies, que va ser la teva amiga Marta la que va suposar que jo era Chopin.

—Sí, sí. La Marta és l'única. Les altres es pensen que em falta un cargol i que menteixo.

La Daniela parla d'una manera i a una velocitat que a vegades li costa entendre-la. Tot i que fa molts anys que és a Espanya, conversant amb persones com ella és quan nota que és d'un altre país i que la seva llengua materna no és el castellà.

—Què vols? Estic ocupat.

—Podem fer una videotrucada?

—No, no podem.

—Sispli. Només seran dos minuts. T'ho prometo. Ben rapidet. M'agradaria veure't la cara.

—No.

—Sispli, Niko. Ja no et molestaré més.

—Estava a punt de sortir. He quedat.

—Hòstia, tio. Sempre vas d'aquí cap allà. Ets un especialista en cobres.

—No t'entenc.

—A veure si no ets Chopin i me l'estàs fotent. Si resulta que les meves amigues tenen raó, em penjo del Madroño del Sol.

—Tu mateixa. Pensa el que vulguis.

—Collons, tio. Sempre ets així de desagradable? Adeu!

En Niko esbufega quan la Daniela penja. És normal aquest comportament infantil en la gent de la seva edat? És l'última vegada que contesta alguna trucada d'aquell número acabat en setanta-set. Tanmateix, no ha passat ni un minut que el mòbil ja torna a sonar. És ella de nou. No l'agafa. La noia no es rendeix. Compta fins a sis intents més. O contesta o treu el so fins que se'n cansi. Decideix respondre.

—M'estic estressant, Daniela.

—Ho sento. La desagradable he sigut jo. No et volia molestar. Em perdones?

—Si no em truques més, sí.

—Has entrat al meu compte d'Instagram?

L'ha acorralat. Si diu que sí, pot ficar-se en un bucle. Ha de dir una mentida perquè la noia no es faci illusions.

—No. No hi he entrat.

—Mentida. Sense voler, o volent, vas fer un *like* a una foto meva en biquini.

—Què? Jo...? No!

En Niko sent la riallada de la Daniela i s'adona que això no és possible perquè fa força temps que va esborrar el seu perfil d'Instagram.

—T'has posat nerviós.

—Ets tu que m'hi fas posar.

—D'acord. M'agrada. No acostumo a deixar ningú indiferent —diu la noia. Sembla feliç per la seva proesa—. Em vas trobar guapa?

—No t'he vist.

—Menteixes, Nikolai Olej... Olej... cony, quin cognom més difícil. I mira que he practicat per a quan parléssim! Olejnik!

Ara és en Niko qui somriu, però intenta dissimular-ho. Aquesta noia tan esbojarrada pot sortir amb qualsevol bestiesa, però ha de reconèixer que li cau bé. I sí, la va trobar guapa quan la va veure a les fotos.

—Daniela, de debò que he de penjar.

—Entesos. Almenys he aconseguit que xerréssim una estona i riguéssim una mica. Ja estic satisfeta. Quan et puc trucar i que no tinguis tanta pressa?

—És difícil. Sempre tinc pressa.

—Que burro que ets. Tu sí que saps donar carbassa a una dona. Fins aviat, Chopin!

De nou és la noia qui decideix que la conversa s'ha acabat. En Niko es queda mirant el mòbil. Un altre diàleg surrealista. De sobte s'adona que està somrient. Aquesta noia és com un bufarut. Recorda el seu *nick* i entra al seu Instagram. Després prem el *link* que hi ha en el seu perfil; és un enllaç al seu canal de YouTube. Durant una estona s'entreté mirant vídeos de la Daniela Montilla. No només té bona presència i una cara maca, sinó que canta molt bé. La seva cançó preferida és una *cover* de «The Winner Takes It All» d'ABBA. Si s'esforça, té sort i se sap moure per les xarxes socials, pot aconseguir un bon futur en el món de la música.

Es queda tan encantat amb les interpretacions de la

Daniela que el temps li passa volant. Són més de dos quarts de nou. Ha quedat amb la Triana a casa seva. I encara ha d'anar a buscar els entrepans! Durant una estona s'ha oblidat de tot i de la manera més inusitada, gràcies a una noia que ha conegut a partir d'un número de telèfon apuntat en un bitllet. Aquest misteri encara no s'ha resolt: de qui és el mòbil escrit en els vint euros que la Mercedes Reinoso va donar a la Blanca abans de morir a l'helicòpter?

S'està preparant per marxar quan li torna a sonar el mòbil. No pot ser. És la Daniela Montilla? No, no és ella. Arruga el front quan veu el nom de la persona que li truca. Parla en to sec quan contesta.

—No em truquis a aquest número.

—Ho sento, tens raó. M'ho vas dir.

—Vam quedar que no...

—L'hi explicaré.

—No li pots explicar res —diu en Niko mentre es grata el front amb un gest nerviós—. Ara no és el moment. Si parles, et prometo que ho pagaràs car.

—M'estàs amenaçant?

—Sí, pren-t'ho com una amenaça.

Capítol 35

Blanca

Sevilla, divendres 27 de desembre del 2019

Ahir al vespre va escriure als seus companys, en un dels grups de whatsapp del diari, dient-los que l'endemà els faria una visita. Té intenció d'incorporar-se a la feina la setmana que ve, abans que s'acabi l'any. És hora de continuar fent la seva vida, malgrat que tot ha canviat des de l'última vegada que va posar els peus a l'edifici on treballa. No sap quin lloc li correspon ni coneix la seva nova cap. Després de la mort de la Mercedes Reinoso han designat una altra periodista com a directora. Es diu Rebeca Solís, i és neboda de l'amo del grup que dirigeix els mitjans de comunicació d'El Guadalquivir. Alguns diuen que ha aconseguit el càrrec perquè estava recomanada i que no està qualificada per a la feina. No obstant això, aquesta dona de trenta-set anys té un currículum extraordinari i ha anat escalant posicions des de baix a la premsa sevillana. Ser directora d'un diari emergent no és un càrrec que regalin, encara que el seu tiet en sigui el propietari.

Amb prou feines ha esmorzat perquè se li ha tancat l'estómac. És el mateix que li passava quan començava un nou curs a l'escola. Els nervis del primer dia. Fa força que no veu els companys, tot i que hi ha mantingut el contacte a través del whatsapp. Alguns s'han alegrat molt que els vagi a veure, i això l'ha animat. No és que tingui grans amistats a *El Guadalquivir*, però troba a faltar el dia a dia a la redacció. Després de les minivacances que li va donar la seva anterior directora, perquè es recuperés d'allò d'en Blas i de tot el que va passar amb el cas Chopin, va arribar l'accident d'helicòpter. Des de principis d'octubre que no va al diari.

Quan baixa de l'autobús està molt nerviosa. Encara no camina amb l'agilitat que li agradaria, però almenys ja no necessita les crosses, que ja és molt. Abans d'entrar a l'edifici, s'atura a prendre una camamilla a la cafeteria del davant. Li venen molts records al cap, i sap que quan travessi la porta de la redacció la inundaran les sensacions.

Està a punt de pagar quan se li acosta un noi.

—Blanca? Blanca Sanz?

—Hola, sí, soc jo —contesta sorpresa la periodista, que no coneix de res aquell noi. Potser és un dels homes d'en García?

En sortir de casa, li ha dit al policia que vigilava l'edifici que no calia que l'acompanyessin fins al diari. S'estimava més anar-hi sola. Si tenia algun problema o sospitava que algú l'estava seguint, trucaria al mòbil que li havien donat per a aquests casos.

—No hem coincidit mai. Soc en Gabriel Rosado. Treballo a El Guadalquivir TV. Molt de gust.

El jove periodista li fa dos petons i s'asseu al tamboret del costat. A la Blanca li sona haver-lo vist a la tele, però no en sabia el nom.

—Que ja et reincorpores avui?

—No, vinc de visita. Començo la setmana que ve. Si la directora hi està d'acord.

—M'agrada la nova directora. La Rebeca és una dona intel·ligent i té bones idees. La gent en parlarà molt, d'ella. La vaig entrevistar a la tele quan la van designar per dirigir el diari i em va encantar el que em va explicar.

—No puc opinar perquè encara no la conec —diu la Blanca, que no té canvi i dona un bitllet de vint euros al cambrer.

De sobte, s'adona que és el bitllet que li va donar la Mercedes Reinoso. Què hi feia a dins del seu moneder? Ràpidament li diu al cambrer que l'hi torni i en treu un altre del mateix valor per pagar.

—Que li tens molt d'afecte a aquest bitllet? —pregunta en Gabriel, que queda perplex quan presencia l'escena.

—No ben bé, és que hi tinc un número de mòbil apuntat —contesta la Blanca, molt tensa, mentre es guarda els vint euros a la butxaca. Necessita canviar de tema immediatament—. Fa molt que treballes a El Guadalquivir TV?

El noi li explica que s'hi va incorporar a finals d'octubre i que, als seus vint-i-sis anys, està entusiasmat amb l'oportunitat que li han donat. La Blanca l'escolta sense posar-hi gaire atenció. Té ganes de marxar, però no vol ofendre en Gabriel. A més, això del bitllet l'ha fet posar encara més nerviosa, o sigui que aprofita aquests minuts per calmar-se.

—Però hi ha moments molt difícils en aquesta professió. Com quan vaig anar a cobrir la notícia de l'incendi a la casa de l'Ana Benítez, la dona del pilot del... teu accident d'helicòpter.

—Això és el que té el periodisme. A vegades et trobes amb situacions que no són gens fàcils.

En Gabriel assenteix i es queda mirant la Blanca, que se sent incòmoda. Ha tret el tema expressament, o només ha sigut casualitat?

—Escolta, Blanca, com va ser? Te'n recordes de tot el que va passar?

—Perdona, no tinc ganes de parlar-ne.

—Per què? Que algú t'ha pressionat perquè no ho expliquis?

—Ningú no m'ha pressionat a res.

—Doncs, què?

—Me n'he d'anar —diu la noia, posant-se bé les ulleres. Tot seguit, s'aixeca del tamboret.

—Hi ha un rumor cada vegada més estès per la redacció. Es diu que l'alcalde també havia de viatjar en l'helicòpter sinistrat. És veritat?

La Blanca evita respondre. Quan surt de la cafeteria, coixeja de manera visible. En Gabriel la segueix de prop. Què pretén aquest noi?

—No et vull molestar, de debò. Et respecto moltíssim. Però segur que tu saps si en De Gomar havia d'anar a dins d'aquell aparell. Creus que algú va intentar matar-lo i que se'n va deslliurar perquè aquell matí no va pujar a l'helicòpter?

—Jo no crec res. Només sé que he estat unes quantes setmanes sense poder caminar i que encara em fan mal les cames i sento unes fortes fiblades.

—No m'estranya. S'han posat en contacte amb tu des d'alcaldia? Has parlat amb en Santiago de Gomar?

—No he parlat amb ningú.

—Segur? En De Gomar o el seu equip no t'han demanat que no escriguis res sobre l'accident?

La noia s'atura quan arriben a l'altra banda del carrer. Esbufega i obre els braços en senyal de queixa.

—Què significa això? M'estàs intentant treure informació?

—Ets part de la notícia. L'atzar ha volgut que em trobés amb tu. És normal que intenti aprofitar aquest cop de sort.

—No. No és normal. Soc la teva companya de feina i treballem per al mateix mitjà de comunicació. Això no ve al cas, Gabriel.

—Per descomptat que ve al cas. Tothom vol saber la veritat.

—No pas així.

—Em vaig assabentar que la Luna i tu éreu molt amigues. Ella hauria fet el mateix.

—La Luna era una gran periodista. Mai no m'hauria abordat d'aquesta manera —replica la Blanca, molt enfadada—. No tinc res més a dir. Si em perdones, prefereixo estar sola. Pot ser?

En Gabriel s'aparta i permet que la noia vagi fins a la porta de l'edifici on hi ha la redacció d'*El Guadalquivir.*

—Ets una de les protagonistes de la notícia de l'any!

No soc l'únic que vol saber què hi ha al darrere de l'accident d'helicòpter!

Els crits d'en Gabriel fan que la Blanca se senti incòmoda. Unes quantes persones se la queden mirant mentre entra a l'edifici. El guarda de seguretat de la porta la saluda amb excessiva amabilitat. Se sent cohibida i observada. S'afanya a pujar a la planta de la redacció, la mateixa on va esclatar l'explosiu que van preparar en Blas i la Luna. S'hi ha restablert la normalitat i, al contrari de l'última vegada que va ser allà, ja no hi ha ni obres ni paletes. Es queda uns segons al passadís per refer-se una mica, fins que un company de la secció d'esports la veu. La crida i s'hi llança per abraçar-la. No és conscient que l'ha pressionat massa fort. De seguida arriben més periodistes i formen una rotllana al seu voltant. Tot i que somriu, està molt atabalada.

—Deixeu-la tranquil·la. Sou uns pesats. Vinga, a treballar —diu la veu d'una dona que apareix amb un cafè fumejant a la mà—. Hola, soc la Rebeca Solís. Tenia moltes ganes de coneixe't. Vols que anem al meu despatx i xerrem amb calma?

La dona no espera resposta. Posa la mà a l'espatlla de la Blanca i la convida a seguir-la fins al fons del passadís.

—Un dels teus companys em va dir que vindries. Jo prefereixo no formar part d'aquests grups de whatsapp on normalment es deixa com un drap brut el teu superior. Com va tot?

—Millor. Encara no em trobo al cent per cent, però estic gairebé recuperada.

—He estat a punt de trucar-te unes quantes vegades —diu la Rebeca, que obre la porta del despatx i, fent un gest amb la mà, la convida a passar—. Però m'he estimat més respectar la teva intimitat. No et volia pressionar.

—Gràcies. Han sigut unes setmanes difícils.

—N'estic al cas. No pateixis.

Totes dues s'asseuen, l'una al davant de l'altra. Troba que és una dona molt atractiva. Té els ulls grossos i verds i els cabells castanys, llargs i ondulats. Porta una camisa blanca i una faldilla i una jaqueta negres. També s'ha posat unes mitges fosques i les sabates de conjunt. Duu els llavis pintats de color vermell suau i rímel a les pestanyes. Es fixa en els tres píercings que li adornen l'orella dreta.

—Vull incorporar-me la setmana que ve. Si li sembla bé.

—Sisplau, Blanca, digue'm de tu. Et porto uns quants anys d'avantatge, però encara soc jove perquè em tracteu de vostè.

—D'acord. Com ho veus?

—Segur que estàs preparada per tornar a la redacció?

—Sí. Necessito una rutina i començar-me a concentrar en coses de la feina.

La dona assenteix amb un somriure i encreua les cames. Treu el mòbil i escriu un missatge mentre li contesta que no veu cap problema en la seva reincorporació, si ja està preparada. La blanca l'observa amb un cert pudor perquè no vol que se li noti que se sent una mica intimidada per la nova directora.

—Li he escrit al meu tiet per dir-li que ets aquí.

—Al senyor Solís?

—Sí. El coneixes personalment?

—No hi he parlat mai.

—Ha seguit molt de prop els esdeveniments. La Mercedes Reinoso era la nineta dels seus ulls i el va afectar molt la seva mort. Jo estava molt bé a la meva feina anterior com a cap de secció en un altre diari de la ciutat. No el volia pas aquest càrrec, però al final em va convèncer. És un home que tendeix a dipositar la confiança en molt poques persones.

—I ara vindrà?

—Avui és impossible. Problemes d'agenda. Segurament la setmana que ve, quan et reincorporis. Vols que dinem juntes dilluns i que el meu tiet s'hi afegeixi per fer el cafè? Així podreu xerrar amb calma. Li agradaria parlar amb tu.

La Blanca no sap què respondre. En Teodomiro Solís és un dels homes més rics de Sevilla. Fa poc més de dos anys, el grup empresarial que dirigeix va apostar per la creació d'una flota de mitjans de comunicació de primer nivell. El Guadalquivir compta amb diari, ràdio i televisió propis, i té una pàgina web molt visitada pels usuaris interessats en la informació local.

—Em sembla bé. Tot i que no sé què li puc aportar, jo.

—No t'atabalis amb això. És un home molt senzill. Ha estat molt pendent de la teva salut.

—El senyor Solís s'ha interessat per mi?

—Sí. Fins i tot et va anar a veure a l'hospital, però encara estaves inconscient. I malgrat que després no et va voler molestar, està al cas de tot el que ha passat. Sabem allò de l'atac al teu pis, la casa protegida, i fins i tot els teus problemes amb en Blas i la bona relació que mantenies amb la Luna González.

L'expressió de la Blanca reflecteix la seva sorpresa. Són detalls que ella no ha proporcionat a ningú i que només saben els seus companys de casa, els pares i la policia.

—I com és que sabeu tot això?

—Perquè en Teo Solís s'assabenta de tot, maca. No hi ha res que passi a Sevilla que ell no controli. El meu tiet t'encantarà. A més, pel que sé, té grans plans per a tu.

Capítol 36

Triana

Sevilla, dilluns 30 de desembre del 2019

S'ha passat el cap de setmana entre l'hospital i casa seva. Per sort, la seva mare es troba molt més bé i no creu que triguin gaire a donar-li l'alta. Totes les proves mèdiques que li han fet han sigut positives. Té una mica d'anèmia i algunes seqüeles d'haver estat tancada en un amagatall més de dos mesos, però res greu. Aquest matí un psicòleg l'anirà a visitar per veure com es troba anímicament i per avaluar si està en condicions d'abandonar l'hospital Virgen del Rocío. A les nits li costa dormir, però és normal després de l'experiència traumàtica que ha viscut.

En Niko també ha anat a l'hospital un parell de dies. La detectiu s'ha alegrat molt de veure'l. I ella? Torna a notar papallones a la panxa quan estan junts? La Triana no ho té clar, però han dormit al mateix llit i fins i tot han tornat a fer l'amor. No està gaire segura de si són altra vegada parella, però tot indica que estan reprenent la relació allà on la van deixar. Li agrada tenir-lo al seu costat i la fa sentir bé. Li encanta mirar-lo de reüll, sense que ell se n'adoni. És molt guapo i té un somriure increïble. Llavors retrocedeix en el temps i recorda el dia en què va aparèixer al despatx de la mare demanant ajuda. No tenia ni idea que acabaria sent el seu nòvio, ni de totes les batalles que haurien de lliurar.

—Em pots portar un suc, sisplau? Tinc la boca seca.

—Ja no et queda aigua? Si te n'acabo de portar una ampolla.

—No l'he ni obert, però em ve de gust un suc de préssec. Necessito alguna cosa dolça —es queixa la Celia, que es destapa i fa per aixecar-se del llit—. Si vols, hi vaig jo.

—No, mare. Ja baixo a la cafeteria a buscar-te un suc...

La dona somriu i alça el dit polze. La Triana agafa el bolso i surt de l'habitació. La mare s'està malacostumant. La té de missatgera, però tant li fa. Tenint en compte la terrible experiència per la qual ha passat, està disposada a concedir-li tots els capritxos que demani. De moment, i fins que es recuperi!

Agafa l'ascensor per baixar a la cafeteria i ho aprofita per prendre's un cafè. Llegeix les notícies al mòbil i es fixa en un article que parla de la detenció d'en Carlos Flores. El noi va complir la seva paraula i, després de l'enterrament de l'avi, es va entregar a la policia. A l'article l'anomenen «el carceller de Montoro». No li pot perdonar el que va fer, però la seva mare potser estaria morta si ell no l'hagués deixat escapar de la casa on la tenien segrestada.

De qui no sap res és de la María Santana. El seu nom no ha aparegut enlloc. Més d'una vegada ha tingut la temptació de trucar a en Gaviria per demanar-li que investigui el que li va dir en Carlos. Però com que en Niko no para de repetir-li que no es fia del comissari, i el net d'en Juan Luis ha acabat entregant-se, ha preferit quedar-se'n al marge. Ara s'ha de centrar en la mare i parar de remenar el fang.

Malgrat que les coses s'han calmat, continua tenint al seu voltant policies que la vigilen a ella i també a la mare. És incòmode, però s'hi ha acabat acostumant. No els han comunicat fins quan continuaran protegint-los a tots cinc. En Niko és qui ho porta pitjor. Ha demanat que el deixin estar, perquè no necessita guardaespatlles. L'estressa molt trobar-se amb un agent cada vegada que es mou.

—Qualsevol dia me'ls trobaré al lavabo.

—No siguis exagerat. Només fan la seva feina. T'estan protegint.

—No vull protecció. No em cal.

—I si hi ha un criminal per aquí voltant que espera el moment adequat per liquidar-te?

—Això no passarà. I si passa... em defensaré. Com he fet sempre.

—Ets molt valent, Chopin —diu en broma la Triana, tots dos despullats al llit després d'haver fet sexe—. Però ja saps què diuen: de valents el cementiri n'és ple.

—També se sol dir que si mors jove, tindràs un cadàver formós.

—Aquest refrany no m'agrada.

—A mi no m'agrada que em vigilin.

Encara és a la cafeteria, llegint notícies sobre la detenció d'en Carlos Flores, quan rep un whatsapp. És un àudio de la Brenda. Se sorprèn perquè fa temps que no parlen. La seva amiga li va enviar un whatsapp el dia de Nadal per desitjar-li bones festes i per dir-li que s'alegrava que hagués aparegut viva la seva mare. Ella li va respondre amb un simple «Gràcies. Bon Nadal per a tu també». Prem el *play* i escolta el missatge.

BRENDA
Hola, espero que estiguis bé.
Últimament no paro de veure notícies
a la tele sobre això de la teva mare.
Com es troba? Ja sou a casa? Tant de
bo el malson s'hagi acabat i tot torni a
la normalitat. Et trobo a faltar, Triana.
No sé què ha passat perquè ens
haguem distanciat tant. No m'agrada
estar així. Et vaig ajudar i vaig ser al teu
costat quan ho vas necessitar. Crec
que estàs enfadada amb mi i no
m'atreveixo a trucar-te ni a fer-te una
visita. No et vull molestar en aquests
moments tan complicats per a tu.
En Cayetano em va dir que saps això
nostre. Perdona'm, però em vaig
quedar penjada de debò. Una no pot
controlar el que sent. Estic molt trista i
m'agradaria que ho arregléssim abans
que s'acabi aquest any de merda.

A la Triana li semblen sinceres les paraules de la Brenda i no li agrada notar-li aquest deix d'angoixa a la veu. Ella també se sent malament pel que ha passat, perquè és la seva millor amiga i ha estat al seu costat quan més ho necessitava. Tot i així, l'empipa molt que l'hagi enganyat i no li digués que estava sortint amb en Cayetano. I a més, hi ha el misteri del collaret d'ambre. Està convençuda que el que va veure al seu armari era el de la seva mare. Per què el tenia ella, i per quin motiu la va enganyar?

—Hola, amor meu —diu en Niko. No l'ha vist arribar—. La teva mare m'ha dit que havies baixat fa dues hores a buscar-li un suc de préssec.

—Dues hores? Aquesta dona té el sentit del temps atrofiat. No fa ni un quart d'hora que he baixat.

—M'ha dit que t'afanyis, que té la boca seca. I jo també.

En Niko s'inclina sobre la Triana i li fa un petó als llavis. Petit, suau i dolç. Té gust de suc de pinya. Li agrada, però se sent estranya fent-li un petó a la cafeteria de l'hospital. Malgrat que fins i tot han mantingut relacions sexuals, no aconsegueix gaudir d'aquesta part de la relació tal com ho feia abans. No ho entén. Potser només és una qüestió de temps.

—M'he entretingut llegint uns articles que parlen d'en Carlos Flores.

—El carceller de Montoro. Sí, jo també n'he llegit alguna cosa —reconeix el noi mentre caminen cap a l'ascensor.

—La mare li està agraïda a aquest noi per permetre que marxés. Tota la seva ira se centra en en Juan Luis Flores.

—Li has parlat de la María Santana?

—No, encara no n'hi he dit res. Ella la va conèixer fa temps, ja t'ho vaig explicar fa un parell de setmanes, perquè va venir a casa i es va oferir com a assessora o alguna cosa per l'estil. Però la mare la va rebutjar i es van mig discutir.

—Me'n recordo.

—M'estimo més no parlar-li de la conversa que va tenir en Juan Luis amb aquella dona fins que es recuperi del tot. No vull que sàpiga que la seva vida corria perill. A més, tampoc sabem segur que això passés.

—Tens raó. Només és la paraula d'en Carlos Flores, que ni tan sols sap qui era la persona amb qui va parlar el seu avi. Ara bé, el fet que l'anomenés Bruixa i quedessin a la plaça d'España deixa molt clara la seva identitat.

—El cap de la mare va a mil per hora, i al mateix temps, s'encalla en els seus pensaments. Es bloqueja. A la nit dorm poc perquè es posa a pensar en el que va viure en aquell amagatall i hi ha estones en què confon la realitat. Com menys coses li diguem relacionades amb tot el que ha passat des que la van segrestar, molt millor. Si més no, de moment.

En Niko li dona la raó i li assegura que no parlarà amb la Celia de temes delicats. La Triana somriu i l'agafa de la mà quan surten de l'ascensor. No es barallen des de fa dies, cosa que li sembla un gran pas endavant. A vegades pensa que el noi no li porta la contrària perquè no s'enfadi. És com si el seu nòvio estigués col·locant de mica en mica els maons per alçar la casa que s'havia ensorrat.

—Per fi! —crida la Celia quan els veu aparèixer—. Que has anat a la nevera de casa a buscar el suc? M'estic morint de set!

—De res, mare.

La dona li pren l'ampolleta de vidre i s'asseu al llit per beure-se-la. No triga ni quinze segons a buidar-la. La seva filla l'observa i somriu a en Niko. El noi li torna a agafar la mà i l'hi estreny. La Triana no s'hauria imaginat mai que tornaria a viure un instant com aquest.

A pocs carrers de l'hospital Virgen del Rocío, una noia no para de mirar el mòbil esperant resposta. La Brenda s'està tornant boja. La Triana no li ha contestat l'àudio que li ha enviat fa una estona. Encara deu estar enfadada per això d'en Cayetano i pel collaret d'ambre. Sabia que, si s'assabentava de la relació que manté amb el seu exnòvio, les coses acabarien malament. L'amor és cruel i despietat. La Brenda no se'n penedeix, però li agradaria arreglar l'amistat amb la Triana.

—Per què no anem a fer un volt? Estem de vacances i no tinc ganes de quedar-me a casa.

—Calla. N'estic farta de tu —diu la Brenda a en Cayetano mentre escriu al mòbil—. Si no li haguessis dit que estem junts, tot hauria sigut més fàcil. Ara ni tan sols em parla! No vol saber res de mi!

—Pretenies amagar-li això nostre tota la vida?

—No estic segura que això sigui per a tota la vida —li etziba la noia sense apartar la vista del telèfon.

—De debò? Doncs per què surts amb mi?

No l'hi pot explicar, tot i que potser ja ho sap. En

Cayetano s'ha convertit en una tapadora. Li agradava fa unes quantes setmanes i no està gens malament al llit, però el seu amor de debò és un altre. Tanmateix, s'ha ficat en un carreró sense sortida del qual no troba la manera d'escapar.

Un xiulet del mòbil anuncia que té un whatsapp. Sap que no és de la Triana. El llegeix un parell de vegades i després contesta el missatge. Sembla que el cor li hagi de sortir del pit mentre tecleja.

BRENDA
Les teves amenaces no m'espanten.
Tant me fa que siguis a l'hospital.
Necessito veure't i parlar amb tu.
Truca'm tan aviat com puguis. No puc aguantar més, Niko.

Capítol 37

Blanca

Sevilla, dilluns 30 de desembre del 2019

No pot negar que la idea de conèixer el senyor Solís li crea neguit. El propietari dels mitjans de comunicació que formen El Guadalquivir és una de les persones més influents de Sevilla. Ja va llegir coses sobre ell quan va entrar al diari: va néixer a Osuna, un dels pobles més bonics de la província, té cinquanta-set anys i va quedar vidu fa una dècada. Va començar treballant com a mosso de magatzem quan encara era un adolescent, i s'ha convertit en un dels empresaris més rics del país a base d'encertar-la amb diverses inversions. És l'amo d'un grup que es dedica al sector immobiliari i de la construcció.

La Blanca s'ha passat tot el cap de setmana pensant quins plans deu tenir en Teodomiro Solís per a ella. Segons la seva neboda, s'havia interessat molt per la seva salut i fins i tot l'havia anat a veure a l'hospital. Això la fa posar més tensa.

La tornada a la redacció ha sigut tranquil·la. La Rebeca li ha demanat que escrigui un article d'opinió sobre la Mercedes Reinoso. El publicaran el 2 de gener, tant en paper com a la web del diari. A la taula més propera, on abans seia en Blas, hi ha una companya nova que l'ha rebut com si fos una estrella del rock. Es diu Alexandra Moreno i es va incorporar fa poc al diari. Té més o menys la seva edat, tot i que sembla més jove. Durant tot el matí no ha parat de fer-li preguntes sobre l'accident d'helicòpter i sobre la seva recuperació.

—Així que has estat ben entretinguda —diu en Sergio, que li ha trucat per telèfon abans d'anar a dinar amb la nova directora.

—Sí, aquesta nova companya parla pels descosits. I en pocs dies ja s'ha assabentat de totes les xafarderies de la redacció.

—Està bona?

—Sergio, no comencem.

—Què passa? No he dit res dolent. Estic obert a l'amor una altra vegada.

El seu germà no té remei. Acaba de tallar amb la Verónica i ja s'ha posat de nou al mercat. Ha de reconèixer que es va posar gelosa la Nit de Nadal quan es va abraçar amb la Triana. Gairebé li fa un petó a la boca! Per sort, això no va passar, perquè s'hauria guanyat un bon clatellot.

—Avui no he vist cap poli per casa. Ja s'han cansat de vigilar-me?

—En realitat, tu no hauries d'estar en perill. Si et vas trobar ficat en aquesta història va ser perquè eres amb mi el dia que aquell paio va entrar al meu pis.

—Ja ho sé. El pare es passa l'estona mirant per la finestra. S'ha convertit en el meu guardaespatlles. I la mare no em deixa anar enlloc tot sol.

—Són molt pesats, però és normal que estiguin amoïnats —comenta la Blanca, que s'aixeca de la taula per anar al despatx de la Rebeca. Són les dues, l'hora prevista per anar a dinar juntes—. Sergio, et deixo. Tinc dinar amb la nova directora i el seu tiet.

—El milionari?

—Sí. Espero no ficar gaire la pota.

—Ho faràs bé. Ja m'explicaràs com t'ha anat. Ah! Una altra cosa.

—Digues, ràpid.

—Vull convidar en Niko, la Triana i la seva mare a passar el Cap d'Any a casa. Ho he demanat al pare i la mare i hi estan d'acord. Què et sembla?

—No sé si la Celia podrà sortir demà de l'hospital.

—Abans li he enviat un whatsapp a la Triana per preguntar-li com es trobava i m'ha dit que li semblava que avui o demà li donarien l'alta.

—Ah, no ho sabia.

La idea del seu germà és bona, però no està segura que l'acceptin. Li encantaria començar el 2020 amb la Triana, però també hi haurà en Niko, i això ja no li agrada tant. Va parlar amb la seva amiga el cap de setmana, i pel que sembla, aquests dos tornen a estar junts. Qualsevol remota esperança que sorgís alguna cosa entre elles dues s'ha esfumat.

—L'hi dic, doncs? Sopar, raïm i després un bingo a casa, una cosa tranquil·leta.

—No sortiràs de festa?

—No en tinc ganes. Prefereixo... estar amb vosaltres.

No s'hauria imaginat mai que en Sergio diria una cosa així. La nit de Cap d'Any el seu germà desapareixia tot just menjar el raïm. Ni tan sols els deia on anava. Tornava l'endemà al matí sense donar explicacions, i es ficava directament al llit. I no el tornaven a veure fins a l'hora de sopar.

—D'acord. Parla amb la Triana i en Niko i demana'ls si els ve de gust passar el Cap d'Any a casa. Després trucaré a la mare per si vol que jo porti alguna cosa de menjar.

—Encarrega't dels torrons, que ja m'ha dit que de menjar n'hi ha de sobres. Del sopar de demà me n'encarregaré jo.

—No m'ho puc creure! Qui ets tu, i què n'has fet, del meu germà?

—Segueixes sent una mica tonta... Adeu! Sort amb el senyor Solís, i si t'apuja el sou, compra torrons dels cars!

La Blanca s'acomiada del seu germà amb la sensació que ha madurat durant les últimes dues setmanes. La difícil experiència a la qual s'ha enfrontat li ha servit per deixar enrere aquell noi insolent i despreocupat que havia sigut fins llavors. S'ha convertit en un noi amable, atent i afectuós. I li agrada més aquesta versió que l'anterior.

La Rebeca ja està preparada quan truca a la porta del despatx. La directora del diari diu a la seva secretària que se'n va a dinar i li demana que no la molestin fins que no torni. Malgrat que la Nina Esparza s'ha recuperat del tot de les lesions que li va provocar el paquet explosiu que li va esclatar a les mans, la Rebeca ha preferit incorporar com a secretària personal una noia que es diu Inmaculada López, amb qui havia treballat a l'anterior mitjà.

—La Nina és molt bona persona i el tiet m'ha explicat que la Mercedes estava encantada amb ella, però per adaptar-me des del principi, m'he estimat més fer venir l'Inma, perquè la conec bé i confio plenament en ella.

—I què ha passat amb la Nina?

—Se n'ha anat a la tele, a informatius. Allà estarà la mar de bé amb en Marco.

A la Blanca se li glaça la sang quan sent el nom del paio amb qui la Luna havia quedat a l'hotel de Bellavista la nit en què li van disparar un tret al cap. Segons el que li va explicar, en Galiano havia intentat ficar-se al llit amb ella, i quan s'hi va negar, la va amenaçar d'anar a la policia pel tema de l'explosiu. A en Marco el van detenir com a presumpte assassí de la seva amiga periodista, però de seguida el van deixar en llibertat sense càrrecs. La Blanca troba que és un tio repugnant i espera que aviat rebi el càstig que es mereix.

—Com que no sabia gaire les teves preferències, he reservat en un restaurant italià d'aquí a prop. És un local petit, però cuinen superbé —diu la Rebeca quan ja són fora de l'edifici—. He preguntat als teus companys sobre els teus gustos, però no sé segur si em prenien el pèl. Per tant, he preferit no arriscar-me: menjar italià, que agrada a tothom.

—M'encanta la pasta.

—Fantàstic! A mi també. Vaig estar tres anys a Torí i va ser la millor època gastronòmica de la meva vida. El menjar piemontès és el *migliore del mondo*.

La dona li explica que va estar treballant en una agència de notícies italiana que li va servir per agafar experiència i forjar-se com a periodista. Va aprendre l'idioma i es va enamorar d'un romà, un company de professió amb qui es va casar. Després va tornar a Espanya, i al cap de dos mesos es van divorciar.

—En Giancarlo era l'home de la meva vida. Fins que va aparèixer l'Ángel —confessa la Rebeca somrient—. I l'Ángel ho va ser fins que vaig conèixer en Bruno, que és la meva parella actual. He après que no se sap mai on apareixerà el pròxim home de la teva vida.

A la Blanca li sorprèn que la nova directora li expliqui tants detalls de la seva vida privada, però li agrada la franquesa i l'humor amb què els explica. No dramatitza i riu cada vegada que acaba una frase. Es nota que no és un posat afectat. Durant el dinar, la conversa és molt amena i la Rebeca continua donant-se a conèixer. Demanen una amanida de *burrata* amb tomàquet i orenga per compartir i coincideixen en el tipus de pasta que menjaran: *tagliatelle*. La Blanca, amb salsa carbonara, i la directora d'*El Guadalquivir*, amb salsa quatre formatges.

—M'encanta el *formaggio* —diu la Rebeca quan té el plat al davant—. I tu, tens alguna relació amb algú? No contestis, si no vols.

La pregunta sorprèn la Blanca, que estava cargolant un dels *tagliatelle* amb molt de compte per no esquitxar.

—Estic soltera i sense compromís —contesta, i amb els nervis, la pasta se li descargola i li torna a caure al plat—. Als meus vint-i-dos anys encara no he trobat ningú per a aquesta classe de compromisos.

—Ets molt jove. Ja tindràs temps de tenir una relació més formal. T'agradaria tenir fills?

—Bé, no ho he pensat.

—Jo en volia, anys enrere. Però mira, me n'han anat passant les ganes. No ho descarto, però tampoc m'hi obsessiono. Per sort, avui dia, a Espanya, les dones ja no tenim aquella pressió de ser mares. La que vol en té, i la que no, doncs no passa res. Oi?

—Penso el mateix.

—I el teu somni, quin és? No s'hi val a dir ser feliç o alguna d'aquestes frases Disney que diu la gent a les entrevistes de feina. Em refereixo al teu somni de debò, pel qual faries el que fos.

«Que la Triana es fixés en mi, s'enamorés i pogués compartir amb ella la resta de la meva vida sense pensar en el que pugui dir la gent...».

—Han passat tantes coses últimament, que tan sols tenint una mica d'estabilitat ja em conformo —diu la Blanca després de rumiar la resposta uns instants. És l'únic que se li ha acudit i que s'atreveix a contestar.

—Suposo que deus haver patit molt: el cas Chopin, la mort d'en Montesorín davant dels teus ulls, l'accident d'helicòpter, l'atac d'aquell paio, allò del basar... Massa bé estàs, estimada Blanca. Altres no aguantarien ni una desena part.

—La vida té aquestes coses.

—Has recuperat del tot la memòria?

—Com ho saps, això?

—Ja et vaig dir que no se'ns n'escapa ni una —contesta la Rebeca, després d'engolir els *tagliatelle* que havia cargolat amb la forquilla—. Estem molt pendents de tots vosaltres.

—Me'n recordo de la majoria de les coses, però hi ha moments de l'accident que no els tinc clars. A vegades somio el que va passar aquell dia i em venen flaixos.

—La Mercedes Reinoso apareix en aquests somnis?

—Sí. La veig morir. Se'm posen els pèls de punta quan ho recordo.

—Deu ser molt dur. L'apreciaves molt?

—No vam començar pas gaire bé, i vam tenir algun problemet. Era molt autoritària i no es casava amb ningú. Però li vaig agafar afecte. Quan em vaig despertar i em van dir que era morta, em va saber molt de greu.

S'adona que la Rebeca l'observa atentament. Es ruboritza. És una dona imponent i, a més, és la seva cap. Veu que juga amb la forquilla i li fa la sensació que està escollint la pregunta següent, una qüestió que no és tan fàcil de plantejar com les anteriors.

—Creus que ja podem explicar que l'alcalde hauria d'haver anat en aquell helicòpter?

—Ho saps.

—Sí, des de bon principi. Des de l'ajuntament ens van suplicar que no ho diguéssim per no entorpir la investigació de la policia.

—No soc pas jo qui ho ha de decidir.

—Però tu què n'opines?

—La veritat és que...

En aquell moment, un home amb un abric negre i un barret gris entra al petit restaurant i es dirigeix a la taula de la Blanca i la Rebeca.

—Fa un fred que pela. És ben bé que ha arribat l'hivern. Ja era hora! —exclama en Teo Solís abans de fer dos petons a la seva neboda—. Cada dia et veig més guapa.

—No és pas veritat, tiet.

—Oi tant que sí. Ets igual que la teva mare —comenta l'home, esbossant un gran somriure. Després es gira cap a la Blanca, que es posa dreta per oferir-li la mà—. Hola, com ha anat la tornada a la redacció? T'hem tractat bé?

—Molt bé, senyor.

—Me n'alegro molt. Seu, sisplau.

La noia obeeix. En Teodomiro també s'asseu, però es deixa l'abric posat. El barret el dona al cambrer perquè l'hi guardi. Després demana un caputxino tebi. Diu a les seves acompanyants que continuïn menjant i torna a parlar del fred que fa aquell matí a la ciutat. De seguida va al gra.

—Tinc una mica de pressa, perquè m'esperen en una reunió d'aquí a mitja hora. Per tant, t'explicaré per què volia parlar amb tu. Primer de tot, no puc deixar passar l'oportunitat per donar-te les gràcies per tot el que has fet. El teu aplom és digne d'admirar. Ets una gran professional, malgrat ser tan jove.

—No he fet res especial, senyor.

—Això no és veritat. Has viscut situacions molt complexes aquest any que s'acaba, i no has dubtat a incorporar-te a la feina tan bon punt t'has trobat una mica bé.

—Tenia ganes de tornar al diari.

—Això t'honra, Blanca. La majoria s'haurien quedat a casa. Per això m'agradaria compensar-te —diu en Teodomiro mentre es treu un paperet de la butxaca de l'abric—. Sé que la Mercedes t'havia promès un augment de sou. Jo t'oferiré una quantitat més gran de la que ella havia pensat.

L'home escriu una xifra al paper i l'hi ensenya. La noia no es pot creure el que veu.

—No em mereixo pas tant, senyor. Gràcies.

—Sí que t'ho mereixes, però no vull que siguis una simple redactora. Aquesta quantitat de diners va acompanyada de dues coses: seràs la directora de la web i també la imatge d'El Guadalquivir.

—No ho entenc. Què vol dir?

—Farem una campanya de promoció dels mitjans del grup, i vull que tu apareguis a tot arreu.

—De debò? No és una broma?

—No, bonica. La teva cara serà fins i tot als cartells que penjarem a l'estació de Santa Justa!

Capítol 38

Celia

Sevilla, dilluns 30 de desembre del 2019

A les cinc de la tarda rep l'alta de l'hospital Virgen del Rocío. El metge li ha assegurat que tot està bé i que és positiu que passi el que queda de les festes de Nadal a casa. Necessita repòs, però també tornar a la normalitat. Durant tot el mes de gener, un cop per setmana anirà al psicòleg. Encara té pendents els resultats d'algunes proves, i durant els pròxims mesos s'haurà de fer revisions per comprovar que va tot bé.

El camí fins a casa en un cotxe de la policia se li fa estrany. El 14 d'octubre la van segrestar i la van ficar en un amagatall. Ni tan sols va poder veure com se l'emportaven fins a la casa on la van tenir retinguda.

—Estàs bé, mare? —pregunta la Triana, que va al seu costat.

—Sí, no pateixis.

—Et tremolen les mans.

—És que tinc fred.

En García, que és qui condueix el cotxe, sent la Celia i apuja la calefacció. La dona l'hi agraeix, però continua tremolant. Sap que no és pel fred. Potser no està recuperada del tot i els nervis de tornar al lloc on en Juan Luis Flores la va segrestar li estan passant factura.

—Segur que aquell home està mort? —pregunta la detectiu, que es frega les mans per intentar calmar-se i entrar en calor.

—Sí. Està mort i enterrat. Es va suïcidar al calabós penjant-se amb el seu propi cinturó —contesta el policia abans d'aturar el vehicle en un semàfor en vermell—. Tot s'ha acabat, Celia. No ha de patir gens. A més, un de nosaltres farà vigilància a casa seva perquè se senti segura.

—Fins quan?

—No ho sé. No hi pensi, en això. Ni tan sols notarà la nostra presència.

—Moltes gràcies per la seva feina —diu la Celia, que li dona la mà a la seva filla—. Per cert, vostè no té accent sevillà. No l'he vist mai per la comissaria de l'Alameda. És policia nacional?

—Sí, el que passa és que no treballo allà.

—Ah, en quina comissaria està?

En García sembla que titubeja amb la pregunta de la Celia. Aquest home no li sona de res. Ni de l'època del seu marit ni tampoc dels últims mesos, quan es va produir el cas Chopin.

—Anem d'un lloc a l'altre. Cinc companys i jo formem part d'un equip especial de la Policia Nacional. Ens encarreguem d'operacions extraordinàries. Ens van avisar per a aquesta missió, i encara som aquí.

—Els va avisar el comissari Gaviria?

—No. Això ve d'una altra banda. Directament de dalt. No em pregunti més perquè tampoc puc donar-n'hi més detalls.

La Celia mira sorpresa la seva filla, que també sembla estranyada per la revelació d'en García. No sabia que els fils s'havien mogut des de tan amunt.

—On passareu el Cap d'Any? —pregunta l'home, que intenta evitar més qüestions com la d'abans.

—A casa, suposo —contesta la Celia.

—Ai, no t'ho he dit, mare —intervé la Triana—. Abans m'ha escrit en Sergio, el germà de la Blanca. Ens han convidat a passar el Cap d'Any a casa seva, amb els seus pares.

—A nosaltres?

—Sí, i a en Niko també. Què et sembla?

A la Celia no li ve gens de gust anar a casa d'uns desconeguts. No té prou forces i no té ganes de veure's sotmesa a un interrogatori continu sobre com va ser l'experiència d'estar segrestada més de dos mesos.

—Jo trobo que és un pla genial —diu en García després d'aparcar—. Així us tindré a tots junts al mateix lloc en un dia tan complicat.

—No tinc ganes de festa, Triana.

—No farem cap festa, mare. Només és un sopar, i ni tan sols haurem de cuinar nosaltres. En Sergio m'ha dit que se n'encarregaria ell.

—Bé, ja en parlarem. Gràcies per portar-nos, García.

—Em quedaré una estona per aquí i després vindrà un altre dels meus companys. Ja us avisarà per telèfon. Bona tarda, i penseu que som aquí pel que calgui.

La Triana ajuda la mare a baixar del cotxe i s'acomiaden del policia. Totes dues recorren els pocs metres que les separen del portal de casa. I just quan la noia està obrint la porta, a la Celia de sobte li comencen a fallar els genolls. Nota com si li faltessin les forces i hagués de caure. Es repenja a l'espatlla de la noia, que de seguida veu que alguna cosa no rutlla.

—Què et passa, mare?

—No ho sé. Els genolls. Em tremolen.

—Tant fred tens?

—No és això. És com si... com si el meu cos no em deixés entrar a casa.

—Això és cosa de la ment. T'has de calmar.

—I com ho faig?

—Respira fondo. Vols que et porti un got d'aigua?

La detectiu nega amb el cap i fa un esforç per entrar a casa. Les petites convulsions no li afecten només els genolls, sinó també les mans. No li havia passat mai res semblant.

—Tornem a l'hospital?

—No. Espera't —diu la Celia. Respira fondo unes quantes vegades, tal com li ha dit la Triana, i posa un peu a l'esglaó de l'entrada—. He de vèncer les meves pors.

—Ets molt valenta, però no cal que forcis res, mare.

—No vull tornar a ser presonera de ningú.

La dona posa l'altre peu a l'esglaó i, molt a poc a poc, travessa el llindar. A l'esquerra hi té el despatx on va estar parlant amb en Juan Luis Flores. Recorda que l'home li va demanar que fes tot el que pogués per treure un dels seus nets de la presó. Ella s'hi va negar i després va aparèixer en aquell forat on no va veure la llum del sol durant deu llargues setmanes. No va saber mai on estava ubicat aquell amagatall. Fins i tot quan va aconseguir escapar-se, no va relacionar aquella casa amb el lloc on havia estat retinguda.

—Molt bé, mare. Ho has aconseguit.

La Celia mira al seu voltant i observa el petit pati que dona pas a la sala d'estar, la cuina i el passadís que condueix a les habitacions i els lavabos. Aquesta ha sigut la seva llar durant molt de temps. No hauria de tenir por.

La dona s'asseu al sofà i respira més alleujada. La Triana s'ajup davant seu i li acaricia els genolls.

—Millor?

—Crec que sí, gràcies.

—És una reacció normal, mare. No pateixis. Tot anirà passant.

—No m'agrada sentir-me tan dèbil.

—I com vols estar? T'han tancat en un maleït amagatall on havies de fer les teves necessitats en una galleda. No has menjat bé i no t'ha tocat l'aire en dos mesos. El que és estrany és que no hagis perdut el cap!

—D'això no n'estic gaire segura.

La noia s'incorpora i li planta un petó afectuós al front.

—Demà et posaràs ben guapa —diu la Triana, mentre li acaricia els cabells i somriu—. T'allisaré els cabells, et maquillaràs una mica i et posaràs el millor vestit que tinguis. Aquell vermell espaterrant que li agradava tant al pare.

—No en tinc ganes.

—Això ho dius perquè acabes de viure una experiència traumàtica.

—Parles com el psicòleg.

—Recordes quina carrera vaig estar a punt d'escollir abans que Belles Arts?

—Sempre havies volgut estudiar Belles Arts. No cola.

La Triana es posa a riure. Aquella riallada és com música per a la Celia. Com ha trobat a faltar la seva filla! S'alegra que, malgrat les circumstàncies, puguin tornar a fer broma. Ella també ha patit molt i es mereix ser feliç.

—On és en Niko?

—Havia de fer una cosa. Vindrà després a sopar.

—S'ha portat bé amb tu aquests mesos?

—Sí. Hem passat molt de temps junts —contesta la Triana, però la mare, que la coneix bé, s'adona que quan parla del seu nòvio la noia es mostra una mica dubitativa—. M'ha ajudat a suportar-ho.

—Sé que em vols protegir i que no m'has explicat tot el que m'he perdut durant aquest temps, però ben aviat et començaré a fer preguntes, perquè tinc molts dubtes.

—No hi donis més voltes, ara. Has de reposar i mirar de no pensar gaire.

—Et faré cas, però d'aquella manera. M'acompanyes a l'habitació?

El dormitori està com el dia que la van segrestar. La Triana s'ha cuidat de mantenir-lo net durant aquest temps. La roba de llit està acabada de rentar i planxar i fa molt bona olor.

—Mare, et puc fer una pregunta?

—Esclar, filla. Digues.

—On guardes el collaret d'ambre que li vas comprar a aquella dona de les parades de la plaça Nueva?

—En aquella capseta de música —diu, assenyalant una de les estanteries.

—Puc obrir-la?

—Espera't.

La Celia agafa el joier musical del prestatge i l'obre. Sona «Per a Elisa» de Beethoven. De dins la capseta en treu el collaret que demanava la Triana.

—No m'ho puc creure... —diu la noia, astorada, que agafa la joia per examinar-la amb atenció.

—Què passa?

—No en tinc ni idea, mare. Però no entenc res.

—M'ho expliques, sisplau?

—Mentre preparo el sopar t'ho explico. Abans vull fer una trucada.

La Triana surt del dormitori i deixa la Celia sola. La dona guarda el collaret a la capseta i la torna a col·locar al seu lloc. Camina per l'habitació com si fes anys que no trepitjava aquell terra. Es fixa en els marcs de fotos amb la seva filla i el seu marit; també en les figuretes que comprava als diferents països que viatjava quan era més jove. Ja no li tremolen les cames, però el cor se li accelera. L'enyorança de no tenir en Lolo al seu costat ha substituït la por. Va pensar molt en ell mentre estava confinada. Fins i tot va arribar a pensar que es reunirien aviat.

De fons sent la Triana parlant per telèfon. No sap a qui ha trucat, però sembla que li està demanant disculpes. Què deu haver passat durant la seva absència?

La Celia surt de l'habitació per recórrer tota la casa. La Triana ha anat al seu dormitori per continuar la conversa telefònica. Ara està rient; bon senyal. Ella també té ganes de riure, però per això ha de superar alguns traumes. Sent un calfred quan fixa la mirada a la porta del despatx.

«Sap què és l'escopolamina?».

La pregunta que li va fer en Flores li ressona a dins del cap. És l'última cosa que recorda d'aquell matí d'octubre. Havia quedat amb la Blanca Sanz i no va arribar a anar mai a la cita.

Ha de vèncer les pors d'una vegada per totes.

Comença a tremolar de nou a mesura que s'acosta al despatx. Però aquesta vegada no s'atura. Entra a l'habitació i respira fondo. La vista se li'n va primer de tot cap als nombrosos papers de sobre la taula; després, a les carpetes que hi ha a terra, i finalment, a una paret amb unes quantes fotos clavades amb xinxetes. En una hi surt ella. És un cartell on es demana que truquin a un número de telèfon si algú la veu o té alguna pista d'on podria ser.

—Mare, què hi fas aquí? —pregunta la Triana, que porta el mòbil a la mà.

Ella no contesta. S'acosta a la taula per agafar un full que sobresurt de la resta. Es veu un nom escrit i dos interrogants. A la part de dalt hi ha una pregunta en vermell i majúscules: QUI VA ORDENAR ASSASSINAR EN LOLO VELÁZQUEZ?

—Què és això, Triana?

—Una investigació.

—De l'assassinat del teu pare?

—Sí. En Niko i jo hem estat ocupats. Al pare el va assassinar l'Enrique Mesa per ordre de l'inspector en cap Montesorín, però hi ha dues persones més implicades en la seva mort.

—Com ho saps?

—M'ho va dir el comissari Gaviria. No han esbrinat la identitat d'aquests dos individus, perquè els seus noms apareixen en clau en uns documents que van trobar a la casa d'en Mesa. Ho he estat investigant perquè creia que el teu segrest i el crim del pare estaven relacionats. Al principi, estava convençuda que si descobria qui eren aquestes dues persones, et trobaria.

—I encara no saps qui són?

—No, però ara ja hi ets tu per esbrinar-ho. Quan tinguis prou forces, et posaré al dia i t'ajudaré. Aquesta gent ha de pagar per tot el que ens ha fet.

Capítol 39

Niko

Sevilla, dilluns 30 de desembre del 2019

Surt de casa de la Brenda molt enfadat. La noia li ha assegurat que no li dirà res a la Triana, però no confia en ella. I li falta per viure una situació encara més desagradable. Perquè al mateix carrer on viu la noia, es troba amb en Cayetano. No es veien des de l'incident que van protagonitzar fa un parell de setmanes.

—T'he enganxat in fraganti —diu en Cayetano. Se li ha plantat al davant i li bloqueja el pas—. Ja m'imaginava que la Brenda em posava banyes amb tu.

—No estic per a ximpleries. Tinc pressa.

—Què passa, polonès de merda? Que em tens por?

—Vas ser tu qui va haver d'anar al metge l'última vegada.

—Perquè em vas agafar en un mal dia.

—Amb aquesta cara és impossible que tinguis un dia bo.

—Ets un imbècil. Tens a tothom enganyat i no ets

res més que un puto delinqüent que no se sap guanyar la vida d'una altra manera que no sigui robant.

Aquestes paraules l'han ofès, però en Niko aconsegueix fingir un mig somriure. No pensa ficar-se en merders per culpa d'aquest llargarut. Perquè si s'enfronten i li torna a trencar la cara, segur que anirà directe a la Triana per explicar-l'hi tot. Per tant, l'esquiva i, sense ni tan sols mirar-lo, continua el seu camí.

—Qui folla més bé de les dues? Jo diria que la teva nòvia. O ja us ho heu deixat definitivament?

—És demencial que parlis així de dues noies —diu en Niko sense aturar-se.

—Ara em vols donar lliçons? Tu a mi? El Chopin de l'avi lladre? No em fas por, malparit. Per què no te'n vas al teu país i ens deixes tranquils als d'aquí? Estem farts de gent com tu.

En Niko intenta mantenir el control. S'empassa la ira que altres vegades li ha jugat males passades i s'allunya sense replicar. En Cayetano continua insultant-lo per intentar treure'l de polleguera. Però aquesta vegada no ho aconsegueix. El seu avi s'hauria sentit orgullós.

La casa de la Brenda només era la primera parada del recorregut. Un autobús el porta fins a la plaça d'España. Des que la Triana li va explicar la conversa que havia mantingut en Juan Luis Flores amb aquella dona a qui anomenava Bruixa, tenia planejat fer una visita a la Santana. Vol sentir de la seva boca que ella no té res a veure amb el segrest de la Celia Mayo i que no va ordenar assassinar la detectiu. Potser s'està arriscant massa si realment la María és tan perillosa per ordenar la mort d'algú. No està segur de si la trobarà al lloc que acostuma a freqüentar i on la va visitar la primera vegada. És molt possible que s'hagi esfumat una temporada després de la detenció i posterior mort d'en Flores.

Des de l'autobús envia un whatsapp a la Brenda. No és cosa seva, però està amoïnat. En Cayetano anava cap a casa seva, i no precisament amb gaire bona predisposició.

NIKO
Ho sento si he sigut una mica brusc amb tu. No vull mals rotllos, però ara estic bé amb la Triana i no vull espifiar-la més. Per cert, ha vingut a veure't el teu nòvio? Me l'he trobat quan he sortit i m'ha estat provocant i insultant. Diu que li has posat banyes amb mi. Espero que no sigui tan covard de fer-t'ho pagar a tu.

La Brenda no és mala noia, però és d'impulsos massa exagerats. Li sap greu que s'hagi enamorat d'ell, perquè el seu cor sempre ha sigut de la Triana.

BRENDA
No li diré res, però... tu mateix. En Cayetano ha vingut a casa. Està plorant com una Magdalena. Encara sort que no hi són els meus pares. Se li ha escapat tota la força per la boca quan s'ha trobat amb tu. Tallarem.

No li sembla ni bé ni malament, però s'alegra que aquell imbècil es quedi sense parella. Si li expliqués a la Brenda els comentaris que li ha etzibat fa una estona, no només acabaria amb la relació, sinó que el fotria fora de casa a puntades de peu. Aquesta vegada ni tan sols té l'estúpida excusa que ha begut un parell de cerveses de més. Tant de bo desaparegui de la seva vida per sempre.

Quan baixa de l'autobús va directament a la plaça d'España. Fa força fred i bufa una mica de vent. No és el millor temps per passejar. Tot i així, veu uns quants grups de turistes fent-se fotos als bancs dedicats a les províncies d'Espanya. Igual que l'altra vegada, no troba la María Santana. Fa un tomb per la zona, però no hi ha ni rastre de la dona. S'està fent tard, i les possibilitats que aparegui són mínimes. Potser ha marxat de la ciutat i no la torna a veure més, cosa que tampoc seria una mala notícia. Ves a saber. Assegut en un dels bancs, espera que es faci de nit. Durant una estona reflexiona sobre els capricis del destí. Han passat moltes coses en els últims mesos. Tot va començar amb els robatoris en aquelles cases de luxe. Chopin n'és l'origen i, sense ell, no hauria conegut la Triana.

Li sona el mòbil just quan està a punt de marxar. És en Muriel. No parla amb ell des que el va anar a veure a la casa protegida. Abans de contestar, recorda el consell que li va donar en García: no s'ha de fiar d'ell.

—Hola, Gerardo. Què tal?

—Chopin! Com va tot, nano? On ets?

—Mira, estava fent un tomb pel parc de María Luisa.

—Cony! A aquesta hora? Amb el fred que fa?

—No deies que Sevilla era un luxe perquè a l'hivern s'hi podia anar amb màniga curta?

—Avui no! Aquesta tarda és per quedar-se a casa i no moure's del braser tapat amb una manteta.

—Ets un tou, Muriel. A Varsòvia m'agradaria durte, perquè sabessis què és tenir fred.

El subinspector de la Policia Nacional fa una riallada i diu un parell de renecs sobre el país natal d'en Niko.

—Escolta, et trucava per dues coses —diu l'home quan para de riure—. Com està la Celia? M'he assabentat que avui li donaven l'alta. La veus bé per sortir de l'hospital?

—Encara està una mica dèbil, però els metges creuen que és bo que se'n vagi a casa.

—Esclar. Com més aviat comenci a fer vida normal, millor, oi?

—Sí. Trigarà temps a recuperar-se del tot, però és una dona forta i segur que es refarà.

—És molt dur el que li ha passat. Deu setmanes tancada en un cau. Quin fill de puta, en Juan Luis Flores. M'alegro de com ha acabat aquell malparit. Penjat entre reixes amb el seu propi cinturó.

—Va ser un suïcidi, oi?

—A mi no m'ho preguntis, això, Chopin. No en tinc ni idea. És el que diu l'informe i el que ha quedat arxivat. No cal donar-hi més voltes.

El fet que en Muriel no ho tingui clar li fa sospitar que algú es podria haver encarregat de liquidar aquell paio abans que passés a disposició judicial. Continua trobant estrany que un home tan gran i amb tantes vivències es tragués la vida d'aquella manera. No encaixa amb la seva personalitat.

—El més important és que la Celia es trobi bé. Però et trucava per una altra qüestió.

—Digues, estic impacient.

—La teva amiga María Santana ha tornat a venir avui.

—Què dius, ara? Per què?

—S'ha vist amb el comissari. Només han sigut cinc minuts, però força intensos.

—I saps de què han parlat?

—No, però sé que s'han discutit. En un moment determinat, he sentit la Santana cridant que fotia el camp de Sevilla. Si no ho he sentit malament, tenia un bitllet de tren cap a Madrid per a aquesta tarda.

—A quina hora?

—No ho sé. Crec que no ho ha dit. Només li repetia al comissari que ningú li impediria agafar aquell AVE. Ni ell ni ningú.

—Collons, o sigui que vol fugir.

En Niko li explica a en Muriel la conversa telefònica que la Santana va tenir amb en Flores i l'ordre que li va donar la dona.

—Quina filla de puta la bruixa aquesta.

—No et puc assegurar que això sigui veritat, Gerardo. Ho va explicar en Carlos a la Triana. No me'n fio gaire d'aquest nano, però, i si és veritat?

—És una acusació molt greu, Niko.

—No en diguis res al comissari, sisplau. Tampoc em fio d'ell.

—Tranquil. Seré una tomba.

El noi examina el rellotge del mòbil i veu que són més de les cinc de la tarda. Potser la María encara no ha marxat.

—Me'n vaig a Santa Justa.

—Ara?

—Sí. He de trobar aquesta dona abans que desaparegui.

—Vinc amb tu. Ens trobem allà.

En Niko no té temps de respondre perquè en Muriel penja. Preferiria anar-hi sol, però l'ajuda del seu amic no li anirà gens malament si ho necessita. És policia i pot exercir com a tal en un moment determinat.

No hi ha ni tres quilòmetres des de la plaça d'España fins a l'estació de tren. Decideix agafar un taxi i observa en el navegador del cotxe que amb deu minuts serà allà. Durant aquesta estona pensa que el que està fent és una bestiesa. No sap ni a quina hora surt l'AVE de la Santana. Ni tan sols sap si encara és a Sevilla!

A Santa Justa hi ha molta gent amunt i avall. Demà és Cap d'Any i la gent entra i surt de la ciutat en massa.

—Niko! —sent que crida algú des de la cafeteria de l'entrada.

És en Muriel, que se li acosta sense l'uniforme de policia i, aparentment, una mica sufocat.

—He vingut corrent des de Nervión —diu en Gerardo, i repenja les mans als genolls per mirar de recuperar l'alè que li falta—. L'has vist?

—No. Hi ha molta gent.

—Quan surt el pròxim tren cap a Madrid?

—D'aquí a tres quarts d'hora —contesta en Niko,

que acaba de revisar la web de Renfe—. Deuen estar a punt d'embarcar.

—Mira, ja fan cua davant de la via 3. Som-hi!

Tots dos travessen el vestíbul de l'estació per sortir a la zona on els passatgers passen el primer control per accedir a les vies. Una hostessa vigila que ningú baixi encara per les escales mecàniques que porten a l'andana.

—La veus?

—No —contesta en Muriel mentre escruten les persones que fan cua—. Aquí no hi és, Niko.

—Crec que no anirà amb aquest tren.

—Potser n'ha agafat un abans.

—O un que surti més tard. No ho sabem.

—Què fem? Ens esperem?

En Niko i en Muriel es queden a Santa Justa pendents de tots els passatgers que accedeixen al control d'equipatge. La María Santana no apareix. El següent AVE no surt fins al cap d'una hora. Decideixen esperar-se. S'asseuen a la cafeteria i demanen un parell de cafès. Mentre se'l prenen, el noi rep un missatge de la Triana preguntant-li on és. Ella i la seva mare ja han arribat a casa. Li contesta que es reunirà amb elles per sopar.

—Ei, a aquell tio el conec —comenta en Muriel de sobte. Assenyala un home que porta uns texans blaus i una caçadora de pell negra—. És de la UCO.

—Deu tornar a Madrid.

—No porta maleta.

Tots dos es fixen en els moviments del policia. No para de mirar al seu voltant, com si estigués buscant algú. De sobte, se senten crits que venen de fora de l'estació. L'home de la UCO surt corrents cap a l'exterior de Santa Justa. En Niko i en Muriel s'aixequen i també van a veure què passa. Hi ha moltíssima gent. Alguns criden i altres demanen una ambulància. Entremig de la multitud veuen una dona estirada a terra. A la María Santana li acaben de clavar un ganivet que l'ha ferit de mort.

Capítol 40

Triana

Sevilla, dilluns 30 de desembre del 2019

Quan descobreix que hi ha tres persones presumptament responsables de la mort del seu marit, la Celia li demana a la seva filla que li expliqui detalladament tot el que ha passat durant les setmanes que ella ha estat absent. A l'hospital només li va fer unes pinzellades del que havia passat amb en Montesorín, en Niko i la Blanca, i li va parlar de l'accident d'helicòpter, del que ja sabia coses per la ràdio que en Carlos li havia portat, i de l'incendi a casa de l'Ana Benítez. També la va informar dels motius pels quals van acabar en una casa protegida, amb la policia pendent de la seva seguretat les vint-i-quatre hores al dia.

—Necessito saber més, Triana. Vull que m'ho expliquis tot.

—Vols dir que no val més que deixem passar uns dies i que et recuperis del tot, abans d'assabentar-te de temes que encara no s'han resolt?

—Tu mateixa m'has dit que soc jo qui pot esbrinar qui hi ha al darrere del crim del teu pare.

—Sí. Però ara encara no! No vull que t'alteris, mare.

—Ja saps que no pararé fins que arribi al final d'aquesta història, oi?

—Acabes de sortir de l'hospital. Fa pocs minuts no eres ni capaç d'entrar a casa. No et precipitis, sisplau.

A la Triana l'amoïna que a la mare la superi la situació. No està en les condicions adequades per afrontar la realitat. Ha de tenir paciència i esperar que el cos i la ment se li acabin de curar del tot.

—Saps el motiu pel qual van assassinar el teu pare?

—Mare, sisplau. No és el moment. Ja ho analitzarem.

—Només digue'm això. Heu trobat la resposta?

—No.

—Però si en Montesorín i dues persones més van pagar a en Mesa perquè el matés, és que el pare devia saber alguna cosa molt grossa. N'has parlat d'això amb el comissari?

—Unes quantes vegades. No m'ha volgut dir el nom en clau d'aquestes persones.

—He de trucar a l'Arturo.

—No, mare. Sisplau —li suplica la Triana, que segueix la mare fins a la sala d'estar, on ha deixat el mòbil—. Espera't. Calma't.

—Segur que en Gaviria disposa de tota la informació completa. Potser aquests sobrenoms em diuen alguna cosa a mi. He de parlar amb ell.

—Un moment. En Niko no es fia del comissari.

—Què? Per què?

La Triana li demana que s'assegui i comparteix amb ella les sospites del seu nòvio. També hi afegeix el que sap de la María Santana: la visita que li va fer en Niko al parc de María Luisa, les seves trobades amb en Gaviria i la conversa telefònica que va sentir en Carlos Flores entre el seu avi i ella, en què van parlar del seu possible assassinat.

—Aquesta dona em va venir a veure fa temps!

—Ja ho sé, me'n recordo.

—Volia col·laborar amb mi i li vaig dir que no. Després em va parlar del teu pare. Em va dir que allà on era estava bé, que estigués tranquil·la i que no m'amoïnés per ell. Li vaig dir que marxés. Em va fer una mica de por.

—D'alguna manera, ha estat implicada en tot això.

—Després de la seva visita, vaig buscar informació sobre ella. Havia sigut una persona molt influent a Sevilla. Hi havia gent rica i poderosa que confiava cegament en el seu suposat poder per captar l'energia dels morts. Fins i tot va col·laborar amb la policia.

—Pel que sembla, també és capaç de connectar amb l'energia dels vius. A en Niko li va assegurar que tu estaves viva.

—En canvi, ella em volia morta.

—Això és el que en Carlos Flores em va revelar. Per això et va alliberar.

—Al capdavall, aquell noi em va salvar. M'agradaria parlar amb ell.

La Triana esbufega i s'asseu al costat de la mare. La mira fixament i li parla molt clar:

—Has de parar. Encara que estiguis a casa, no t'has

recuperat. Estàs dèbil, amb les defenses per terra. Si t'alteres o comences a fer moltes coses que requereixin un gran esforç, et tornaràs a posar malalta. Pren-te uns dies per descansar i no t'involucris en...

En aquell moment sona el mòbil. És la Brenda? Fa una estona ha parlat amb ella per demanar-li perdó per allò del collaret d'ambre. Al final estava guardat a la capseta de música. Segurament el que va trobar a l'armari de la seva habitació era un de molt semblant comprat al mateix lloc. Ho venen com una artesania única i resulta que n'existeixen còpies exactes. A més, han parlat del tema d'en Cayetano. No s'ha d'enfadar més per això. La seva amiga és lliure per sortir amb qui vulgui, malgrat que encara li molesta que no l'hi digués. Totes dues han acabat plorant i rient alhora. Com quan plou i surt l'arc de sant Martí. El més important és que tornen a ser amigues.

Però no és la Brenda qui truca.

—Hola, Niko. Ja vens cap a casa?

—Han assassinat la María Santana —diu el seu nòvio molt nerviós.

—Què? On?

—A l'estació de Santa Justa. Ha passat molt a prop d'on era jo. Li han clavat un ganivet al cor.

—Collons, Niko. Què dius, ara?

El noi li explica que havia anat a l'estació amb en Muriel per intentar parlar amb la Santana perquè sabia que tenia intenció d'anar-se'n a Madrid. Algú ha aprofitat la gentada que hi havia a Santa Justa per apunyalar-la i fugir.

—Ningú no ha vist qui ha sigut —diu en Niko.

Se'l nota molt tens—. Ara acaba d'arribar la policia. Encara no s'han endut el cadàver.

—Mare meva. Vigila molt, sisplau.

—En Gerardo és amb mi. Aquí hi ha alguna cosa que se'ns escapa, Triana. Qui volia aquesta dona morta? Per què l'han assassinat?

—Deu estar relacionat amb en Juan Luis Flores?

—No ho sé, però tots dos estaven implicats en el segrest de la teva mare. I, entre tu i jo, en Muriel no m'ha assegurat que allò d'en Flores a la comissaria fos un suïcidi, tal com s'ha donat a entendre.

A la Triana no la sorprèn el que li diu en Niko. La mort d'aquell home és molt estranya. La manera, el moment i el lloc no semblen propis d'un paio com en Flores.

—També hem descobert que la UCO era a l'estació ja des d'abans de l'atac. En Muriel ha reconegut un home vestit de paisà que forma part del dispositiu que ha vingut des de Madrid. Ha sigut dels primers d'arribar al lloc dels fets, però la María Santana ja era morta quan ha intentat auxiliar-la.

—Ha anat a l'estació per ella?

—No ho sé, però és molt probable.

—Niko, ves-te'n d'aquí. Començaran a arribar policies i periodistes. No convé gens que et vegin a l'escena d'un crim. Si es confirma que aquesta dona estava relacionada amb el segrest de la mare, algú podria deduir que l'has matat tu per venjar-te'n.

—No pateixis que això no passarà, però ara vinc cap a casa teva.

—D'acord. T'esperem.

El noi penja i la Triana queda pensativa. Una altra persona que es mor de manera violenta a Sevilla. No pot ser casualitat. Té raó el seu nòvio: hi ha alguna cosa que se'ls està escapant.

—Ho he sentit bé? Han assassinat la María Santana? —pregunta la mare, que engega el televisor per veure si en diuen res.

—Sí, a Santa Justa. Algú li ha clavat un ganivet al pit.

—Què hi fa, en Niko, a l'estació?

—L'ha anat a buscar per parlar amb ella. Volia saber si era veritat el que en Carlos Flores em va explicar a l'hospital. Ja saps, allò que t'he dit de la Santana i en Juan Luis.

—La María Santana ho va planejar tot. Em volia morta.

—Mare, val més que no pensis més en això i que descansis.

—Com vols que descansi si acaben de matar la persona que podria haver organitzat el meu segrest! Què cony està passant, Triana?

La noia arronsa les espatlles i envia un missatge pel mòbil. Escriu un whatsapp a la Blanca sobre la mort de la Santana. La periodista li respon de seguida.

BLANCA
Acaben de dir-ho en un dels grups del diari. Una de les meves companyes ja ha anat cap a l'estació per cobrir la informació. He de parlar amb tu. Aquest vespre et truco.

—El teu pare, en Mesa, en Risto, la policia Ángela Diosdado, en Montesorín, la Mercedes Reinoso, el pilot de l'helicòpter, el dependent del basar, la Luna, en Juan Luis Flores, la Santana... És una autèntica bogeria! Hi ha algun mort més que jo no sàpiga?

—No és segur que totes aquestes persones estiguin relacionades amb la mateixa història.

—Doncs ho sembla molt, reina. Desconec tota la informació, la qual espero que m'expliquis ben aviat, però cadascuna d'aquestes persones sembla relacionada amb alguna de les altres que també han mort.

—Mare, deixa-ho estar. T'ho suplico. És pel teu bé.

—Saps aquella teoria que diu que tots estem connectats? —pregunta la mare, ignorant la petició de la filla—. Cadascun de nosaltres té connexió amb totes les persones del planeta, perquè coneixem algú que coneix algú altre, i aquest altre coneix algú de més enllà. En aquests quatre passos, tots estem connectats. Bé. Aquesta fórmula es podria aplicar a aquest cas. Tinc molt clar que hi ha un fil conductor associatiu entre les persones que he esmentat i que han mort d'una manera o altra.

—Hi estic més o menys d'acord. Tot i que no veig les connexions tan clares.

—Són claríssimes, filla.

—Quina és la connexió del pare amb en Mesa, en Risto, en Montesorín... i la gent que anava amb l'helicòpter?

—La Blanca —contesta la Celia ràpidament, i la seva veu sona molt segura—. Jo havia quedat amb ella el matí que va aparèixer en Juan Luis Flores a casa i em va segrestar. Havíem d'esbrinar la identitat de Chopin. Ens estàvem acostant a la veritat.

—Al final, va ser la Blanca qui el va descobrir.

—Sí. I per aquest motiu potser van provocar l'accident d'helicòpter. I més tard van assassinar la Luna, perquè la Blanca i ella tenien contacte directe i estret.

—Així, l'accident d'helicòpter no té res a veure amb la Mercedes Reinoso ni amb l'alcalde?

—No sé què vols dir. Què hi pinta en Santiago de Gomar en tot això?

—Ell havia d'anar dins de l'aparell que es va estavellar. Una reunió d'última hora a l'ajuntament va fer que se'n salvés. No ha sortit a la premsa i encara és confidencial. La Blanca ho sabia i ens ho va explicar a la Luna i a mi. En Niko també ho sap. Ah! I la dona del pilot.

—I us han atacat a tots.

—En realitat, a en Niko i a mi no ens han fet res. Només van entrar a casa per deixar-me una nota i dirme que estaves viva.

—Qui va entrar?

—No ho sé. Se suposa que el paio que és a la presó.

La Celia nega amb el cap. S'acaricia la barbeta amb insistència i s'aixeca del sofà. La Triana observa la mare caminant amunt i avall per la sala d'estar, parlant sola.

—No va ser ell. T'hauria intentat matar, tal com va intentar-ho amb la Blanca i el seu germà; i després va disparar a boca de canó a la Luna González. La persona que va entrar a casa mentre dormies només et volia avisar que jo estava bé.

—En Carlos Flores?

—T'é sentit.

—I si també va ser ell qui em va trucar per telèfon per dir-me que estaves viva?

—No me n'havies dit res, d'aquesta trucada. Quan va ser?

—Uf. És que ja no sé què t'he explicat i què no. El cap m'explotarà.

La Celia somriu i torna al sofà. Ara és ella qui acaricia els cabells a la seva filla.

—Tenies raó. Ens ho hem d'agafar amb més calma. No només per mi, sinó també per tu, Triana. Tu has patit tant com jo. No et vull atabalar més.

—No es pot ni comparar. Has estat segrestada més de dos mesos. Jo només... he resat perquè estiguessis viva i tornessis a casa.

—Doncs aquí em tens, reina. Al cinquanta per cent, però hi soc. Les teves pregàries han estat escoltades per qui sigui i t'ha fet cas —diu la Celia, amb un gran somriure dibuixat en el rostre cansat—. Farem una cosa: em relaxaré una mica durant el que queda d'any, però quan comenci el 2020, ens encarregarem d'aquests malparits.

—Això és demà passat.

—Exacte. Em falten forces, però estic molt motivada per tirar endavant. Trobarem tots els implicats en aquesta història tan macabra. Siguin els qui siguin.

Capítol 41

Sergio

El Viso del Alcor, dilluns 30 de desembre del 2019

Ha estat parlant amb la seva germana i encara no es pot creure el que li ha ofert en Teo Solís. Serà la imatge dels mitjans de comunicació que formen part d'*El Guadalquivir*! De simple redactora a estrella mediàtica. Un ascens meteòric en tot just uns quants mesos, i amb només vint-i-dos anys.

En Sergio ha notat la Blanca molt feliç, però també molt nerviosa. Això d'aparèixer en cartells, anuncis i marquesines d'autobusos l'exposarà encara més. La seva cara serà pertot arreu. És bo això, per a una persona a qui han intentat assassinar i a qui la policia continua protegint? Si l'únic responsable d'aquests intents d'homicidi va ser el paio que és a la presó, no hi haurà cap problema. Fa uns quants dies que està detingut, però la policia encara no ha aconseguit saber qui és. El jutge ja l'ha enviat a la presó, sense opció a llibertat amb fiança, fins que es tramiti el procés penal. Segons el que els ha explicat en García, l'home encara no ha parlat i ha rebutjat la defensa d'un advocat.

—No ens havíem trobat mai amb res semblant. El seu comportament és molt estrany. Ens entén perfectament, però no sabem si és espanyol o no. Ni si treballa sol o per a algú altre. El cas és que ha decidit no obrir la boca i només s'ha comunicat amb signes quan li han preguntat si necessitava beure o menjar o si es trobava bé. Fins i tot hem pensat que podria ser mut, o que tenia la llengua o la gola afectades, però ho hem descartat. Entre nosaltres l'anomenem Pasalic, perquè algú de la UCO va dir que li recordava físicament un criminal croata que van detenir a Marbella fa uns quants anys que es deia així.

En Sergio s'esgarrifa cada vegada que recorda l'enfrontament que va tenir amb aquest tal Pasalic al pis de la seva germana. Per sort, entre tots dos van aconseguir fer-lo fora, però després va anar a atacar la Luna. D'això encara se'n lamenta.

—Al final, quants serem demà a sopar? —pregunta la mare, que ha entrat a la seva habitació sense trucar, tal com fa sempre.

—Encara no ho sé. La Triana no m'ha contestat.

—No crec que la seva mare estigui per a gaires celebracions de fi d'any. Aquella pobra dona ho ha hagut de passar molt malament aquests mesos.

—Per això mateix, si venen, vosaltres no li parlareu del tema.

—Esclar que no! Que et penses que soc tan estúpida?

—No em facis respondre aquesta mena de preguntes —diu el noi de broma, sense deixar anar el comandament de la consola mentre parla amb la mare.

—Mira que tenir fills perquè et parlin així...!

Les paraules d'en Sergio ofenen la Carmen, que surt de l'habitació mussitant unes paraules inintel·ligibles que no semblen pas afectuoses. El noi es gira somrient i nega amb el cap. No està malament viure amb els pares. Tanmateix, troba a faltar la casa on ha estat vivint durant una setmana. Sobretot troba a faltar els companys d'aventura. Fins i tot la Blanca. Precisament, la seva germana li acaba d'enviar un whatsapp.

BLANCA
Han assassinat la María Santana, la
dona de qui ens van parlar en Niko i la
Triana. Aquella mena de vident que
afirmava que la Celia Mayo estava viva.
Te'n recordes?

Esclar que se'n recorda! A la casa protegida en van parlar unes quantes vegades. La va buscar per internet, i la descrivien com una persona molt particular. Deien que era capaç d'establir contacte amb els morts. També captava l'energia de les persones desaparegudes. El sorprèn el missatge de la Blanca, i de seguida mira d'informar-se sobre els fets. En alguns tuits només expliquen que han matat una dona a l'estació de Santa Justa, però no en revelen la identitat. Li pregunta a la seva germana si es tracta de la Santana i ràpidament l'hi confirma. Hi ha un altre assassí rondant pels carrers de Sevilla. Algú que no és en Pasalic.

—He sentit el mòbil. És la Triana? —pregunta la mare, que ha tornat a entrar a l'habitació sense trucar—. T'ha contestat?

—No. És la Blanca.

—Què vol?

—Diu que demà per sopar farem croquetes i crestes.

—De debò? Aquest serà el sopar de Cap d'Any?

—Sí, i ous farcits. Amb això en tindrem de sobres —contesta el noi. Li costa aguantar-se el riure—. És broma. No m'ha dit res del sopar. No t'estressis encara.

—Ets una mala persona, Sergio.

—I tu molt innocent.

—He pensat que si venen la Celia i els dos joves, hauríem de fer alguna cosa de carn i de peix, no? Te n'encarregaràs tu, o li dic al teu pare que ho organitzi?

—Ja m'encarrego jo de tot, no pateixis. Però encara no sé si serem només nosaltres o si tindrem convidats.

—Per si de cas. Ara aniré a la fruiteria a comprar més raïm. Només en vaig comprar per a quatre.

—D'acord.

—Ja no hi ha policies al carrer, oi?

—No. Se n'han anat. Jo ja no els interesso. Demà, quan vingui la Blanca, tornaran per vigilar que no passi res.

—Valga'm Déu. Això sembla una sèrie nord-americana d'aquelles de la màfia i el crim organitzat. Per què ens toca tot a nosaltres menys la loteria?

La dona se'n va cap al dormitori després de persignar-se. En el fons, en Sergio sap que a la mare li va la marxa i que se sentia important quan algun dels policies la saludava o l'ajudava a pujar la compra. El pare, de mica en mica, també ha canviat el concepte que tenia dels cossos de seguretat de l'Estat. Si més no, des que ell ha tornat a casa, no n'ha parlat malament.

Apaga la consola i consulta les xarxes socials per veure si troba alguna cosa més sobre el que ha passat a l'estació del tren. Res de nou, però es fixa en un comentari d'algú que era a Santa Justa quan s'ha produït el crim.

> Ha passat quan jo acabava d'arribar a Sevilla. Sortia de l'estació i m'he trobat amb un munt de gent al voltant d'una dona baixeta i vestida de negre. Tenia alguna cosa clavada al pit. La policia ja hi era, intentant que ningú s'hi acostés, però hi havia moltes persones que els dificultaven la feina.

El tuit és d'un noi que escriu per a Onda Bética, i en el seu perfil hi té una foto amb la samarreta del Betis. Igual que aquest, comencen a aparèixer altres comentaris sobre els fets. Tot i que sap que els seus pares se n'assabentaran en un moment o altre, en Sergio s'estima més no dir-ne res perquè no es posin nerviosos abans d'hora.

Intenta no angoixar-se, però nota que li falta l'aire. Necessita sortir.

—Vaig a donar un volt —li diu al pare, que està assegut a la butaca de la sala d'estar llegint una revista de ciclisme.

—Tot sol? On vas?

—He quedat amb una amiga —menteix. Sap que d'aquesta manera no s'hi oposarà.

—Entesos. Però ves amb compte i no triguis gaire.

—Tornaré a l'hora de sopar.

En Sergio surt de casa i comença a deambular pels carrers d'El Viso, sense un rumb determinat. Nota el fred intens a la cara. Es creua amb molt poques persones. Fa temps que no veu els seus amics del poble, però no té ganes de quedar amb cap d'ells. Simplement volia sortir de casa, allunyar-se una estona de l'habitació, de la consola i dels seus pares. Va ser això el que li va passar a la Blanca? Per això se'n va anar?

La profunda melancolia que sent l'acompanya mentre va caminant i recorda els esdeveniments dels últims dies. La ruptura amb la Verónica ha sigut dura, però s'ha sentit més bé gràcies a la Blanca, en Niko i la Triana. Llavors veu l'autobús que va a Sevilla. És un senyal? La parada és a menys d'un minut. Ho fa?

El noi no s'ho pensa dues vegades. S'afanya a atrapar l'autobús i corre al seu costat en paral·lel, de manera que gairebé arriben alhora a la marquesina. Fins i tot té temps per recuperar l'alè, perquè hi ha unes quantes persones fent cua i pugen abans que ell. Després de pagar, s'instal·la a l'última fila. Un home que també ha arribat corrent, just darrere d'ell, s'asseu al seu costat. L'autobús arrenca i en Sergio treu el mòbil per avisar als pares que aquest vespre segurament no serà a casa per sopar. La mare li truca, però prefereix no respondre. Li envia un whatsapp per dir-li que és a l'autobús i que no pateixi. Vol donar una sorpresa a la Triana i a la seva mare. Després d'escoltar un àudio del pare esbroncant-lo, fa petar la llengua i tanca els ulls.

De sobte, nota una fiblada. Quan es toca l'abdomen descobreix que té la mà plena de sang. Li fa molt de mal. El paio que viatja al seu costat somriu mentre deixa caure a terra una petita daga. Li tapa la boca i impedeix que en Sergio cridi. Ningú no mira cap enrere.

—Estàs bé? —li pregunta el presumpte agressor—. Has fet un bon salt. M'has espantat.

En Sergio té just davant seu la cara del paio que l'acaba d'apunyalar. Ja no té sang a la mà ni li fa mal la zona on l'ha punxat. La petita daga tampoc és a terra, ha desaparegut. Ha sigut un somni fugaç?

—Ho sento. M'he adormit —contesta el noi, mentre intenta espavilar-se. Encara està espantat.

—No pateixis. Has passat mala nit?

No té ganes de parlar. Assenteix amb el cap. Després es treu els auriculars de la butxaca i busca una cançó a Spotify. Tria «Creep» de Radiohead, un tema que no és de la seva generació però que sempre li ha agradat. Aquest cop no tanca els ulls. Repenja la cara al vidre i vigila de reüll l'home del seu costat. No es vol obsessionar, però troba que estan massa junts. La cama dreta del desconegut envaeix descaradament el seu espai. Això l'incomoda, però no l'hi diu. És un paio fornit, amb els ulls clars i nas de boxejador. No sembla espanyol, tot i que l'accent no li ha semblat de fora. Si ho hagués de dir, juraria que és originari d'algun país de l'Europa de l'Est. Llavors pensa en en Pasalic. No pot ser que aquell passatger tingui relació amb l'home que va intentar matar-lo dues vegades i que ara està entre reixes. És impossible.

La cançó de Radiohead s'interromp perquè la seva germana li envia un whatsapp.

BLANCA
La mare s'ha enfadat molt. Diu que no
els has avisat que marxaves a Sevilla.
Que em vens a veure? Ara mateix
no soc a casa.

En Sergio li contesta que ha sigut una cosa improvisada. Que té intenció de donar una sorpresa a la Triana i a la seva mare i després havia pensat d'anar al seu pis per sopar amb ella, però que si no pot, no passa res. La Blanca li envia un àudio per dir-li que arribarà cap a les nou i li demana que vigili molt. Allò de la María Santana podria estar relacionat amb ells.

—Perdona, noi —diu l'home del costat, que a més li crida l'atenció tocant-li l'espatlla—. Tens el volum dels auriculars molt alt.

—Perdoni. Ara l'abaixo.

Aquest paio li provoca calfreds. Ara dubta de si el seu accent és o no és espanyol. El cap li va a cent per hora. Abaixa el volum dels airpods i esbufega. Tot i que a l'autobús hi viatja més gent, i per tant no és el millor lloc per cometre un assassinat, també és veritat que estan asseguts a l'última fila i ningú se n'assabentaria, si decidia carregar-se'l com en el somni que ha tingut fa una estona.

—Perdona una altra vegada, noi. Em sap greu molestar-te. Coneixes la María Santana? He sentit que l'esmentaven en aquest àudio que t'han enviat.

—Per què m'ho pregunta? —diu en Sergio desconcertat.

—Perquè m'acabo d'assabentar que l'han assassinat fa una estona a l'estació de Santa Justa. Jo sé qui ha sigut.

Capítol 42

Blanca

Sevilla, dilluns 30 de desembre del 2019

La tornada al diari li ha portat moments de tot. El dia ha començat tranquil, però s'ha anat animant. El dinar amb la nova directora ha sigut molt interessant, sobretot quan ha aparegut en Teodomiro Solís. L'amo del grup El Guadalquivir li ha fet una oferta impossible de rebutjar. No li fa gaire gràcia haver de ser la cara visible del grup, però és que li triplicaran el sou actual! A més, l'ascendeixen a directora de la part digital del diari, o sigui que ella controlarà els continguts i dirigirà la web. De moment, aquestes novetats només les ha explicat al seu germà, que no s'ho podia creure quan han parlat per telèfon. Als pares els donarà la sorpresa demà, quan vagi a casa, i a la Triana li trucarà aquest vespre.

L'entusiasme ha quedat entelat per la notícia del crim a Santa Justa. No està segura de què n'ha de pensar, d'això.

—Déu-n'hi-do, això d'aquesta pobra dona... —murmura l'Alexandra, la nova companya de redacció—. M'acaba d'escriure l'Almudena des de l'estació de tren per demanar-me que busqui informació sobre la María Santana. Vol que a la web, juntament amb la notícia, hi posem un perfil d'aquesta dona. Es veu que era força famosa a la ciutat. Tu la coneixies, Blanca?

—N'havia sentit a parlar.

—Ah, sí? Jo no. He llegit que era mèdium, vident o una història rara d'aquestes.

—No t'ho sabria dir, Alexandra.

—Quina murga. Com que soc nova, em toca fer aquestes coses. Quan em deixaran sortir al carrer a buscar notícies sucoses o escriure un article sobre un cas interessant?

La Blanca somriu i no li contesta. La majoria dels periodistes acabats de sortir de la facultat accepten les pràctiques o les primeres feines amb una idea equivocada de la professió. No triguen gaire a adonar-se que, en realitat, es passaran moltes hores a la redacció fent feines d'intendència o cobrint avorrides rodes de premsa. Ella, en canvi, va tenir la sort o la desgràcia de trobar-se amb el cas Chopin entre mans just quan va entrar a formar part d'*El Guadalquivir*.

—Com ha anat el dinar amb la Rebeca? —pregunta l'Alexandra, que no sembla que tingui gaires ganes de buscar la informació que li han demanat des de Santa Justa—. És bona tia, oi?

—M'ha caigut bé.

—Tu seràs de les seves preferides. Tant de bo jo

aconsegueixi arribar on has arribat tu. M'encantaria convertir-me en una llegenda del periodisme.

La Blanca s'ajusta les ulleres. Llegenda del periodisme? Aquesta noia s'ha passat tot el dia afalagant-la i exagerant. Si treballen de costat i fan la mateixa feina! Si més no, de moment. Tantes floretes la fan posar nerviosa.

—Vaig a veure la directora abans de marxar. Demà vindràs?

—Sí, noia, he de pencar fins i tot l'últim dia de l'any. Quin remei.

—No t'estressis. Jo seré amb tu. M'han demanat un article d'homenatge sobre l'anterior directora del diari. O sigui que estaré amb tu.

—Me n'alegro! És un honor compartir espai amb una persona com tu.

L'Alexandra és molt intensa, però la troba simpàtica. No sembla que li tingui enveja o que la tracti de manera especial per la seva fama recent. Treballarà al seu costat uns quants dies més abans de traslladar-se al seu nou despatxet. Ha pactat amb el senyor Solís que començarà a dirigir la web després de festes, cap a mitjans de gener. No ho farà sola: durant un temps, tindrà al seu costat una persona més experimentada i especialista en aquest camp. La idea és donar encara més força a la versió digital del diari i augmentar el nombre de subscriptors i visites. Per aquelles dates també es farà les fotografies que serviran per a la campanya d'imatge del grup El Guadalquivir.

La porta del despatx de la Rebeca Solís està tancada. Truca i sent la veu de la directora.

—Endavant.

La Rebeca la rep amb un somriure i li demana que segui. La Blanca prefereix quedar-se dreta perquè només hi ha anat per acomiadar-se.

—Me'n vaig ja, però volia tornar-te a donar les gràcies per tot. Encara em costa de creure-ho.

—L'important és que tu estiguis bé i que et tractem com et mereixes.

—El teu tiet és genial. Dona-li les gràcies una altra vegada de part meva quan el vegis.

La dona s'aixeca de la cadira per acostar-se a la Blanca. La Rebeca la fa posar nerviosa. Fa molt bona olor i és realment atractiva. S'ha tret la jaqueta i porta només la camisa, amb uns quants botons descordats. S'ajusta les ulleres i intenta no mirar-li l'escot.

—És un encert que t'hagin escollit com a cara visible d'El Guadalquivir.

—Em neguiteja una mica que tothom em vegi, però és una oportunitat única.

—Sí que ho és. M'alegro molt d'haver convençut el meu tiet perquè t'ho proposés.

—Ha sigut cosa teva?

—En gran part —contesta la Rebeca, que seu sobre la taula i encreua les cames—. Mira, entre nosaltres, el meu tiet és un home molt ocupat i amb prou feines es fixa en certes coses. A tu et coneixia més per allò de l'accident que no pas per la teva feina al diari.

—És lògic. Som molts, i jo acabo de començar.

—Però ets la persona més mediàtica de l'edifici! Ho havíem d'aprofitar! Has sobreviscut a un accident d'helicòpter! Aquell maleït trasto es va estavellar contra la Giralda i tu hi anaves a dins!

La Blanca comença a veure clar el motiu pel qual li han ofert el nou càrrec i ser la imatge de la marca El Guadalquivir. No ho han fet per la seva bona feina en el cas Chopin; el que pretenen és ensenyar múscul davant dels altres, mostrar que ells tenen a la plantilla la supervivent de l'accident del qual s'ha parlat més en la història de Sevilla.

—Ets una bona periodista. D'això no n'hi ha dubte —assegura la Rebeca, que sembla que s'ha adonat del que pensa la Blanca—. Però tal com li he insistit aquestes setmanes al meu tiet, només hi ha una persona que hagi viscut el que has viscut tu, bonica. Aprofita-ho.

—No crec que hagi de treure res a canvi d'una tragèdia.

—Això no ho he pas dit jo, Blanca. És com si una dona guapa tragués partit de la seva bellesa. D'acord, hi ha altres virtuts i altres valors molt importants, per descomptat, però no tots anem a la guerra amb les mateixes armes.

Entén el que la directora vol dir, però se sent decebuda. Ella també ha pecat d'innocent, com la seva companya Alexandra. En el món del periodisme hi ha massa interessos, i això no ho hauria d'oblidar mai.

—Me n'he d'anar. Demà ens veiem —s'acomiada la Blanca capcota.

—El meu tiet t'acabarà apreciant. Ets una de les millors periodistes que tenim. Aquí al diari tothom ho pensa.

—Moltes gràcies.

—Pensa en el sou que cobraràs i que tothom et reconeixerà pels carrers de Sevilla! No està gens malament per a una noia de vint-i-dos anys d'El Viso del Alcor.

La Blanca surt del despatx de la Rebeca sense fer cap més comentari, recull les coses i se'n va. Mentre baixa les escales, reflexiona en el que li ha dit la nova directora. La vida funciona d'aquesta manera. Potser hauria de deixar de ser tan idealista i gaudir del que li han ofert. L'estan utilitzant, però també en traurà un bon benefici. Després del que ha passat en aquestes últimes setmanes, pot estar-ne satisfeta. Fins i tot orgullosa.

Al carrer ja és de nit. Es corda l'abric perquè fa fred. Els canvis de temperatura tan exagerats d'aquesta ciutat ja li han costat més d'un refredat. Està a punt de travessar en un semàfor quan s'adona que un home l'observa. A ella també li sona la seva cara. Està segura que l'ha vist en algun lloc. De seguida hi cau: és en Juancho Arrieta, el psicòleg que col·labora a El Guadalquivir TV. La Luna el va anar a veure per fer-li una consulta relacionada amb la memòria.

—Ets la Blanca Sanz, oi? Soc en Juancho Arrieta —es presenta l'home, que s'ha adonat que la noia també l'identificava—. Vinc a vegades al canal de televisió per passar consulta.

—Sí, ja el conec. Molt de gust.

—He sentit a parlar molt de tu.

—Espero que siguin coses bones.

—Totes immillorables. T'has convertit en una mena de llegenda a El Guadalquivir. T'aprecien molt.

—Segur que no n'hi ha per tant —diu la Blanca, aclaparada—. Ha vingut a gravar?

—Sí. Deixaré unes quantes coses preparades perquè me'n vaig de vacances una temporada.

—A vegades s'ha de desconnectar.

—Exacte. Com a psicòleg, ho recomano. Als meus pacients i a mi mateix —diu en Juancho, fent broma—. Tot i que ja han passat dies, t'acompanyo en el sentiment per la mort de la Luna. Sé que éreu molt amigues.

—Gràcies. Sí, ens vam fer amigues i em va ajudar molt.

—Pobra noia, tan jove i acabar d'aquella manera per culpa d'un desgraciat. Espero que el culpable de la seva mort no surti mai de la presó.

En Juancho continua lamentant l'assassinat de la periodista i maleint el seu assassí. La Blanca es fixa en ell mentre parla. Va vestit elegant, té bona planta i sembla més alt en persona que a la televisió. Sens dubte, està en forma. És un gran orador. Vocalitza molt bé i, tot i que no és andalús, a vegades se li nota que fa temps que viu a Sevilla.

—Et puc fer una pregunta personal? Si no vols, no contestis —diu l'Arrieta un cop ha acabat d'elogiar la periodista morta—. Eres tu l'amiga de qui em va parlar? Quan vaig quedar amb ella, em va fer una consulta en referència a la pèrdua de memòria després de patir un accident. Vaig lligar caps i vaig pensar que potser eres tu. M'equivoco?

A la Blanca no li sorprèn la pregunta. Fa uns quants dies va pensar contactar amb ell perquè li expliqués si hi havia alguna manera de recordar el que havia oblidat de l'accident.

—No s'equivoca. Era jo.

—N'estava gairebé segur. Com et trobes? Sé per

amics en comú que has estat bastant malament. Tot i que jo et veig fantàstica!

—Encara m'estic recuperant. Em canso força i a vegades em fan mal les cames, les costelles i l'esquena. I tinc una lleugera coixesa.

—És normal. Va ser un accident molt greu. I els records?

—Segueixo tenint llacunes. Em venen flaixos o somio amb el que va passar. Però hi ha fases que no tinc gaire clares dins del cap.

—També és lògic. Tal com li vaig explicar a la Luna, jo no soc especialista en neuropsicologia. Per això li vaig escriure a un amic expert en aquest tema. Després va passar el que va passar i..., bé, no els vaig poder posar en contacte.

—Què li va dir, el seu amic?

—Em va engegar un rotllo llarguíssim en un missatge d'àudio. Encara xerra més que jo. La seva conclusió era que l'amiga de la Luna l'anés a veure perquè així podria analitzar el cas amb més precisió. I fixa't quina casualitat, la tinc aquí al davant!

—Puc anar-lo a veure en algun moment?

—Per descomptat. Si vols li truquem ara i aviam si té un forat per demà, o per a després de cap d'any.

—Treballo, però si m'atén ja m'espavilaré per arreglar-ho.

—Magnífic —diu l'Arrieta, que busca el telèfon del seu amic al mòbil—. Per cert, Blanca, alguna vegada t'han hipnotitzat?

Capítol 43

Celia

Sevilla, dilluns 30 de desembre del 2019

—Segur que estaràs bé?

—Que sí, pesada. Va, ves-te'n.

—Puc fer la compra per internet i que ens ho portin demà.

—Et dic que no! Afanya't o tancaran el supermercat.

—No vols venir amb mi?

—Estic cansada, i els veïns m'atracallaran amb preguntes —diu la Celia, mentre fa un badall—. M'estimo més quedar-me al sofà mirant la tele. No pateixis.

—Entesos, no trigo gens.

—Si hi ha periodistes, no contestis i saluda de part meva en García si encara és per aquí.

—Suposo que ja el deuen haver substituït. Fins ara, mare!

La Triana es posa l'abric i se'n va. Tenen la nevera pràcticament buida i necessiten productes bàsics com llet, ous, iogurts i fruita. Ni tan sols tenen compreses ni paper higiènic. Quan la Celia sent que es tanca la porta, s'aixeca del sofà. Per fi s'ha quedat sola.

És veritat que no se sent amb forces i que el cos se li ressent de les setmanes que va estar tancada a l'amagatall de Montoro, però no pot parar de pensar en el que li ha explicat la Triana. A més, fa uns minuts han assassinat la María Santana. L'instint li diu que alguna cosa greu està passant a Sevilla.

De camí cap al despatx, torna a notar el tremolor a les cames. És possible que no sigui capaç de superar el trauma del que va passar en aquella habitació? Ha de vèncer la por. Abans de seure, abaixa la persiana per si hi ha algun periodista curiós rondant per fora la casa. Respira fondo unes quantes vegades i després intenta centrar-se en la pila de papers que hi ha escampats a sobre la taula. Sens dubte, la Triana i en Niko han estat investigant a fons. Torna a agafar el full que hi ha al damunt dels altres. Llegeix en veu alta la pregunta escrita en majúscules i de color vermell: QUI VA ORDENAR ASSASSINAR EN LOLO VELÁZQUEZ? Una de les persones implicades va ser l'inspector en cap Montesorín. I les altres? La Triana li ha explicat que la Policia Nacional té dos noms més, però estan en clau i encara no han aconseguit desxifrar-los. Ja comença a ser hora de mantenir una conversa amb en Gaviria. Té el seu mòbil personal. És tard i potser no el troba a la comissaria, o està enfeinat amb la mort de la Santana, però no es vol quedar amb el dubte. Marca el seu número i espera impacient que contesti. Al cinquè to sent la veu de l'antic superior del seu marit.

—Sí?

—Hola, Arturo. Com estàs?

—Celia, que et passa res? Va tot bé? —pregunta en Gaviria. El nota preocupat i cansat.

—Sí, tranquil. Més o menys vaig recuperant la normalitat.

—Me n'alegro. Com han anat les primeres hores a casa?

—M'he d'adaptar a caminar per habitacions que fan més de metre seixanta d'altura. Encara vaig encorbada —diu de broma la detectiu per intentar treure ferro a la situació—. Aviat seré la de sempre, Arturo.

—Tens una actitud magnífica, però pren-t'ho amb calma.

—És el mateix que em diu la meva filla.

—La Triana és una noia molt intel·ligent. Fes-li cas. No és fàcil tornar al dia a dia com si no hagués passat res. Has patit una experiència molt dura i la teva ment l'ha de canalitzar fins que només sigui un mal record.

—Us faré cas i procuraré prendre'm el temps que calgui i no accelerar la meva recuperació. Però et volia fer una pregunta. Per això t'he trucat.

—Digues, què vols saber?

—La meva filla m'ha explicat que vau trobar un document a casa de l'Enrique Mesa on apareixien tres noms en clau relacionats amb l'assassinat del meu marit. És veritat?

—Sí, però m'estimo més no parlar del tema, Celia. És una investigació oficial.

—Vinga, Arturo. Soc detectiu privada. I van matar en Lolo. Tinc dret a saber-ne tots els detalls. M'ho deus, després de cinc anys d'angoixa i dolor!

—No insisteixis, sisplau. El que has de fer ara és reposar i recuperar-te.

—Creus que puc estar tranquil·la sabent que al meu marit el van matar i que se sap alguna cosa dels que ho van encarregar al malparit de l'Enrique Mesa?

Quan la Triana l'hi va explicar a l'hospital, no s'ho podia creure i es va posar a plorar com una Magdalena. S'havia passat l'últim lustre anant a cegues, tot i que estava segura que en Lolo no s'havia mort accidentalment en caure d'aquell pont i que, per descomptat, no s'havia suïcidat. Al seu marit l'havien assassinat. La confirmació de les seves sospites li havia revifat de nou la ira i les ganes de descobrir la veritat.

—En Montesorín va ser un dels tres que va contractar en Mesa. I els altres dos? Quins són els pseudònims?

—No puc parlar de temes confidencials. Ja ho saps.

—Són els assassins d'en Lolo, Arturo! Potser us puc ajudar! —exclama la dona, a punt de perdre els estreps—. Només digue'm aquests dos sobrenoms o el que sigui. Sisplau, t'ho suplico. He remogut cel i terra durant cinc anys de la meva vida buscant una maleïda pista que em portés fins a l'assassí del meu marit.

Li venen ganes de plorar. S'aixeca de la cadira i seu a terra, en un dels racons del despatx. Se sent desolada. En aquella habitació no hi ha cap galleda per orinar ni el sostre fa menys d'un metre seixanta d'alçada; no fa pudor d'humitat ni té un carceller que li impedeix travessar la porta. Però l'angoixa és semblant. En Juan Luis la va drogar amb burundanga i li va robar la llibertat mentre parlaven entre aquelles mateixes quatre parets.

—Dalmita i Escudera. Aquests són els noms en clau que encara no sabem a qui corresponen —diu el comissari després d'uns tensos segons de silenci—. Investiga-ho, si vols. Però no diguis a ningú que he sigut jo qui te'ls ha revelat. M'hi jugo la carrera com a policia.

—Gràcies, Arturo. En Lolo sempre deia que eres el millor.

—El teu marit era un gran home i un dels millors policies que he conegut. Potser per això el van assassinar aquells malparits. Si trobes els culpables, fes-m'ho saber i els farem pagar el que es mereixen. Això sí, sigues molt discreta i no et fiquis en embolics. No vull haver-te de tornar a buscar.

La Celia li torna a donar les gràcies i li promet que anirà amb molt de compte. Quan penja, apunta al full, al costat dels interrogants que havien escrit la Triana i en Niko, els dos sobrenoms que li ha dit en Gaviria: Dalmita i Escudera. A qui deuen correspondre? A priori no li diuen res. Si els especialistes que té la policia no han sigut capaços d'esbrinar les identitats dels dos àlies, és que deu ser molt complicat saber-ho.

—Ja soc aquí! —exclama des de la porta d'entrada la Triana, que arriba carregada amb unes quantes bosses—. Mare?

La Celia surt del despatx i li ensenya el full a la seva filla. La noia deixa les bosses a terra i l'examina atentament.

—Dalmita i Escudera? Qui te'ls ha donat, aquests noms?

—El comissari. He trucat a en Gaviria fa una estona.

—Mare! No hem quedat que no faries res fins l'any que ve?!

—No em renyis —diu la Celia, que agafa dues bosses i les porta cap a la cuina. La Triana la segueix amb les altres—. L'Arturo m'ho devia.

—I no té cap pista sobre a qui corresponen aquests sobrenoms?

—No. Cap. Almenys a mi no m'ha dit res.

—No et sonen?

—No, Triana. Ni idea. L'any que ve ho investigaré a fons.

La noia somriu mentre obre la nevera i comença a guardar les coses que ha comprat al supermercat.

—Hi ha uns quants periodistes a fora.

—Has parlat amb ells?

—No. Només els he dit que se n'anessin a casa, que aquí no hi han de fer res.

—Aquests pobres compleixen ordres. Els seus superiors són els que haurien de ser al carrer, passant fred.

—No hi hauria d'haver ningú, mare. Ja els han enviat una nota de premsa dient que estàs bé i que demanem respecte i comprensió. La setmana que ve podràs parlar amb ells.

—Quina murga. Però bé, faré un esforç —contesta la Celia mentre posa les taronges i els plàtans a la fruitera—. Hi era, en García?

—No. Ha vingut un jove alt i amb el cap rapat. Molt guapo. L'he vist unes quantes vegades. És simpàtic.

—A veure si ara t'enamoraràs.

—Ja estic enamorada. El meu nòvio es diu Niko, te'n recordes?

—Perfectament. És el jove malastruc que ens ha capgirat la vida.

—Mare! No ho diguis això! Pobre!

Totes dues riuen i es fiquen amb en Niko mentre acaben de guardar les coses. La Celia se sent molt afortunada de poder tornar a gaudir de moments així amb la seva filla. Ara els valora més. Durant molts dies va pensar que no la tornaria a veure mai.

Són gairebé les vuit quan rep una trucada al mòbil d'un numero que no té guardat als contactes. La Triana li diu que contesti.

—Sí?

—Hola, Celia. Em coneixes?

No oblidarà aquella veu en el que li queda de vida. L'ha sentit durant més de dos mesos. A l'altra banda de la línia hi ha l'única persona amb qui va parlar mentre era a l'amagatall.

—Carlos Flores?

—Veig que ja saps el meu nom —diu el noi, que després ensuma pel nas. A la Celia li fa la impressió que ha estat plorant—. No disposo de gaire temps, però he volgut gastar els meus primers cinc minuts de telèfon a la presó amb tu.

—Em truques des de la presó?

—Sí. Aquest matí he passat a disposició judicial i fa una estona m'han tancat aquí. M'ho mereixo, però estic cagat de por.

—No sé què dir.

—No has de dir res. Et trucava per demanar-te perdó pel que t'he fet, abans que això es compliqui més. El meu avi va ser el veritable culpable del teu segrest, i vull que sàpigues que jo només complia ordres sota amenaça. Suposo que deus pensar que m'hi podria haver negat, però, en aquest cas, hauries tingut un altre carceller, probablement més dur que jo.

Les paraules d'en Carlos semblen sinceres. Aquest noi ha madurat des de la primera vegada que es van trobar en el forat on va estar segrestada.

—Segur que un altre no m'hauria deixat lliure —diu la Celia—. O sigui que per una banda et tinc rancúnia, però per l'altra t'estic agraïda.

—Ho sento. De debò que em mereixo que m'odiïs per sempre més. Espero que no tinguis gaires seqüeles pel confinament.

—Algunes, però ja em passaran —contesta la detectiu, que ha anat fins a la sala d'estar per seure al sofà—. Quanta estona tens permesa de telèfon?

—No gaire. Ja se m'acaba.

—Puc fer-te una pregunta ràpida abans que pengis?

—Esclar. Digues.

—La meva filla m'ha explicat que un dia algú, de manera anònima, li va trucar i li va dir que jo era viva. L'endemà van entrar a casa i van deixar una nota sobre el llit de la meva habitació amb el mateix missatge. Vas ser tu?

—No. Jo no hi tinc res a veure amb això.

—De debò?

—Et va segrestar el meu avi. Jo no sé ni en quin carrer vius —li assegura en Carlos—. A mi no em va explicar res, Celia. Només era el teu carceller i la persona que et va alliberar. Res més.

—I no saps si en Juan Luis o algú de la teva família ho va poder fer?

—No ho sé, però no ho crec. L'única cosa que em va manar el meu avi va ser l'estupidesa d'engegar el teu mòbil lluny de la ubicació de la casa.

—Per què?

—Perquè unes quantes vegades vaig sentir sirenes de policia molt a prop de la casa de Montoro. Ho vaig dir a l'avi i va tenir por que ens localitzessin. Llavors em va demanar que m'allunyés i que engegués el teu mòbil. A mi se'm va acudir de trucar al teu despatx. Vaig posar un antic àudio de whatsapp a l'atzar i vaig penjar de seguida. Sabíem que la policia captaria el senyal del mòbil i que començaria a buscar per la zona on el teu telèfon s'havia engegat. Només va ser una maniobra per despistar, i va donar resultat. Allò de l'àudio va ser una estupidesa, però vaig pensar que a la Triana li agradaria tornar a sentir la veu de la seva mare.

Capítol 44

Blanca

Sevilla, dilluns 30 de desembre del 2019

La nit és de les més fredes que recorda en molt de temps. Està esgotada. Ho nota especialment a les cames: li costa caminar el tram entre la parada de l'autobús i l'edifici on viu. Massa emocions per a un sol dia. No té ganes ni de fer el sopar, o sigui que potser farà una comanda de menjar ràpid. La idea del *fast food* pren força quan veu el seu germà esperant-la al portal.

—Ja no me'n recordava que venies —diu la periodista mentre li fa una abraçada—. Com ha anat amb la Celia i la Triana?

—No les he pogut veure —contesta en Sergio apesarat—. He anat al carrer on viuen, al barri de Santa Cruz, i m'he trobat amb un munt de periodistes fent guàrdia. M'ha fet moltíssima vergonya trucar a la porta de casa seva i que em fotografiessin o em fessin preguntes.

—Per què no l'hi has dit a la Triana? Ella hauria fet alguna cosa.

—Era una sorpresa! No sabia que hi anava. A més, m'he quedat sense bateria al mòbil. Me'l deixaràs carregar ara?

—Esclar, però entrem. M'estic pelant de fred.

Els dos germans demanen *nachos* i *burritos* en un restaurant mexicà. Mentre esperen que arribi el menjar, truquen als seus pares, que encara estan enfadats amb en Sergio. Queden més tranquils quan s'assabenten que està amb ella i que dormirà al seu pis.

—Estàs bé a casa? —li pregunta la Blanca des de l'habitació mentre es canvia per posar-se el pijama—. T'atabalen molt?

—No és això. O sí. Jo què sé.

—El pare i la mare són molt pesats, tot i que només volen el millor per a nosaltres.

—Ja ho sé, però no s'adonen que ens hem fet grans —diu en Sergio mentre consulta la premsa esportiva al mòbil—. Tu vas venir a estudiar a Sevilla, i fins i tot sense estar recuperada de l'accident, te'n vas anar d'El Viso perquè no els aguantaves.

—És que no tenia gens d'intimitat.

—Jo estic fart que entrin a la meva habitació sense trucar. Algun dia m'enxamparan... jugant al *Fortnite*.

La Blanca fa una riallada i torna a la sala d'estar. Esbulla els cabells al seu germà i s'asseu al costat.

—Trobes a faltar la casa, oi?

—Tu no?

—Home, a en Niko no gaire.

—Però a la Triana moltíssim. M'equivoco?

—És una batalla perduda, Sergio —contesta, després de fer un sospir—. La tinc com a amiga, i això ja és un gran triomf.

—A en Niko l'odies perquè és el seu nòvio?

—En Niko no em cau bé perquè es pensa que és el melic del món. Ja saps que no suporto la gent egocèntrica.

—Això també va per mi?

—No, rei. No va per tu. Tu t'has convertit en un tio fantàstic —contesta, amb un somriure—. Aquesta nit faré una excepció i engegaré la calefacció. Estic glaçada.

—Trobo que és una bona idea. Per cert, m'has d'explicar els detalls del que ha passat avui al diari. Quin tros de feina que t'han ofert!

—Sí, però hi havia lletra petita. T'ho explicaré mentre sopem. El repartidor ja està a punt d'arribar.

Els *burritos* i els *nachos* d'aquell mexicà són boníssims. Els dos joves tenen gana i els devoren amb fruïció. Entre una queixalada i una altra, la Blanca li relata al seu germà la conversa que ha mantingut a la tarda amb la Rebeca Solís. Inclosa la lletra petita a la qual es referia.

—O sigui que s'aprofitaran de la meva popularitat perquè sigui la imatge del grup de comunicació. I de passada firmaré un contracte d'exclusivitat amb ells. D'aquesta manera em tindran lligada uns quants anys.

—Amb clàusula de rescissió com els futbolistes?

—Em sembla que no n'hi ha de clàusules d'aquestes.

—I quin problema hi ha?

—Que m'estan utilitzant, Sergio. De fet, el càrrec que m'han adjudicat com a directora de continguts digitals del diari és perquè estigui contenta. No sé pas si sabré fer-ho. M'assignaran una persona especialitzada perquè m'ajudi les primeres setmanes.

—Segueixo sense veure-hi el problema.

—No em volen per la meva labor periodística, em volen pel que ha passat. És... frustrant!

—Tens vint-i-dos anys i cobraràs més de tres mil euros al mes. I et queixes? Ets massa idealista, nena!

—Pot ser, però m'he desanimat una mica quan la directora m'ha dit que el seu tiet amb prou feines sabia qui era i que només em coneixia per allò de l'accident d'helicòpter; que havia sigut idea d'ella aprofitar l'auge de la meva fama sobtada.

—Ets una bona periodista. Ho sap tothom.

—Però em vendran com una altra cosa, i això és el que no m'acaba de convèncer.

—Si volen, que posin la meva cara a les marquesines de les parades de busos i que em paguin la meitat que a tu. Seria el noi més feliç del món!

Potser el seu germà té raó. No s'hauria de fustigar tant perquè El Guadalquivir vulgui fer servir la seva cara com a imatge de la marca simplement per haver sigut la supervivent de l'accident d'helicòpter del qual ha parlat tant tothom.

—No et moguis. Jo ho recullo i ho netejo tot —diu en Sergio quan acaben de sopar—. Abans he vist que anaves una mica coixa. Descansa.

—Mira, en això no et portaré pas la contrària. Gràcies.

—Vols que faci cafè?

—Perfecte. Per cert, has tornat a parlar amb la Triana del sopar de demà?

—No. Després li enviaré un missatge. A veure si s'hi apunten.

—No pateixis. Li he de trucar per explicar-li això de l'oferta d'en Solís. Ja l'hi diré jo.

El xiulet del seu germà, acompanyat d'una imitació de Shin Chan recreant el seu mític «uh, uh» la fa riure, tot i que per dins continuï sabent-li greu que la Triana només la veurà sempre com una amiga.

—Saps que m'hipnotitzaran? —diu la Blanca mentre prenen el cafè després de sopar.

—De debò? Per què?

—Per veure si puc recordar el que va passar el dia de l'accident. Encara tinc moltes llacunes a la ment.

—És necessari que ho facis?

—No ho sé, però se'm fa estrany no poder recordar uns minuts de la meva vida.

—Quan t'ho faran? Vols que t'hi acompanyi?

—No cal. He quedat dijous amb un especialista en neuropsicologia —diu la Blanca, mentre busca al whatsapp el missatge que li ha enviat abans en Juancho Arrieta.

JUANCHO ARRIETA
M'ha escrit en Gervasio Lombán. Demà no et pot atendre. Ja saps, 31 de desembre i tot això... Però té un forat dijous vinent. Si em dones el teu consentiment, li escric ara mateix perquè et doni hora.

—No et fa por el que puguis tenir guardat a la memòria?

—Em fa més por no recordar-ho mai i que sigui alguna cosa important.

—Si tornes a aquell moment, patiràs. Va ser una experiència horrible. Precisament per això la teva ment no va emmagatzemar aquells minuts tan crítics.

—Correré el risc. El més probable és que tot es quedi igual. No soc gaire optimista amb això de la hipnosi. He buscat informació per internet, i hi ha un cinquanta per cent de gent que diu que és una bona solució, i un altre cinquanta per cent que assegura que és una enredada. Vull comprovar-ho jo mateixa per poder opinar.

—Ets molt valenta, nena.

—No n'hi ha per tant. —La Blanca s'aixeca per portar les tasses del cafè a la cuina—. Vaig a trucar a la Triana abans d'anar a dormir.

—Sort.

I després d'escoltar de nou la imitació d'en Shin Chan del seu germà, entra a l'habitació i tanca la porta. Té ganes de sentir la veu de la noia de qui està enamorada. Tot i que li agradaria més veure-la. I si li proposa una videotrucada per whatsapp? L'acceptarà?

S'asseu al llit, es posa els auriculars i li envia la petició. Creua els dits perquè la Triana l'accepti, i... sí! La seva amiga apareix a la pantalla del mòbil. També va amb pijama. Es pentina una mica amb les mans i esbossa mig somriure.

—Em pensava que no acceptaries la videotrucada.

—I no volia fer-ho! Però he pensat... què coi! I ja ho veus. Amb el meu conjunt de gala i les meves estupendes ulleres del cansament acumulat de tot el dia.

—Estàs tan guapa com sempre.

—No diguis mentides ni intentis lligar amb mi, estimada amiga! Estic tan sensible que no trigaria a caure rendida als teus encants!

La Blanca s'ajusta les ulleres, nerviosa. Sap que està fent broma. No creu que la Triana s'imagini el que sent per ella, perquè si s'ho pensés, no faria aquesta mena de comentaris.

—Abans d'explicar-te el que m'ha passat avui al diari, vindreu demà al sopar de Cap d'Any?

—Per mi sí. Ara intentaré convèncer la mare. No en té gaires ganes.

—Si no vol venir, no insisteixis.

—És bo que surti i faci una mica de vida social. La teva família és fantàstica. Per tant, intentaré convencela per venir a passar l'últim dia de l'any amb vosaltres. Demà t'ho confirmo.

—En Niko vindria?

—No en tinc ni idea. Ha vingut a sopar i se n'ha anat a casa seva. No n'hem parlat, d'això. Aquest vespre només hem tractat el tema del crim de la María Santana. Ell era a l'estació quan ha passat.

—De debò? Quina casualitat.

—Massa. Ens persegueixen les coincidències.

—Ja se sap qui l'ha assassinat?

—He vist als informatius que la policia continua pentinant els voltants de Santa Justa, Nervión, el polígon San Pablo... Però no tinc ganes de parlar d'això. Estic saturada —admet la Triana, que fa una ganyota de disgust que la Blanca troba adorable—. Què t'ha passat a la feina? Estic impacient.

La Blanca li explica com li ha anat la tornada al diari,

el dinar amb la nova directora i l'oferta irrebutjable de l'amo del grup. La Triana l'escolta atònita i emocionada, no es perd ni un sol detall del relat de la periodista. I veure-la tan feliç per ella fa il·lusionar molt la Blanca. A més, la seva amiga pensa com en Sergio: l'experiència que viurà i el sou que cobrarà estan per sobre dels motius pels quals l'han escollit per ser la imatge d'El Guadalquivir i de la seva excessiva idealització de la professió. Al final ha sigut una idea genial fer aquella videotrucada!

—Què és això que ha sonat? —pregunta la Triana, que ha sentit un timbre.

—És l'intèrfon. Algú ha trucat.

—A aquesta hora? Són més de les onze.

—Vaig a veure qui és.

—Vigila, sisplau. I no obris a ningú.

La Blanca finalitza la videotrucada i surt temorosa de l'habitació. En Sergio és davant de l'intèrfon, però no s'ha atrevit a contestar. Tornen a trucar. Aquell so molest provoca una tensió en l'ambient de l'apartament que fa contenir la respiració als dos germans. Al tercer truc, la noia contesta.

—Sí? Qui hi ha? —pregunta amb veu cautelosa.

—Bona nit, Blanca. Soc l'Alderete. Perdona que et molesti. Només era per dir-te que aquesta nit faré jo la guàrdia. Si necessiteu res, truqueu-me al número que us vam donar.

—Moltes gràcies. Bona nit.

La noia esbufega i mira al seu germà alleujada. A tots dos els ha vingut a la memòria el dia que va aparèixer el paio del passamuntanyes i els va agredir. Per sort, aquell home és a la presó, tot i que no se sap res de nou sobre ell.

—Quin espant —diu en Sergio, que torna al sofà on dormirà aquesta nit.

—Ja ho pots ben dir. Estava parlant amb la Triana i m'he posat supernerviosa.

—Tot bé amb ella?

—Tot normal.

—Parlant de crims i coses d'aquestes?

—No. Aquest vespre no. Hem fet una pausa —contesta la Blanca somrient—. Bona nit, Sergio.

Just quan la noia es gira per tornar a l'habitació el seu germà la crida.

—M'he oblidat d'explicar-te que al bus s'ha assegut al meu costat un paio que m'ha dit que sabia qui havia matat la María Santana.

—Ho ha dit de debò?

—Totalment.

—I t'ha dit qui era?

—Tenia dues versions. A la primera, culpava els terraplanistes —contesta en Sergio, que no pot evitar un somriure burleta—. Deia que aquesta gent està al darrere de moltes de les morts estranyes que s'han produït en els últims mesos a Sevilla.

—Molt coherent. I la segona versió?

—Aquesta no te l'esperes.

—Els *illuminati*? Els extraterrestres que han arribat de Ganimedes en tretze milions de plats voladors?

—No, en la seva segona versió culpa una persona més terrenal i sevillana: en Santiago de Gomar, el nostre estimat alcalde. I m'ha justificat la teoria.

Capítol 45

Niko

Sevilla, dimarts 31 de desembre del 2019

Es desperta d'hora. Mira a la seva dreta i no veu la Triana al llit. Triga uns instants a recordar que ahir al vespre va tornar a casa després de sopar i no es va quedar a dormir amb la seva nòvia. Es lleva, va al lavabo i es vesteix. No té ganes de fer l'esmorzar, de manera que es posa l'abric i surt al carrer. Saluda amb la mà el policia que està fent guàrdia i va fins a la cafeteria del costat de casa. La cambrera el rep amb el seu somriure habitual.

—Bon dia, Chopin. M'alegro de veure't per aquí l'últim dia de l'any. Croissant a la planxa amb melmelada i cafè?

—Sí, Dolores. Moltes gràcies.

En Niko fa una ullada a la premsa amb el mòbil mentre espera que el serveixin. La notícia de l'assassinat de la María Santana ocupa els titulars dels mitjans locals. Hi ha un article d'opinió a *El Guadalquivir*, firmat per la directora del diari. Dins del text es pregunta què està passant a Sevilla. Per què hi ha tantes morts?

—No era sant de la meva devoció, però aquesta mort no se la mereix ningú —diu la Dolores mentre deixa l'esmorzar sobre la taula—. Fa uns quants dies em vas preguntar per la María Santana, i fixa't com ha acabat. Li vam llançar una maledicció. En pau descansi. Ara tindrà més a prop els morts amb qui deia que podia parlar.

A en Niko li sona despectiu el comentari de la cambrera. Prefereix no explicar-li que ell era a l'estació de tren quan es va produir el crim. Va veure el cos inert d'aquella dona a l'entrada de Santa Justa.

Mentre esmorza, rep un missatge de la Triana.

TRIANA
Bon dia. Espero que hagis dormit bé. T'he trobat a faltar. Ahir al vespre em vaig descuidar de dir-te que en Sergio i la Blanca ens han convidat a passar el Cap d'Any amb ells i els seus pares a El Viso. A la mare ja l'he convençut. T'hi apuntes? Digue'm alguna cosa quan ho decideixis.

La idea no li ve de gust. No seria pas la primera vegada que es menja el raïm tot sol. Al seu avi aquest costum espanyol no li agradava. La il·lusió per la nit de Sylwester, tal com coneixen a Polònia l'últim dia de l'any, s'ha anat esvaint amb el pas del temps. Quan era petit, els seus pares el duien a la Plac Bankowy de

Varsòvia i miraven els focs artificials. L'espantava el soroll que feien els coets i els petards, però quedava embadalit contemplant les formes de colors que es dibuixaven al cel.

S'estima més no contestar la Triana encara. Li encantaria passar aquesta nit amb ella i la seva mare, però no d'aquesta manera. Ell no cau bé a la Blanca, i el sentiment és mutu. Tampoc li fa gràcia acabar l'any a casa d'uns desconeguts. S'ho pensarà al llarg del matí.

—Mira, aquest tio és el que ens ha de salvar de les desgràcies —li diu en to irònic la Dolores, que s'acosta a la seva taula i assenyala el televisor. Uns quants periodistes li fan preguntes a l'alcalde de Sevilla—. La majoria dels polítics no serveixen per a res.

A l'informatiu matinal apareix en Santiago de Gomar parlant sobre la María Santana. La reconeix com una persona molt respectada a Sevilla i anuncia que faran mans i mànigues per trobar ben aviat el culpable de la seva mort.

—Aquest és un inútil que només es preocupa per la gomina dels seus cabells —insisteix la cambrera, que es posa les mans als malucs mentre escolta les declaracions de l'alcalde.

—Veig que no et cau bé.

—És un titella. No n'ha encertat ni una en tot el que ha fet fins ara. No val per a res. Tothom sap com va arribar al poder en aquesta ciutat.

El so del telèfon d'en Niko interromp les queixes de la Dolores, que es retira a la barra remugant més improperis contra en De Gomar.

És el número d'en Muriel. Van quedar que es trucarien avui, però no l'esperava tan d'hora.

—Hola, Gerardo. Com estàs?

—Malament, Chopin. En Gaviria em vol veure. D'aquí a cinc minuts tinc reunió amb ell. No em fa gens de gràcia això.

—Per què ho dius?

—Crec que m'han enxampat —diu el subinspector. El nota molt inquiet—. Em van al darrere. Ho sé des que va arribar en García. M'han estat vigilant. He sigut un imbècil per no fer les coses ben fetes.

—De què t'acusen? Què has fet?

—Ara no tinc temps per donar-te'n els detalls. M'he ficat en un merder.

En Niko recorda que en García el va advertir sobre en Muriel. Li va dir que no se'n fiés.

—Puc fer alguna cosa per ajudar-te?

—Sí, per això et truco. Has d'anar a casa meva. La meva dona no hi és, en aquest moment. Hi ha una clau a sota l'estora de l'entrada. Ara et passo la ubicació.

—Per què hi he d'anar, a casa teva?

—No em facis tantes preguntes, sisplau —diu en Muriel, cada cop més nerviós—. Al garatge hi ha un parell de caixes de FedEx. Desfés-te'n.

—Per què?

—No preguntis i emporta-te-les tan lluny com puguis. Amaga-les. Llença-les al Guadalquivir. El que sigui. Niko, fes-me aquest favor i després et donaré les explicacions que necessites. Ràpid! No hi ha temps!

—Què hi ha a dins d'aquestes caixes?

En Gerardo no li respon. El sent respirar de manera agitada. De fons sent una altra persona. Sembla la veu del comissari. La trucada es talla. Al cap de pocs segons rep un missatge d'en Muriel amb la localització de la casa. L'adreça és d'un xalet d'Heliópolis.

En Niko no entén res. Tampoc està segur de voler ajudar en Gerardo. Potser es fica en un embolic i l'acusen de col·laborar amb ell en el que sigui que està implicat. D'altra banda, té molta curiositat per saber què hi ha a dins d'aquelles caixes.

Paga i surt de la cafeteria. El policia que s'encarrega de protegir-lo el veu des del cotxe patrulla. Es tornen a saludar. Merda. S'havia oblidat que, després de la mort de la Santana, han tornat a augmentar la vigilància. Això vol dir que creuen que l'assassinat de la Santana pot tenir alguna mena de relació amb ell. Pot ser que realment estigui en perill?

—Hola, agent —diu el noi, que s'ha acostat al vehicle—. Deu estar cansat. No cal que estigui pendent de mi.

—Acabo de començar el torn. Estic bé, gràcies.

—Pot anar a fer alguna cosa de més profit.

—Faig el que he de fer. Compleixo ordres.

—Ja. El que passa és que no necessito custòdia.

—M'han demanat que no em separi de tu, Niko. Podries estar en perill.

—Li repeteixo que no necessito vigilància. No soc l'objectiu dels dolents, sap?

—Són ordres del comissari. Ho sento.

En Niko s'adona que és com parlar amb una paret. No aconseguirà convèncer aquest policia que se'n vagi. L'estúpid d'en Gaviria sempre l'està molestant. Es treu el mòbil de la butxaca i li truca. No l'agafa, però al cap de pocs segons li sona el mòbil. És ell.

—Niko, per què m'has trucat?

—Comissari, necessito que em tregui la vigilància.

—Això no és possible de moment.

—Tinc el dret de no voler protecció.

—Només fem la nostra feina.

—No em passarà res.

—Això no ho saps.

Al noi se li acaba la paciència. Ha decidit anar a casa d'en Muriel i no pot perquè té aquest policia pendent d'ell. Està cansat que no tinguin en compte les seves opinions. Per tant, passa a l'atac i es rebel·la.

—Hauré de sortir corrents i ficar-me per carrerons estrets de Sevilla per despistar l'agent que em vigila?

—No t'està vigilant. Ja ho saps. És per la teva seguretat.

—M'és igual. M'incomoda. No vull tenir-lo aquí.

—T'entenc, però la nostra obligació és vetllar perquè no et passi res.

—Això és pel que li ha passat a la seva amiga María Santana?

—La meva amiga? Què t'empatolles?

En Niko capta el nerviosisme a la veu de l'Arturo Gaviria, que estossega abans de parlar. És la seva oportunitat per desemmascarar aquest paio de qui no es fia des de fa molt de temps.

—Vinga, comissari! Vostè s'avenia la mar de bé amb aquella dona. Els han vist junts unes quantes vegades. Ja li ha explicat en Carlos Flores que estava implicada en el segrest de la Celia?

—Aquest assumpte és confidencial.

—No em vol admetre que la seva estimada Santana volia matar la detectiu Mayo?

—No segueixis per aquest camí.

—Per què? Té por que la veritat surti a la llum?

—Niko, calla o hauré de...

—Detenir-me? Em vol tornar a retenir a la comissaria? No en va tenir prou amb l'altra vegada, quan vaig acabar a l'hospital amb un tret a la cama?

El comissari no contesta les preguntes d'en Niko. El noi queda en silenci, impacient, esperant una resposta que no arribarà perquè l'Arturo Gaviria ha penjat. De sobte, el policia que hi ha a dins del cotxe surt i se li atansa. L'expressió poc amistosa fa retrocedir el noi, que quan es disposa a córrer, es troba amb dues persones més que li barren el pas. Una d'elles és un home fornit amb una boina que li cobreix la calba; l'altra és una dona a qui abans ha vist a la cafeteria. Entre tots dos l'intercepten i l'agafen pels braços. Tenen molta força i en Niko no se'n pot desempallegar. L'agent que feia guàrdia obre la porta del darrere del cotxe i intenten fer-lo entrar a la força.

—Això és abús policial! —crida en Niko desesperat—. No poden tractar-me així! No hi ha dret que em facin això!

La gent es queda atònita mirant l'escena, però ningú no diu res. Ni tan sols la Dolores, que ha sortit de la cafeteria quan ha sentit crits, intenta ajudar el noi.

Finalment, els tres policies aconsegueixen reduir-lo i el fan entrar al cotxe.

—M'esteu fent mal!

—No siguis imbècil i col·labora —li diu la dona, que s'ha assegut a la seva esquerra. El policia herculi és a la seva dreta, subjectant-li les mans—. Si t'estàs quiet, no et posarem ni les manilles.

—No he fet res! Per què cony m'heu de posar les manilles?

—Per la teva seguretat, nano. Que no ho entens? Que vols que et matin?

—Ningú em matarà. No estic en perill, encara que m'ho vulgueu fer creure. Al que hauríeu de detenir és al malparit del comissari Gaviria. L'heu d'agafar a ell, no a mi!

—No tens ni idea de res —insisteix la dona—. El comissari només t'està protegint. La teva vida està en perill i gràcies a nosaltres no et passarà res.

Capítol 46

Triana

Sevilla, dimarts 31 de desembre del 2019

Té les galtes congelades. Aquell últim dia de l'any ha començat amb unes temperatures molt baixes a Sevilla. Però si no fa gaire estaven a vint graus! La Triana s'escalfa les mans subjectant amb força la tassa amb cafè.

—Vols més suc? —pregunta la mare, que s'ha aixecat del sofà.

—No, gràcies. Potser em prenc un altre cafè. Tinc molt fred.

—Exagerada. Vaig a esprémer un parell de taronges més. Ara vinc.

La Triana observa la mare sortint de la sala d'estar. Encara camina encorbada.

Han esmorzat el mateix: torrades amb tomàquet, oli i sal, cafè amb llet i suc de taronja. Que tingui gana és molt bon senyal. A l'hospital li costava menjar, i les primeres vegades vomitava part del que ingeria. En pocs dies ha millorat molt.

Mira el mòbil per veure si en Niko li ha contestat el whatsapp. Li ha preguntat si vol anar a sopar a casa de la Blanca i en Sergio. Ahir al vespre se'n va descuidar. Es va posar a parlar amb la seva amiga periodista per videotrucada i li van tocar les dues de la matinada. La Blanca s'ha convertit en un gran suport. L'oferta que li ha fet en Teo Solís és de bojos. Quan acabi la carrera de Belles Arts, ja li agradaria trobar una feina tan ben remunerada com la que tindrà la Blanca.

La Celia torna amb el got de suc fins a dalt de tot. Sembla que l'ha fet de més de dues taronges. S'asseu al seu costat i engega el televisor. Somriu quan sent que es queixa del poc suc que fan les fruites d'ara, i li venen ganes de plorar, però de l'emoció, perquè fa tot just una setmana es pensava que la seva mare era morta.

Després d'una notícia que parlava sobre un misteriós virus detectat a la Xina, el presentador de l'informatiu d'El Guadalquivir TV anuncia que connecten en directe amb una roda de premsa d'en Santiago de Gomar. L'alcalde està envoltat de micròfons i gravadores. No fa gaire bona cara.

—Els periodistes ens han deixat tranquil·les a nosaltres i se n'han anat amb ell?

—Segur que aquí ens han enviat els becaris —contesta la Celia, que es passa la llengua per la vora dels llavis per assaborir l'últim glop de suc—. Amb tanta premsa vigilant, no ens calen pas els policies fent guàrdia.

—Deixa'ls, si es destorben, que es barallin entre ells.

Cap de les dues posa gaire atenció a les declaracions de l'alcalde, que està donant el condol als familiars i amics de la María Santana. Assegura que trobaran l'assassí costi el que costi. Però després d'estar una estona responent preguntes sobre el crim de la dona, un periodista canvia de tema radicalment i llaça una qüestió que ningú s'esperava. I l'alcalde encara menys.

—Ha llegit el que acaben de publicar a la versió digital d'*El Guadalquivir*?

—No, no he tingut temps. He estat molt ocupat aquest matí.

—La informació dels meus companys, de fa tan sols uns minuts, diu que vostè hauria d'haver viatjat en l'helicòpter que es va estavellar contra la Giralda el passat mes de novembre. És veritat?

A en Santiago se li desencaixa la cara. Fins i tot es despentina quan es passa la mà pels cabells meticulosament col·locats i engominats. De seguida demana el mòbil per llegir la notícia. Algú l'hi dona i, entre els murmuris dels presents, al cap de pocs segons dona per acabada la roda de premsa.

—Per fi ha saltat la llebre. Ara tothom sap que l'alcalde era l'objectiu real de l'atemptat —comenta la Triana, que escriu un missatge a en Niko per donar-li la notícia—. S'obre la veda de les especulacions i les teories conspiratòries.

—Em vas dir que la policia encara està investigant els fets, oi?

—Sí. No volien explicar res per no entorpir la labor policial i evitar que es disparessin els rumors. Però a algú d'*El Guadalquivir* se li ha acabat la paciència i han tret l'exclusiva. Fa setmanes que la Blanca m'ho va explicar. I també ho sabia la Luna, que va estar fent preguntes.

—Per què s'haurien de voler treure del mig en De Gomar? Tant poder, té?

—Mare, encara no és 2020. Te'n recordes de la promesa que em vas fer i que no pares de saltar-te?

—És veritat, reina. Perdona'm. És que no paro de donar voltes a tot i la majoria d'esdeveniments que em toquen de prop estan relacionats amb morts, assassinats i actes criminals. Des de quan Sevilla és com un *Joc de trons*?

—Potser des que van gravar a Osuna i a Santiponce —comenta la noia de broma traient la llengua, i tot seguit recull les coses de l'esmorzar.

Amb la notícia que acaba de sortir a *El Guadalquivir*, l'accident d'helicòpter tornarà a la primera línia informativa, i la Blanca tornarà a ser al pinacle. És aquest el motiu pel qual en Teo Solís la vol com a imatge de la marca?

La trucada de la seva amiga no es fa esperar.

—Te n'has assabentat? —pregunta la Blanca, que ni tan sols la saluda.

—Sí, acabo de veure-ho a l'informatiu. Has sigut tu la que ha posat la notícia a la web?

—No! Ni tan sols m'han avisat, i mira que també apareix el meu nom a la informació.

—Ningú no t'ha dit res d'això?

—Ningú, Triana. Ahir la directora em va preguntar si era el moment adequat per treure la notícia de l'alcalde, però no vaig arribar a donar-li cap resposta.

—Ets a la redacció?

—Sí. Imagina't com està això. No paren de sonar els telèfons —diu la Blanca molt atabalada—. Ara em truquen. Després parlem.

—Paciència i molts ànims.

—No tinc alternativa. Adeu.

Quan penja, es queda pensant en el que se li ha acudit abans. És possible que això hagi sigut un moviment del mitjà per fer encara més popular la Blanca? I ella ja es queixava que l'estaven utilitzant... Potser ha sigut una maniobra brillant per fer publicitat del propi producte.

—Com està?

—Desbordada. L'he notat molt estressada.

—Ja sé que no puc parlar del tema i que m'he de relaxar, però en algun moment van relacionar l'accident d'helicòpter amb el meu segrest?

—Mare, ja hi tornem a ser?

—Va, només aquesta pregunta i me'n vaig a llegir una estona. Tinc lectura endarrerida.

—En Niko, la Blanca i jo ho vam pensar. De fet, l'accident va tapar el tema de la teva desaparició. Van deixar de parlar de tu als mitjans de comunicació per centrar-se en aquella altra tragèdia. A més, ningú va creure realment que fos un atemptat. Es va analitzar com un suïcidi del pilot, un error mecànic i fins i tot es va dir que el pobre home havia tingut un infart en ple vol.

—Ningú no va insinuar que podria haver sigut un homicidi?

—No. Només la policia i nosaltres, perquè sabíem això de l'alcalde. Pensa que els que viatjaven a l'helicòpter eren la Mercedes Reinoso, la Blanca i el pilot. En principi, no hi havia motius per matar cap dels tres, i menys d'aquella manera tan inversemblant. No eren persones mediàtiques.

—Ja ho entenc. Com sempre, els mitjans es van quedar més amb l'espectacularitat dels fets que no pas amb les raons per les quals s'havia produït. Si l'alcalde hagués estat a dins de l'aparell o la premsa s'hagués assabentat que hauria d'haver viatjat en aquell helicòpter, les coses haurien sigut diferents.

—Això és el que jo vaig pensar. Has vist les imatges?

—No, encara no.

La noia busca el vídeo al mòbil i l'hi ensenya. La Celia el mira aterrida i li diu que el torni a posar.

—És un miracle que la Blanca sortís amb vida d'aquest accident.

—Sí, va tenir molta sort. Ha perdut part dels records d'aquell moment, però el dijous anirà a un especialista en neuropsicologia per intentar recuperar-los.

—A través de la hipnosi?

—Això li han dit. Està una mica nerviosa pel que pugui recordar, però creu que la Mercedes li va dir alguna cosa que podria ser important. Ha somiat moltes vegades amb la directora del diari intentant parlar-li just després de l'accident, abans de morir-se.

—És difícil que la seva ment recuperi el que ha esborrat.

—N'és conscient, però vol intentar-ho. Potser l'acompanyaré a la consulta.

—Veig que us heu fet molt amigues.

—Quan vas desaparèixer, va estar al meu costat. Fins i tot es va quedar a dormir alguna nit —diu amb un gran somriure—. És molt bona noia, tot i que ella i en Niko no es cauen bé.

La Celia força un estossec que la Triana no sap com interpretar.

—Què passa?

—O sigui que la teva amiga i el teu nòvio s'odien.

—Jo no diria tant, però els costa ser en un mateix lloc i no discutir-se.

—I vols dir que no és perquè està gelós?

—En Niko de la Blanca? Impossible.

—I la Blanca d'en Niko? Si no ho recordo malament, a ella li agraden les noies.

—Ja ho sé —diu la Triana, molesta—. I només perquè és lesbiana li han d'agradar totes les noies? Això és un pensament molt antiquat, mare.

—Jo no parlo de totes les noies. Parlo de tu. N'estàs segura que no sent res i que només et veu com una amiga?

Està a punt de replicar quan sona el timbre de la porta. Totes dues s'aixequen alhora. La Triana va fins a l'entrada per obrir. Es troba amb la Brenda. Es queden quietes uns instants i al final s'abracen. Per darrere apareix la Celia, que també saluda amb molt d'afecte l'amiga de la seva filla.

—Com m'alegro de veure't —diu la Celia emocionada.

—Jo sí que me n'alegro! Déu meu! Quant de temps! Et veig estupenda.

—Bé, encara no estic recuperada del tot, però no em puc queixar. Va, entra. Vols beure o menjar alguna cosa?

—No, acabo d'esmorzar. Moltes gràcies, Celia.

—T'han molestat molt els periodistes?

—No. Només he vist un parell de tios amb càmera de fotos. No m'han dit res.

—Això és que tots han anat a la roda de premsa de l'alcalde.

Entren a la sala d'estar i s'asseuen. Tot i que la Brenda no vol beure res, la Celia va a la cuina a buscar una ampolla d'aigua i tres gots.

—M'alegro que la teva mare estigui tan bé.

—Han sigut unes setmanes molt complicades amb un final feliç.

—Hauria d'haver vingut a l'hospital. He pensat molt en vosaltres aquests dies.

—No hi pensis més. El més important és que tot ha anat bé i que la meva mare ho pot explicar.

Les noies senten que sona el telèfon del despatx. La Celia diu cridant que ja hi va ella, tot i que la seva filla li diu que no contesti.

—He deixat en Cayetano —diu de sobte la Brenda—. La nostra relació no tenia sentit.

—Caram. Em sap molt de greu. No sé gaire què dir.

—Ell sempre t'ha estimat a tu, Triana. Estava amb mi perquè te'n vas anar amb un altre.

—Si ha sortit amb tu és perquè ha volgut. És una bestiesa que t'infravaloris.

—No m'infravaloro. És la realitat. En Cayetano no s'ha enamorat mai de mi.

La Brenda sembla trista. Es pregunta si és veritat el que diu la seva amiga. Quan en Cayetano es va presentar l'altre dia a casa seva li va dir que encara sentia alguna cosa per ella, però anava molt borratxo.

—Però he vingut per parlar amb tu d'una altra cosa

—admet la Brenda—. Una cosa de la qual no me'n sento orgullosa. M'ho he estat callant tot aquest temps, però no puc dormir tranquil·la.

—A què et refereixes, Bren? M'estàs espantant.

En aquell moment la Celia torna a la sala d'estar. Camina amb el cap cot i remuga paraules inintel·ligibles. Quan alça la mirada, té un somriure d'orella a orella i els ulls il·luminats.

—Qui era, mare?

—No us ho creureu. M'han trucat de l'ajuntament.

—Ah, sí? Per què?

—Dijous al matí em faran un homenatge. M'ho ha comunicat en Santiago de Gomar en persona. M'ha dit que vol que tot Sevilla reconegui la valentia i l'enteresa d'una sevillana. No ho trobeu molt fort.

Capítol 47

Blanca

Sevilla, dimarts 31 de desembre del 2019

Si el primer dia de tornada a la feina va ser relativament tranquil, encara que en l'aspecte personal estigués ple de notícies importants, el segon ha sigut una bogeria des que ha arribat a la redacció. La informació que han publicat a la web i la posterior pregunta del seu company a la roda de premsa de l'alcalde han dinamitat l'últim dia de l'any. Fins i tot l'Alexandra està excitada pels esdeveniments.

—Tia, això és una meravella! La redacció treu fum! Tothom va corrent amunt i avall. M'encanta!

—No volies periodisme de debò? Doncs mira, ja el tens —contesta la Blanca, que ha hagut de silenciar el mòbil per la quantitat de trucades que estava rebent.

—Tant de bo fos sempre així.

—No l'aguantaríem pas aquest ritme.

El matí ha sigut molt intens. Les xarxes socials del diari estan plenes d'interaccions, les visites a la web s'han multiplicat i la directora ja l'ha convocat un parell de vegades al seu despatx per comprovar com anava tot i per saber si estava molt atabalada pels esdeveniments. La Rebeca ha reconegut que ha sigut ella qui ha ordenat llançar la bomba informativa que guardaven sobre en Santiago de Gomar. També s'ha disculpat per no haver-l'hi consultat abans.

—T'imagines que l'alcalde no va pujar a l'helicòpter expressament? —diu de sobte l'Alexandra—. Es va inventar allò de la reunió a l'ajuntament per no anar amb vosaltres perquè sabia que passaria alguna cosa. Això sí que seria una bomba.

—I per quin motiu ho havia de fer, això, en De Gomar?

—Jo què sé. Potser li quèieu malament tu i la Mercedes Reinoso.

—La Mercedes i ell eren molt amics. Va venir un dia al diari per fer-li una entrevista i hi havia molta complicitat entre ells.

—Doncs llavors tu eres l'objectiu. Ho va preparar tot perquè la dinyessis.

A la Blanca se li escapa un somriure. L'Alexandra té molts ocellets al cap. Fa molt poc temps que coneix aquesta noia, però n'hi ha prou per adonar-se que té molta imaginació. Potser això és el que li va veure la Rebeca Solís quan va decidir contractar-la.

—No soc pas tan important perquè l'alcalde em vulgui assassinar.

—Com que no? Però si tu ets la que ho domina tot! Ets la persona que va desvelar el cas Chopin! Ets una de les periodistes del moment!

—No li he fet res a aquest home perquè pugui desitjar la meva mort.

—Això no ho saps, Blanca. A més, han passat gairebé dos mesos des de l'accident. Per què no han tornat a atemptar contra l'alcalde si la primera vegada va sortir malament?

Ha de reconèixer que no té resposta per a aquesta pregunta. I és veritat que a qui han intentat matar més vegades ha sigut a ella, que sobreviu de miracle. Les qüestions que planteja l'Alexandra són força interessants. Però continua sense veure-ho clar. No hi ha cap mòbil que justifiqui que l'alcalde volgués la mort de la Mercedes Reinoso o la d'ella. Evidentment, tampoc del pilot que es va morir en ple vol, fent que l'aparell perdés el control i s'estavellés contra la Giralda.

—Se m'ha acudit una cosa —diu la Blanca mentre s'aixeca de la taula—. Intentaré localitzar alguna de les persones que van entrar a l'ajuntament aquell dia i van forçar la reunió amb l'alcalde. Si aquella protesta realment va existir i per aquest motiu en De Gomar es va veure obligat a canviar de plans, la teva teoria no tindria cap validesa.

—Tens algun contacte que et pugui facilitar aquesta informació?

—Jo no, però segur que la directora em dona algun nom.

La Blanca torna de nou al despatx de la Rebeca Solís. Està parlant per telèfon i li demana que s'esperi. La directora es discuteix amb algú i fins i tot insulta el seu interlocutor. És la primera vegada que la veu fora de si.

Per deixar-li una mica d'intimitat, la Blanca surt al passadís.

Ara no pot parar de pensar en la teoria de l'Alexandra, i li ve un record al cap. No és del dia de l'accident d'helicòpter, sinó de fa poques hores. El seu germà li ha explicat una anècdota sobre un paio que va seure al seu costat a l'autobús que fa el trajecte d'El Viso a Sevilla. Aquell home li va dir que en Santiago de Gomar havia assassinat la María Santana i fins i tot en sabia el motiu.

«Em va explicar que un dia va anar a la plaça d'España, i des d'una de les barquetes, va veure la Santana amb un home vestit de manera elegant. Tot i que duia barret i ulleres de sol, el va reconèixer: era en Santiago de Gomar. De fet, quan va baixar de la barca, s'hi va acostar i li va demanar una foto. L'alcalde s'hi va negar i li va dir que s'havia equivocat de persona, que ell no era en Santiago de Gomar. Després va dir a crits a la Santana alguna cosa que ell no va entendre i se'n va anar en direcció al parc de María Luisa. No li va agradar el seu comportament i va pensar que potser, si ell no s'hi hagués acostat, aquell home hauria fet mal a la María Santana».

Encara que el testimoni del paio de l'autobús fos real, no significa res. El més probable és que ni tan sols fos l'alcalde. Però troba curiós que, en poques hores de diferència, dues persones hagin acusat en Santiago de Gomar d'estar implicat en un crim. Això sí, cap de les dues no té una base sòlida, un bon fonament.

La Blanca ja no sent la Rebeca parlant per telèfon, de manera que decideix tornar a entrar al despatx. La directora té les mans al cap i es fa massatge a les temples. Mira la noia i li demana que segui.

—És el pitjor dia des que vaig arribar aquí. No para de trucar-me gent preguntant-me per la notícia que hem publicat. Alguns m'han insultat. El gabinet de premsa de l'ajuntament duia un cabreig a sobre que déu-n'hi-do. Fins i tot el meu tiet s'ha enfadat perquè no l'he avisat!

—El senyor Solís no ho sabia?

—Esclar que ho sabia, però no volia que ho anunciéssim encara —contesta la Rebeca sulfurada—. Li havien demanat que no diguéssim res fins que la policia ens donés el vistiplau. Collonades! Massa que hem trigat a publicar la notícia. No trobes?

La Blanca arronsa les espatlles. Tard o d'hora, allò havia de sortir a la llum. Només espera que duri poc l'impacte de la informació. O almenys, que l'esquitxi el mínim possible.

—Venia per demanar-te una cosa.

—Tu també vens a pidolar? Avui tothom vol alguna cosa de mi.

—Ets la directora del diari més influent de la ciutat. És normal que recorrem a tu.

—Sí, ja. A veure, digues, què necessites?

—El contacte d'alguna de les dotze persones que es van reunir amb en De Gomar el dia de l'accident. M'agradaria corroborar tota aquella història de la protesta, saber com es van desenvolupar els fets exactament.

—Ha! Il·lusa. Ets la quarta persona que m'ho demana avui —diu la Rebeca, que alça les cames i repenja els peus a sobre la taula sense cap mena de pudor. La Blanca s'empassa saliva—. És impossible.

—Impossible, per què?

—Perquè no hi ha manera d'aconseguir la llista amb la identitat d'aquestes persones.

—No se sap qui eren?

—Jo no ho sé, i tota la gent a qui he demanat la informació m'ha dit que és confidencial. Des d'ahir que ho intento. Volia algun testimoni que complementés la notícia que hem donat, a la part relativa a la causa per la qual l'alcalde va haver de canviar l'agenda i no va pujar a l'helicòpter.

—L'ajuntament no disposa d'aquesta llista de treballadors de la neteja?

—Sí que la té, però no me l'ha volgut donar. Ni la policia. Ni el sindicat. Ni la Conselleria d'Ocupació, Empresa i Treball Autònom de la Junta. Ni el Ministeri de Treball. Ni ningú. És un maleït misteri. Fins i tot li he enviat un whatsapp a en Santiago per veure si ell se'n recorda del nom d'alguna d'aquelles persones.

—I què t'ha contestat?

—M'ha deixat en vist.

La Blanca no s'imaginava pas que obtenir aquesta informació seria tan complicat. La Luna va arribar a parlar amb alguna d'aquelles persones? No se'n recorda. Sap que va estar fent preguntes per esbrinar més dades sobre el que va passar aquell dia, però no li va explicar si entre els entrevistats hi havia alguna de les persones que es van colar a l'ajuntament per reivindicar un augment de sou i una millora de les condicions laborals. Va ser una notícia que va passar de puntetes i de la qual només es va publicar una breu nota de premsa. Tot l'interès es va centrar en l'accident d'helicòpter que es va estavellar en ple centre de la ciutat.

—M'imagino que en De Gomar està igual o més saturat que nosaltres.

—No ho crec. Segur que té un para-xocs que filtra el que li envien. El més preocupant per a en Santiago hauria de ser que algú el va voler assassinar, malgrat que no ho va aconseguir. Qui és aquesta persona? El principal sospitós és el paio que hi ha a la presó i que es nega a parlar, i del qual no en saben ni la identitat. Però no és segur que ell fos el responsable de l'accident. És més, apostaria qualsevol cosa que el causant n'és un altre. Encara que aquell paio després t'ataqués a tu i calés foc a la casa de la dona del pilot. Dos fets que semblen clarament relacionats amb el sinistre de l'helicòpter.

—Penses que aquell home sense identitat és el que ha dissenyat tot això?

—No ho sé, i mira que tinc bones fonts. El meu tiet és amic des de fa anys del comissari Gaviria, a qui tu ja coneixes —diu la Rebeca mentre torna a baixar els peus a terra—. Entre tu i jo, Blanca, crec que aquí hi ha més focs artificials que fets acreditats.

—No t'entenc.

—El que vull dir és que s'ha creat un gran escenari, amb números espectaculars, per a una sola funció i un públic selecte.

—Segueixo sense captar-ho.

—Jo ja m'entenc —diu la Rebeca, que fa un crit d'ensurt quan sona el telèfon del despatx—. A veure què volen ara.

La Blanca torna a la seva taula encara més confosa que abans. La directora no ha sigut gens clara. Tampoc ha pogut aconseguir el contacte que pretenia per confirmar què va passar a l'ajuntament el matí que es va estavellar l'helicòpter. Quins fets es van produir realment? El pròxim pas serà buscar el que es va publicar a la premsa d'aquell dia en referència a aquella reunió improvisada. Potser hi trobarà algun nom a partir del qual podrà estirar.

—Tot bé? Et veig una mica distreta —diu l'Alexandra quan arriba a la seva taula.

—La Rebeca no té els noms de la dotzena de treballadors que es van colar a l'ajuntament.

—Ah, no? Que estrany.

—M'ha assegurat que ha intentat aconseguir la llista per diversos mitjans, i que ha sigut impossible.

—Això dona més consistència a la meva teoria. Va ser una reunió fantasma! Ni tan sols es va fer. Se la van inventar per justificar que en De Gomar no pugés a l'helicòpter quan la notícia sortís a la llum i així ningú no pogués sospitar d'ell.

—No ho sé, Alexandra. Aquella trobada va sortir a la premsa. Això no és *CSI: Miami* i no hi ha cap guionista posant un toc dramàtic a la història. No crec que sigui tot tan rebuscat. Segur que aquella reunió es va dur a terme, l'alcalde va haver de cancel·lar l'agenda de manera inesperada i no va viatjar amb nosaltres per aquesta raó. Va ser casualitat que se salvés de l'accident que, suposadament, algú havia preparat per a ell.

—Les casualitats no existeixen, Blanca. Cada vegada ho veig més clar. El temps em donarà la raó: l'alcalde de Sevilla ho va planejar tot. I tu eres el seu objectiu.

El matí segueix el seu curs i, de mica en mica, la situació es va tranquil·litzant. Segueix intentant localitzar, per altres vies diferents, algú del personal de neteja que es va reunir amb l'alcalde. Tal com temia, hi ha pocs articles sobre el tema. El que llegeix una i altra vegada en els mitjans digitals és la nota de premsa oficial. No apareixen noms. Fa unes quantes trucades, però tal com li ha passat a la directora, ningú li facilita la informació que busca.

A què treu cap tant de misteri?

Abans d'anar a dinar fa una pausa i examina el mòbil. No se l'ha mirat en tot el matí. Té unes vint trucades perdudes, la majoria de números desconeguts. També n'hi ha una de la mare i una altra del pare. Mentre dini els trucarà. En Sergio li ha escrit un whatsapp per preguntar-li pel tema estrella del dia. I també troba un missatge d'àudio que no s'esperava i que de seguida li crida l'atenció. S'acosta el mòbil a l'orella i l'escolta:

Gervasio Lombán
Hola, Blanca. Com estàs? Soc en Gervasio Lombán, l'amic de l'Arrieta. Ja sé que tenies hora dijous a la tarda, però avui m'ha fallat l'últim pacient del dia i tinc un forat a les quatre. Series la meva última pacient de l'any. Pots venir? En Juancho m'ha explicat el teu cas i crec que podem aconseguir

alguna cosa interessant. La hipnosi no fa miracles, però és més eficaç del que la gent s'imagina. Digue'm alguna cosa quan sentis el missatge. Gràcies.

La noia s'ho pensa uns instants. No creu que passi res si surt una mica abans del diari. Potser aquesta tarda descobreix per fi el que va passar a dins d'aquell maleït helicòpter que tant està fent parlar la gent.

Capítol 48

Niko

Sevilla, dimarts 31 de desembre del 2019

Fa gairebé dues hores que s'espera en aquella sala que coneix perfectament. És la mateixa on el van interrogar en Montesorín i en Muriel a l'octubre. El lloc on va rebre el tret a la cama. Encara somia en aquell moment i evoca el terrible dolor al genoll esquerre.

En Niko no entén per quin motiu l'han detingut. El que té molt clar és que en Gaviria és un fill de puta i que té les mans brutes de sang. Com pot demostrar-ho? No en té ni idea. Ni tan sols li han permès trucar a la Triana. Li han requisat el mòbil i l'han dut a la comissaria sense donar-li explicacions.

S'obre la porta de la sala i entren el comissari, la dona policia amb qui ha viatjat al cotxe i en García. Tots tres s'asseuen i parlen en veu baixa entre ells. No sent què diuen.

L'Arturo Gaviria és el primer que se li adreça.

—Una altra vegada aquí. M'has estat donant pel cul

fins a l'últim dia de l'any. Quin 2019 que he tingut amb tu, Chopin dels collons —diu el comissari mentre omple un got d'aigua d'una gerra i l'ofereix al noi—. No sé què t'imagines, Niko, però t'asseguro que estàs molt equivocat. Molt, molt equivocat.

El noi fa una rialleta irònica i rebutja l'aigua. No l'han emmanillat ni han tancat la porta amb clau. Podria intentar fugir. No creu que aquesta vegada ningú s'atreveixi a disparar-li, malgrat que tots tres van armats. No obstant això, potser val més aprofitar l'ocasió perquè el comissari confessi; és el moment perfecte per treure-li la careta davant dels altres. Ara bé, també és possible que en García i la dona hi estiguin ficats i siguin els seus còmplices.

—No es faci el despistat, Arturo. Conec perfectament la seva relació amb la María Santana!

—La meva relació amb aquella dona era inexistent —contesta ell amb una tranquil·litat que xoca amb el to exaltat d'en Niko.

—Ara em dirà que no l'ha vingut a veure mai?

—Esclar que ha vingut. Ningú no ho nega. Hi ha càmeres de seguretat pertot arreu. Segur que està gravat. Jo també la vaig anar a veure a ella.

En Niko no s'esperava aquesta resposta. El sorprèn que en Gaviria ho reconegui i, a més, es mostri tan calmat. És una mena de truc?

—Així, ho reconeix?

—Per descomptat. Ens vam veure unes quantes vegades. Aquest era el pla, que estava funcionant fins ahir. És molt probable que la María Santana formés part d'un grup delictiu que està al darrere de la mort de diverses persones a Sevilla. Anàvem darrere d'ella des que es va morir en Mesa.

—De què cony m'està parlant?

—Tal com intento explicar-te —contesta en Gaviria alçant la veu i en un to que ara denota impaciència—, formava part d'una organització criminal que fa temps que intentem enxampar i de la qual, tal com vam descobrir, la María Santana era un membre important. Jo m'he encarregat, de manera directa i personal, d'investigar la Santana durant les últimes setmanes. Em vaig guanyar la seva confiança. La dona estava a punt de xerrar-ho tot, però ahir va decidir anar-se'n i a l'estació la van assassinar. O sigui que tota la feina se'n va anar a la merda en un instant.

En Niko queda en silenci esperant que en Gaviria continuï amb les seves explicacions. El comissari reconeix que la dona volia anar a Madrid, i des de la capital, agafar un vol cap a alguna ciutat de Sud-amèrica, on pretenia amagar-se durant un temps.

—Qui la va matar?

—Ho estem investigant: analitzant les càmeres de vigilància de Santa Justa, repassant imatges a les xarxes socials, preguntant a possibles testimonis dels voltants de l'estació...

—Sap que la Santana estava implicada en el segrest de la Celia Mayo?

—D'això ens en vam assabentar per en Carlos Flores, però no la podíem detenir. Encara no era el moment. Gairebé havia aconseguit que em parlés de les persones que formen part d'aquesta perillosa organització que et deia. Volíem arribar fins als que fan moure els fils.

El noi no es pot creure el que sent. Com és que no s'havia assabentat de tot això fins ara?

—A la Santana se l'han carregat i em deteniu a mi. Què tinc a veure, jo, amb aquesta puta organització criminal? Es pensa que en formo part? Perquè li diré que no tinc ni puta idea de què em parla.

El comissari mira la dona i li fa un senyal d'aprovació perquè continuï ella.

—Em dic Victoria Garcés, i treballo a la brigada d'estupefaents.

—Estupefaents? Aquesta organització criminal està relacionada amb drogues?

—No, Niko. S'han barrejat unes quantes coses. Ara t'ho explico.

—Espero que sigui molt clara, perquè no estic entenent absolutament res.

—No pateixis. Et posaré al dia i t'explicaré fins on pugui —diu la Victoria, que parla de manera pausada—. Saps qui és en Jarek Michalski?

—Sona a nom polonès.

—Correcte —assenteix la dona, que li ensenya una imatge al mòbil—. És aquest home. La foto és força recent.

A en Niko li resulta familiar. Ha vist aquest paio en algun lloc, tot i que li fa la impressió que no era tan gran. El que veu a la foto té els cabells ben blancs i arrugues a la cara i al voltant dels ulls. La seva mirada intimida.

—En Jarek Michalski és el motiu pel qual tu ets a Espanya —intervé en Gaviria—. És l'home a qui el teu avi va enganyar a Polònia i per culpa del qual vau fugir del teu país quan tu eres petit.

—Aquest paio tenia negocis amb l'avi?

—Sí. I ara és a Espanya perquè se'n vol venjar.

—Com ho sap, tot això?

—Perquè ens ho acaba de confirmar en Gerardo Muriel. Es coneixen molt bé perquè han treballat junts.

En Niko es queda pàl·lid de sobte. El cap li dona voltes i és incapaç de trobar un sentit al que li estan dient. No havia sentit mai a parlar d'en Michalski, però li sona haver-lo vist a Polònia fa molt de temps.

—Això és de bojos, no té cap mena de lògica. Quina relació hi ha entre en Gerardo i aquest delinqüent?

—Ara t'ho explicarem. Per això t'hem portat aquí —contesta la Victoria, que és la que li transmet més confiança de tots tres.

—Ja et vaig avisar que no et fiessis gaire d'en Muriel —afegeix en García—. Finalment, hem descobert que no era aigua clara.

—Què ha fet?

—Moltes coses, algunes molt greus. Entre elles, traficar amb droga.

—En Michalski i en Muriel eren socis?

—Més o menys. Tot va començar quan en Jarek es va assabentar que el teu avi havia escollit Espanya per fugir. Per sort, ho va saber molt tard, i havien passat uns quants anys des de la vostra fugida —diu el comissari, que agafa el relleu a en García per continuar donant explicacions a en Niko—. En Michalski va arribar a Sevilla fa uns quants mesos, buscant en Dariusz. El teu avi se l'havia jugat a Polònia, i pel que sembla li devia força diners a aquest home procedents d'un botí. Però resulta que algú el va informar que no se'n podria venjar perquè en Dariusz era mort. A en Jarek li va agradar la ciutat i s'hi va quedar un temps. Va conèixer una sevillana i van començar a sortir. Al cap de poques setmanes, ja tenia muntat el seu propi negoci de compra i venda de drogues.

—Aquí va ser quan va contactar amb en Muriel —continua la Victoria a petició d'en Gaviria—. Pel que sabem, en Gerardo ja portava força temps fent tripijocs. Al principi amb quantitats petites d'haixix o coca, fins i tot per al consum propi. Però de mica en mica les quantitats van augmentar. Aconseguia la droga a través de les delacions que li feien els delinqüents a qui detenia i interrogava, i també es va endur paquets requisats en diverses operacions policials. Es va fer amic d'alguns paios amb qui traficava i comercialitzava, i un d'aquests individus va ser en Michalski.

La dona fa una pausa per beure aigua. A en Niko encara li costa assimilar la informació. Malgrat que en García el va advertir sobre en Muriel, no s'hauria imaginat mai que era un policia corrupte.

—Fa poc, en Michalski li va revelar a en Muriel l'autèntic motiu pel qual havia viatjat a Sevilla. En Muriel es va quedar de pedra. No li va dir pas que coneixia el net d'en Dariusz Olejnik, perquè li havies caigut bé i et tenia afecte. No obstant això, segons el que ens ha explicat en Gerardo quan l'hem detingut, en una nit d'alcohol i drogues se'n va anar de la llengua. En Jarek va veure clara la venjança. Et vas convertir en el seu nou objectiu.

—Quan va ser això?

—Just abans d'anar a la casa on us teníem protegits —contesta en García—. Va ser precisament per aquest motiu que tu també hi vas anar, i la raó per la qual aquell paio no et va atacar abans.

—Estaves en perill, i dels quatre, tu eres el que ens preocupava més —intervé en Gaviria—. Però no et podíem avisar. Ets tan estúpid, tossut i bocamoll que segur que ho hauries espatllat tot. No hauries confiat en nosaltres i ho hauries xerrat al teu amic Gerardo.

—Jo no...

—Tu sí, Nikolai —l'interromp el comissari, que es posa dret amb un moviment enèrgic—. Sé que no et caic bé, però t'he estat cuidant tot aquest temps. He mogut part del meu equip i gent d'altres departaments perquè ningú no et fes mal. La UCO m'ha deixat homes per vigilar-te! Una cosa mai vista! I avui gairebé m'ho espatlles tot! Encara sort que ahir vam aconseguir el permís del jutge i vam punxar el telèfon d'en Muriel. Perquè saps qui t'estava esperant a la casa de la localització que t'ha passat el subinspector? Exacte: en Jarek Michalski.

—És veritat això?

—Totalment veritat, Niko —contesta la dona policia.

La Victoria Garcés li explica que el subinspector no el volia pas vendre, però en Michalski el va amenaçar dient-li que faria mal a la seva dona si no li entregava el net d'en Dariusz Olejnik. Malgrat que al principi s'hi va negar, en Gerardo sabia que aquell paio era molt perillós i que compliria l'amenaça si no feia el que li demanava. Per tant, en Muriel va acabar trucant al noi per demanar-li el favor d'anar a buscar a casa seva aquelles caixes de FedEx que, en realitat, ni tan sols existien.

—En Muriel està detingut i ha confessat —comenta satisfet en Gaviria—. Ens ha dit que et demanem disculpes de part seva. No volia que et fessin mal i s'alegra que hi haguem intervingut a temps. A bona hora.

—I en Michalski on és?

—S'ha escapat —contesta en García—. Per això t'hem retingut tot aquest temps. Em sap greu si hem sigut una mica bruscos. No estàvem segurs de la teva reacció ni de si fugiries, perquè, en aquest cas, hauries tornat a posar-te en perill.

—Jo he proposat que et féssim servir d'esquer, deixar que anessis a la casa que t'ha dit en Muriel per poder atrapar aquell criminal in fraganti. Dona les gràcies a la Victoria, que m'ha convençut de no utilitzar-te.

El somriure d'en Gaviria no deixa clar si el que acaba de dir és veritat o si és una broma de mal gust. En qualsevol cas, sembla que estava equivocat amb el comissari. Gràcies a ell està viu.

—En Michalski i en Muriel tenen alguna relació amb l'organització criminal que esteu investigant?

—No. Són dos casos diferents que s'han creuat. En un moment determinat, vam sospitar que en Gerardo també estava ficat en aquell altre tema. Podria haver sigut un infiltrat i treballar per a aquella gent —diu el comissari—. Però al final ho hem descartat. Només és un estúpid traficant de drogues que passarà una bona temporada entre reixes.

En Niko esbufega i repica amb els dits a sobre la taula. Té la gola seca. Agafa el got d'aigua que abans li ha ofert en Gaviria i se la beu d'un trago. Mira al comissari, per a qui ha començat a sentir un cert respecte i simpatia.

—O sigui que les coses estan així. Com pots veure, no parem de treballar ni l'últim dia de l'any.

—I ara què faig, jo? Torno a la casa protegida?

—No ho sé, Niko. T'hem estat vigilant de prop. Fins i tot amb més gent de la que t'imagines i et mereixes. Ara ja estàs al cas de tot. Et toca a tu moure fitxa. Què vols fer?

Capítol 49

Triana

Sevilla, dimarts 31 de desembre del 2019

Obre la nevera, en treu una llauna de Coca-Cola i en beu un bon trago. Mentre s'asseu en una cadira de la cuina, pensa que no hi ha hagut ni un dia en els últims mesos que s'hagi sentit en pau. Està enfadada? Trista? Resignada? Potser decebuda? Es refrega els ulls, encara humits, i amb un rampell de ràbia llença el refresc a terra. No es pot creure el que li ha fet.

—Què ha sigut això? —li pregunta la mare, que va ràpidament a la cuina quan sent l'estrèpit—. Què ha passat aquí?

La Celia veu el refresc escampat pertot arreu. El terra està enganxós. Mira la seva filla, que s'ha arraulit a la cadira. S'ha posat el pijama i va sense sabatilles ni mitjons. No són ni les tres de la tarda.

—Estàs bé, reina?

—No. Estic malament. Estic fatal. Com s'ha atrevit a enganyar-me d'aquesta manera?!

—Ja t'he dit que no entraré en aquest tema.

—Doncs ho hauries de fer! —exclama la Triana alçant la veu—. Hauries de reconèixer que el meu nòvio és un malparit. Tant de bo no l'hagués conegut mai.

—És impossible fer marxa enrere. L'únic que pots fer és pensar en el futur i en el que vols per a tu.

—L'odio, mare. L'odio.

—Això no és veritat. L'estimes massa. Per això encara fa més mal. Per què no t'estires una estona i descanses?

—Perquè la que hauria de fer-ho ets tu.

—Jo no he tirat una llauna de Coca-Cola a terra.

La noia deixa anar un esbufec. S'aixeca i va a buscar el pal i la galleda per netejar la cuina. S'embruta els peus descalços amb el refresc vessat, però tant li fa. Acaba de rebre un dels cops més durs de la seva vida. L'han traït.

—Això és molt fort.

—T'entenc perfectament. És lògic que estiguis així.

—Confiava en ell. Em sento com una imbècil.

—No ets cap imbècil. No és culpa teva. L'imbècil ha sigut en Niko —li diu la mare, que agafa un paper de cuina per eixugar els regalims de la nevera—. I sisplau, posa't les sabatilles per anar per casa. M'estàs fent posar nerviosa.

Poques hores abans, la Triana estava celebrant eufòrica la notícia de l'homenatge que li faran a la seva mare. S'ho mereix després de tot el que ha passat. L'abraça i li pregunta què es posarà per a la cerimònia. No ho ha pensat, però ha d'anar elegant. L'acte de celebració serà dijous al Cartuja Center, i el presidirà en Santiago de Gomar. També hi assistirà una representació de la Policia Nacional de Sevilla i altres personalitats de la ciutat.

—No tinc pas temps de comprar-me res. Aniré vestida de negre i amb talons, les arracades grosses i el collaret d'ambre —diu la Celia, que encara se'n fa creus.

Quan la Celia esmenta que es posarà el collaret, la Triana i la Brenda es miren. La Triana nota alguna cosa estranya en la seva amiga, i llavors se'n recorda que ha anat a casa seva no només per veure la mare. Vol parlar d'una qüestió important. Un tema que, tal com li ha confessat abans, no la deixa dormir tranquil·la a la nit.

—Podem anar a la teva habitació? —li pregunta molt seriosa la Brenda—. Et volia comentar una cosa.

—Esclar. Anem.

La noia torna a felicitar la Celia per la gran notícia que acaba de rebre i segueix la Triana cap a la seva habitació. Cadascuna s'asseu en un extrem del llit. La Triana s'adona que la Brenda li esquiva la mirada i es frega les mans amb neguit. La coneix bé: alguna de grossa n'hi ha passat.

—Què tens, Bren? Tan greu és el que m'has de dir?

—No sé si després d'això em tornaràs a parlar.

—No diguis bestieses. Esclar que seguirem parlant. No crec que hagis fet res prou dolent per apartar-te de la meva vida. Fa molt de temps que som amigues, i vam fer la promesa que sempre estaríem juntes.

—Espera't a sentir el que t'he de dir. No tinc perdó.

—Comences a espantar-me de debò. Què has fet?

La Brenda surt un moment de l'habitació i, quan

torna, apareix amb la capseta de música de la seva mare, on guarda les joies. De dins en treu el collaret d'ambre que la Celia es va comprar a les paradetes d'artesania de la plaça Nueva. La Triana no entén què significa.

—Tenies raó. Aquest és el collaret que vas trobar al meu armari —confessa la Brenda, que torna a guardar la joia a la capseta—. No l'hi hauries d'haver trobat. Estava amagat a la meva habitació precisament perquè no el veiessis.

—Para un moment... No ho entenc. El collaret que era a la teva habitació era el de la meva mare?

—Sí. No n'hi ha dos d'iguals. És una peça d'artesania.

—I per què el tenies tu? —pregunta la Triana, cada vegada més alterada—. Si havia de ser aquí a casa! El vas robar?

—Jo no. Va ser en Niko.

—Què? No pot ser —diu tremolosa.

—Sí, Triana. És la veritat. T'ho prometo. Va ser ell qui el va agafar. Però hi ha una explicació.

No sap si la vol escoltar. El cor li batega molt ràpid. En Niko no és cap lladre! Li fa por el que li pugui explicar la seva amiga, perquè creia fermament que aquesta part fosca de la vida del seu nòvio havia quedat enrere.

—No estàveu bé des que la teva mare va desaparèixer, i això el tenia angoixat. Cada vegada us enfadàveu més i va començar a tenir por que la vostra relació s'acabés. Llavors se li va acudir una idea: si et convencia que la teva mare estava viva, hi havia una possibilitat que tot tornés a ser com abans.

—En Niko sempre va mantenir la fe. Deia que estava viva, que segur que algun dia tornaria a casa. Era molt més optimista que jo.

—Ja ho sé. En vam parlar moltes vegades del tema. Era el que volíem tots, però ell també va anar perdent l'esperança —diu la Brenda, que mira cap amunt i sospira—. Per això va idear un pla. I jo el vaig ajudar a dur-lo a terme.

—Quin pla? Per l'amor de Déu, Bren, de què m'estàs parlant?

—Te'n recordes de la trucada que et va fer un anònim? —La Triana assenteix amb el cap—. Doncs era jo.

—Tu? Com pot ser? T'hauria reconegut!

—Vaig parlar amb un distorsionador. Jo ni tan sols sabia que això existia, però en Niko en va aconseguir un. No són gaire cars a internet.

—Collons. O sigui que eres tu! De debò?

—Sí. En Niko deia que si algú t'assegurava que la teva mare estava viva, tornaries a il·lusionar-te i les coses entre vosaltres dos millorarien. Però no va funcionar. Al contrari, que tot va anar pitjor. Fins i tot vas intentar suïcidar-te.

A la Brenda se li neguen els ulls mentre recorda aquell dia. Va ser una de les pitjors nits de la seva vida. Es va pensar que perdria la seva amiga per sempre. Per sort, en Niko va aparèixer a temps i va evitar la tragèdia.

—Aquell dia, abans d'anar a sopar, vas trobar el collaret al meu armari —continua la Brenda—. No t'hauria d'haver deixat sola a la meva habitació sabent que el tenia allà guardat. Precisament, en Niko me'l va donar perquè l'amagués. Va ser una espifiada que després no vaig poder arreglar, perquè tu ja t'havies enfadat i sospitaves que t'estava enganyant. Va ser complicat improvisar quan em vas acusar de tenir el collaret de la teva mare... perquè tenies raó.

—Hòstia, Brenda. Per què cony el volíeu, el collaret?

—El volíem fer servir més endavant. En Niko el va agafar de casa teva. L'havia vist unes quantes vegades a la Celia. Te'l volia enviar en un sobre, o deixar-lo en algun lloc, com una mena de prova de vida, perquè pensessis que la persona que s'havia posat en contacte amb tu per dir-te que la teva mare no estava morta era de fiar. La qüestió era que continuessis mantenint l'esperança que la Celia tornaria a casa. Però com que el vas trobar al meu armari, ens va fer por que ens enxampessis.

L'enrabiada de la Triana s'intensifica. Perquè no només la van enganyar, sinó que li van fer creure que s'havia tornat boja amb el tema del collaret d'ambre. Sabia que era el de la seva mare! Sempre ho va saber.

—Al·lucino amb vosaltres dos. M'he quedat de quadres.

—Quan la Celia va aparèixer, en Niko va tornar el collaret a la capseta de música. Ja no era necessari. Sabia que quan la teva mare tornés a casa li preguntaries pel collaret.

—Fantàstic! El lladre que torna el seu botí. Em sona d'alguna cosa. Hi ha més punyalades, o ja has acabat?

—N'hi ha més —contesta la Brenda molt abatuda—. El que va deixar la nota a sobre el llit de la teva mare també va ser en Niko.

—Mecàgum la puta! De debò? Vau fer pensar a tothom que allò estava relacionat amb el que els va passar als germans Sanz! Fins i tot vau trucar a la policia per denunciar-ho! Esteu bojos!

La Brenda va amunt i avall de l'habitació cada vegada més nerviosa. Mentrestant, li explica a la Triana com va anar tot:

—Aquella setmana estàveu més malament que mai. Aquella horrible nit, davant meu, li vas dir que no sabies si l'estimaves. Va ser un cop molt dur per a ell. Necessitava actuar ràpid per recuperar el terreny perdut. Et va fer creure que algú havia entrat a casa teva i havia deixat aquella nota on deia que la teva mare estava viva i et demanava que no anessis a la policia.

—O sigui que va ser en Niko qui va entrar, va posar la nota i va deixar la porta de casa oberta.

—Sí. Va suposar que tindries por i que li deixaries passar la nit amb tu. I així va ser. La jugada li hauria sortit bé si no hagués aparegut en Cayetano. Va ser la nit en què li va clavar un cop de puny i tu li vas dir que no el volies veure més.

—Que estúpida que vaig ser. M'ho vaig empassar tot. Que estúpida! No van forçar l'entrada. M'ho hauria d'haver imaginat. Només ell i la mare tenen la clau de la porta de casa. —El seu somriure denota ironia, però sobretot abatiment—. Però no entenc una cosa: si estàveu conxorxats, per què vas trucar a la comissaria per denunciar que algú havia entrat a casa meva?

—Va ser un rampell, Triana —reconeix la Brenda afligida—. Vaig trucar a la comissaria perquè volia denunciar en Niko, però al final em vaig fer enrere quan aquell policia em va començar a fer preguntes. Per tant, li vaig dir que havien entrat a casa teva, però no que havia sigut el teu nòvio qui ho havia preparat tot.

—Per què el volies denunciar si ho havíeu planejat junts?

—Jo només seguia les seves instruccions. Però em vaig començar a sentir utilitzada. Era un segon plat. Fins i tot sé que vau follar quan va aparèixer a casa teva aquella tarda de la nota. M'ho va explicar tot. Per una banda volia que tu i ell estiguéssiu bé, però per l'altra... no. Soc patètica.

Les dues noies es miren. Estan cara a cara, com en un duel. La Triana prefereix eludir la pregunta que li ronda pel cap de manera persistent. Tanmateix, la Brenda la respon sense necessitat de plantejar-la:

—Sí, estic enamorada d'en Niko. És una desgràcia, però és la puta veritat.

Capítol 50

Celia

Sevilla, dimarts 31 de desembre del 2019

No es vol ficar en la relació de la seva filla amb en Niko. També li ha semblat malament el que ha fet aquest noi, malgrat que en el fons l'únic que volia era que la Triana se sentís més bé. Però no és cap excusa ni cap disculpa, perquè l'ha enganyat i això ha de tenir conseqüències. Ara és ella qui ha de decidir quin és el càstig i la penitència.

—Jo ja m'imaginava que el que havia entrat a casa aquell dia era en Niko —diu la Celia mentre acaba de fregar el terra de la cuina—. Ho sospitava.

—Ho sospitaves?

—No n'estava segura, però era una opció molt probable per les circumstàncies que m'havies descrit. Per desgràcia, no m'equivocava.

—Per què no m'ho havies dit?

—I si no tenia raó? L'hauria acusat sense proves, només per una hipòtesi. A vegades val més deixar passar les coses i esperar que caiguin pel seu propi pes, que no pas avançar-se als esdeveniments i estar equivocada.

La Celia li explica a la Triana que, quan li va comentar que un intrús havia entrat per deixar una nota on deia que estava viva i li demanava que no anés a la policia, va sospitar que no podia ser el paio que va havia atacat la Blanca i havia assassinat la Luna. No era el seu *modus operandi*. No quadrava, i tampoc creu que la policia ho pensés quan la Brenda ho va denunciar. Aquell criminal no estava per tonteries, i no hauria anat a casa seva amb notetes anònimes. Directament hauria estrangulat o li hauria tallat el coll a la Triana mentre dormia. Llavors va pensar en en Carlos Flores, però el noi li va dir que no havia sigut ell. Ni tan sols sabia on vivien. Va considerar que era sincer i incapaç d'enganyar-la després del que havia fet.

—Quan vaig acabar de parlar amb en Carlos Flores, de seguida vaig pensar en en Niko. Va ser un pressentiment. Mentre era a l'hospital no va parar de dir que ell sempre havia confiat que jo era viva. No era normal. El més normal és que hagués pensat que era morta. En un noranta llarg per cent dels casos de desaparicions no voluntàries és el que sol passar. A més, ell, tu i jo som els únics que tenim clau de casa.

—Vaig ser molt ruca. Me n'hauria d'haver adonat quan vaig veure que no havien forçat l'entrada.

—No era pas tan obvi, reina. No podies pensar que el teu nòvio hi tenia alguna cosa a veure. En Niko no és mala persona, encara que a vegades prengui decisions equivocades.

—Era un lladre professional, mare. Alguna cosa podria haver intuït.

La Celia deixa la galleda i el pal en un racó de la cuina i li diu a la Triana que surti per deixar eixugar el terra.

—Com ho portes, el que sent la Brenda?

—No ho sé. Ho trobo estrany. No sé quan ni com ha pogut passar.

—En Niko és molt guapo, misteriós i més afectuós del que sembla. Té una aura especial. A tu et va passar, per què no li havia de passar a ella?

—Perquè és la meva millor amiga. Se suposa que no es pot enamorar del meu nòvio.

—Va estar sortint amb en Cayetano.

—Ja no era la meva parella quan van començar a sortir.

—Són coses que passen. És impossible controlar els sentiments.

—Almenys m'ha jurat que no han fet res. Ni tan sols un petó.

—És que en Niko està enamorat de tu.

—La paraula amor crec que ens ha quedat una mica gran, mare —diu la Triana, que es torna a arraulir com un cabdell, aquesta vegada al sofà de la sala d'estar—. No sé si podré perdonar-lo. Cada vegada que el miri pensaré en el collaret d'ambre, en la nota que va deixar a sobre el llit i en totes les mentides que m'ha dit.

—Parla amb ell i deixa que et doni la seva versió.

—L'única versió en aquest cas és la veritat. I no tinc ganes de tornar-la a sentir.

La Celia veu la seva filla molt dolguda. Li fa llàstima que estigui així, però és que no en surt d'una que ja es troba en una altra. Li sap greu que patís tant per ella quan en Juan Luis Flores la va segrestar. Les seqüeles també quedaran a la ment de la Triana. Potser per sempre. Necessita desconnectar, respirar aire que no sigui tòxic. Quan es recuperi, li proposarà d'anar-se'n una temporada juntes a algun lloc. Un viatge sense data de tornada en algun poblet amb platja.

—Al final, què farem aquesta nit?

—A mi m'han passat les ganes de festa, mare. Truco a en Sergio i li dic que no hi anem?

—Ja saps que a mi no em ve gaire de gust, però crec que a tu t'anirà bé. La Blanca segur que t'anima. Li fa il·lusió que ens mengem el raïm amb ells.

—Així, li envio un whatsapp de confirmació?

—Ja m'havies convençut. Anem a El Viso del Alcor a passar el Cap d'Any.

La noia somriu, tot i que continua amb els ulls negats. S'acomiada de la mare amb una abraçada i li diu que es va a estirar una estona. Aquesta nit segurament anirà a dormir tard i ha d'estar fresca. Ha de recarregar forces, les mateixes que ha perdut després de la conversa amb la Brenda.

—Apago el mòbil. Si en Niko ve, digue-li que... No sé què li pots dir. Però no estic preparada per parlar amb ell. Encara no.

—Tranquil·la, si apareix ja m'espavilaré.

—No sé res d'ell des d'ahir. Li he enviat un whatsapp i me l'ha deixat en vist. Espero que no li hagi passat res.

—Segur que està la mar de bé. No pensis més en ell. Ves a descansar una estona.

La Triana assenteix. Li fa una altra abraçada a la

mare i se'n va a l'habitació. Li sap molt de greu veure-la tan desanimada. No és la primera vegada ni l'última que patirà per amor.

El problema de la seva filla amb en Niko i la Brenda li ha impedit gaudir de la notícia que ha rebut abans. S'estira al sofà i tanca els ulls. Visualitza com serà l'homenatge. Somriu. Realment s'ho mereix? En realitat no ha fet res. Només ha sigut capaç de resistir i no rendir-se en una situació extrema.

Però ells pensen que és una mena d'heroïna per a Sevilla.

—Sí? Digui?

—Bon dia, li truco del Departament de Comunicació de l'Ajuntament de Sevilla. Li passo amb l'alcalde.

—L'alcalde? M'està prenent el pèl? És una broma d'aquelles que fan per la ràdio?

—Celia Mayo? —pregunta una altra veu.

—Sí, soc jo.

—Encantat de saludar-la. Soc en Santiago de Gomar. L'agafo en un bon moment?

—Per descomptat, i tant.

Li ha reconegut la veu. No és cap broma! S'ha quedat estupefacte. No s'imaginava pas que l'alcalde de Sevilla es posaria en contacte amb ella.

—Com està? Com ha passat aquests dies? M'hauria agradat trucar-li abans, però he preferit deixar passar un temps prudencial i que sortís de l'hospital.

—Estic més bé, gràcies. Encara tinc algunes seqüeles estomacals i això... Però ho porto bé.

Es tapa els ulls amb una mà i es mor de vergonya pel que li acaba de dir a l'alcalde. Seqüeles estomacals? Ves a saber les imatges que li han vingut al cap a l'alcalde amb aquesta resposta. Està molt nerviosa. No és que sigui un ídol o un gran referent per a ella, ni tan sols el va votar a les últimes eleccions, però és la persona que mana a Sevilla. No passa cada dia que un alcalde et truqui al telèfon del despatx.

—És horrible el que li ha passat. Em sap molt de greu.

—Gràcies. No li negaré pas que han sigut els pitjors mesos de la meva vida.

—Ho sento, Celia, de tot cor. Però ha demostrat valor, superació i una fortalesa vital encomiable. Per això li hem volgut preparar un homenatge.

—Un homenatge? A mi?

—Sí. Ja es posaran en contacte amb vostè, però guardi's aquesta data: 2 de gener a les onze del matí al Cartuja Center.

—Dos de gener. Això és... aquest dijous!

—Sí. Em sap greu que sigui tan precipitat, però fins fa una estona no teníem la confirmació. Volíem que fos una sorpresa i que no es filtrés. Ja sap com és la premsa i les coses que es diuen per les xarxes socials. Per això no l'hem avisat fins ara.

No es pot creure el que sent. Li organitzaran un homenatge d'aquí a dos dies! Ella no és gaire d'aquesta mena d'esdeveniments, però no pot negar que li fa il·lusió.

—Celia, he de penjar. Tinc un matí molt atrafegat. Espero que es trobi bé i ens veiem dijous. Algú de l'ajuntament es tornarà a posar en contacte amb vostè.

—Moltes gràcies, alcalde. Un plaer.

—El plaer ha sigut meu. Adeu.

El timbre la desperta. Ha somiat que l'alcalde de Sevilla la trucava per telèfon per anunciar-li que li faran un homenatge? No ho ha somiat! És veritat! Torna a sonar el timbre. La porta de l'habitació de la Triana continua tancada. Segurament s'ha quedat adormida amb els auriculars posats. S'aixeca i, mentre s'arregla una mica els cabells amb les mans, va cap a l'entrada. De sobte li torna el tremolor als genolls i el pànic. I si és algú que li vol fer mal? És impossible, perquè hi ha policies vigilant. També queden alguns periodistes fent guàrdia al carrer. La tercera vegada que truquen les males vibracions augmenten. Està bloquejada. No s'atreveix a obrir.

—Soc jo! En Niko! Sou a casa?

La veu del nòvio de la Triana la tranquil·litza. Hauria d'haver cridat el seu nom des del principi. S'afanya a deixar-lo entrar i tanca ràpidament després d'assegurar-se que no hi ha ningú més per allà a prop.

—Hi ha la Triana?

—Sí, però dorm. M'ha dit que si venies et digués que després et trucarà. Estava esgotada i tenia molt mal de cap. Fins i tot s'ha pres un calmant.

—Tan malament es trobava?

—Sí, tenia un mal de cap horrible. Ha estat a punt de desmaiar-se i tot.

—Caram. Necessitava parlar amb ella urgentment... —diu el noi, gratant-se la barbeta—. Puc esperar-me fins que es desperti? Potser no triga gaire.

—Dues hores com a mínim.

—Dues hores?

—És el que dura l'efecte de la pastilla —improvisa la Celia, que ja no sap què més dir-li perquè se'n vagi—. Bé, jo també faré una migdiada. Estic esgotada. He de recuperar son.

El noi no es mou. Fa cara d'amoïnat. Potser la Brenda li ha explicat la conversa que ha tingut amb la Triana i ve a donar-li explicacions, a intentar arreglar-ho.

—Te n'has d'anar, Niko. Torna més tard.

—Prefereixo esperar-me, Celia.

—Mira, Niko, no sé què et va passar pel cap ni per què et vas comportar d'aquella manera, però...

—M'han retingut unes quantes hores a la comissaria —li etziba el noi sense deixar que la Celia acabi de parlar—. Hi ha un delinqüent rondant per Sevilla amb molt males intencions que em té en el seu punt de mira. Venia a preguntar-li a la Triana si vol venir amb mi a Polònia. Ara mateix per a mi és més segur estar-me al meu país que no pas aquí.

Capítol 51

Blanca

Sevilla, dimarts 31 de desembre del 2019

Al final és en Sergio qui l'acompanya a la consulta d'en Gervasio Lombán. Després se n'aniran junts cap a El Viso per sopar amb els seus pares i també amb la Triana i la Celia, que han acceptat la invitació. Li fa molta il·lusió passar la nit de Cap d'Any amb elles dues. A més, en un missatge, la seva amiga li ha dit que en Niko no hi pot anar. Doble felicitat!

—Se't veu cansada, nena —diu en Sergio, mentre caminen pel carrer Trajano.

—Ha sigut un matí de bojos. La notícia que l'alcalde hauria d'haver viatjat en l'helicòpter sinistrat ens ha superat. Fins i tot he hagut de silenciar el mòbil i avisar que no em passessin més trucades a la redacció.

—Perquè ets part de la notícia. Anaves a dins d'aquell maleït aparell.

—Ja ho sé. He contestat les tres primeres persones que s'han posat en contacte amb mi per preguntar-me sobre l'accident. A la quarta ja li he dit que no tenia res a dir. No podia més.

—És el que t'espera a partir d'ara. Seràs la cara visible d'El Guadalquivir! Tot Sevilla et coneixerà i voldrà parlar amb tu.

—No facis que em penedeixi de la decisió que he pres.

—Pensa en el teu compte bancari. Et passaran tots els mals.

La felicitat no està només en els diners. Ajuden a no haver de fer malabars per arribar a final de mes, però hi ha coses més importants. La salut, per exemple. Si no estigués sana i l'accident li hagués deixat lesions greus i permanents, no veuria pas de la mateixa manera l'oferta econòmica d'en Teo Solís.

Els germans Sanz arriben al carrer Javier Lasso de la Vega, on té la consulta en Gervasio Lombán. És un edifici petit de només tres plantes. Truquen a l'intèrfon del tercer A i de seguida contesta una dona.

—Bona tarda, soc la Blanca Sanz, tinc hora a les quatre.

—Molt bé. Li obro.

Pugen per l'escala fins al tercer pis. Una dona jove vestida amb una bata blanca els rep a la porta. Els convida a passar i els demana que s'asseguin a la sala d'espera. El doctor Lombán els atendrà de seguida.

—Estàs nerviosa?

—Una mica. No sé gaire què en sortirà, d'això.

—Podem marxar i deixar-ho tal com està.

—No. Ja he arribat fins aquí i he de continuar. Necessito respostes, Sergio. Però és veritat que no m'esperava estar tan tensa.

—És que avui has acumulat massa tensió. Ara et relaxaràs.

Això espera. Ha llegit que la hipnosi no és apta per a tothom. Hi ha persones que no són capaces de concentrar-se perquè tenen una capacitat d'atenció massa baixa. És una qüestió relacionada amb les neurones, no té res a veure amb la personalitat de cadascú.

Mentre esperen el psicòleg, a en Sergio li sona el mòbil i li diu a la Blanca que ha de sortir a contestar. La noia es queda sola. Observa com els peus se li mouen amunt i avall. Els atura, però al cap de pocs segons ja es tornen a moure. És com si fossin d'una altra persona. S'ha de calmar.

La porta de la sala d'espera s'obre i apareix la dona que els ha atès abans. Li demana que l'acompanyi i l'avisa que hi ha d'anar sola. Ella ja es cuidarà d'avisar el seu germà que la sessió ha començat. Entra en una habitació poc il·luminada i amb escassa decoració. No hi ha ni quadres a les parets. En Gervasio Lombán s'aixeca d'una butaca i li dona la mà. És un home d'estatura mitjana i una bona mata de cabells castanys. Porta ulleres, una bata com la de la seva ajudant i no té accent andalús. Se l'imaginava d'una altra manera, més excèntric, més tipus metge boig de dibuixos animats. En canvi, almenys físicament, té l'aparença d'una persona bastant normal.

—Molt de gust de coneixe-la, Blanca. Moltes gràcies per venir en un dia tan complicat per a vostè. I no ho dic només perquè sigui 31 de desembre.

—Ja veig que ha llegit el que ha passat.

—He estat molt enfeinat, però m'han posat al dia sobre el tema de l'alcalde, el viatge que no va fer i tota la resta —li explica l'home mentre amb un gest la convida a seure en una butaca negra de pell—. L'han molestat molt després de la notícia d'avui?

—Diguem que he acabat el matí una mica saturada.

—No m'estranya. Vol que en parlem?

A la Blanca no li ve de gust insistir altra vegada en el mateix. Ha vingut a veure aquest home per intentar recuperar els records perduts, no per desfogar-se ni perquè analitzi el seu estat mental. Potser una cosa està relacionada amb l'altra, però si ho pot triar, no vol començar de nou a explicar el que s'ha dit d'aquell dia sobre en Santiago de Gomar.

—Podem començar directament amb la sessió?

—Esclar, cap problema —diu en Lombán amb un somriure amable—. La noto nerviosa. Calmi's. No li passarà res dolent.

—Estava ben tranquil·la fins fa pocs minuts.

—Li fa por el que pugui veure o dir?

—No ho sé. L'única cosa que sé segur és que vull posar fi a aquesta incertesa d'una vegada per totes.

—Ja sap que això no sempre funciona, oi?

—Alguna cosa n'he llegit.

—Intentaré desbloquejar-li la ment mitjançant la relaxació, ajudar-la a recuperar els moments que el seu cervell s'ha encarregat de reprimir. És possible que ho aconseguim i és possible que no. Vull que ho sàpiga abans de començar la sessió. I ara, pot parlar-me dels minuts que no aconsegueix recordar? Em pot informar de la situació, sisplau?

La Blanca li explica a en Gervasio Lombán el que va passar aquell dia, abans de l'accident de l'helicòpter. La Mercedes Reinoso li va demanar que l'acompanyés aquell matí. Gaudirien d'un passeig pel cel de Sevilla. Li parla de l'instant en què van pujar a l'helicòpter i d'altres records que, en diversos flaixos, li han anat tornant els últims dies, com les meravelloses vistes de la ciutat des de dalt, i com s'ho estava passant de bé... fins que el pilot es va desmaiar. A partir d'aquí, tot és com un núvol de boira per a ella. Ha tingut somnis i records sobtats molt confusos en els quals ha vist la directora d'*El Guadalquivir* amb la cara plena de sang. També li explica que en aquelles visions parlava amb la Mercedes, però no recorda sobre què. La Blanca dubta de si explicar-li allò del bitllet, però al final se'l treu de la butxaca dels pantalons i l'hi ensenya.

—Això l'hi va donar la Mercedes?

—Sí. No sé per què. No recordo si m'ho va arribar a explicar.

—I aquest número? És d'un mòbil?

—Això sembla. No es veuen bé les dues últimes xifres. Hem estat investigant, però cap dels amos dels telèfons als quals podria correspondre el número coneixia la Mercedes Reinoso.

—Que curiós —diu l'home, que examina el bitllet amb detall—. Bé, crec que ja tinc prou informació. Hem de tornar a aquell viatge en helicòpter, abans que s'estavellés, i intentar esbrinar a poc a poc què va succeir després. Pel que fa a les visions i flaixos que ha tingut... és normal. Després d'una situació d'estrès posttraumàtic, és habitual que es tinguin visions tant certes com imaginades.

—Què vol dir això?

—Que no tot el que ha vist, somiat o creu haver recordat va passar de veritat. És a dir, que hi ha possibilitats que el seu cervell s'ho hagi inventat.

—I amb la hipnosi sabrem què és veritat i què no?

—Amb la hipnosi mirarem de reordenar-ho tot i donar-hi sentit. Organització!, que deia la meva difunta mare. Però primer de tot m'ha de firmar aquesta autorització. Segons aquest formulari, accepta que jo la hipnotitzi. És només una qüestió protocol·lària, però és necessària per a l'Administració.

Un cop la Blanca ha llegit i firmat el document, el doctor Lombán li demana que es relaxi a la butaca de pell. Que estiri les cames i els braços. Ha d'estar còmoda, però no prou per adormir-se.

—Hi ha persones que es pensen que durant la hipnosi t'adorms. No. Vostè ha de fer cas del que jo li aniré demanant, per tant, no vull que s'adormi. Però abans, si no li sap greu i per crear un clima menys fred, començaré a tutejar-la. —La Blanca assenteix—. M'has d'escoltar amb atenció. Ara posaré música. Alguna petició? Estopa? Ana Mena? Queen?

La Blanca està a punt de demanar Taylor Swift, però de seguida s'adona que en Gervasio feia broma. El que sent és una melodia relaxant. Sona un piano i com si les ones del mar trenquessin a la sorra. L'home atenua la llum de l'estança i comença a parlar en un to càlid.

—Tanca els ulls, Blanca. Relaxa't. Escolta la meva veu. Relaxa't. A poc a poc. Això. Molt bé. Respira fondo. Deixa anar l'aire —diu en Lombán, de manera pausada, deixant passar uns segons entre una ordre i una altra—. A partir d'ara et concentraràs només en la meva veu. El so de la meva veu et proporcionarà relaxació, calma, i contactarà amb la teva ment subconscient. Això. Només sentiràs la meva veu. Cada vegada estaràs més relaxada. Respira profundament i deixa anar l'aire lentament. Molt bé. Una altra vegada. Respira fondo i expulsa l'aire molt lentament —continua el psicòleg—. El primer que farem serà relaxar el teu cos. Imagina't tots els músculs dels teus ulls. Pensa en els ulls i respira fondo mentre notes les parpelles, les celles. Això. Pensa en cadascun dels músculs que tens al voltant dels ulls. Així. Concentra't en aquests músculs i en aquestes fibres i nota com es van destensant. Concentra la imaginació en la part superior dels ulls. En la part dels laterals. Això. Ara pensa en la part inferior dels ulls. Els músculs es relaxen. Molt bé. Respira fondo, Blanca. I deixa anar l'aire a poc a poc. Utilitza el poder de la imaginació per sentir-te molt bé. Pots aconseguir això i molt més.

La noia obeeix cadascuna de les peticions del terapeuta. Tot seguit, en Lombán li demana que la relaxació que ha aconseguit avanci com una onada per tot el seu cos, començant des del cap. S'atura a la cara, el coll, les espatlles, els braços, el pit, l'abdomen. Fa que se centri en cadascun dels dits de les mans. Sempre respirant fondo i concentrant-se en la seva veu. La Blanca s'imagina els músculs que té a les cames, a la pelvis, i acaba als dits dels peus. El procés dura uns quinze minuts. No havia estat mai tan relaxada. No hi ha ni rastre de tensió.

—Ja tenim el teu cos en harmonia. Ara relaxarem la ment. Continua escoltant la meva veu. Nota com el teu pit puja i baixa lentament. Tens el cos relaxat. Ara comptaràs enrere des del número dos-cents. Cada vegada que diguis un número, hi afegiràs la frase «profundament relaxada». Respiraràs fondo i doblaràs el grau de relaxació de la teva ment. Pot ser que, quan arribis al cent noranta, la teva relaxació sigui tan profunda que els números s'esvaeixin. Escolta la meva veu, Blanca. I quan t'ho digui, comença a comptar des del dos-cents.

La Blanca segueix totes les indicacions d'en Gervasio. Quan arriba al cent noranta-dos, comencen a esvair-se els números, tal com ell ha dit. Respira fondo i compta uns quants números més. Ara en Lombán li demana que pensi que és a dalt de tot d'una escala de deu esglaons.

—Aniràs baixant esglaó per esglaó, a poc a poc. Respira fondo a cada esglaó. Quan arribis al quart, començaràs a veure l'helicòpter on vas pujar. I m'aniràs explicant el que està succeint. Comença a baixar els esglaons, Blanca. Un per un. A poc a poc. Concentra't en la meva veu. Tranquil·la. Calmada. Deixant anar l'aire. Molt bé.

La jove periodista compta en veu alta els esglaons que està baixant, tal com li ha explicat el psicòleg. Quan arriba al quart, en Lombán li demana que descrigui el que veu.

—Soc a dins de l'helicòpter amb la Mercedes. Estem sobrevolant el riu. És meravellós. També veig els edificis més alts de la ciutat i la Torre de l'Or. És increïble.

Llavors, la Blanca s'atura. Arruga el front i fa un petit salt. En Lombán li demana que es relaxi, que continuï amb els ulls tancats i que li expliqui el que passa.

—Déu meu, el pilot... està inconscient. Crec que està mort. L'helicòpter està descontrolat. La Mercedes resa al meu costat. No sé què diu. Tot és molt confús. Ens estavellarem!

La Blanca fa un crit, però no obre els ulls. En Lombán li demana que es calmi. Li diu que tot va bé, que ha de respirar fondo. És horrible el que li ha passat, però s'ha d'armar de valor i mirar al seu voltant. Què està passant?

—Estic... ferida. Em fan molt de mal les cames. Tot és molt confús. No... no veig la Mercedes. Sí, sí. És allà! Però té la cara plena de sang i estossega. Crec que... crec que està molt malament. La vull ajudar, però no puc. Em fan molt de mal les cames. També tinc sang. La noto a la boca. Déu meu, no em vull morir.

—No et moriràs, Blanca. Estàs viva. Què passa ara?

—Em fa molt de mal el cos. La Mercedes em diu alguna cosa que no entenc i es treu... es treu un paper de la butxaca i me'l dona. És... un bitllet. Sí, crec que és un bitllet de vint euros. Em fa molt mal tot. Em sembla que em desmaiaré.

—Tranquil·la, Blanca. Tranquil·la. Continua.

—Agafo el bitllet i crec que me'l guardo a la butxaca de la jaqueta. La Mercedes em diu alguna altra cosa.

—Què et diu? Pensa-ho, Blanca.

—No ho sé.

—Sí que ho saps. Què et diu?

La Blanca es queda en silenci uns segons, pressionant les parpelles, i finalment respon la pregunta d'en Gervasio Lombán.

—La Mercedes m'està parlant. Està agonitzant. Diu que es diu Escudera i que... que... hi ha alguna cosa important en... en una caixa forta. És a... Benidorm. Sí, Benidorm. Els números del bitllet. Li pregunto per això. No em contesta. Ha tancat els ulls. Em sembla que està morta. Déu meu, la Mercedes està morta!

Capítol 52

Niko

Sevilla, dimarts 31 de desembre del 2019

—No et pots endur la Triana! Després de tot el que li has fet! Com vols que se'n vagi amb tu a Polònia?!

Els crits de la Celia el molesten. Estan totalment fora de lloc. Ni tan sols li ha donat l'oportunitat d'explicar-se.

—Què passa? —pregunta la Triana, que surt de l'habitació descalça i amb pijama, fregant-se els ulls—. Per què crides, mare?

—Vol que te'n vagis amb ell a Polònia!

—Què? A Polònia?

—Sí, només durant uns mesos. Però hi ha una raó. Em deixeu explicar-vos-la, o ens passarem tota la tarda cridant?

—Primer parlem de les mentides que m'has dit les últimes setmanes —replica la noia amb els braços fent nansa—. O ara faràs veure que no saps a què em refereixo?

—Esclar que ho sé. Per això he vingut de seguida que he pogut.

Sortint de la comissaria, s'ha trobat amb un llarguíssim àudio de la Brenda. Abans d'escoltar-lo, ja sabia què hi deia. No era gaire difícil imaginar-s'ho. Tot i així, ha resultat molt pitjor. El missatge era una barreja de sentimentalisme, odi, súplica i desfogament. Set minuts de xerrameca insuportable. En conclusió: la Triana ja s'ha assabentat de tot el que van fer i la seva relació penja d'un fil un cop més.

—Què, doncs? Digues.

—El primer que vull fer és demanar-te disculpes.

—No les accepto. És inadmissible la manera com m'has enganyat.

—Inadmissible! —coincideix la Celia amb la seva filla.

—Entenc que estiguis enfadada, però tot el que vaig fer va ser per tu. Per això nostre.

—No em val aquesta excusa, Niko. No em val.

—Sisplau, intenta entendre-ho. Estaves atabalada amb el segrest de la teva mare. Cada dia ens distanciàvem més. El fet que pensessis que la teva mare estava viva era la meva única opció per evitar que s'esfondrés el que havíem construït entre tots dos. L'única opció per continuar junts.

—No era l'única opció —es queixa la Triana—. Mentir no és mai una opció. El que m'ha explicat la Brenda m'ha fet sentir estúpida i humiliada!

—No em va quedar cap més remei.

—No és veritat.

—Sí que ho és. No veia cap altra manera de recuperar-te.

—Saps què penso? Que és la teva manera de ser. Portes la mentida a la sang.

—Estàs sent molt dura.

—Crec que l'antic Niko ha tornat... o potser no se'n va anar mai —diu la Triana, encreuant els braços—. No puc estar amb una persona que té aquesta facilitat per enganyar els altres. Em pensava que havies canviat, però continues sent el mateix de sempre.

Les paraules de la Triana el fereixen fins al fons de l'ànima. Sospira i acota el cap. La seva nòvia està molt decebuda i no sembla pas que la pugui convèncer perquè el perdoni. Se sent malament pel que va fer, però en aquell moment va pensar que era l'únic camí possible per salvar la seva relació de parella.

—Vaig a trucar per telèfon. Si necessites res, soc a la sala d'estar —diu la Celia a la Triana amb veu dolça.

Li fa una carícia a la cara i, sense dedicar ni una mirada al noi, se'n va del pati. A en Niko li sap greu que la Celia el tracti així. Segurament, aquests seran els seus últims minuts en aquesta casa i està convençut que mai oblidarà tot el que ha viscut en aquelles parets.

—M'ha quedat molt clar el que sents. No et molestaré més, però t'he d'explicar el que m'ha passat aquest matí.

—Una altra de les teves mentides?

—No, aquesta vegada és veritat. M'han retingut a la comissaria per avisar-me que estic en perill. Hi ha un paio perillós pels carrers de Sevilla que em va al darrere. Potser també va darrere teu o de la teva mare. No ho sé. Per això m'agradaria que vinguessis amb mi a Polònia. Tot i que crec que això no podrà ser, oi?

La noia nega amb el cap i s'asseu a l'esglaó del pati. Vol consolar-la perquè li veu llàgrimes als ulls, però no sap com fer-ho. Qualsevol cosa que li digui és sobrera i només empitjoraria la situació. En Niko s'asseu al seu costat i li explica la història d'en Jarek Michalski. Li explica el problema que va tenir amb el seu avi, la relació amb en Muriel i tot el que el comissari i els altres dos policies li han relatat del cas. També li esmenta la informació que en Gaviria li ha proporcionat sobre una organització criminal que la policia està investigant i en la qual estava ficada la María Santana.

—El comissari m'ha preguntat què volia fer ara. En Michalski està lliure. Torno a estar en perill, però no vull gent seguint-me les vint-i-quatre hores del dia per protegir-me ni que em tanquin en una altra casa custodiada com la de Los Bermejales.

—Per això te n'aniràs a Polònia?

—Sí. Els he dit que el lloc més segur per a mi ara mateix és Varsòvia. A en Michalski l'estan buscant, i si intenta sortir del país, l'atraparan. En canvi, jo ja fa temps que penso a tornar. És un bon moment. Amb tu hauria sigut perfecte.

—Encara que això nostre anés bé, no podria haver marxat. La meva vida és a Sevilla. La mare, els amics, la carrera... He de tornar a la normalitat.

—T'entenc.

—No ho entens.

—Sí, Triana, de debò que t'entenc.

—Les coses són així.

—Pensava que... És igual. Ara ja és igual —diu el

noi, que esbossa mig somriure. Mira els ulls plorosos de la noia—. Fins aquí, doncs?

A la Triana no li surten les paraules i es tapa la cara amb les mans. Sent que sanglota. És desolador. Ell també s'emociona. A part de la pèrdua dels pares, és el moment més dur que recorda. Mai no havia sentit tant d'amor per ningú.

—Me'n vaig. Cuida't molt.

—Igualment. Avisa'm el dia que agafis l'avió cap a Polònia.

—Intentaré que sigui ben aviat. En Michalski segur que em busca.

—En Gaviria et protegirà. Al final no ha sigut tan dolent com et pensaves.

—No, no ho ha sigut.

Els dos joves es miren fixament una altra vegada. En Niko l'ajuda a posar-se dreta i li acaricia la galta. Té ganes de fer-li un petó, però es conté. No pot ser. Tampoc es prometen que ja es veuran ni es diuen un fins aviat. És el final de l'última pàgina.

Obre la porta i, sense dir res més, se'n va.

Al carrer hi fa fred i se senten alguns petards. Hi ha gent que ja celebra l'Any Nou malgrat que encara falten unes quantes hores per a les dotze. Tornarà a menjar el raïm tot sol. Arriba a la plaça Doña Elvira i s'asseu en un banc lliure. Només pot pensar en la Triana. I es posa a plorar.

—Estàs bé?

És la veu d'en García, que l'ha seguit sense que se n'adonés. Ja l'hi havien advertit: Sevilla no és un lloc segur per a ell, i el protegiran fins que trobin en Michalski.

—Deixi'm tranquil.

En canvi, el policia no li fa cas i seu al banc. En Niko rondina, però no li demana que se'n vagi. Tots dos queden en silenci uns minuts, fins que l'home treu un cigarret i l'encén.

—En vols un?

—No fumo. Hauria de saber-ho. Ha estat amb mi tota una setmana en aquella puta casa. M'ha vist fumar alguna vegada?

—Un no sap mai quan serà la primera vegada. Però fas bé, el tabac és una merda, mata persones i destrossa famílies.

—I per què cony no ho deixa?

L'home somriu. Fa una pipada i es gira per expulsar l'alenada de fum cap enrere i lluny d'en Niko.

—A vegades, un no actua com caldria. Et sona d'alguna cosa?

—No sé a què es refereix.

—Sabíem que eres tu qui va entrar a casa de la Triana per deixar aquella estúpida nota.

—Ho sabíeu...

—Sí, Niko. Som més llestos i eficients del que et penses i del que et deia el teu avi Dariusz. La policia no és tan ruca.

—A vegades no ho demostreu —diu el noi, que treu el mòbil i l'ensenya a en García—. Sé que me l'heu punxat. Aquest i l'altre telèfon.

—Només per assegurar-nos que estàs bé.

—I una merda. M'esteu vigilant per si de cas torno a espifiar-la.

—T'asseguro que simplement estem vetllant per la

teva seguretat. Hi ha gent que vol el teu cap. Ja ho saps.

—Quedareu descansats quan me'n vagi a Polònia.

—Potser vinc amb tu. M'encanta aquell país —diu en García, que fa una altra pipada al cigarret. Aquesta vegada el fum va directe a la cara d'en Niko, que l'aparta amb les mans—. És broma. Tinc molta feina aquí. No se m'hi ha perdut res al teu país.

—Té família? Dona? Fills?

—Intento no parlar de temes personals a la feina. Però no, no tinc fills. Em vaig casar una vegada. Se'n va anar a l'aigua perquè no vam saber cuidar-ho. Va durar poc. No t'ho aconsello.

—Gràcies. Ho tindré en compte.

L'home s'aixeca i llença el cigarret a terra. El trepitja i treu el mòbil de la butxaca de la gavardina.

—Et portem a casa? És per avisar els companys. Jo ja m'acomiado per avui.

—No sé on anar. Potser em quedo aquí a la plaça fins que toquin les dotze.

—No aniràs a El Viso amb la Blanca i en Sergio per passar la nit de Cap d'Any?

—No hi estic convidat.

—Ho entenc —diu en García, que allarga el braç per acomiadar-se—. Bon any nou, Niko. Espero de tot cor que el 2020 sigui millor per a tu.

El noi s'aixeca del banc i li dona la mà al policia.

—Bon any, García. Jo també espero que l'any que ve sigui millor per a tots.

—Segur que sí. Ja ho veuràs.

S'ha fet de nit i els fanals de la plaça Doña Elvira són testimonis del comiat dels dos homes.

L'esclat d'un coet irromp en la nit sevillana. Ha sonat molt a prop. En Niko no triga a veure la taca vermella que brolla de la gavardina del policia. En García es desploma a terra. El noi el crida pel nom, però no obté resposta. Mira cap a la dreta i veu que un paio amb la barba i els cabells blancs s'acosta amb una pistola a la mà. L'està apuntant.

En Niko es queda allà dret, desafiant, davant d'en Jarek Michalski. Sol davant del perill. No pensa marxar corrents. Això s'ha acabat. Si aquest ha de ser el seu final, que així sigui.

Capítol 53

Sergio i Blanca

Sevilla, dimarts 31 de desembre del 2019

—Els números que hi ha escrits al bitllet no són de cap mòbil. Han de ser els d'una combinació que obre una caixa forta a Benidorm.

En Sergio està emocionat pel que la seva germana li ha explicat. La sessió d'hipnosi ha sigut un èxit. En canvi, la Blanca continua tenint molts dubtes. El doctor Lombán ha aconseguit que recuperi alguns records del moment posterior a l'accident, però la ment se li ha tornat a emboirar i ja no ho veu tan clar com quan estava asseguda en aquella butaca negra de pell.

—No n'estic segura, Sergio.

—Jo sí. La Mercedes guardava alguna cosa en aquesta caixa forta que volia que veiessis.

—A Benidorm?

—És el que has recordat que et va dir abans de morir, oi? Potser hi tenia una casa per passar-hi les vacances.

—No em sona gens. No me n'havia parlat mai, d'això.

—Per què no truques a algú del diari que la conegués més bé i ho preguntes? Algú que porti més temps que tu a la redacció.

—Hem de ser molt discrets amb això, Sergio. A més, els meus companys segur que ja han anat cap a casa a preparar-se per a aquest vespre. I demà és festa.

Ells també estan a punt de marxar. Els esperen a El Viso del Alcor. Després de la sessió del doctor Lombán, l'agent Alderete els ha dut al pis de la Blanca perquè pogués agafar unes quantes coses. El mateix policia els està esperant al cotxe.

—N'has parlat amb la Triana, d'aquest tema? —pregunta el noi mentre surten de l'edifici.

—No. Això de la hipnosi m'estimo més explicar-l'hi en persona. No ho sap, que hi he anat avui. Només li he enviat un whatsapp per demanar-li a quina hora arribaran. No m'ha ni contestat.

—Deu estar molt ocupada arreglant-se per a tu.

El noi li pica l'ullet i la Blanca li clava un clatellot. De tant en tant li fa bromes estúpides com aquesta, i maleïda la gràcia que li fan a ella. En això el seu germà no ha canviat, però no ho fa amb mala fe, per això les hi perdona. Tot el que té a veure amb la Triana la influeix. Cada vegada més. Aquesta nit estaran juntes i això l'entusiasma i la fa posar nerviosa a parts iguals. Desitja que el 2020 sigui un any especial i no podria començar-lo amb millor companyia: al costat de la persona que estima, encara que ella no ho sàpiga.

A dins del cotxe, en Sergio i la Blanca viatgen en silenci. No comenten res sobre la hipnosi i les conseqüències de la sessió amb en Lombán. Han decidit que no parlaran del tema davant de ningú, ni tan sols de la policia, fins que no aclareixin el que la noia ha recordat sobre el que li va dir la Mercedes Reinoso.

La periodista no para de pensar en la qüestió del número, la caixa forta i Benidorm. Intenta recordar si la seva antiga directora li va esmentar algun pis llogat en aquella ciutat o si va fer algun viatge a les terres alacantines. No li ve res al cap. En realitat, no van tenir una relació gaire estreta, malgrat que van acabar agafant-se afecte. La veritat és que la Mercedes sabia més coses d'ella que no pas ella de la Mercedes. El bitllet de vint euros amb el número... l'hi va donar perquè sabia que estava a punt de morir-se i volia que investigués alguna qüestió relacionada amb el diari?

Tot és molt estrany i segueix sense tenir les respostes que buscava.

—Ja hem arribat, nois —diu l'Alderete, que aparca davant de l'edifici on viuen els seus pares—. Un dels meus companys no trigarà gaire a arribar i agafarà el relleu de la guàrdia. Que vagi molt bé, i bon any.

El policia treu de la guantera un barret taronja en forma de con, que es col·loca al cap, i un espantasogres. Els germans Sanz s'acomiaden d'ell fins l'any que ve mentre l'agent fa sonar l'estri festiu de manera insistent.

Els pares ja els esperen a l'entrada del pis. Després dels petons i les abraçades de rigor, en Sergio rep un petit sermó de la mare, que l'esbronca per haver-se'n anat tot sol a Sevilla el dia abans sense avisar-los. Després el pare agafa el relleu i li cau una altra reprimenda.

—Pobre nano, no ha fet res dolent. Li heu de donar més corda —el defensa la seva germana—. Va, tinguem la nit en pau. D'aquí a poc arribaran les convidades. Prometeu-me que no les atabalareu i que no fareu preguntes incòmodes a la Celia.

—Sisplau, filla. No sé per qui ens has pres.

—Ja n'hem parlat d'això, mare. Vigileu amb el que dieu.

—Les tractarem com reines —diu l'home, que ja s'ha posat la jaqueta i la corbata per a l'ocasió.

—Val més que sigui veritat.

La Blanca fa un petó al pare i un a la mare i se'n va a l'habitació per arreglar-se. En Sergio no fa cap comentari i també es tanca al seu dormitori. S'asseu al llit i respira fondo. Li encantaria tenir la personalitat de la seva germana i ser capaç de viure sense donar explicacions, sense haver de demanar permís per a tot. Sempre ha sigut bastant independent i fins i tot menfotista, però últimament s'ofega en aquesta casa. Comença a ser hora de volar del niu. Necessita anar a algun altre lloc.

—Puc entrar? —pregunta la Blanca, al cap de poc, des de l'altra banda de la porta.

—Endavant. No estic fent res.

La noia entra i li ensenya el vestit que ha triat per a aquesta nit. És vermell i molt curt, amb alguna transparència. S'ha posat mitges i sabates de taló. No porta les ulleres i s'ha recollit els cabells.

—Uau! Quin canvi.

—Què et sembla? Quedo bé?

—Estàs estupenda, nena. La deixaràs impressionada.

—No tornem a començar amb això, sisplau —protesta la Blanca, que s'asseu a la vora del llit—. T'ha trucat o t'ha escrit?

—La Triana? No.

—A mi tampoc m'ha contestat el missatge que li he enviat. Li enviem un àudio?

Els dos joves graven un divertit missatge de veu de gairebé un minut en el qual li pregunten a la seva amiga a quina hora arribaran.

—Espero que al final no es facin enrere —comenta la Blanca mentre es col·loca bé les mitges—. Vaig a maquillar-me. Va, arregla't, que es fa tard!

—Encara he de preparar el sopar.

—Què? No està fet encara?

—Però si no he tingut temps! He estat a Sevilla des d'ahir! —exclama el noi, gratant-se el cap—. Tranquil·la, he avisat el pare aquest matí i ells s'han encarregat de tot. No es pot ser a dos llocs alhora!

—Ostres, nano, m'has espantat. Tu i les teves estúpides bromes!

La Blanca riu i li clava un altre clatellot, aquesta vegada més fort. Surt de l'habitació mentre l'amenaça de no deixar-lo dormir més al seu pis si continua portant-se d'aquesta manera. En Sergio la veu contenta malgrat tot el que li ha passat en els últims mesos. Potser està dissimulant, o potser són els nervis de passar el Cap d'Any amb la Triana. En qualsevol cas, li encanta veure-la feliç quan fa ben poc estava prostrada al llit queixant-se de dolor i sense poder-se moure.

A les nou, la taula ja està a punt. Tanmateix, les

convidades encara no han arribat. La Blanca ha trucat a la Triana, però no li ha contestat. També ha trucat al telèfon del despatx de la Celia, i el resultat ha sigut el mateix. El mòbil de la detectiu no està operatiu.

—En Niko té el telèfon apagat —comenta en Sergio, que ha intentat contactar amb el noi per preguntar-li si sabia on era la seva nòvia.

—Potser s'han trobat un embús.

—A aquesta hora? No ho crec, mare.

La Blanca s'està posant molt nerviosa. No para de mirar el mòbil. I si li ha passat alguna cosa? Malgrat que la situació s'ha calmat després de les últimes detencions, potser encara hi ha algú que els vol fer mal. De fet, després de la mort de la María Santana, tots han tornat a rebre protecció policial. Això la tranquil·litza. A la Triana i a la Celia les vigilen igual que a ella i en Sergio.

—Què fem? Comencem a sopar?

—Pare, tingues una mica de paciència!

—És que tinc gana, filla. No he berenat per reservar-me per al sopar. Ens tocarà l'hora del raïm!

En Sergio obre la finestra del menjador i treu el cap a fora. L'aire fred li toca de ple a la cara. Veu el cotxe en què els agents fan guàrdia aquesta nit. Ja l'ha vist alguna altra vegada. A l'interior hi distingeix un parell de policies vestits de paisà. Els compadeix i li empipa que els toqui treballar per culpa seva en un dia tan assenyalat. Fan una feina ingrata i poc valorada. Si fos per ell, els enviaria a casa a passar la nit amb les seves famílies. Però ells diuen que només compleixen la seva obligació. Després els baixarà una mica de sopar i un parell de copes de xampany, tot i que suposa que, estant de servei, no poden beure alcohol.

I llavors les veu. Totes dues surten del cotxe fosc que les ha deixat a uns cinquanta metres de distància. La Celia i la Triana saluden els policies de guàrdia i es dirigeixen cap a la porta de l'edifici.

—Ja són aquí! —crida el noi, just abans que soni el timbre de l'intèrfon.

La Blanca s'afanya a obrir i les espera a l'entrada. Està tremolant pel fred que ha entrat per la finestra i, sobretot, per la tensió acumulada. Es pensava que ja no vindrien i que l'any començaria amb mal gust de boca. Després del dia que ha passat, no estava preparada perquè la Triana no aparegués.

La periodista es queda encantada quan veu la Triana. S'ha posat un abric negre llarg, i per sota distingeix un bonic vestit blau fosc escotat. Sembla més alta pels talons, i s'ha maquillat com la Nit de Nadal. Està preciosa i a ella li cau la bava.

—Perdó pel retard —diu la Celia, que fa una abraçada a la Blanca—. Hem tingut uns quants contratemps, i a sobre, la Triana s'ha descuidat el mòbil a casa i el meu s'ha quedat sense bateria. Espero que em puguis deixar un carregador.

—Som un desastre —afegeix la Triana, que mira la seva amiga de dalt a baix—. Nena, estàs increïble. Ets tota una bellesa.

—I jo què? —pregunta en Sergio, que no triga a arribar a la porta.

—Tu ets un *getleman*. El tio més guapo d'El Viso.

La Blanca observa com el seu germà agafa la Triana

per la cintura i li fa dos petons a les galtes d'una manera que ella no gosaria. Està gelosa d'en Sergio, sempre més llançat que ella per a aquestes coses. Els seus pares també fan acte de presència i es fan les presentacions.

Mentre els grans s'asseuen a la taula i parlen del fred que fa aquests dies i altres temes de poca transcendència, els joves van a la cuina a buscar el menjar.

—Moltes gràcies per convidar-nos —diu la Triana, que agafa una safata d'ensalada russa de sobre el marbre—. Per a la mare i per a mi és un plaer poder passar aquesta nit amb vosaltres. Us estem molt agraïdes.

—Gràcies a vosaltres per venir. Intentarem que us ho passeu bé i que els meus pares no fiquin gaire la pota.

—No pateixis, Blanca. En això no ens guanya ningú. Mira l'embolic que hem fet amb els telèfons. Som un desastre.

—I en Niko? Tenia un altre compromís, o s'ha estimat més no sortir de casa? —pregunta en Sergio, que talla el pa i el posa en un cistellet de vímet—. M'imagino que no li agraden gaire aquest tipus de celebracions.

—Les festes no són el seu fort.

—Els polonesos mengen el raïm avui a les dotze?

—És una tradició espanyola —contesta la Triana en un to una mica sec—. Ell passa de tot això.

La Blanca troba rara l'actitud de la seva amiga. Està molt rígida i, tot i anar maquillada, se li veuen els ulls una mica inflats i irritats. Juraria que ha plorat. Potser per això han arribat tard. Potser li ha passat alguna cosa amb en Niko?

Els joves distribueixen les safates de menjar per la taula del menjador i tots sis es disposen a passar un entretingut sopar de Cap d'Any. En Sergio alça la copa per fer el primer brindis.

—Per la meva germana Blanca, per la Celia Mayo i la Triana, tres supervivents que es mereixen que, a partir d'ara, tot els vagi bé. I per en Niko Olejnik, encara que no hagi volgut passar la nit amb nosaltres! També brindo per ell.

A la Blanca no li agrada la part final del brindis del seu germà. Sembla que a la Triana tampoc. S'ha fixat en ella. Brandava el cap i se li han negat els ulls. Els llavis li tremolaven quan han fet xocar les copes.

—Seguiu vosaltres, vaig un moment al lavabo —diu la noia del vestit blau espectacular després de beure el xampany—. Al fons a la dreta?

—Esclar —contesta en Sergio, que se serveix un parell de rotllets de pernil dolç farcit d'ou ratllat.

La Triana li dona les gràcies al noi i s'aixeca de la taula. La Blanca l'observa amoïnada. Pressent que alguna cosa no va bé, de manera que la segueix. L'agafa de la mà abans que entri al lavabo i la guia cap a la seva habitació.

—Què et passa? Et veig molt trista.

—No és res.

—Vinga, Triana, que et conec. Què tens? Pots explicar-m'ho.

—He tallat amb en Niko —contesta la Triana. Es mossega el llavi nerviosa.

—Quan?

—Aquesta tarda. No em trobo gaire bé. No volia

venir, però... al final ha sigut la mare la que m'ha convençut. Encara ho estic assimilant.

—M'ho hauries d'haver dit.

—Per què, Blanca? Tu no pots pas fer-hi res.

La intensitat de la mirada de la Triana és tan hipnotitzadora com les càlides paraules d'en Gervasio Lombán durant la sessió. Procura evitar els seus ulls i es fixa en els llavis, però la idea per remeiar-ho encara és pitjor. Les ganes immenses de fer-li un petó la desborden. Es conté. Només pot desitjar-la, perquè si fa un pas endavant, seria retrocedir per sempre.

Tanmateix, de sobte, els llavis de la Triana s'acosten lentament i s'uneixen als seus. Aquest gir dels esdeveniments no l'havia vist a venir. I, encara que no sembli real, és el petó més autèntic que ha fet en els seus vint-i-dos anys de vida.

Quan les seves boques se separen, la Blanca no sap què dir. Tartamudeja i improvisa:

—Sa... saps que... avui m'han... hipnotitzat?

Capítol 54

Triana

El Viso del Alcor, dimarts 31 de desembre del 2019

El sopar ha anat més bé del que s'esperava. Els pares d'en Sergio i la Blanca s'han portat molt bé amb elles. Han menjat fins a quedar ben tips i han rigut molt. Li encanta veure la mare tan alegre i animada. A més, no ha sortit ni una pregunta sobre el segrest ni sobre tot el que ha passat en els últims mesos. Encara que no sigui el seu millor dia, la Triana se sent afortunada.

—Quant falta per a les dotze? —pregunta en Sergio, que s'està cruspint l'enèsim tros de torró de xocolata.

—Mitja hora —contesta el pare, que està dret amb uns quants gots a les mans i amb posat de cambrer—. Voleu raïm amb llavors o sense? N'hem comprat de les dues maneres.

La majoria el prefereix sense llavors. Els adults són els que ara s'encarreguen de desparar la taula de sopar. La Celia fa un petó al front a la seva filla i també va a donar un cop de mà a la cuina. Li ha xiuxiuejat que l'estima.

—Poso música? Això està molt parat —comenta en Sergio, que busca a Spotify alguna llista amb cançons actuals per a festes—. A veure si us agrada aquesta.

Sona el tema «Secreto» d'Anuel i Karol G. No és dels seus preferits, però s'aixeca i balla amb el seu amic. La Blanca els observa en silenci. Abans ha passat una cosa estranya entre elles. Ha sigut un impuls. Ni tan sols s'explica el motiu pel qual li ha fet un petó. Hauran de parlar del tema quan estiguin a soles. Del que sí han parlat breument ha sigut de la sessió d'hipnosi. Quan era en el punt més interessant, les han cridat perquè tornessin a la taula. Després del raïm, reprendran la conversa.

—Un moment. Podeu parar la música? —diu la Blanca, que està mirant el mòbil—. Un dels meus companys acaba d'escriure en un dels grups de whatsapp del diari i diu que ha passat una cosa greu al barri de Santa Cruz. Han trobat un mort a la plaça de Doña Elvira.

—Això és a prop d'on visc jo —comenta la Triana, que deixa de ballar amb en Sergio i s'acosta a la periodista—. Se sentien sirenes quan hem marxat, però ens pensàvem que era alguna cosa relacionada amb les festes.

—Ara li he preguntat al noi que ha anat a cobrir la notícia. Sempre hi ha algú de guàrdia per si passen coses d'aquestes.

—Sap què ha passat exactament?

—Sembla que han matat un home d'un tret. La policia no ha donat més informació de moment. No crec que se sàpiguen més detalls fins demà.

—Això que passa en aquesta ciutat els últims mesos és increïble —diu en Sergio. Al noi li han passat les ganes de ballar—. Tot va començar amb els crims d'aquell fals Chopin, i des de llavors, no hem parat de tenir una mort tràgica rere l'altra.

La Triana no pot estar d'acord amb el seu amic. L'inici d'aquell reguitzell d'assassinats a la ciutat va tenir lloc molt abans: en concret, cinc anys enrere, quan van matar el seu pare. L'inspector Velázquez va ser la primera víctima, tot i que ara mateix qui l'amoïna és en Niko. El paio perillós a qui va enganyar el seu avi viu a Sevilla, i el busca per venjar-se'n. La noia s'estremeix només de pensar que el pugui trobar.

—Sergio, pots trucar a en Niko per demanar-li com està?

—Ho he fet abans que arribéssiu i m'ha sortit que tenia el mòbil apagat.

—Pots tornar-ho a provar, sisplau?

El noi assenteix. Li truca una altra vegada, però el telèfon continua apagat. Torna a provar-ho, però el resultat és el mateix.

—Es deu haver quedat sense bateria, igual que la teva mare.

A la Triana no li convenç l'explicació d'en Sergio, però no es vol alarmar. El més probable és que apagués el mòbil sortint de casa seva perquè no el molestessin. Acabaven de tallar i no devia tenir ganes de parlar amb ningú. No vol pensar ni per un moment que la persona a qui han disparat a la plaça Doña Elvira sigui en Niko.

Intenta convence's que tot va bé quan sona el mòbil de la Blanca. La seva amiga contesta i parla amb algú durant un parell de minuts. Quan penja, només de mirar-li la cara es veu que no ha rebut una bona notícia.

—L'home a qui han disparat és en García.

—Què? Han assassinat en García?

—Sí. M'han demanat que no sortim. Encara no saben ben bé què ha passat. Tot és molt confús. Ara enviaran una altra patrulla de reforç.

—I en Niko?

—Què passa amb en Niko?

—T'han dit si està bé? El tenen localitzat? Hi ha algú que el vigili?

—No he preguntat per ell, Triana. M'imagino que deu ser a casa seva ben tranquil i també el deuen haver avisat del que ha passat.

—Té el telèfon apagat —intervé en Sergio, preocupat.

Els adults han acabat d'endreçar la cuina i tornen a la sala d'estar amb el raïm i una ampolla de xampany. La Triana li comenta en veu baixa a la Blanca que no digui res sobre l'assassinat d'en García. També li fa un gest amb el dit a en Sergio perquè no xerri. No vol que la mare s'alteri. Estava sent una nit fantàstica i s'acaba d'espatllar tot.

Només falten cinc minuts per a les dotze.

—Us adoneu que ja s'acaba el 2019? Quin any més fill de puta.

—Pare, no diguis renecs.

—És la veritat, filla. Que l'hi diguin a aquesta bona

dona. Segur que ha sigut un dels pitjors anys de la seva vida.

—No ho espatllem a dos minuts de les campanades, que anàvem molt bé.

La Triana observa la mare de reüll, i veu que somriu. No li ha molestat el comentari d'en Federico. Sort. Farà tot el que pugui perquè sigui feliç. Per això creu que no és el moment de revelar-li això d'en García. Tot i així, ella té el cap en un altre lloc: on s'ha ficat en Niko, i per què té el mòbil apagat des de fa tantes hores? Ostres, no s'hauria de preocupar per ell. Però li fa pena haver-lo deixat sol un dia tan assenyalat. Falta un minut per a les dotze i començarà l'any nou sentint-se culpable. Potser podria haver tingut més paciència. Ella l'estima, però no li pot perdonar tot. Ha traspassat el límit. Encara està enfadada i això és el que compta, no?

—Triana! Espavila't! —crida la mare mentre li clava un cop de colze per avisar-la—. Que ja anem pel tercer raïm!

La noia sent la quarta campanada i comença a ficar-se grans de raïm a la boca a tot drap. Ha llegit que porta mala sort no menjar-se els dotze grans a temps. Però aquesta vegada li resulta impossible. Encara n'hi queden dos quan sona l'última campanada.

—Bon any nou, reina!

—Bon any nou, mare! T'estimo molt —diu la noia amb les galtes inflades.

—Jo també t'estimo.

Mare i filla es fan una llarga abraçada mentre la Triana s'empassa el raïm que encara tenia a la boca. Després s'abraça amb en Sergio, desitja un bon any a la Carmen i en Federico, i acaba davant de la Blanca. Les dues noies es miren i somriuen. Es van conèixer en el pitjor moment, però la seva amistat s'ha anat consolidant.

—Espero que el 2020 sigui millor per a totes dues —diu la periodista alçant una copa.

—Sí, que aquest any porti només coses bones.

Brinden sense apartar els ulls l'una de l'altra. De seguida s'uneixen als altres i el xoc de copes es repeteix.

—Vols trucar a algú per desitjar-li bon any? —li pregunta la mare, que ja té la bateria del mòbil carregada.

—No, gràcies. No tinc ganes de parlar amb ningú.

—D'acord. Si necessites el telèfon, digue-m'ho. I anima't.

Ha estat a punt de demanar-l'hi per trucar a en Niko, però li fa pànic que no contesti o que encara el tingui apagat. Resa perquè estigui bé i que això d'estar incomunicat només sigui un rampell dels seus per culpa del que ha passat entre ells dos.

L'estrèpit dels coets que tiren pels carrers d'El Viso és eixordador. En Sergio diu que baixa al carrer a portar una copa de xampany i una mica de pernil als policies que estan fent guàrdia.

—Podem parlar a la meva habitació? —li xiuxiueja la Blanca a l'orella.

—Esclar, anem.

La Triana acompanya la seva amiga a l'habitació. Potser vol una explicació pel petó d'abans. Serà difícil justificar per què l'hi ha fet. Ni ella mateixa no ho sap.

Entren a l'habitació i tanquen la porta. La Blanca sembla intranquil·la i no para de sospirar. Se li acosta i li agafa la mà. La nota càlida i humida. Se la veu molt nerviosa.

—Només ha sigut un petó instintiu —s'avança a dir la Triana, abans que la Blanca parli—. No sé ben bé per què ho he fet. Suposo que per la confusió que tinc al cap. Acabo de tallar amb en Niko i tu sempre ets tan amable amb mi que en aquell moment m'ha vingut de gust. Res més.

—Un petó instintiu.

—Exacte. Em sap greu si t'he fet pensar una altra cosa. No m'agradaria que ens féssim mal per una cosa així. Perdona'm. T'has convertit en una persona important per a mi.

La Blanca deixa anar la mà de la Triana i s'asseu al llit. Treu una llibreta de la tauleta de nit. Busca una pàgina, l'arrenca i la dona a la seva amiga.

—Què és això?

—He apuntat algunes coses que he dit durant la sessió d'hipnosi. Perquè no me n'oblidi.

—Era d'això que volies parlar?

—Sí, Triana. Allò del petó ja ho suposava.

Està segura que no era això el que li volia dir a l'habitació, però no pot fer-hi res. S'ha equivocat fent-li aquell petó, i li sap greu si ara mateix està patint. Últimament s'ha especialitzat a trencar cors, i no li agrada.

—En Gervasio Lombán m'ha sabut guiar fins als records que havia perdut després de l'accident d'helicòpter.

—Has patit molt durant la sessió?

—Una mica. Sobretot quan recordava les paraules que vam intercanviar la Mercedes Reinoso i jo.

La Triana fa una ullada al full que li ha passat la

Blanca. Ho ha escrit com si fos una notícia per al diari. Li crida l'atenció allò de la caixa forta i Benidorm. També el número escrit al bitllet. Sembla que no es tractava d'un mòbil, sinó d'una combinació. La noia fa un bot quan llegeix una de les frases.

—Què vol dir que «la Mercedes em va dir abans de morir que es deia Escudera»?

—És una de les parts del somni que he recordat. A més, és de les que he vist amb més claredat. Per què?

—És un dels àlies que apareixia en els documents que van trobar a casa d'en Mesa! Ella estava implicada en l'assassinat del meu pare!

—Què dius, ara?! Això és impossible!

—T'asseguro que...

La Triana deixa la frase penjada perquè en Sergio obre la porta i entra corrents a l'habitació. Està molt accelerat. La Blanca li diu que es calmi i que s'assegui, però ell es queda dret, respirant agitat. Agafa aire i explica la raó per la qual està tan alterat.

—Acabo de baixar a veure els polis que fan guàrdia per dur-los xampany i alguna cosa per picar. M'han donat les gràcies, però m'han dit que no ho podien acceptar. Després els he demanat per en García. No me n'han volgut dir res, però quan ja me n'anava, han trucat al mòbil d'un d'ells i, en veu alta, ha repetit l'adreça que li acabaven de donar. Li deien que havien trobat una altra persona morta. L'adreça era la del carrer on viu en Niko.

Capítol 55

Niko

Sevilla, dimarts 31 de desembre del 2019

Falten cinc hores perquè s'acabi l'any.

La sang que li cau del llavi li està tacant la roba. Suposa que aquest paio, que sap atonyinar fort, l'hi ha partit. Es nota que està acostumat a fer mal a la gent. Almenys no l'ha matat, tal com ha fet amb el pobre García. Mentre camina, es nota la pistola a l'esquena. Ja l'ha avisat que, si no es comporta, el matarà a ell i a qualsevol que passi per allà al costat. Diu que no té res a perdre.

—Vols que parlem en polonès, o prefereixes que ho fem en espanyol?

—Fes el que et doni la gana.

—Molt bé, noi. Parlarem en el teu idioma actual. Mecàgum els teus morts, tal com diuen a Sevilla. M'encanten els renecs espanyols. —En Jarek fa una riallada molt desagradable.

Li lliga les mans al davant, amb una corda, i l'obliga

a pujar en un cotxe blanc que hi ha aparcat a prop de la plaça on s'han trobat. Li repeteix que si fa alguna bestiesa, li engegarà un tret com al paio de la gavardina.

—El cotxe és robat. El meu és al taller. Saps fer un pont?

—No, no en sé.

—El teu avi no te'n va ensenyar? Aquell fill de puta es va oblidar d'ensenyar-te les coses importants de la vida. Primera lliçó: saber fer un pont. Segona lliçó: no et facis amic dels policies.

—I tu per què et vas ajuntar amb en Muriel?

—Aquell és un tros de merda. Li agrada més la coca que la placa. Molt de cos per a poc home. Gairebé em pesquen per culpa seva. Per sort, jo soc més llest que tota aquella xusma. La policia espanyola és una calamitat.

En Michalski celebra que el motor es posi en marxa i arrenca pitjant l'accelerador a fons. Se salta un pas de vianants i està a punt d'atropellar unes quantes persones.

—Apaga el mòbil i fica'l a la guantera —li ordena.

—No puc amb les mans lligades.

—Esclar que pots. Demostra'm la teva habilitat. Fes el que et dic.

El noi obeeix, tot i que li costa fer-ho. No sap gaire què pretén aquest paio, i val més no fer-lo enfadar. Ja s'ha endut una bona hòstia abans de pujar al cotxe.

—On anem?

—A casa teva. Vull trepitjar i olorar el lloc on s'amagava la rata d'en Dariusz.

—Saps on visc?

—Per descomptat, Nikolai. Sé on vius tu i on viuen la teva nòvia i la seva mare. Fins i tot sé on estan enterrats els teus pares. He fet els deures. Em dedico a això, nano. O sigui que porta't bé i només t'hauràs de preocupar pel que et passi a tu.

A en Niko se li glaça la sang quan sent en Michalski. No es pot arriscar a cometre errors, perquè el perjudicat no seria només ell. Li preocupa més que tingui l'adreça de la Triana i la Celia que no pas el que li passi ara a ell. Aquest home sembla disposat a tot i no està gaire bé del cap.

—Acabaràs a la presó.

—Què dius, imbècil.

—La policia et vindrà a buscar quan trobin en García. No tens enlloc on anar. Et buscaran fins que et trobin i després ho pagaràs.

—Pot ser, però ho dubto. En qualsevol cas, abans em vull divertir una mica amb tu. Després de tants anys buscant l'Olejnik, hi tinc dret, m'ho he guanyat.

—Això és pel que et va fer el meu avi?

—Podríem dir que sí, és una venjança a títol pòstum. Em vaig endur un bon desengany quan vaig venir a Sevilla i em van dir que aquell puto vell s'havia mort. Només va ser comparable a l'alegria que vaig sentir quan en Muriel em va parlar de tu. Els ulls se'm van il·luminar, i des de llavors he estat somiant aquest moment.

—Què em faràs?

—Res, Nikolai. Res.

Se sent l'estrèpit dels coets i alguns focs artificials il·luminen la nit sevillana. No hi ha gaire gent pel carrer, perquè la majoria són a casa a punt de sopar. Es pregunta què pensarà la Triana quan se n'assabenti. Potser la pròxima vegada que algú li parli d'ell serà per donar-li el condol.

Sense esperar-s'ho, en un semàfor vermell en Michalski li clava una altra bufetada. Aquesta vegada el cop impacta contra el nas d'en Niko, que fa un esgarip de dolor que es barreja amb el riure macabre d'aquell home. Ha notat com li cruixia l'os del nas, tot i que no li sagna ni sembla trencat. És això el que li espera les pròximes hores?

Durant una estona, en Michalski no li diu res. S'estima més cantussejar cançons espanyoles dels vuitanta. Té una predilecció especial per Alaska i Mecano. En Niko aprofita la treva per tancar els ulls i intentar calmar-se. Dominar la por és essencial en aquests instants. No té gaires opcions de sortir indemne d'aquesta situació. El seu objectiu és moderar els danys en la mesura que sigui possible, però ha de saber a què s'enfronta realment. En Jarek es conformarà amb escarmentar-lo i trencar-li uns quants ossos, o voldrà arribar fins a l'últim extrem? Aquest paio sap que, passi el que passi, acabarà a la presó. Perquè després d'haver matat un policia, en Gaviria i els seus no pararan fins a trobar-lo.

—Estàs molt callat, princeseta —diu en Michalski quan arriben al carrer on viu en Niko—. Estàs espantadet?

—Estic bé, gràcies.

L'home aparca i, immediatament després, li dona una altra bufetada. L'hi clava amb el palmell de la mà, però amb una força descomunal. No es pot creure que aquell paio, que a primera vista no sembla gaire fort i que segur que passa dels seixanta anys, pugui pegar amb tanta violència.

—Me n'alegro. Ara baixarem del cotxe i entrarem a l'edifici. Et repeteixo el mateix d'abans: no vull cap ximpleria. Qualsevol estupidesa i disparo. I després de matar-te a tu, aniré casa per casa disparant al que m'obri la porta fins que em quedi sense bales. Entesos?

En Niko assenteix i li diu que agafi la clau que té a la butxaca de l'abric, perquè ell no pot amb les mans lligades. Junts, amb la pistola enganxada als ronyons, caminen ràpid cap al bloc de pisos on viu el noi. Si es troben amb algú en aquell curt trajecte, potser pot intentar fer alguna mena de senyal per demanar auxili. Però no es creuen amb ningú.

—L'edifici no és gaire maco. Espero que l'interior sigui millor. Vius a l'àtic?

—Sí. A dalt de tot.

Tots dos pugen per l'escala fins a l'última planta. En Jarek obre la porta de l'apartament i fa un xiulet.

—Nano, quina barraca que tens aquí! L'avi et va deixar un bon lloc on viure. Ja veig en què es va gastar els meus calés aquell malparit. Tens calefacció? M'han quedat els ous glaçats.

En Niko engega un dels radiadors de la sala d'estar i s'asseu al sofà a petició d'en Michalski, que es queda dret.

—Treu-te la roba —li ordena de sobte—. Vinga, que no tinc tot el dia.

—Què dius?

—Que et despullis.

—No ho penso fer.

L'home se li acosta per darrere i li torna a pegar amb força. En Niko nota que el cap li vibra pel cop que ha rebut a la nuca. En Jarek insisteix que es despulli i ell s'hi torna a negar. Aquesta vegada li clava una puntada de peu al genoll dret. El dolor és immediat. En Niko s'ajup i s'agafa la zona on li ha clavat el cop de bota.

—Et penses despilotar o vols que et segueixi atonyinant? No pateixis, no et violaré pas, si és el que et penses. A mi només em van les ties. Només és per afegir una mica de gràcia a l'espectacle i per assegurar-me que no portes micros ni merdes d'aquestes.

—Estic net.

—Doncs comprovem-ho. Va, cony! Despulla't!

Finalment, en Niko obeeix. Amb les mans lligades, es treu la roba com pot i només es queda amb els bòxers posats. En Michalski fa una rialla quan veu un dibuix de Goku a la roba interior del noi.

—Això és més divertit del que m'esperava. Te'ls ha regalat la teva nòvia?

—No. Me'ls vaig comprar jo.

—De debò, Nikolai? Collons. Si és que, encara que juguis a coses de grans, encara ets un mocós. Oi que sí, Chopin? —diu en Jarek, que agafa una cadira i s'asseu davant d'ell. Es passa la pistola d'una mà a l'altra—. El teu avi em va fer la putada més gran que m'han fet mai, però a tu no et penso perdonar que t'apropiessis d'un polonès il·lustre per firmar els teus robatoris de merda. Et creies que eres Lupin o el doctor Moriarty? I a sobre m'he assabentat que has tornat tot el que vas pispar! S'ha de ser marieta!

—Allò de les partitures de Chopin va ser el primer que se'm va acudir. No va ser res pretensiós.

—Ja, ja. I segur que no et queda res del que vas robar en aquelles cases? Perquè un dels motius per convidar-te a aquest xou és per recuperar el que el teu avi em va robar.

—Ho vaig tornar tot.

—No m'ho crec.

—T'ho juro. Per això el jutge em va perdonar.

—I com et guanyes la vida? D'on treus els calés per menjar?

—De l'aire. Només faig dos àpats al dia.

En Michalski nega amb el cap i fa un somriure maligne. S'aixeca de la cadira i li clava una altra coça, aquest cop a la cama esquerra. Sense deixar-li temps per recuperar-se, en Jarek alça de nou la cama i aquesta vegada dirigeix el peu contra la cara del noi. El cop el deixa fora de joc durant uns segons. Li xiulen les orelles i nota que li crema el pòmul dret.

—T'has pensat que això és un joc, Nikolai. El que em va fer el teu avi va ser molt greu i només podia acabar així. Potser et mato, no series pas el primer; o potser et deixo amb vida. Per això has de ser obedient i aplicat. Si em vacil·les, et tocarà patir tant que desitjaràs que et remati engegant-te un tret. Entesos?

—Entesos.

—Bon noi. I ara digues: d'on treus els calés per menjar i pagar les factures?

—He seguit robant.

—De debò? O és una altra de les teves vacil·lades?

—Soc un professional i un addicte a delinquir. Un no es treu d'això d'avui per demà.

—En Muriel em va dir que ho havies deixat.

—Ho vaig intentar, però no vaig poder. No ho sap ningú ni ningú se n'ha adonat. Ni tan sols la meva nòvia —confessa en Niko. La cara se li està inflant per moments—. Ho tinc tot a l'habitació del piano. En una caixa forta.

—On és això?

—A l'habitació del fons del passadís.

—Allà ho guardes tot?

—Gairebé tot. Algunes coses les amago en el traster d'un hangar. Et diré on és si vols.

En Michalski arruga el front, i amb la pistola li dona un copet a l'espatlla.

—Si m'estàs enganyant —l'adverteix—, acabaràs amb una bala al cap.

—No t'enganyo. No ho faig mai.

—El que facis amb la teva nòvia o els amics, tant me fot. El que m'importa és que no em menteixis a mi. Anem a aquesta habitació del piano. Aixeca't!

En Niko obeeix. Guia el seu agressor fins al final del passadís i obre la porta. Passa ell primer i encén el llum. Hi fa fred en aquella estança. Li indica on és la caixa forta i en Michalski s'hi acosta per obrir-la.

—La combinació?

—Cinc, u, tres, cinc, dos, zero.

—Té algun significat especial?

—No. L'avi hi va posar aquest número i jo el vaig deixar. No soc de fer canvis perquè sí.

En Jarek marca els números que en Niko li dicta i, efectivament, la caixa s'obre. S'emporta una gran sorpresa quan la troba buida. No és l'única sorpresa per a en Michalski. El noi, encara amb les mans lligades, aconsegueix clavar-li un cop a la cara amb els dos punys, com si estigués utilitzant un bat de beisbol. La pistola surt volant i cau sobre el piano que tantes satisfaccions li ha donat. En Niko, més àgil i ràpid que l'agressor, arriba primer fins a l'arma davant la incredulitat d'en Michalski, que retrocedeix.

—M'has subestimat i infravalorat, Jarek. Soc el segon Olejnik que te la fot.

Dos trets coincideixen amb les campanades de l'església més propera. Al final no es menjarà el raïm tot sol, el cadàver d'en Michalski l'acompanyarà. Sap que no tindrà cap més remei que informar la policia del que ha passat, però ha disparat aquest paio en defensa pròpia. Només cal que analitzin les nombroses ferides que li ha infligit. Espera que se'l creguin. Respira fondo i s'estira al sofà de la sala d'estar. Està esgotat. Es treu la corda de les mans, que encara li tremolen. Tot i ser un delinqüent, és la primera vegada que mata un home. Li fa mal tot el cos, i malgrat que el més lògic seria que el dolor el mantingués despert, està tan exhaust que, quan tanca els ulls, es queda profundament adormit.

El seu avi estaria orgullós d'ell.

Capítol 56

Blanca

El Viso del Alcor, dimecres 1 de gener del 2020

Això és ressaca? Té molt mal de cap i unes ganes terribles de vomitar. Ahir al vespre es va beure el que quedava de l'ampolla de xampany amb què van brindar després del raïm i mitja d'una altra que va trobar a la nevera. La Blanca no està acostumada a beure, i ara l'alcohol li passa factura.

«Un petó instintiu». La mare que la va parir. Això existeix? Si no existeix, la seva estimada Triana s'ho ha inventat i la Blanca sap perfectament què significa. Ha sigut com travessar el mar per morir-se a la riba.

És d'hora, però els seus pares ja s'han llevat i tenen el televisor a un volum excessivament alt. Sobretot si tens mal de cap.

—Què mireu, tan d'hora? *Callejeros viajeros*?

—El canal 24 Horas. És horrible això d'aquest policia. Nosaltres el coneixíem! Era dels nostres.

Al seu pare només li falta quadrar-se i que soni

l'himne. No havia sentit mai tanta devoció per algú de les forces de l'ordre. Tot i així, té raó. L'assassinat d'en García ahir a la nit ha sigut una manera horrible de començar l'any.

—Tu ho sabies? —pregunta la mare, també afectada pel crim.

—M'ho va dir un company del diari. Ahir al vespre no us vam voler espantar i vam preferir no explicar-vos el que li havia passat a en García.

—Ens ho hauries d'haver explicat —es queixa en Federico.

—Estic d'acord amb el teu pare. Teníem dret a saber que havien matat un dels policies que ha estat aquests dies amb vosaltres.

La Blanca surt de la sala d'estar esbufegant. Quan no és una cosa és l'altra. No té ganes de discutir amb ells. Sent olor de cafè acabat de fer. Se'n serveix una tassa i seu a la taula que està enganxada a la nevera. N'hi deien «la taula de l'esmorzar» quan era petita. La mare crida des de la sala que guardi cafè per a en Sergio. És evident que l'any ha començat tal com va acabar l'anterior.

Un petó instintiu, maleït sigui.

Va ser el seu germà qui els va dir que havien assassinat algú més durant la nit i que s'havia localitzat el cadàver al carrer on viu en Niko. Ho havia sentit a dir als policies que feien guàrdia.

La Triana va entrar en pànic. Li va demanar el mòbil i va començar a trucar al noi desesperadament, però el tenia apagat. Llavors va recórrer al comissari. L'Arturo Gaviria era a casa amb la família, però els seus homes el mantenien informat dels fets. Efectivament, hi havia un mort a l'edifici d'en Niko, però no era ell. El mort es deia Jarek Michalski, i era un perillós delinqüent polonès.

—Tu també t'has despertat pel soroll del televisor? —pregunta el seu germà, que apareix a la cuina despentinat i amb unes ulleres molt marcades sota els ulls—. Feia només una estona que m'havia quedat adormit. No he aclucat els ulls en tota la nit.

—Doncs fas més bona cara que jo.

El noi es queda mirant la seva germana i fa un somriure sorneguer. Després aboca en una tassa el cafè que queda i hi afegeix una mica de llet.

—Has parlat amb la Triana? —pregunta en Sergio mentre s'hi posa sucre.

—No. Ara li enviaré un missatge. L'últim que sé d'ella és que va anar a casa d'en Niko i que va respirar alleujada quan va veure que estava bé, malgrat els cops que li havia propinat aquell paio.

—Jo em vaig pensar que l'havien assassinat.

La Blanca també s'ho va pensar. De fet, es va començar a plantejar com seria la vida sense ell. Ho hauria sentit molt per la seva amiga, però a ella no l'hauria afectat tant. Li sap greu pensar així, però és la realitat. Aquest noi no li cau bé i cadascú té el que es mereix. A més, per culpa seva, tot el que l'envolta està en perill.

—Saps què? Com que aquesta nit no he pogut dormir, he donat moltes voltes al que vull fer a partir d'ara i com ho vull fer.

—Sí que t'has llevat profund, nano.

—És que hem posat el comptador a zero una altra vegada. Per què no ho aprofitem per canviar el que no ens agrada?

—I què faràs? Te n'aniràs de casa?

—Ho has endevinat. És el primer que vull fer —diu en Sergio molt convençut—. Tinc diners estalviats de coses que he venut per internet. Encara en puc treure més amb la consola, unes quantes samarretes i vambes que gairebé no m'he posat mai i alguns llibres que estan pràcticament nous. Deixaré la carrera i em buscaré feina per pagar una habitació a Sevilla.

—És arriscat. I després?

—No ho sé. M'encantaria dedicar-me a alguna cosa creativa. M'agrada la carrera de la Triana, però no sé si estic capacitat per estudiar Belles Arts. No tinc pressa per escollir el meu futur. Només tinc pressa per sortir d'aquí.

—Tot això se t'ha acudit aquesta nit?

—Fa temps que no estic bé, Blanca. La ruptura amb la Verónica va ser la gota que va fer vessar el got. L'experiència en aquella casa amb vosaltres em va acabar de fer obrir els ulls. Necessito un canvi, i el necessito ara.

—El pare i la mare es posaran molt contents —diu ella, amb ironia—. Però jo et dono suport. Si vols quedar-te al meu pis una temporada, hi estàs convidat.

—Gràcies, germana. Ho tindré en compte.

El noi s'acaba el cafè amb llet i esbandeix la tassa. De sobte, la Blanca el veu com una persona més madura, capaç de prendre decisions importants. Va ser just el que li va passar a ella quan tenia la seva edat, si bé els canvis no van ser tan dràstics i tenia una base sòlida per intentar canviar alguns aspectes de la seva vida.

—Què va passar al final ahir al vespre amb la Triana? Se'n va anar molt aviat. Li vas explicar allò de la hipnosi?

—Li vaig ensenyar el full on havia apuntat el que vaig recordar. Ah, i em va fer un petó.

La tassa que té en Sergio a les mans li rellisca i cau a l'aigüera. Per sort, no es trenca. El noi es gira i la mira amb els ulls esbatanats.

—Et va fer un petó? Estàs de conya? Què vols dir que et va fer un petó? I estàs aquí tan tranquil·la prenen-te un cafè com si res?

—Només va ser un petó instintiu.

—Què cony és això?

—La manera de dir a algú que només et veu com una amiga.

—Et va fer un petó a la boca i després et va dir que només et vol com una amiga?

—Més o menys. No pateixis. Ho tinc assumit.

Però li sap greu. És impossible que no n'hi sàpiga. Va plorar molt quan la Triana se'n va anar. Va plorar i va beure xampany. El petó la va deixar en estat de xoc perquè va ser la seva amiga la que s'hi va llançar. No s'ho esperava ni s'imaginava que passaria mai. I, en canvi, va passar. Es van fer un petó. Però només va ser un simulacre. Després va haver de tornar a la realitat en què l'amor de la seva estimada correspon a una altra persona. Com més aviat ho assimili, menys llàgrimes vessarà.

—Necessites parlar-ne?

—No. Només volia que ho sabessis. Està tot dit. No hi ha ni hi haurà res entre la Triana i jo —sentencia la Blanca abans d'acabar-se el cafè d'un sol glop—. Durant la breu conversa que vam tenir sobre la sessió d'hipnosi, va sortir un detall que no et vaig comentar ahir i que ho canvia tot. La Mercedes Reinoso, no sabem de quina manera ni per quina raó, va participar en el crim del pare de la Triana. El seu pseudònim era Escudera.

—No pot ser. Això em sembla gairebé més fort que el petó. Ho heu dit al comissari?

—Jo no. No sé si ella n'ha parlat amb en Gaviria.

—La teva directora estava involucrada en l'assassinat de l'inspector Velázquez amb en Montesorín i una altra persona. És això?

—Exacte, Sergio. Hem d'esbrinar on és la caixa forta que la Mercedes em va esmentar abans de morir. Allà hi trobarem la clau d'aquest cas. Ho tinc ben clar.

—Vols que busqui la manera més ràpida d'arribar a Benidorm?

—Em vaig a dutxar. Si vols, ho gestionem després. Tinc ganes de fer un viatge a Alacant.

Mentre és al lavabo, sent que el seu germà parla amb els pares. S'estan escridassant, cosa que indica que, probablement, en Sergio ja els ha comunicat que se'n vol anar de casa. Li recorda el moment en què ella va decidir anar a viure a Sevilla. També li va tocar enfrontar-se als pares.

La dutxa és molt reparadora. Se li fa difícil deixar de pensar en la Triana, però s'ha d'obligar a acceptar que la seva amiga està enamorada d'en Niko. Tant és si s'està obrint a altres orientacions sexuals o no. En realitat, que fes un petó a una noia no significa que d'avui per demà li agradin les dones. Potser encara no ha descobert la seva veritable identitat. Li sap greu que aquella esperançadora porta que per un instant es va obrir, no trigués a tancar-se, juntament amb totes les finestres, de cop. Ha d'acceptar-ho de la millor manera: anant a Benidorm a fer no sap ben bé què.

L'assecador dels cabells li impedeix sentir que li ha arribat un missatge. El veu quan ja s'està vestint. Li estranya que la Rebeca Solís li hagi enviat un àudio. De seguida l'escolta.

Rebeca Solís

Bon any, maca. Air vaig tenir molt de merder i no et vaig poder felicitar. Espero que no tinguis gaire ressaca i que t'ho passessis bé. No et vull molestar gaire, que segur que encara estàs dormint, recuperant-te de la festa d'ahir. T'he enviat un correu electrònic amb allò que em vas demanar. Ahir al vespre, sí, ahir al vespre, gairebé a l'hora del raïm, vaig rebre un correu amb la llista de persones que van ser a la reunió improvisada amb l'alcalde el dia de l'accident. No sé per què ha costat tant aconseguir-la, perquè són tots treballadors de la neteja de Sevilla. Algunes informacions semblen el secret de la Coca-Cola. Veuràs que hi ha onze noms i cognoms i van ser dotze les persones que van entrar a l'ajuntament aquell dia. Algun s'ha traspaperat. També t'adjunto una fotografia molt petita que va fer un anònim i que va publicar una web, on es veu la dotzena de treballadors demanant una millora salarial a la

plaça Nueva. Espero que això et
serveixi. Ens veiem demà a la redacció.
Descansa i prepara't pel que t'espera
aquest 2020. Me'n vaig a veure els
salts d'esquí, que en soc una gran fan.

La Blanca torna a l'habitació, s'asseu al llit i busca al Hotmail el correu que li ha enviat la nova directora. Entre diversos missatges publicitaris hi ha el de la Rebeca, amb la llista de treballadors de la neteja que el dia de l'accident d'helicòpter van irrompre a l'ajuntament. Gràcies a això, en Santiago de Gomar va canviar l'agenda i es va salvar del sinistre. La seva nova companya de feina, l'Alexandra, va arribar a insinuar-li que no havia existit aquella manifestació i que tot allò s'ho havia inventat l'alcalde per justificar el motiu pel qual no havia pujat a l'helicòpter.

—T'has equivocat, noieta —diu en veu alta quan obre l'arxiu adjunt—. Sí que hi va haver reunió improvisada.

Tanmateix, en aquella fotografia feta per una persona anònima que li ha enviat la Rebeca hi detecta un detall que la deixa atònita. Una suor freda li recorre tot el cos. Fa zoom per poder distingir més bé una de les persones que van protagonitzar aquella protesta laboral. La periodista la vol examinar bé per assegurar-se que no s'està confonent. No. Sens dubte, és ell. Un dels manifestants és el paio que la va atacar al seu pis i després al basar. L'home que no té nom ni identitat i que és a la presó sense dir ni piu.

Capítol 57

Niko i Triana

Sevilla, dimecres 1 de gener del 2020

Ha perdut el compte de les persones que li han preguntat sobre el que ha passat. A algunes les coneixia, con en Gaviria i la Garcés, però també han aparegut diversos policies d'altres cossos i brigades a qui no havia vist mai. Quantes vegades ha hagut de repetir el mateix? En Niko porta més de catorze hores declarant a la comissaria de l'Alameda. És veritat que matar un home no és una cosa habitual ni cap fotesa, però ha insistit molt que va ser en defensa pròpia. Si no li hagués disparat, en Michalski hauria acabat matant-lo. Ha hagut d'adornar la declaració amb algunes dosis de dramatisme perquè no perillés la credibilitat del seu relat com a víctima, i el que és més important, la seva innocència.

—Es va enfadar molt quan va veure la caixa forta buida. Em va tirar a terra i em va obligar a posar-me de genolls. Estava a punt d'engegar-me un tret quan vaig reaccionar i el vaig envestir amb el cap al genoll. No s'ho esperava, i per sort, li va caure la pistola a terra. Ens vam llançar tots dos a sobre l'arma, i jo hi vaig arribar primer. Ni tan sols sabia on era ell. Vaig disparar per instint de supervivència i el vaig tocar. Dues vegades.

Ha visualitzat el moment en diverses ocasions i l'ha convertit en real, encara que no es produís exactament d'aquesta manera. Abans de fer la primera declaració va disposar de temps suficient per crear una bona història. No hi havia testimonis a l'àtic, a part del seu vell piano. Sabia que la policia no es posaria a buscar versions alternatives dels fets perquè en Michalski acabava d'assassinar un dels seus, i això comptava més que no pas l'angle des del qual li havien penetrat les bales al cos, la quantitat de pólvora que hi havia a la cavitat de les ferides o la distància a la qual s'havien engegat els dos trets a boca de canó. Malgrat aquestes circumstàncies i altres de semblants, que farien dubtar de la seva història, no creu que hi hagi cap problema amb el seu testimoni. És lliure per tornar a la seva vida.

Encara li fan mal algunes de les ferides que li va fer aquell malparit. A l'hospital, abans d'anar a la comissaria, li van curar el pòmul i el nas, les zones del cos que tenia més afectades. Aquell paio sabia pegar. Li van donar un parell d'antiinflamatoris i calmants per al dolor que l'han deixat mig endormiscat.

Fa mitja hora que està sol en aquella sala quan un policia entra i li informa que ja se'n pot anar. Li dona les gràcies i surt xiulant de la que ja comença a considerar com una segona casa. A la porta de la comissaria l'espera ella.

—Què hi fas aquí? —pregunta en Niko a la Triana, que està balba de fred.

Porta un abric vermell que combina amb una boina i uns guants del mateix color. També s'ha posat bufanda i botes. Té les galtes rosades i el nas glaçat. No sap gaire com saludar-la. Finalment es fan una abraçada.

—No podia deixar-te sol en un moment així.

—I has deixat sola la teva mare?

—No li passarà res per estar una estona sense mi —comenta la noia, que li examina amb interès les ferides de la cara—. A més, ha vingut la Gertrudis a casa. Te'n recordes?

—La dona de la botiga de diaris i llibres.

—Exacte. Li ha dit a la mare que ha venut totes les novel·les que tenia d'ella. Que ja n'ha demanat més. Les he deixat parlant de les seves coses.

—Al final la detectiu Mayo es convertirà en una autora de best-sellers.

—Mira, no estaria malament. Anem molt justes de diners. Em sembla que em posaré a fer classes particulars quan reprengui el curs.

—Jo també m'hauria de posar a treballar en alguna cosa... legal.

La noia assenteix, però s'estima més no fer cap comentari. Avui no. Ho va passar molt malament ahir al vespre quan es va assabentar que hi havia una persona morta al carrer on viu en Niko. El noi tenia el mòbil apagat i no va donar senyals de vida fins que la policia va anar a casa seva. Els va dir que estava bé, que feia unes quantes hores que dormia i que tenia un cadàver a l'habitació del piano. Així, com si res. El van traslladar a l'hospital i després a la comissaria. La Triana ha estat pendent d'ell en tot moment, malgrat que ja no són parella.

—Vols fer un cafè?

—Millor xurros amb xocolata. Et convido jo —diu en Niko. Se'l veu força animat.

Fan una llarga passejada fins a una de les cafeteries d'El Pilar. Allà és on diuen que fan els millors xurros de Sevilla. Demanen una ració per compartir i dues tasses de xocolata desfeta. La Triana riu quan el noi es crema la llengua per ser massa impacient.

—És veritat que són boníssims aquests xurros.

—Sí? No me n'havia adonat que t'agradessin tant. Només te n'has cruspit dos més que jo —se'n burla en Niko, que agafa l'últim xurro que queda al plat—. Què ens ha passat?

—Avui? Ahir? A la vida?

—Ja saps a què em refereixo.

—Ens han passat moltes coses.

—Tantes per deixar córrer el que teníem? Era molt maco.

—Ja en vam parlar ahir, Niko. No vull discutir amb tu una altra vegada. Gaudeix del xurro amb xocolata.

El noi somriu amb tristesa i fa cas de la Triana. Després de les desgràcies de fi d'any i de les hores declarant a la comissaria, aquell moment tranquil, xerrant amb ella, li sembla que és el paradís.

—Vull anar a l'enterrament d'en García —comenta

en Niko, després de netejar-se la comissura dels llavis bruta de xocolata—. En Gaviria encara no sap quan serà el funeral, però li he dit que m'avisi.

—Al final l'Arturo i tu acabareu fent-vos amics.

—No ho crec. L'únic amic policia que he tingut me l'ha fotut per darrere. Gairebé em maten per culpa seva.

—No m'ho esperava d'en Muriel.

—En García em va avisar, però no me'l vaig creure. Potser si hagués confiat més en els bons que en els dolents, les coses haurien sigut diferents.

—En aquell moment no sabies qui era el bo i qui era el dolent.

—És veritat. Potser perquè jo sempre he sigut dels dolents —diu el noi, que es treu sis-cents euros de la cartera i els posa a sota d'un tovalló—. Té, perquè la teva mare i tu aneu tirant uns quants dies.

—D'on ho has tret, això?

—De lladre a lladró hi van cent dies de perdó.

—Els hi vas prendre a en Michalski?

—No me'n recordo.

La Triana no accepta els diners. Però com que en Niko no para d'insistir perquè els agafi, la noia, a contracor, acaba guardant-se'ls al bolso. Realment els necessiten, després de l'absència de la seva mare. Tenen el compte corrent del banc sota mínims.

—Creus que entre tota aquesta gent hi ha algú vigilant-nos? —pregunta la Triana mentre fa una ullada dissimulada a les altres taules.

—El paio assegut allà al fons, arrambat a la paret, sembla poli.

—El calb amb perilla?

—Sí, exacte.

—Jo crec que és escriptor. Em recorda en César Pérez Gellida.

—Podria ser. Està treballant amb un portàtil.

—Potser és per dissimular.

—Vols que hi vagi i l'hi pregunti?

—Niko! No!

La Triana li clava una manotada a la cama per sota de la taula i riu. Després s'aixeca i demana un got d'aigua al cambrer de la barra. En Niko es gira i li mira el cul. Els texans que porta li queden realment bé. L'hi diu quan torna a la taula i tots dos riuen. Si no fos per tot el que ha passat entre ells, qualsevol es pensaria que és la parella més unida del món.

—T'he d'explicar una altra cosa —diu la noia durant el passeig de tornada—. Ahir la Blanca va anar a una sessió d'hipnosi i va recordar coses de l'accident.

—Li van fer creure que era una burra?

—No siguis ruc. Va ser una teràpia seriosa. Li va anar molt bé.

—Qualsevol teràpia és bona per a aquesta noia.

—Niko, no. No vagis per aquí. Entenc que no us podeu veure, però no li faltis al respecte.

—D'acord, perdona —es disculpa el noi, que fa veure que es penedeix del que ha dit—. Què va recordar?

La Triana es treu un paper de la butxaca dels texans i l'ensenya a en Niko.

—Va escriure en aquest full el que va recordar durant la sessió d'hipnosi.

—Que interessant —diu el noi, que s'atura i examina el full.

—La Mercedes Reinoso es feia dir Escudera. Aquest era un dels noms en clau que van aparèixer en el document que van trobar a casa d'en Mesa.

—Collons, el número no era de cap mòbil. Ho hauria d'haver pensat abans: obre una caixa forta! Una de les meves especialitats.

—Això sembla.

—O sigui que la directora de la Blanca va ser una de les persones que van pagar a l'Enrique Mesa perquè assassinessin el teu pare. Per quin motiu?

—No ho sé.

—I per què li va donar el bitllet a la Blanca?

—Tampoc ho sabem. Però té a veure amb Benidorm.

—La caixa forta que conté alguna cosa important és allà?

—Té tota la pinta que sí.

—Se li ha d'explicar a en Gaviria això.

—Ja ho farem, però avui no. Crec que el comissari ja n'ha tingut prou. Demà el veurem a l'homenatge que li faran a la mare.

—Puc venir-hi?

—Com vulguis. Jo no t'ho impediré pas.

—Potser no és una bona idea. A la teva mare tampoc li caic bé. Tot ha anat de gairell per a vosaltres des que vaig aparèixer a les vostres vides —diu en Niko mentre li torna el paper a la Triana—. En realitat, crec que ens hauríem d'allunyar per sempre.

La noia nota una fiblada molt forta al pit. És una

sensació d'angoixa enorme. Tanmateix, pensa que en Niko té raó.

—Tu tampoc t'has deslliurat de la nostra mala sort. Quantes vegades has trepitjat la comissaria des que ens coneixem?

—Massa.

—I quantes vegades t'han intentat matar?

—Unes quantes també.

—Som una mala influència l'un per a l'altre.

Revesteixen el dolor intens del moment amb humor i ironia, però tots dos saben que allò és el final de debò.

—Ara sí que definitivament és fins aquí, Triana.

—Em sap molt de greu que les coses hagin sortit malament, Niko. Ho sento molt.

—Jo també. Cuida't molt.

—Tu també.

L'última abraçada és la que dol més. La noia s'atreveix a fer-li el petó de comiat. Cadascú se'n va per una direcció diferent, i cap dels dos mira enrere, com a les pel·lícules romàntiques. S'ha acabat per sempre.

I mentre una plora desconsolada, l'altre busca bitllets d'avió per anar a Polònia.

—Què et passa, reina? —li pregunta la mare, que entra a l'habitació quan la sent plorar i s'asseu al llit.

—En Niko i jo hem tallat —balbuceja la Triana.

—Un altre cop?

—No siguis burra —diu mig somrient mentre s'eixuga les llàgrimes amb les mànigues del jersei—. Aquesta vegada sí que és definitiva. Això nostre no ha pogut ser. S'ha acabat.

—Són coses que passen. Almenys vosaltres heu tingut l'oportunitat de decidir què volíeu o què necessitàveu fer.

—Tens raó. A tu et van prendre el pare. No vas decidir separar-te d'ell.

—I no pararé fins que trobi les persones que el van assassinar.

La noia s'incorpora i es treu de la butxaca el paper de la Blanca. Havia estat tan preocupada per en Niko durant les últimes hores que no havia tingut temps de parlar amb la mare sobre aquell altre tema. A més, ara ja és 1 de gener i la Celia té permís per tornar a investigar. S'ha acabat la promesa que la mare no ha complert mai!

—Has estat mai a Benidorm?

Capítol 58

Celia

Sevilla, dijous 2 de gener del 2020

És el dia! Amb prou feines ha dormit aquesta nit. No només pels nervis de l'homenatge que li faran, sinó sobretot perquè ha estat pensant en el seu marit. I en els seus assassins. La Mercedes Reinoso, igual que en Montesorín, també va estar implicada en la mort d'en Lolo. La Triana li va explicar el que havia recordat la Blanca durant la sessió d'hipnosi amb el psicòleg Gervasio Lombán.

—I per què m'has preguntat això de Benidorm?

—Perquè la Mercedes li va dir alguna cosa d'una caixa forta a Benidorm. Creiem que és possible que tingués un pis o que conegués algú d'allà.

El cap li va molt de pressa en aquell moment. No s'ha considerat mai una dona intel·ligent, però sí intuïtiva. També té bona memòria i capacitat de deducció. Per això gaudeix amb la seva feina i escrivint llibres de misteri.

—Triana, crec que sé com resoldre el puzle que la Blanca té al cap.

—Què vols dir?

—Que el seu cervell ha recordat el que li va dir la Mercedes, però no ha sabut interpretar-ho. O almenys això és el que em penso.

—Mare, sisplau, explica't. M'estàs atabalant i em fas posar nerviosa.

—T'ho explico mentre preparo el sopar. Estic morta de gana.

La Celia es posa el vestit negre i es mira al mirall. Li va una mica ample, però es veurà elegant davant de l'alcalde i de totes les personalitats citades al Cartuja Center. És un auditori amb més de dues mil butaques. Encara que no s'empleni, farà impressió.

—Me'n vaig —diu la Triana, que entra a la seva habitació—. Ostres, estàs preciosa!

—Moltes gràcies, filla. Jo em veig normaleta.

—Normaleta? Ets la dona més guapa de Sevilla!

La noia s'acosta a la mare per fer-li una abraçada, i la Celia se sent afortunada de tenir una filla com ella. La Triana ha sigut molt forta. Primer suportant la mort del pare, i cinc anys més tard, el segrest de la mare. Entremig, una relació estranya amb un parell de nois que l'estimaven però no l'hi van saber demostrar.

—A quina hora et venen a buscar?

—El cotxe de l'ajuntament arribarà a les deu.

—Encara tens temps d'esmorzar una mica.

—Tinc un tap a l'estómac. Dels nervis, ja saps —contesta, amb un mig somriure.

La Triana se la queda mirant. Es gira i agafa una

cosa d'un dels prestatges de l'habitació. És la capseta de música on guarda el collaret d'ambre.

—Et falta això —diu la noia, ensenyant-li la joia.

—És veritat, no me'n recordava. Me'l poses?

—Esclar. Gira't.

La Celia es gira i, a través del mirall, observa agraïda la seva filla mentre li posa el collaret que es va comprar fa uns mesos i que li agrada tant. Ara sí que està preparada per al seu gran dia.

—Bé, doncs jo me'n vaig. La Blanca m'espera. Quan acabem, anirem cap a la Cartuja.

—Perfecte. Aneu amb compte, sisplau.

—Només anem a Benidorm, mare —contesta, picant-li l'ullet abans de fer-li un petó a la galta i sortir de l'habitació.

La vida a vegades et sorprèn amb casualitats que són inexplicables. Aparentment, una cosa que a priori és innocent, o sense importància, després pot formar part d'un esdeveniment inesperat i important. L'Amanda García va ser la seva segona clienta. Aquell cas no va ser gaire difícil, més aviat dels senzills. Només havia de descobrir on havia guardat les escriptures d'un terreny a Alacant el difunt marit d'aquella dona. Les havia buscat per tota la casa i també al despatx. Sempre sense sort. Però els astres es van alinear i va acabar esbrinant que eren a Benidorm gràcies a una targeta on hi havien escrit una adreça.

—Al carrer Benidorm hi ha la clau de tot, Triana —li havia explicat a la seva filla la nit abans mentre preparava per sopar dos sandvitxos especialitat de la casa amb alvocat, tomàquet, enciam, ceba, pernil i ou ferrat.

—Un carrer? Que es diu Benidorm? Aquí a Sevilla?

—Sí, és un carreró petit. És a prop de la Torre Pelli.

—I què té d'especial?

—Res. Però hi ha un edifici molt particular —contesta la Celia, que busca en el mòbil el que li vol ensenyar a la seva filla—. Mira.

La detectiu li ensenya una pàgina web on apareix com a foto principal una sala immensa plena de caixes fortes. El servei que presta aquella empresa és semblant al dels bancs, però no cal donar explicacions a ningú i hi pots entrar i sortir quan vulguis dins d'un horari: de dilluns a diumenge, de vuit del matí a vuit del vespre.

—Tu llogues una d'aquestes caixes i t'envien un codi al mòbil amb la combinació per obrir-la. Cada vegada que la tanques, te n'envien un de nou per al pròxim cop. M'imagino que el número que hi ha al bitllet és l'últim codi de la caixa forta de la Mercedes. No devia tenir cap paper per apuntar-lo quan l'hi van enviar, i el va escriure en l'únic que tenia a mà en aquell moment: un bitllet de vint euros.

—No tenia el número al telèfon?

—Sí, també. Però segurament aquella dona era com jo i li agradava tenir-ho tot escrit a mà, per si algun dia fallava el mòbil. Abans no existia tanta tecnologia i fèiem aquestes coses! Hi estem acostumats. Quants bitllets et donen de canvi amb alguna cosa escrita?

—Doncs ja podem anar al carrer Benidorm per comprovar què hi ha a dins d'aquella caixa forta.

La seva filla i la Blanca havien quedat a primera hora del matí d'aquell dijous 2 de gener. L'instint li diu que alguna cosa molt important està a punt de passar. Si ho han encertat amb allò de la caixa forta i el carrer Benidorm, esbrinaran què era el que la Mercedes Reinoso amagava. Potser avui per fi sabrà la veritat sobre la mort d'en Lolo.

El cotxe que li ha enviat l'ajuntament és puntual. La Celia està preparada a les deu del matí i li envia un whatsapp a la Triana per dir-li que ja és a dins del vehicle. La persona que condueix no parla gaire, però la felicita per l'homenatge que li faran i per la valentia que va demostrar mentre estava segrestada en aquell amagatall.

—M'alegro que aquell fill de puta es morís a la presó. La gent així no es mereix viure.

Cada vegada que pensa en en Juan Luis Flores se li posa la pell de gallina i li tremolen les cames. En el discurs que ha preparat no té previst esmentar-lo. No es mereix ni un segon del seu temps.

És l'alcalde mateix qui la rep quan arriba a la zona del Cartuja Center. Li obre la porta del cotxe i l'ajuda a baixar. Encara camina una mica encorbada i té dolor a les lumbars, però confia que de mica en mica li anirà passant. Les seqüeles emocionals són pitjors que les físiques.

—Benvinguda, Celia. Està preparada per gaudir del seu gran dia?

—El meu gran dia va ser quan em vaig casar amb el meu marit.

—Segur que sí. Però aquest no està gens malament, oi?

—No. Moltes gràcies per fer-ho possible.

En Santiago de Gomar la convida a entrar a l'auditori. Encara no hi ha ningú a dins, només membres de l'equip de seguretat de l'alcalde i alguns periodistes que fan les primeres fotos. Li presenten l'administradora del centre i un noi que s'encarrega d'organitzar l'acte. Es diu Luis i li explica com serà la dinàmica de l'esdeveniment.

Al cap de poc, la gent comença a arribar i a ocupar els seients a les primeres files. La Celia treu el cap a l'escenari i distingeix algunes cares conegudes. Per part de la policia hi han anat el comissari Gaviria, la inspectora Letizia Costas, a qui feia temps que no veia, gent de la UCO, antics companys del seu marit a la Policia Nacional i agents de diverses comissaries que van ajudar a buscar-la. També veu una vintena de polítics d'àmbit provincial, regional i fins i tot nacional.

—Tot i les dates, ningú s'ha volgut perdre aquest homenatge. Després li presentaré els meus companys —diu l'alcalde, que treu el mòbil i revisa les anotacions per al seu discurs—. Està molt nerviosa?

—Una mica, no l'enganyaré pas.

—Vol un got d'aigua? Un cafè? Un refresc?

—No, gràcies.

—Jo vaig a buscar una mica d'aigua. Tot i que ja porto uns quants actes d'aquests, sempre se m'asseca la gola quan he de parlar en públic. Fins ara —diu l'home, que es queda mirant un paio que s'ha saltat el cordó de seguretat.

És un periodista amb un micro que li pregunta sobre l'accident d'helicòpter. En De Gomar, amb bon tarannà, li contesta breument i es retira cap a la part posterior de l'escenari.

—Ha vingut moltíssima gent important —li diu en Luis, que ha anat a acompanyar-la—. Es deu sentir molt bé, suposo.

—No ho sé. Se'm fa molt estrany tot plegat.

—Miri, des d'aquí veig els Compadres, dos representants del Betis, unes quantes persones de la Fundació José Manuel Lara i fins i tot en Teo Solís, l'amo del grup El Guadalquivir. Crec que la de la seva dreta és la neboda, que ara és la directora del diari. Hòstia! Aquell no és en Carlos Herrera? Vaig a saludar-lo, segurament voldrà parlar amb vostè quan s'acabi l'acte per al seu programa de ràdio.

La Celia assenteix i es posa molt nerviosa. Li sembla increïble que l'hagi anat a veure tanta gent. S'ha convertit en una celebritat sense pretendre-ho. I si els parla dels llibres que ha escrit per veure si així troba editorial? Somriu per l'ocurrència.

En canvi, la que no ha arribat encara és la Triana. Mira el mòbil per veure si té algun missatge de la seva filla, però no ha rebut res. Comprova la cobertura, que funciona bé. Està amb la Blanca, o sigui que no s'ha d'amoïnar.

—Falten dos minuts. Què tal? —li pregunta l'alcalde, que ja torna a ser al seu costat.

—Tensa. Molt tensa.

—És normal. A mi em passava quan era petit i havia de fer una exposició a classe. És la por escènica. Em costava moltíssim parlar en públic. Sap com ho vaig resoldre?

—Com?

—Feia seure la gossa davant meu i li recitava la lliçó. Pobra Dalmita, el que va haver d'aguantar...

La Celia es queda uns instants sense respiració. No sent el que en De Gomar li segueix explicant sobre la seva gossa dàlmata ni quan en Luis li indica que ha de sortir a l'escenari. No pot ser. No pot ser ell. Però ho ha sentit perfectament. La gosseta de l'alcalde es deia Dalmita. El pseudònim de la persona que faltava per descobrir. En Santiago de Gomar també formava part de la banda que va assassinar el seu marit.

—Celia, vinga. Li toca sortir —li diu en Luis, que comença a impacientar-se.

La detectiu privada aconsegueix reaccionar. Quan surt a l'escenari, el públic que omple el Cartuja Center es posa dret i l'aplaudeix. Cap d'aquelles persones sap el que està sentint en aquell moment. Fins i tot li han vingut ganes de vomitar. Però al fons, en els últims seients de l'auditori, veu la Triana. La Blanca és al seu costat. A tanta distància no la veu bé, però saber que la filla és allà la tranquil·litza.

En Santiago de Gomar és el primer de parlar. No li para atenció. Només es fixa en els agents de policia que acaben d'entrar a l'auditori i que s'han apostat als passadissos laterals.

—No m'allargo més. Els deixo amb l'autèntica protagonista del matí. Una dona que ha patit, que ha viscut una experiència infernal, però que s'ha refet gràcies a la seva valentia, la seva fortalesa i la seva gran capacitat per sobreviure. Un aplaudiment per a la Celia Mayo, sens dubte, la sevillana de l'any.

Més aplaudiments i una altra vegada tot l'auditori dempeus. La Celia s'aixeca i es dirigeix a l'atri des d'on ha de parlar. Col·loca davant seu el full amb el discurs i llegeix la primera frase mentalment: «Això va per tu, Lolo. Aquest homenatge hauria de ser teu».

De sobte, quan es disposa a parlar, sent la veu de l'alcalde darrere d'ella. Es gira i veu dos policies convidant-lo a acompanyar-los. En De Gomar s'hi resisteix, però acaba accedint. El murmuri de la sala contrasta amb el somriure de la Celia. Per fi es fa justícia! Però el brogit continua a l'auditori. La gent està murmurant. La Triana i la Blanca s'han posat dretes. La Celia no sap què passa. És per l'alcalde? És perquè no ha començat a parlar? Mira al cel i deixa anar la primera frase del discurs, aquesta vegada en veu alta:

—Això va per tu, Lolo. Aquest homenatge hauria de ser teu.

Fa una pausa perquè el públic aplaudeixi, però tothom està dret mirant cap a la porta. La Celia s'adona que uns quants policies estan abandonant el recinte. Enmig del grup hi camina el comissari Gaviria i, al seu costat, una persona vestida amb trajo negre.

No trigarà gaire a assabentar-se que han detingut en Teodomiro Solís per pertànyer a una organització criminal.

Capítol 59

Mercedes

«Tot va començar fa set anys, quan la meva mare es va morir. Em va deixar sense avisar. Ella era el pilar de la meva existència. Se'n va anar sense més ni més, i em vaig quedar molt tocada. Fins al punt de pensar que la seva mort no era el final de la nostra relació.

»Ja havia sentit a parlar de la María Santana, una dona que havia tractat amb grans personalitats de la ciutat i que fins i tot havia ajudat la policia en casos mediàtics de desaparicions i crims sense resoldre, encara que ells sempre ho neguessin. Un company em va explicar que solia seure als petits bancs de la plaça d'España, i vaig decidir fer-li una visita. La primera vegada que em va atendre, vaig pensar que allò era un xou ridícul i que s'ho estava inventant tot. Malgrat això, hi va haver senyals que van fer que em plantegés que la meva mare seguia al meu costat, encara que no la pogués veure. La María m'estava dient la veritat, i jo hi vaig confiar.

»Igual que jo, altres persones. Potser som ments febles que necessiten creure en alguna cosa per tirar endavant. La Santana no només va ser un refugi, sinó també un enllaç; l'origen d'una perillosa connexió que ha acabat costant-li la vida a molta gent».

«Tots anhelem pujar esglaons en la nostra professió, a vegades de dos en dos. El meu somni era dirigir un mitjà de comunicació gran, que tothom em conegués i la meva opinió fos influent. I llavors va aparèixer ell.

»En Teo ja era molt ric quan el vaig conèixer. Va ser en una reunió a casa de la María Santana. La dona ens va convidar a sopar a en Solís, en Santiago de Gomar, en Javier Montesorín i en Juan Puche. Aquella nit es va començar a gestar tot. Érem molt ambiciosos. Volíem créixer, guanyar diners i convertir-nos en gent important. En Teodomiro ens va prometre tot això i més. Si confiàvem en ell, s'encarregaria de donar-nos el que volguéssim: jo seria directora d'un diari, el policia Montesorín acabaria com a comissari, l'enginyer informàtic Puche es convertiria en un dels principals empresaris relacionats amb la tecnologia, i a en Santiago li va prometre ni més ni menys que l'alcaldia de Sevilla. Com ho faria? Movent fils i fent servir els seus diners. Parlava amb tanta seguretat que tots hi confiàvem».

«En Teo aconseguiria que féssim realitat els nostres somnis a canvi d'un botí a llarg termini i que era l'únic que a ell li faltava i que anhelava: el poder absolut de la ciutat. En Teo Solís està bojament enamorat de Sevilla. A la seva preciosa ciutat, la seva dona s'havia mort feia uns quants anys i la María Santana va ser la seva salvació. Es van fer molt amics, parlaven del futur i li va presentar la gent adequada per aconseguir el seu propòsit. Volia controlar tot el que passés a Sevilla. Dominar-la al seu gust. La Santana li va prometre que tindria a la seva disposició un comissari de policia, la directora d'un mitjà de comunicació creat recentment, l'alcalde de la ciutat i algú capaç de moure's per les xarxes d'internet com un peix a l'aigua. Els quatre grans poders als seus peus. Tot estava planejat, fins que un d'ells es va fer enrere».

«En Puche va acabar sent un estúpid idealista. No veia clar el seu paper. Es va enfrontar unes quantes vegades amb en Teo i es van acabar discutint de molt males formes davant nostre. Va amenaçar de denunciar els plans que en Solís tenia per acabar controlant la ciutat de nord a sud. I un dia va desaparèixer. Ningú en va saber res més, malgrat que els altres sí que intuíem el que li havia passat. Era possible que en Solís s'hagués atrevit a posar fi a la vida de l'enginyer informàtic? Ho va fer. Ens ho va dir una nit la María Santana. Però no ens en vam assabentar només nosaltres. Un inspector de la Policia Nacional va començar a tafanejar i a investigar el cas pel seu compte. En Manuel Velázquez va arribar a estirar el fil que unia la desaparició d'en Puche amb en Teodomiro Solís, l'empresari milionari. El seu gran error va ser explicar-ho a qui es pensava que era el seu millor amic: en Montesorín. En Javier no va trigar a explicar a en Solís el que estava passant. No hi havia cap més remei que treure en Velázquez del mig.

»Evidentment, en Teo no s'hauria embrutat mai les

mans de sang. En una d'aquelles reunions a casa de la Santana, ens va presentar l'Olaf, un paio rude, robust, amb cara de pocs amics. Havia estat en diverses guerres i no feia presoners. Crec que l'Olaf, en certa manera, va aparèixer perquè en Teo pogués fer-nos una advertència. Si fèiem el mateix que en Puche, aquell paio que gairebé no parlava vindria a buscar-nos. El que passa és que l'Olaf era una mica matusser per a certes qüestions. I aconseguir que semblés que un policia havia tingut un accident no era gaire del seu estil. A més, en Teo tenia davant seu la fórmula perquè tots ens impliquéssim de debò en el seu projecte de futur, que no fóssim com en Puche. Si volíem complir els nostres somnis, ens ho hauríem de guanyar».

«Nosaltres ens havíem d'ocupar d'en Velázquez. Ens va donar llibertat per fer-ho a la nostra manera. Era la nostra prova de foc. En Montesorín coneixia un tal Enrique Mesa, d'uns altres tripijocs tèrbols que havien gestionat junts, i sabia que podia encarregar-se d'aquella feina. Era un sicari dels d'abans. En un document volia tenir els nostres noms com a garantia de cobrament i la quantitat que cadascun havia posat per a aquell assumpte. Jo no m'hi vaig negar i en Santiago tampoc. No coneixia de res aquell inspector de policia i simplement aportava una quantitat de diners que en el futur, i gràcies a en Teo, em semblaria xavalla. M'imagino que jo també em vaig deixar endur per l'ambició i el poder. El cas és que finalment vam pagar una bona quantitat de diners a en Mesa i, en comptes d'un document amb els nostres noms, n'hi vam enviar un amb el pseudònim que va triar cadascun de nosaltres. Al principi s'hi va negar, però va acabar acceptant. Crec que en Montesorín es va encarregar que aquell paper li servís. No sé si ho va aconseguir per amenaces o perquè el paio volia cobrar aquella suculenta suma de diners fos com fos. I em vaig convertir en l'Escudera, en honor al meu segon cognom, el de la meva mare, Sancho».

«A en Manuel Velázquez el van trobar al Guadalquivir el 4 d'octubre de 2014, i allò em va afectar més del que m'havia imaginat. Havia col·laborat en la mort d'un home. Això em va fer tornar més esquerpa, més intolerant. Però un quant temps després vaig aconseguir allò que sempre havia somiat: ser la directora d'un diari. A vegades, el fi justifica els mitjans. I era evident que en Teo Solís complia les seves promeses».

«Van ser dos bons anys. Tot anava bé fins que va passar allò d'en Mesa. En Montesorín ens va dir que havia hagut de matar-lo perquè li estava demanant més diners i l'havia amenaçat de xerrar-ho tot. En Solís el va felicitar per això. Però després l'inspector en cap va haver d'assassinar aquell cec i també la que era la seva amant, la policia Ángela Diosdado. A més, en Teo, seguint el consell de la María Santana, va ordenar el segrest de la Celia Mayo, que estava molestant massa. Ho va demanar a en Juan Luis Flores, gran enemic de la família Mesa. Sabia que, per una bona quantitat de diners, ho faria encantat».

«És evident que aquest assumpte se'ns en ha anat de les mans. Em fa por el que pugui passar, perquè li he dit a en Teo que no vull seguir amb això. Fins i tot li he plantejat la meva dimissió al diari. Fa poc més d'una setmana em van enviar un paquet bomba a la redacció, i només han passat dos dies des que es va morir en Javier Montesorín. No puc més. En qualsevol moment es pot desencadenar un efecte dòmino que acabi amb mi a la presó o a la tomba. Per això escriuré en aquesta llibreta cada set dies».

«Temo per la meva vida i, sobretot, temo la meva mort».

«No entenc què li estan fent a aquella dona. Per què la tenen segrestada? Tant de bo en Teo ordeni el seu alliberament ben aviat. No és just que la Celia Mayo estigui tancada en un cau. Em fa pena la seva filla, que a més és amiga de la Blanca. No ho sé, això va de mal en pitjor. I si confesso tot el que he fet? Podria enviar aquesta llibreta a la policia i desaparèixer. No, m'acabarien atrapant. I què?».

«M'he discutit amb en Teo Solís. M'ha tornat a amenaçar. Li he dit que volia plegar del diari i s'ha enfadat. He d'anar amb compte amb el que faig. L'Olaf podria ser a prop».

«Demà viatjaré en helicòpter amb en Santiago. Espero que no acabem al riu Guadalquivir».

Capítol 60

Triana i Niko

Sevilla, dijous, 9 de gener del 2020

Ha passat una setmana des que van detenir en Teodomiro Solís i en Santiago de Gomar. Les coses s'han començat a aclarir. Sobretot després de trobar la llibreta de la Mercedes Reinoso en aquell edifici del carrer de Benidorm. No els va ser gens fàcil la cerca, perquè no sabien quina era la caixa forta de la directora. Van passar uns quants minuts fins que es van adonar que el sis i el set del començament del número escrit al bitllet estaven una mica separats de la resta. La caixa 67 era la de la Mercedes. Els altres números formaven part de la combinació per obrir-la. Finalment, les dues últimes xifres corresponien a dos sets, tal com havien suposat. Tenien raó des del principi.

—Us he portat una còpia d'alguns fragments de la llibreta perquè us ho llegiu amb calma —diu el comissari, que ha anat a veure la Celia i la Triana—. Em semblen molt interessants. Al capdavall, vas ser tu qui la va trobar.

—Si la Blanca no hagués recordat la conversa amb la Mercedes, hauria sigut impossible —comenta la noia, que fulleja els papers.

—El més important és que finalment sabem la veritat del que li va passar a en Lolo. És molt trist que per fer bé la teva feina acabis així.

La Triana mira la mare i li agafa la mà. Malgrat que encara és tot molt recent, sap que ara podran dormir tranquil·les. Per a totes dues és un alleujament saber quines persones estaven involucrades en l'assassinat d'en Lolo. Ara hauran d'aprendre a viure amb la veritat.

—No he vingut només per això de la llibreta de la Mercedes —continua el comissari—. L'Olaf per fi ha parlat.

—De debò? I què ha dit?

—Ha demanat un advocat després d'explicar-nos-ho tot.

—I a què es deu aquest canvi? —pregunta la Celia, estranyada.

—No ens ho ha dit, però m'imagino que, ara que en Teo és a la presó, s'ha quedat sense la persona que es cuidava d'ell. Es comportava com si fos el seu súbdit. No sembla pas un paio gaire intel·ligent. Però ha sigut capaç de guardar silenci sense pronunciar ni una paraula durant uns quants dies.

L'Arturo Gaviria els explica que l'Olaf ha reconegut l'assassinat de la Luna i de l'Ana Benítez. També el d'un altre home, que va ser el que va enverinar el pilot d'helicòpter perquè s'estavellés. Li va engegar un tret i el va tirar al riu, tot i que no ha aparegut mai el cos.

—En realitat, el que hauria d'haver assassinat el pilot Francisco Carvajal era ell. Però en Solís va contractar un segon paio perquè necessitava l'Olaf per a un altre assumpte.

—Un altre assumpte?

—Sí. Va ser ell qui va provocar els treballadors de la neteja perquè entressin a l'ajuntament. Ho havien estudiat i planejat tot fins al més petit detall —diu en Gaviria—. Sabien que en De Gomar tenia el vol en helicòpter amb la Mercedes aquell matí. Ja estava previst que s'estavellés. Però només volien que es morís la dona. A en Santiago simplement li farien un avís. Després de la mort d'en Montesorín i el segrest de la Celia, cap dels dos volia continuar complint ordres d'en Solís i la Santana. La seva rebel·lió va estar a punt de sortir-li cara.

—M'imagino l'espant que es va endur en De Gomar quan va veure aparèixer l'Olaf entre els treballadors que demanaven una millora de les condicions —comenta la Celia.

—El missatge era evident: «He pogut matar-te, però t'he salvat la vida». En realitat, crec que si l'alcalde hagués pujat a l'helicòpter, tampoc li hauria afectat gaire a en Solís. Ja se les hauria enginyat per substituir-lo per algú altre de la seva corda.

—El que pot arribar a fer l'ànsia de poder...

—Sí, Triana. És una malaltia complexa, perquè t'arriba a obsessionar. En Teo ho va portar a la seva màxima expressió. Volia i necessitava controlar Sevilla i moure els fils al seu gust. Si algú s'hi rebel·lava, o creia que podia impedir-li fer el que ell volgués, acabava mort.

—Necessito un cafè. Algú més en vol? —pregunta la Celia.

La Triana i el comissari alcen la mà i ella s'aixeca a preparar-lo mentre els deixa a la sala d'estar parlant de l'Olaf i la seva confessió.

—Ha dit per què volia matar la Blanca?

—Per la seva proximitat amb la Mercedes. Li va sorprendre que la convidés al viatge en helicòpter. No ho tenien previst. Això volia dir que hi havia confiança entre elles. A més, la Luna va estar fent preguntes incòmodes que van arribar a orelles d'en Teo. Com que eren amigues, m'imagino que es van pensar que podrien assabentar-se d'alguna cosa que les conduís fins a ell i compartir la informació. Va passar el mateix amb la dona del pilot. L'Olaf va calar foc a casa seva i així es va treure un problema de sobre. Aleshores en Solís ja havia perdut el control de la situació i tant li feia matar qualsevol que sospités que es podia interposar en el seu camí.

—Al final, amb el testimoni de l'Olaf i la llibreta de la Mercedes, sembla que el cas s'ha resolt. Tot encaixa.

—Encara queden uns quants detalls per saber, i segur que tard o d'hora tindrem alguna altra sorpresa.

—Ah, sí? Vol dir?

—No t'ho puc assegurar —contesta el comissari—. Però hi ha un tema que ens continua inquietant i per al qual no tenim una resposta clara. Qui va assassinar la María Santana a l'estació de Santa Justa?

—L'Olaf? Algun sicari més que va contractar en Solís?

—És possible, però l'Olaf ens ha confessat que no té res a veure amb aquell crim. De fet, li va fer molta pena quan se'n va assabentar. Era com una mare per a ell.

La Celia apareix de nou a la sala d'estar amb una safata amb tres tasses, un recipient amb llet i una sucrera.

—Per fi tot això s'ha acabat. No m'ho puc creure —diu la dona mentre deixa les coses a sobre la taula—. M'he perdut res interessant?

—Hi ha un tema que està pendent i que vull resoldre al més aviat possible —comenta el comissari, agafant una de les tasses—. Amb l'enrenou de les detencions d'en Santiago de Gomar i en Teo Solís al Cartuja Center, et vas quedar sense homenatge, Celia.

—No passa res. Els cinc segons que vaig parlar van ser molt bonics. Vaig tenir el meu moment de glòria.

L'home somriu pel comentari de la detectiu.

—Estic esperant que em confirmin un dia per fer-lo a l'aire lliure, en alguna de les precioses places que hi ha al barri de Santa Cruz. Què us sembla?

—Una idea fantàstica —contesta la Triana just abans que li soni el mòbil. Llegeix el missatge que acaba de rebre i sospira—. És en Niko. Se'n va.

—On va el meu amic Nikolai?

—A Polònia. Ja és a l'aeroport.

—Espero que allà tingui més sort que aquí. Trobarà a faltar la comissaria de l'Alameda.

—No ho crec, Arturo. No ho crec.

Al tauler de sortides ja anuncien el vol d'en Niko. Haurà de fer escala a Barcelona. Són més de sis hores i mitja de trajecte fins que arribi a l'aeroport de Varsòvia-Chopin. S'ha pres un cafè amb llet i s'ha comprat un llibre de Blas Ruiz Grau per amenitzar el viatge.

No està sol, perquè hi ha una persona que ha insistit a acompanyar-lo.

—Pare, ens hem d'acomiadar. Gràcies per tot. Vostè ha sigut al meu costat sempre que ho he necessitat. Fins i tot m'ha fet creure una mica en el seu Déu.

—Gràcies a tu, Niko. M'ha encantat coneixe't. Tornaràs algun dia?

—La meva idea és quedar-me un temps a Polònia. De totes maneres, li trucaré cada setmana.

El pare Salvador assenteix i l'obliga a prometre que no es ficarà en cap embolic al seu país.

—Tranquil. He après la lliçó. Seré bon noi.

—Això no s'ho creu ni l'Esperit Sant.

Tots dos riuen i es fan una abraçada de comiat. El noi nota que el capellà li fica una cosa a la butxaca de la jaqueta. Ho treu i veu que és un sobre.

—Obre'l quan siguis a l'avió.

—Què hi ha?

—Ja ho veuràs —diu somrient en Salvador—. Fins sempre, Niko. El nostre orgue et trobarà a faltar.

En Niko fa una altra abraçada al capellà i va cap al control d'equipatge. Qui li havia de dir fa uns mesos que s'acabaria fent amic d'un capellà i li cauria bé l'Arturo Gaviria. El comissari li ha enviat un whatsapp per desitjar-li un bon viatge. Era a casa de la Triana. La trobarà molt a faltar aquesta noia, però deixarà passar un temps abans de tornar a parlar amb ella. Ni tan sols mirarà les xarxes socials ni li escriurà missatges. Necessita desprendre's de les emocions, que desaparegui l'amor. Ja forma part de la història del seu cor, el lloc d'on no se'n va mai ningú.

Un cop passat el control, camina fins a la porta d'embarcament. No triga gaire a pujar a l'avió. Una hostessa molt amable li indica que el seu seient és al darrere de tot a la dreta, al costat de la finestreta. S'asseu i es posa el cinturó de seguretat. S'adorm uns minuts abans de l'enlairament, però una turbulència el desperta. Sempre que vola i l'aparell es mou de manera inquietant recorda la sèrie *Lost*, la seva preferida. No estaria malament acabar al mig d'una illa deserta. Una altra turbulència el fa posar una mica més nerviós. Llavors, per tranquil·litzar-se, treu el sobre que li ha donat el pare Salvador. A l'interior hi ha una carta.

Estimat Niko,
Aquesta potser ha sigut l'última vegada que ens veiem. No t'he volgut explicar que estic malalt i em queda poc temps de vida. No passa res. He estat prou en aquest món i Déu ja em reclama. Però no em vull fer pesat amb aquest tema i no vull dramatitzar. No ho facis tu tampoc, sisplau.

El noi no pot continuar llegint. El seu amic està malalt i no n'hi ha dit res. S'ha d'eixugar les llàgrimes abans de continuar, perquè se li ha ennuvolat la vista.

Passem al que és important i el motiu pel quan realment t'escric aquesta carta. Me l'he agafat com una confessió. D'aquelles que tu em feies mig de broma mig seriosament. Crec que tots els pecats són perdonables, tant si creus en Déu com si no. Ell em jutjarà pel que he fet. Aquí ho tens: vaig ser jo qui va matar la María Santana.

Una nova turbulència coincideix amb el final de la frase. En Niko gira el full de paper i continua llegint atònit la inesperada confessió d'en Salvador.

Ja et vaig dir que coneixia aquella dona des de feia molt de temps. No em va fer cap bé. No havia tornat a saber res d'ella fins que vas aparèixer tu i me la vas portar de nou a la memòria. Et va intentar manipular tal com ho va fer amb mi. Així que la vaig anar a veure a la plaça d'España per demanar-li que et deixés en pau. Vaig tenir sort i la vaig trobar. Es recordava de mi i de la meva història amb aquella noia que venia a l'església i amb qui mai no va passar res. No em va agradar la seva actitud i l'hi vaig retreure. Però sobretot li vaig ordenar que et deixés tranquil. Es va riure de mi i em va assegurar que esbombaria tot el que jo havia fet amb aquella jove. Niko, em moro i no vull que la meva imatge quedi tacada per una cosa que no va passar. Per això, una tarda la vaig seguir. Sabia que anava a l'estació de tren i que hi hauria molta gent. Era la meva oportunitat. Em vaig acostar tranquil·lament cap a ella i li vaig clavar un ganivet amb totes les forces. Va ser senzill. Molt senzill.

L'home acaba la carta demanant-li que el perdoni per no tenir el valor de dir-l'hi a la cara i per haver traït el seu Déu. Ara depèn d'ell si vol explicar-ho a la policia o no.

Atentament, el teu bon amic Salvador. Resa per mi.

El vol de Barcelona a Varsòvia és més llarg, però també menys turbulent. En Niko s'adorm i no es desperta fins que l'avió ja ha aterrat. S'oblida del que ha somiat quan obre els ulls.

Abans de sortir de l'aeroport es fa un selfie davant d'un rètol on es pot llegir: «Lotnisko Chopina w Warszawie». Després converteix en una bola de paper la carta del pare Salvador i la llença en un contenidor. Fa molt de fred, el triple que a Sevilla, almenys. I malgrat que allà no tindrà la Triana, no es podrà perdre pel barri de Santa Cruz, no tocarà l'orgue d'El Salvador i no menjarà els xurros d'El Pilar, sap que se sentirà com a casa.

Epíleg

Sevilla, dissabte 23 d'abril del 2022

L'estadi de La Cartuja està abarrotat. La Triana s'hi ha emportat la bufanda verd-i-blanca i la millor companyia. Qui li havia de dir que alguna vegada veuria el Betis en una final de Copa del Rei i, a més, a Sevilla! Poder assistir al partit és tot un esdeveniment per a ella, de manera que està molt nerviosa. En realitat, ho està des que en Borja Iglesias va marcar el gol de la classificació a semis contra el Rayo. Últimament s'ha tornat molt futbolera, i sobretot, molt bètica.

—No t'està sonant el mòbil? —li pregunta la Blanca, que és al seu costat a la cua per entrar al camp.

—És el meu?

La noia treu el telèfon de la butxaca dels texans i veu que l'està trucant la seva mare. Abans de contestar s'allunya una mica del rebombori de la cua.

—Hola, mare! Com va tot?

—Uf! Quin xivarri! Ja ets al camp?

—Sí, però encara no hem entrat. Com ha anat per Barcelona?

—Increïble! Ha vingut molta més gent de la que em pensava. I això que ha plogut moltíssim! Fins i tot ha granissat al migdia.

—Aquí també ha plogut —diu la Triana, que encara té els cabells molls del ruixat de fa una estona—. Així el teu primer Sant Jordi ha sigut un èxit, oi?

—Sí! Estic molt contenta! He firmat un munt de llibres.

Al final la Celia va tenir el seu homenatge a Sevilla. El comissari Gaviria va aconseguir que li preparessin un acte a la plaça del Cabildo. Hi van anar moltes persones també, entre elles una editora amb qui va signar un contracte per a la publicació de dues novel·les. La primera, *La dona d'acer*, inspirada en la seva experiència com a detectiu privada i amb tocs autobiogràfics, que s'acaba de publicar. Ja n'està escrivint la segona part.

—Que bé. Me n'alegro molt! M'hauria encantat acompanyar-te.

—I a mi ser aquí amb tu. És una llàstima que la final de Copa i el dia del llibre hagin coincidit.

—Ja et vaig dir que jo preferia acompanyar-te! —es queixa la Triana.

—Ja ho sé —replica la Celia, amb un somriure als llavis que la seva filla és capaç d'endevinar pel to de la veu—. Però no volia que et perdessis el partit, i tal com vam quedar, ja m'acompanyaràs quan vagi a la Fira del Llibre de Madrid.

—Aquesta cita no me la perdo per res del món!

—Ja en tinc ganes! I aquest any sense mascaretes!

—exclama la Celia, a qui la seva filla nota molt feliç. Com s'ho mereix!—. Escolta, Triana, et deixo que hi ha molt de xivarri. Passa-t'ho bé. Jo me'n vaig a veure el partit a l'hotel. Gaudeix i anima molt l'equip.

—Oi tant! Fins que em quedi afònica. Després et truco.

Quan s'acomiada, la noia es reuneix de nou amb la Blanca, que s'ha quedat esperant-la. Totes dues porten la samarreta del Betis. La periodista, que ara treballa en un programa de Canal Sur Radio, porta la d'en Canales, i la Triana, la d'en Fekir.

—I la teva nòvia?

—Ha entrat a l'estadi amb el teu nòvio.

—De debò? Per què no ens han esperat?

—Perquè són uns impacients. I tenien ganes d'anar al lavabo! —exclama la Blanca, rient—. Massa cervesa abans del partit.

Es posen altra vegada a la cua per entrar al camp. S'han convertit en inseparables. La nòvia de la Blanca diu que són com agapornis. La Martina no és gelosa. Al contrari. S'avenen molt amb la Triana i totes tres han passat molt bons moments juntes des que l'hi va presentar. Es van conèixer al Tinder i, després de quedar unes quantes vegades, fa cinc mesos que surten com una parella formal.

—Era la teva mare?

—Sí. Ja ha acabat de firmar. Estava emocionada.

—La portaré al meu programa per entrevistar-la. Què et sembla?

—Qualsevol promoció és bona. Tant de bo li vagi bé amb els llibres.

—Però que no deixi la investigació. És una gran detectiu privada!

Quan finalment entren a l'estadi, les seves parelles les estan esperant, i tots junts pugen les escales que condueixen a la zona on tenen els seients. Només falten quaranta minuts perquè comenci el partit i tothom està molt nerviós. Es dediquen a cantar i a aclamar el nom dels jugadors. Sembla que no passi el temps... fins que els equips surten a la gespa i la final comença.

—Vinga, Betis! Endavant! —crida la Triana exaltada quan sona el xiulet del col·legiat.

El partit transcorre amb domini altern en els primers deu minuts. Al minut onze, una jugada per la banda dreta de l'atac bètic acaba amb una centrada de Bellerín que remata de cap Borja Iglesias, i la pilota s'acaba allotjant a la porteria del València. El Panda marca l'un a zero i l'afició verd-i-blanca embogeix a les grades.

La Triana esclata d'emoció i ho celebra fent un petó a la boca al noi que té a la dreta. Després mira la Blanca i es fonen en una llarga abraçada.

—Això ja està fet. Serem els campions!

Però abans d'acabar la primera meitat, en una contra, el València aconsegueix empatar el partit gràcies a un gol d'Hugo Duro. La desil·lusió és palpable en el bàndol sevillà, mentre que els valencianistes celebren el gol amb entusiasme.

—Encara falta molt. No et desanimis —li diu a la Triana el jove que té al costat—. Així la final és més emocionant.

—No vull que sigui més emocionant. Vull guanyar. I tornar a la plaça Nueva.

—No pateixis, que demà t'hi porto.

—No siguis burro. Ja saps què vull dir. Hem de guanyar la Copa! Hem de tornar a la plaça Nueva! —exclama la noia, taral·lejant un dels càntics més populars dels seguidors verd-i-blancs.

La primera part acaba amb empat a un. La Triana es relaxa al seient i parla amb la Blanca de com està de renyida la final: si el partit segueix així d'igualat, no saben si aguantaran tanta tensió. Però es gira cap al noi que té al costat quan li passa el braç al voltant de les espatlles. El mira als seus preciosos ulls clars i li fa un altre petó als llavis. Aquest més llarg. Li encanta. No sap com li anirà en aquesta relació, però s'ho està prenent amb calma. S'ha enamorat? Ni s'ho planteja.

L'*speaker* de la final anuncia una gran actuació per al temps de descans i demana la col·laboració de tots els seguidors presents a l'estadi. Tots miren expectants, inclosa la Triana, perquè estan traslladant un piano al centre del camp.

—Aquesta noia és boníssima —diu ell, assenyalant una jove que apareix per un dels laterals del camp.

—Com es diu?

—No me'n recordo. Però és una estrella al TikTok. L'he sentit i canta molt bé.

—És molt guapa.

—Sí? No m'hi havia fixat.

La Triana li clava un cop de colze al noi i observa la noia que està a punt d'actuar i que ja s'ha col·locat davant del piano. L'*speaker* demana un fort aplaudiment per a la Daniela Montilla.

—Em sona moltíssim el nom.

—Esclar. Ja t'he dit que és molt coneguda a les xarxes socials i ha firmat fa poc un contracte amb una gran discogràfica.

Tot i així, a la Triana no només li resulta familiar el nom. Quan la Daniela toca els primers acords al piano, es queda de pedra. Perquè ha reconegut la música que està sonant. No pot ser. Es nota un nus a la gola i li salten les llàgrimes quan sent la lletra de la cançó:

Em va costar acomiadar-me de la calor
de la ciutat i dels bonics carrers.
Ho vaig fer per nosaltres dos,
perquè en els detalls el temps no es perdés.

Ens vam ofegar en un mar sense platja.
Ens vam ancorar en una absurditat.
El que atorga és el que no calla.
El que sent és el que ho ha experimentat.

Comptem les victòries amb dos dits.
Rescatem la il·lusió del paladar.
Un remolí ple de petons.
Uns versos que no et vaig arribar a recitar.

Ahir et vaig explicar el que sentia,
avui amb la música et vull confessar
que de debò és la darrera melodia
que el meu piano et xiuxiuejarà.

I és que em moro si et veig trista.
I és que em moro si et veig plorar.
El nostre amor no va ser egoista.
El nostre amor va ser de cristall.

Encara recordo totes les carícies
que em feies estirats al sofà.
Vas aguantar les meves manies,
sense saber que havia d'acabar.

No desfullo ja més margarides.
El silenci ha quedat enrere.
Les històries no són totes boniques.
El que és bonic és ser de veritat.

Aquest és el darrer episodi
D'un amor que ens va deixar estimar.
No ens va rosegar l'odi.
No ho vam fer tan malament.

Ahir et vaig explicar el que sentia,
avui amb la música et vull confessar
que de debò és la darrera melodia
que el meu piano et xiuxiuejarà.

I és que em moro si et veig trista.
I és que em moro si et veig plorar.
El nostre amor no va ser egoista.
El nostre amor va ser de cristall.

Quan la Daniela acaba, tot l'estadi es posa a aplaudir efusivament. La cantant saluda molt satisfeta des del mig camp i després es retira corrents.

La Triana, que no ha parat de plorar durant l'actuació, rep un whatsapp. És d'un número desconegut. L'obre i el llegeix amb un nus a la gola,

> Espero que t'hagi agradat *L'última melodia.* És per a tu.

La noia mira al seu voltant, buscant, intentant trobar aquell jove de cabells esvalotats i cara de nen de qui no sap res des de fa molt de temps.

—Que busques algú a la grada? —li pregunta el noi del seu costat.

—No, Iván. No busco ningú —contesta la Triana, que s'eixuga les llàgrimes i somriu.

La noia li agafa la cara suaument i li fa un altre petó. Però dins del cor se li ha tornat a despertar aquell sentiment que ha tingut adormit des que Chopin se'n va anar, en el que semblava que havia sigut un «fins sempre».

FI

Agraïments

És la primera vegada que escric una bilogia. No hi haurà més llibres sobre Chopin, o sigui que aquí me n'acomiado. Espero que us hagi agradat la que per a mi ha sigut la meva millor novel·la. Sempre dic que cada història té el seu moment i que una no és millor que una altra; i que el gust de cada persona i les seves preferències són sagrades i respectables. Però les circumstàncies en què he escrit *L'última melodia de Chopin* han sigut molt especials. Em sento molt feliç per haver arribat a la meta una altra vegada i, ateses les dificultats del procés, la felicitat ha estat doble.

Aquesta part del llibre sempre és un regal per a mi. L'oportunitat d'agrair allò que tens i a la gent que estimes. Tanmateix, aquesta vegada són uns agraïments més difícils del que és habitual, tinc una cosa per dins que em dificulta expressar-me. Han passat moltes coses molt bones i dolentes durant el període en què he escrit la novel·la. No em puc quedar només amb les positives, perquè les negatives també formen part de la vida i acaben marcant-te. El que sí que es pot fer és pensar que tens aquestes coses bones perquè les dolentes t'afectin menys. Al final no sols és una lluita amb tu mateix, sinó amb les coses que passen al teu voltant i no depenen de tu.

Aquest llibre va dedicat molt especialment a la meva mare, el meu pare i la meva germana. Sempre els fico a tots tres al mateix sac, malgrat que són totalment diferents, perquè soc incapaç de separar-los. Són el suport de gran part de la meva vida i les persones que m'han vist en totes les meves versions. Només demano salut per a ells i els dono una vegada més les gràcies, com en cada novel·la des del 2009. La vida és qüestió de detalls i cal cuidar-la.

És la primera vegada que apareixes en uns agraïments sent la meva dona i jo el teu marit. Casar-me amb tu no era una necessitat, perquè t'estimo i t'estimaré sempre, amb papers o sense. Uns anells no fan millor l'amor, però soc tremendament afortunat pel fet que el 9-9-22 brilli als nostres dits anulars. No hi ha paraules per donar-te les gràcies per tantes atencions, cançons, xerrades, rialles, viatges i carícies. És un honor ser part de tu i acompanyar-te en aquest camí. Se m'omple la boca i se m'il·luminen els ulls quan parlo de tu. Que bonic compartir vides, Ester.

Un no tria la família que li toca. Jo no canviaria la meva per cap altra. M'heu demostrat que hi sou a les bones i, sobretot, a les dolentes. Una pinya de bona gent que sempre dona un cop de mà sense demanar res a canvi. Gràcies, Cuqui, de tot cor. I gràcies als meus tiets i cosins per conservar el somriure i la força quan feia més falta. Demano i exigeixo un 2023 bo per a tots vosaltres.

També el meu record, agraïment i admiració per a la família de l'Ester.

Per sort, tinc molts amics que s'alegren del que m'està passant. Gràcies per ser-hi, tot i que moltes vegades no ho poso fàcil.

I ara ja passo a la meva segona família. Planeta és sinònim de llar per a mi. La quantitat de coses que m'han passat gràcies a vosaltres. Puri Plaza i Raquel Gisbert, sou les millors. Més que les meves editores, sou com les meves germanes. Gràcies per la vostra paciència. Isa Santos, et dono molt la tabarra, ho sento. Laura Franch, Laia Manchón, Silvia Axpe, Lolita Torelló, no es pot treballar amb millors professionals i persones. Belén López, espero haver estat a l'alçada. Gràcies a tot l'equip per aquests anys tan bonics. Javier Sanz, tu has sigut decisiu en la meva carrera com a autor. Et dec molt. Gràcies, Raquel de la Morena, per la teva enorme generositat. I gràcies també a Paco Barrera, Carlos Revés, Marc Rocamora, Sergi Álvarez, Carmen Ramírez, Ana Gavín i a la resta de la gent de l'editorial per apostar per aquest escriptor de Carmona amb nom de pantalons. Deu anys publicant amb vosaltres és tot un luxe. Gràcies a la gent de Booket, sou fantàstics. I gràcies als que treballeu a Columna Edicions, labutxaca i les delegacions de Planeta Llatinoamèrica i Itàlia. Gràcies igualment a la Fundació José Manuel Lara. Continuem!

Encara que aquests agraïments pertanyin a *L'última melodia de Chopin*, vull donar les gràcies a Morena

Films, especialment a Pedro Uriol i Tito López Amado, pel que estan fent amb *La noia invisible.* Gràcies a tots els actors i al gran equip que s'ha encarregat de cuidar cada detall de la sèrie. I, per descomptat, a Disney+ per invertir en el projecte i tractar-lo amb tanta cura i respecte.

Gràcies també a les editorials estrangeres que han confiat en *La noia invisible* i *El campament* per traduir-los als seus respectius idiomes.

Sempre se m'oblida gent als agraïments. Disculpeu-me. Aquest petit paràgraf va per totes aquelles persones que m'han donat suport i que han estat aquí d'una manera o altra: llibreters, companys escriptors, comercials, periodistes, blocaires, organitzadors d'esdeveniments, treballadors dels hotels... Al llarg d'un any coneixes moltíssimes persones que t'aporten alguna cosa en un moment determinat. Gràcies.

Són setze novel·les publicades, i no hauria estat possible sense vosaltres, els lectors. Sou la part més important d'aquesta aventura. Gràcies en particular als meus estimats Francesc i Paula, d'Afortunats de Blue, i a les meves noies de Bluejeaners Mèxic. Sempre hi sou per a tot. Gràcies també als que aneu a les firmes i a les vostres famílies. No sabeu què significa per a mi arribar a una ciutat i que continueu formant aquestes cues. I gràcies a tots els que em doneu suport a les xarxes socials. En representació dels que m'escriviu a Twitter, Instagram, Facebook i fins i tot TikTok, gràcies Lucía Cugno, Ángela Calle, Celeste García, Victoria Saltos, Helen Rey, Patricia Rodríguez, Lara Rivas, Alicia Carbonero, Vanessa Rubio, David Rodríguez, Ana Rebaza,

Mayra Macalupu, Laura Pérez, María Navarro, Isabel Felguera, Mylesly Cabellos, Fernanda Flores, Elena Físico, Ingrid Soto i Cristina Elísabet Montañés.

Gràcies, Katherine Kane. Quan encaixes amb algú que té interessos semblants als teus, però és tan diferent, vols que es quedi a la teva vida per sempre. Estic aprenent moltíssim de tu.

Fins aquí les aventures de Chopin i companyia. Espero que us hagi agradat i que hagueu gaudit d'aquests dos llibres que han sigut tan especials per a mi. Gràcies per llegir les meves novel·les i formar part d'aquest increïble exèrcit blau.

Fins a la propera aventura!

Segueix aquest QR per escoltar la *playlist* oficial de *L'última melodia de Chopin*.